Je dédie ce livre à ceux qui n'abandonnent jamais.

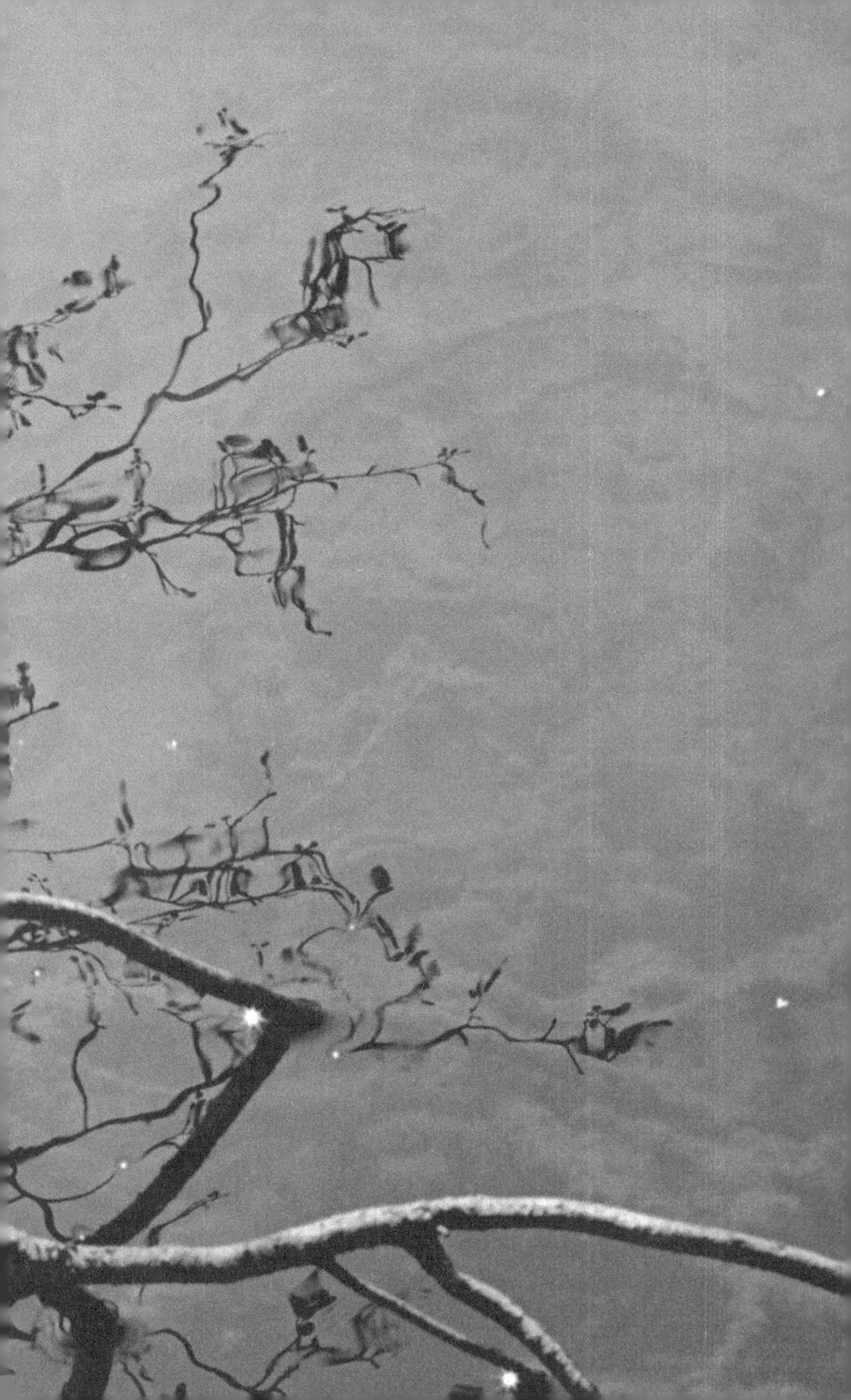

Passé sous silence

Traduit de l'anglais (britannique) par
Diane Garo

Sarah A. Denzil

Édition originale parue sous le titre : SILENT CHILD

Couverture créée par Ebook Launch

Chapitre Un

Le jour où j'ai perdu Aiden a été le jour où j'ai réalisé ce que cela signifiait de perdre le contrôle. Les gens parlent tout le temps de perdre le contrôle d'eux-mêmes, que ce soit sous l'emprise de l'alcool, de drogues, sous le coup de la passion ou de la colère. Mais ils ne savent pas ce que c'est que de perdre réellement le contrôle, et je ne parle pas de mes émotions, mais de ma vie. J'ai perdu le contrôle de ma vie. Tout ce qui m'entourait s'effondrait tandis que je restais là à observer ma vie voler en éclats en spectatrice impuissante.

On dit que l'on ne peut contrôler que ses actes et la façon dont *on* se comporte dans un contexte donné. On ne contrôle pas les circonstances qui nous entourent. On ne contrôle pas les réactions des autres, seulement les nôtres. C'est la grande tragédie de la vie. À un moment donné, tout va parfaitement bien et le lendemain, tout s'écroule. La faute aux circonstances. Et qu'est-on censé penser quand notre enfant nous est enlevé ? Que c'était le destin ? L'intervention de Dieu ? La faute à pas de chance ? Comment est-on censé passer à autre chose ?

J'avais tiré le gros lot à la naissance. J'étais née dans un cadre bucolique qui vous berçait de l'illusion que rien de mal ne pourrait jamais vous arriver. Les armes et la violence pouvaient faire la une des journaux, mais rien de tel n'arrivait jamais à Bishoptown-sur-Ouse. Nous étions nichés dans le paysage grandiose d'un tableau de John Constable avec de longues étendues de pâturages verdoyants et des murs de pierres sèches. Nous étions en sécurité. Du moins, je le pensais.

Le 21 juin 2006, à quatorze heures, j'enfilai un imperméable et une paire de bottes Wellington et je sortis affronter la pire crue que Bishoptown-sur-Ouse ait connue depuis 1857. Le cottage que je partageais avec mes parents et mon fils de six ans, Aiden, était légèrement en retrait de la rue tranquille. Lorsque je sortis ce jour-là, la force de l'eau me surprit. Elle éclaboussa mes bottes, remontant jusqu'à mon entrejambe. Mon cœur battait déjà la chamade : je redoutais le trajet jusqu'à l'école. Les enseignants avaient contacté tous les parents pour leur demander de venir chercher leurs enfants, car l'eau s'infiltrait dans le toit de l'école et il y avait un risque réel que l'Ouse déborde. Nous étions au courant de l'imminence de pluies torrentielles, mais personne n'avait prédit un tel scénario. L'eau se déversait du ciel comme si on avait ouvert les vannes, trempant impitoyablement mon visage et frappant inlassablement la capuche de ma veste Karrimor.

L'Ouse traversait notre petit village tel un boa constrictor dans un bac à sable. Elle était pittoresque et jolie, cette rivière trop grande pour notre petite ville. Bishoptown comptait deux pubs, un B&B, une église, une école et une population d'environ 400 habitants. C'était le deuxième plus petit village d'Angleterre, et le plus petit village du Yorkshire. Personne ne quittait jamais Bishoptown et personne n'y emménageait. Si une maison était mise en vente, c'était parce que quelqu'un était mort.

Nous nous connaissions tous. Nous avions grandi ensemble, vécu ensemble, élevé nos enfants ensemble. Aussi, quand le téléphone sonna et qu'Amy Perry, une enseignante de l'école primaire et une de mes anciennes amies d'école, me demanda de venir chercher Aiden, je compris immédiatement que l'heure était grave. Sans quoi, Amy aurait raccompagné chaque enfant chez lui. C'est dire à quel point nous nous faisions confiance.

J'avais entendu la pluie tambouriner sur les fenêtres, mais j'étais encore une fois perdue dans mon propre monde, espionnant sur MySpace les photos de mes amis d'école qui étaient allés à l'université et étaient depuis partis faire le tour du monde. J'avais 24 ans. J'avais terminé le lycée enceinte d'Aiden et j'avais regardé mes amis partir à l'université avec la vie devant eux, tandis que je restais vivre chez mes parents. J'avais vu certains d'entre eux embarquer pour de nouvelles aventures tandis que je regardais l'arrêt de bus depuis la fenêtre de ma chambre, une main sur mon ventre bombé. Depuis lors, j'avais passé bien trop de temps à googler mes amis sur internet, à admirer des photos de la Thaïlande et de Paris pendant que j'allaitais un bébé.

Il était hors de question que je conduise par ce temps, et j'étais la plus proche de l'école de toute ma petite famille, aussi avais-je décidé d'y aller à pied. Rob, le père d'Aiden, travaillait sur un chantier près d'York. Mes parents travaillaient, eux aussi. Ils étaient trop loin pour venir me donner un coup de main, piégés par le temps. Je n'appelai personne sur le moment, car je ne pensais pas en avoir besoin. Bishoptown était une petite ville, et il ne me faudrait que dix minutes pour me rendre à l'école à pied. Mais le bâtiment de l'école se trouvait de l'autre côté de l'Ouse, ce qui m'inquiétait un peu. Si les pluies étaient aussi fortes que le suggéraient les informations, la rivière risquait de sortir de son lit.

Je remontai la route en luttant contre la pluie, mon cœur martelant mes côtes. La pluie oblique m'empêchait de garder les yeux ouverts alors que je luttais. Je baissai la tête et j'agrippai la sangle du sac sur mon épaule, les mains déjà trempées et glacées jusqu'aux os.

— Emma !

La voix parvenait à peine à couvrir le martèlement de la pluie sur le goudron. Je me retournai et vis mon amie Josie me faire un signe de la main tout en s'empressant de gravir la colline dans ma direction. Elle était comptable dans la petite entreprise où je travaillais à temps partiel comme secrétaire. Cela me fit sursauter de la voir si échevelée, les cheveux plaqués sur la tête et le maquillage coulant sur son visage. Elle n'avait pas de manteau, pas de parapluie. Sa jupe crayon était trempée.

— Jo ! Bon sang, qu'est-ce que tu fais dehors ?

— Emma, je viens de traverser le pont. Les rives s'affaissent. Tu dois rentrer chez toi.

— Merde. Je dois aller chercher Aiden à l'école.

— Ils veilleront à ce qu'il soit en sécurité, m'assura-t-elle. Mais si la rivière déborde et que tu es près du pont, tu risques de te noyer.

Elle me fit signe de bouger, mais je restai plantée là.

— Je dois aller chercher Aiden, dis-je en secouant la tête.

L'école était trop proche de la rivière pour que j'accepte de leur laisser mon fils de six ans. Si la pluie entrait déjà par le toit, dans quel état se trouvait l'école ?

— Fais attention. J'ai entendu qu'ils envoyaient de l'aide, mais il n'y a quasiment personne près de la rivière pour l'instant, ni police ni autre, et ça se présente mal, Em. Ne passe pas le pont, d'accord ? Va au White Horse ou autre. Au moins, tu pourras prendre un chardonnay là-bas.

Elle sourit, mais je voyais bien que c'était nerveux. Elle était vraiment secouée, ce qui ne lui ressemblait pas.

— Très bien. Rentre chez toi. On se voit au travail quand ce satané temps se sera un peu calmé.

Je lui rendis son sourire fébrile, essayant d'ignorer le nid de serpents dans mon ventre. Mon père s'était porté volontaire au Royal National Lifeboat Institute quand il était plus jeune et il m'avait toujours dit que s'il y avait une chose dans la vie avec laquelle on ne plaisantait pas, c'était la mer.

Notre petit bout de mer avait jailli à Bishoptown ce jour-là. Quand j'atteignis le pont, j'eus le souffle coupé. Josie avait raison : l'Ouse était dangereusement proche de sortir de son lit. Habituellement calme et tranquille, ce jour-là, la rivière déferlait sous le pont, frappant les arches de pierre par vagues. L'eau remontait le long des berges herbeuses et détrempées, et une partie commençait à s'écouler vers le bas de la colline où se trouvait le cottage de mes parents. Je reculai d'un pas et sortis mon téléphone portable. L'école ne répondit pas, ce qui ne fit rien pour apaiser mes craintes. Je téléphonai alors à mon père.

— Emma, tout va bien ? demanda-t-il. Je suis au bureau et la pluie est si forte que je risque d'être coincé sur place.

— N'essaie pas de rentrer à la maison, papa, la rivière menace de sortir de son lit.

Mon père travaillait à la sortie de Bishoptown comme ingénieur civil pour une entreprise de construction.

— Je vais à l'école retrouver Aiden jusqu'à ce que les secours arrivent.

— Emma...

— Tout va bien. Seulement... n'essaie pas de rentrer à la maison, d'accord ?

— Emma, le pont...

Je regardai le petit pont de pierre avec inquiétude.

— Je l'ai déjà passé. Je suis sur le chemin d'Acker Lane à l'école.

Il laissa échapper un soupir de soulagement.

— Je vais appeler ta mère et lui dire de rester au cabinet.

— D'accord, papa. Je t'aime.

— Je t'aime aussi, chaton.

C'était idiot, bien entendu, mais mes yeux se remplirent de larmes lorsque je mis fin à l'appel. Mon téléphone indiquait 14 h 10. Il m'avait fallu dix minutes pour faire la moitié du chemin. Je devais me dépêcher de rejoindre mon fils. Je m'approchai du pont en essayant d'ignorer le niveau de l'eau, espérant que mes pas pressés rendraient la situation moins dangereuse.

L'eau se déversait sur le pont. Elle m'arrivait presque jusqu'aux chevilles. Je ne savais pas si c'était de l'eau de pluie ou de la rivière, ou une combinaison des deux. La seule chose que je savais, c'était que je devais me dépêcher. Mais alors que je faisais le dernier pas pour descendre du pont, une vague le frappa avec force et des morceaux de pierre se détachèrent, s'effritant sous mes pieds. Je fus déséquilibrée et je trébuchai, laissant tomber mon téléphone dans la rivière. J'eus le souffle coupé lorsque l'eau glacée me frappa, manquant de me faire tomber dans l'eau déchaînée. Je fis un pas de côté comme un crabe, sentant le courant essayer de m'entraîner avec lui.

Mais la berge était boueuse, ce qui me permit d'enfoncer profondément le talon de ma botte dans la terre. La succion me donna assez de prise pour me propulser en avant, me frayant un chemin hors du lit de la rivière vers la route. Ma botte gauche resta derrière.

Ma chaussette pendant de mon pied, je grimpai jusqu'à la route, haletant tandis que des torrents de pluie se déversaient. Quand je m'éloignai du pont, je me retournai et vis ma botte glisser sous l'eau. J'essayai de reprendre mon souffle, trempée jusqu'au soutien-gorge. J'aurais pu être emportée, et alors qui aurait ramené Aiden à la maison ? Après réflexion, il était hors de question que je raccompagne Aiden chez nous, pas face à une rivière aussi déchaînée. Je resterais avec lui à l'école. Quelle idiote j'avais été. J'avais ignoré les avertissements de mon père à propos de l'eau. Une boule se forma dans ma gorge alors que je tournais le dos à la rivière. Un seul faux pas et je serais tombée dans l'eau comme les pierres, mon téléphone et ma botte Wellington. Une seule erreur et je me serais retrouvée emportée sous le courant là où l'eau était calme, mes cheveux flottant autour de moi, telle une nymphe d'eau éthérée qui ne respirerait plus jamais.

Une autre jeune femme morte. Une statistique dans une tragique histoire d'inondation. Une femme égoïste qui aurait laissé son fils de 6 ans sans mère après avoir menti à son père. Je secouai la tête et remontai Acker Lane comme je venais de le dire à mon père. La route suivait la rivière sur un kilomètre avant de tourner à gauche sur le chemin de l'école. Huit cents mètres plus loin, ce dernier débouchait sur le parking de l'école de Bishoptown. Je constatai que l'eau s'y était accumulée. Elle arrivait à mi-hauteur des pneus de certaines voitures. Il y avait peu de chances que tous ces gens rentrent chez eux pour la nuit. Je reportai mon attention sur l'école. Ça avait aussi été la mienne. J'avais gravé mon nom sur le plancher de la salle de réunion pour impressionner Jamie Glover, un garçon qui m'avait ensuite brisé le cœur en embrassant Fiona Cater sur le terrain de rugby au collège. À présent, bien entendu, c'était l'école de mon fils. C'était à son tour de se créer des souvenirs et de graver son nom dans le bois à l'aide de la pointe acérée d'un compas.

L'école était un petit bâtiment victorien, construit comme une modeste église avec des pignons pentus et des vitraux à l'ancienne. Elle avait tout de l'édifice gothique.

Traînant ma chaussette trempée, je courus jusqu'à l'entrée et pénétrai en trombe à l'intérieur de l'école, manquant de rentrer dans quelqu'un dans l'encadrement de la porte. En me redressant, je réalisai qu'il s'agissait de Mme Fitzwilliam, qui avait été la directrice lorsque j'étais enfant. Quand elle me vit, son visage pâlit et son regard passa de mes yeux au-dessus de ma tête. Quelque chose dans son changement d'attitude fit tomber une lourde pierre dans mon estomac et jusqu'à mes pieds détrempés.

— Qu'est-ce qu'il y a ? demandai-je.

Un filet d'eau de pluie ruisselait sur le mur derrière Mme Fitzwilliam. On l'appelait Mme Fitz quand j'étais enfant. Elle avait toujours été ferme, mais juste. Nous avions un peu peur de ses cheveux roux, mais ils étaient presque complètement gris à présent, et son expression sévère était plus douce lorsqu'elle croisa enfin mon regard. En voyant les larmes dans ses yeux, mon cœur se remit à tambouriner férocement contre mes côtes. J'agrippai ma poitrine, essayant de me calmer alors que mon cœur semblait avoir été relancé par un défibrillateur.

— Mlle Price... Emma... Je suis vraiment désolée.

Je fis un pas en avant et elle fit un pas en arrière. Son expression laissait entendre que la mienne était féroce. Elle leva les deux mains devant elle en signe de reddition.

— Nous avons appelé la police et ils seront bientôt là.

— Dites-moi ce qui s'est passé, exigeai-je.

— Aiden s'est échappé. Mlle Perry était avec les enfants dans la classe 4. Elle les comptait. Nous avions rassemblé tous les CP dans cette pièce parce que le toit y fuyait moins. Mais d'une manière ou d'une autre, Aiden a quitté la classe. Nous avons fouillé les lieux et nous pensons qu'il a quitté l'école.

Je serrai ma poitrine, comme si un geste aussi dérisoire pouvait atténuer la douleur qui irradiait de mon cœur.

— Pourquoi serait-il parti ?

Elle secoua la tête.

— Je ne sais pas. Peut-être qu'il était curieux d'aller voir la pluie.

Je me recroquevillai sur moi-même, me repliant comme du papier. Bien sûr, il était curieux. Aiden était curieux de tout. C'était un explorateur. Il grimpait aux arbres dans le parc, se précipitait par-dessus les barrières protégeant des champs remplis de vaches, se cachait dans la bruyère sur les landes autour de Bishoptown et jouait à cache-cache dans la forêt. J'avais nourri ce côté de lui. Je voulais un enfant sauvage et courageux. C'était ce que je voulais pour lui ; je voulais qu'il devienne un homme fort avec un penchant pour l'exploration. J'avais reporté mon envie de voyager sur lui.

Mais je n'avais pas voulu *ça*. Je ne voulais pas qu'il échappe à la vigilance des adultes pendant l'inondation la plus dangereuse depuis plus de cent ans.

— Vous avez fouillé l'école ? demandai-je.

— Les recherches sont toujours en cours, répondit-elle.

— Je vais vous aider.

Je n'ai que des souvenirs flous du reste de la journée. J'inspectai moi-même chaque classe, trébuchant sur les seaux placés sous les fuites et ouvrant à la volée les portes des armoires, criant son nom jusqu'à effrayer les autres enfants. C'était inutile. Aiden n'était pas à l'école. Je fouillai tous les coins et recoins du bâtiment et fis même le tour du parking et du terrain de football. Finalement, Amy me fit m'asseoir et Mme Fitzwilliam m'apporta un café chaud.

La police arriva quelques heures plus tard, ainsi que les services de recherche et de sauvetage. Au milieu de ce chaos, on me donna une paire de chaussures. Aiden était introuvable. Les autorités avaient tellement de choses à gérer. Les services de recherche et de sauvetage et la police furent tellement sollicités que mon garçon, mon garçon disparu, le resta. Disparu.

Est-ce que j'éprouve du ressentiment à présent ? Est-ce que je déteste les parents dont les enfants ont été récupérés par bateaux ou hélicoptères lorsque l'Ouse a fini par déborder et recouvrir notre petit village de ses eaux troubles ? Non. C'est impossible. Je ne peux pas en vouloir aux hommes et aux femmes qui ont travaillé sans relâche pour aider les survivants. Mais en regardant tout le monde s'affairer autour de moi, en regardant le reste des enfants retrouver leurs parents et les habitants qui avaient échappé à la noyade recevoir des couvertures et des tasses de thé chaud, je réalisai que ma vie n'était plus entre mes mains. Ce jour-là, en perdant Aiden, je perdis tout contrôle sur ma vie, et sans mon fils, je savais que je ne le récupérerais jamais.

Chapitre Deux

T*out ce potentiel gâché.* C'est la phrase que j'ai entendue encore et encore quand je suis tombée enceinte d'Aiden lors de ma dernière année de lycée. Je venais d'avoir dix-huit ans lorsque je pissai sur le test, et j'avais déjà envoyé ma candidature à plusieurs universités – des universités qui étaient censées m'accepter dans leur cursus de sciences humaines. Rob, mon petit ami de l'époque, n'avait pas postulé à la moindre université. Notre couple ne tenait qu'à un fil, et quand je lui avais annoncé la nouvelle, le fil s'était finalement rompu.

Rob n'était pas le genre de garçon que l'on ramenait chez ses parents. Il avait rejoint un groupe de musique à quinze ans, s'était fait tatouer à seize et avait presque complètement abandonné l'école à dix-sept. Il était resté à l'école de Bishoptown pour passer ses examens, mais quand je repense à cette époque, je me demande s'il n'était pas resté surtout pour passer du temps avec moi. Nous étions très amoureux, mais c'était un amour de jeunesse, passionné et idiot, plein d'erreurs et de drames. Le plus grand drame avait été ma grossesse, qui avait donné lieu à une réunion de famille entre les Price et les Hartley pour discuter de ce qu'il fallait faire à ce sujet. À un moment donné, je m'étais même demandé s'ils n'allaient pas m'envoyer quelque part pendant neuf mois pour accoucher en secret.

Tout cela ressemblait beaucoup au début du vingtième siècle, et non au début du vingt-et-unième.

C'était un petit village de gens riches et ruraux. Ma mère était le médecin généraliste de Bishoptown. La famille de Rob possédait le B&B du village et plusieurs maisons de vacances à l'extérieur d'York. Nous étions censés avoir un avenir. Nous étions issus de la classe moyenne. Nos parents avaient travaillé dur pour nous, et nous avions tout gâché quand j'avais pissé sur ce test de grossesse.

J'aurais pu avorter et, croyez-moi, je l'ai envisagé. Ma mère m'a même fait asseoir et m'a décrit la procédure d'une manière calme et neutre. Les filles comme moi choisissaient souvent cette voie. C'était ce qu'elles pensaient être la meilleure décision pour elles. Mais il y avait quelque chose dans ce petit haricot à l'échographie qui me fit penser qu'un peu de magie poussait en moi. J'avais ce haricot magique qui se formait dans mon utérus et je voulais voir comment les choses allaient évoluer. Il y avait peut-être un peu d'égoïsme dans ma décision. Peut-être qu'il y a une part d'égoïsme dans chaque décision. Mais c'était mon choix.

Mon choix s'est porté sur Aiden.

Et je ne l'ai jamais regretté.

Ni quand il m'a déchirée en sortant de mon corps, ni quand il s'époumonait au lieu de faire une sieste, ni quand ils ont retrouvé son manteau rouge flottant dans l'Ouse trois jours après l'inondation. Non, je n'ai jamais regretté mon choix, pas même sept longues années après le déluge, lorsque j'ai finalement, officiellement, fait déclarer mon fils légalement mort.

— Emma, tu veux ouvrir le suivant ?

Je clignai des yeux et me retrouvai dans la salle des professeurs sur des fauteuils pas si confortables que ça qui avaient été disposés autour d'une petite table basse. Le mur de gauche était recouvert par les casiers des professeurs et derrière moi se trouvait un petit coin cuisine avec quelques placards contenant de vieux paquets de céréales et un évier rempli de tasses et de cuillères à café. Depuis combien de temps pensais-je à Aiden ? D'après les visages qui m'entouraient, j'avais décroché depuis un bon moment.

— Bien sûr ! Désolée, mon esprit était ailleurs.

Je glissai une mèche de cheveux derrière mon oreille et penchai la tête en souriant, puis pris le cadeau dans la main tendue d'Amy.

Il y a dix ans, quand Aiden était mort dans l'inondation, je n'aurais jamais imaginé que je travaillerais avec la femme qui avait laissé mon fils s'aventurer hors de l'école. Mais la vie continue et les gens évoluent. Malgré tout, j'avais pardonné à Amy pour ce jour-là. Elle avait été bien trop sollicitée pendant l'inondation, et quand elle avait eu le dos tourné, mon fils avait fait l'improbable : il était sorti de l'école, avait marché jusqu'à la dangereuse rivière, avait été emporté par le courant et s'était noyé. Telle était la dure réalité. Mais chaque fois que j'y pensais, je me déconnectais de cette réalité. Parfois, je me demandais si j'avais vraiment accepté la mort d'Aiden. Je me demandais s'il ne vivait pas simplement dans les landes du Yorkshire, effrayant les randonneurs en sautant de la bruyère, puis s'enfuyant dans une grotte pour vivre tel un enfant sauvage.

Je fis glisser l'ongle de mon pouce sous le ruban adhésif et j'ouvris lentement le cadeau sur mes genoux. Il était enveloppé dans un ruban rose avec du papier d'emballage de même couleur représentant de jolis oiseaux et des fleurs. Le papier était épais et difficile à déchirer. Amy ne s'était pas contentée de faire un saut au kiosque à journaux de Bishoptown Hill, elle était allée chez Paperchase ou Waterstones pour trouver du papier aussi joli et tendance. Sous les oiseaux se trouvait une boîte avec une façade en plastique transparent.

— C'est magnifique.

J'expirai lentement, retenant les larmes qui me piquaient les yeux.

— Tout va bien ? demanda-t-elle, un tressaillement d'anxiété évident dans la voix. Je sais que certaines mamans n'aiment pas que les gens offrent des cadeaux aussi féminins à leurs bébés. Mais je suis tombée dessus et elle était si magnifique que je n'ai pas pu résister.

Nos regards larmoyants se croisèrent. Je connaissais Amy depuis que j'avais 13 ou 14 ans, même si nous n'avions jamais été proches. C'était quelqu'un qui fréquentait les mêmes cercles que moi, mais pas quelqu'un que j'aurais appelé le samedi soir pour une soirée glandage devant un film. Elle avait toujours été un peu timide, et aurait été jolie si elle n'avait pas eu de longues dents de devant qui empêchaient sa bouche de se fermer complètement. Elle avait le comportement typique d'une bibliothécaire. Elle était calme, mal à l'aise et maladroite avec la plupart des gens, et je savais que la mort d'Aiden avait été un poids pour elle durant toutes ces années. Finalement, une fois que mon chagrin paralysant s'était lentement estompé, j'avais fini par avoir de la peine pour elle.

— Oh, elle est adorable, roucoula Angela, la responsable des 6e.

— Magnifique, dit Sumaira du département d'anglais.

— J'aimerais redevenir petite fille pour avoir la même, déclara Trica, l'une des responsables de l'école.

Je baissai les yeux sur la poupée posée sur mes genoux et j'essayai de chasser le souvenir d'Aiden de mon esprit pour tenter, pour une fois, de penser à l'avenir.

Cette décennie avait été difficile, plus difficile que je ne l'avais imaginé, mais elle n'avait pas été faite que de moments douloureux. Il y avait eu aussi de bons moments, comme épouser Jake et découvrir que j'étais enceinte de lui. Ce devait être un autre moment heureux et je voulais en profiter. Je voulais vivre dans le présent. Je chassai Aiden de mon esprit – tout en lui présentant des excuses silencieuses – et je pensai au jour où j'offrirais cette magnifique poupée à ma fille. Elle était en porcelaine avec des joues roses délicates et des cheveux bruns ondulés qui tombaient sur ses épaules. Elle portait une robe en tulle rose avec des marguerites cousues le long de l'ourlet et un papillon sur la bretelle.

— Elle est parfaite, Amy, merci. Où l'as-tu trouvée ? demandai-je.

— Eh bien, dit-elle, il y a une boutique en ligne qui les fabrique sur commande. Mais ils ont aussi des jouets tout prêts et cette poupée en faisait partie. J'ai eu un coup de cœur pour elle et j'ai su que je devais te l'acheter.

Je posai la poupée avec précaution sur la table basse, à côté de l'énorme carte brillante décorée de petits bébés poussant sur une corde à linge, puis je me penchai en avant sur mon siège et pris Amy dans mes bras. Elle me tapa dans le dos et se pencha au-dessus de mon ventre rond pour m'embrasser.

— J'aurais aimé avoir un petit ventre aussi discret quand j'étais enceinte de huit mois, déclara Sumaira. J'étais énorme !

Elle fit une démonstration avec ses bras et nous éclatâmes de rire.

— Je n'arrête pas de penser qu'un jour je vais me réveiller et que j'aurai la taille d'une baleine, dis-je en riant avec elles.

Je menais une vie particulièrement active avant la grossesse. La course à pied m'avait aidée à surmonter le chagrin et j'étais au sommet de ma forme physique au début de ma grossesse. Je sentais encore un peu de cette force dans mon corps. Je ne me sentais certainement pas faible ou balourde. J'avais bien certains des symptômes classiques de la grossesse, comme des chevilles enflées et une envie de faire pipi deux fois plus importante, mais j'étais loin des femmes enceintes de la taille d'un éléphant que l'on voyait à la télévision. Pas une seule fois je n'avais éclaté en sanglots au travail et j'avais réussi à passer les huit derniers mois sans avoir envie de cornichons.

— Tu vas nous manquer, Price-Hewitt, dit Tricia en me serrant à nouveau dans ses bras.

— Vous allez me manquer, vous aussi. Ne vous attachez pas trop à mon remplaçant ; je serai vite de retour.

— Prends ton temps, dit Angela. Ne te précipite pas. Profite de ton temps avec le bébé.

Je hochai la tête, réalisant le poids de ses mots. Personne ne mentionna Aiden. Personne ne souligna que c'était mon deuxième enfant. Je me mordis la lèvre et luttai contre la marée montante de culpabilité qui menaçait de s'emparer de moi.

— Jake doit m'attendre.

Je me levai un peu trop vite et sentis le sang me monter à la tête. Mes articulations me faisaient un peu mal, mais la gentillesse de mes collègues m'avait redonné de l'énergie et je me sentais assez forte pour affronter le monde. J'étais prête pour le prochain défi à relever, surtout avec Jake qui m'attendait sur le parking. Il avait été mon roc dans les mauvais moments. Il était toujours là, la main tendue, pour me rattraper quand je tombais. Et croyez-moi, j'étais souvent tombée. J'avais sombré dans les ténèbres après la mort d'Aiden.

— Appelle-nous quand le bébé sera né. Nous voulons toutes la rencontrer, dit Amy.

Elle se mordit la lèvre et je vis son esprit tourbillonner en pensant à mon garçon perdu, celui qui s'était éloigné d'elle et n'était jamais revenu.

— Oui, amène la petite au travail, d'accord ? Ça fait des années que je n'ai pas fait de câlins à un nouveau-né. Mon Oliver a presque trois ans maintenant, vous imaginez ? dit Tricia, les yeux embués en pensant à son petit-fils.

— Bien sûr, répondis-je. J'ai hâte que vous la rencontriez toutes.

Je fourrai les cartes et les cadeaux dans un sac en plastique et pris le gros bouquet de roses dont le prix avait été soigneusement retiré de l'emballage. Nous restâmes maladroitement près de la porte et pour la première fois, je vis l'hésitation sur leurs visages. J'y vis de la contemplation, et je sus à quoi elles pensaient toutes.

Amy balaya les larmes de ses joues. Nous n'avions peut-être pas mentionné l'existence d'Aiden. Nous avions peut-être toutes pris la décision inconsciente de ne pas prononcer son nom pendant que nous célébrions le nouveau bébé, mais Aiden était proche, si proche que je pouvais presque le voir dans l'ombre des casiers et de la table d'angle. Il était dans les larmes d'Amy et dans le sourire complice sur le visage de Sumaira. Il était dans mon cœur, enfoui dans mes artères, mélangé à mon sang, à mon ADN et à chaque atome qui faisait de moi ce que j'étais.

Je leur fis mes adieux, descendis les marches et rejoignis le parking, ce même parking que j'avais traversé en courant ce jour terrible où ma botte Wellington s'était enfoncée dans l'eau et où ma chaussette pendait dangereusement de mes orteils. Puis je vis l'Audi argentée et le visage souriant de Jake sur le siège conducteur.

— Comment ça s'est passé ? me demanda-t-il alors que j'empilais les cadeaux et les fleurs sur la banquette arrière.

Il va falloir s'occuper rapidement du siège bébé, songeai-je. Il ne restait plus que trois semaines avant la date prévue pour l'accouchement, et il y avait encore beaucoup à faire.

— Bien. Tu devrais voir la magnifique poupée qu'Amy a achetée pour le bébé.

Jake fronça les sourcils.

— Tu as l'air épuisée. J'allais suggérer qu'on aille prendre un thé pour fêter ça, mais je pense que tu as besoin d'un bon bain chaud et d'une bonne nuit de sommeil. On commande chez Da Vinci à la place ?

Je me penchai sur le levier de vitesse pour déposer un baiser sur la joue de Jake.

— C'est parfait.

Alors que nous sortions du parking, je ne pus m'empêcher de me retourner et de jeter un dernier coup d'œil au bâtiment de l'école. Je travaillais là depuis cinq ans à présent et j'aurais dû m'habituer à la vue de ce vieux bâtiment victorien, mais d'une certaine manière, cela faisait remonter à la surface tous ces sentiments. Alors, le bébé me donna un coup de pied. Je serrai mon ventre et sentis le deuxième arriver.

Oui, je sais que tu es là. Il y a de la place dans mon cœur pour toi aussi.

Chapitre Trois

L'école de Bishoptown est un établissement d'enseignement primaire et secondaire à la fois. Ils ont ajouté un bâtiment plus récent à l'arrière de l'ancien bâtiment victorien, il y a environ vingt ans. Les enfants de moins de onze ans sont scolarisés dans le vieux bâtiment situé à l'avant, et les plus grands, à partir de la 6e, étudient dans le bloc plus récent situé à l'arrière. J'avais rencontré Jake quand j'étais moi-même l'une de ces enfants.

C'était mon professeur.

Ça semble malsain. Ce n'est pas le cas.

Jake avait commencé à enseigner à Bishoptown juste avant que je passe mon brevet, mais il n'avait pas été mon professeur avant que je commence à préparer le bac. Il était professeur d'art et je suivais ses cours. Il était jeune, seulement vingt-huit ans, et venait de déménager à Bishoptown depuis une petite ville près de Brighton. Bien sûr, j'avais déjà remarqué qu'il était magnifique à l'époque. On l'appelait « Hewitt le beau gosse ». Mais j'étais bien trop éprise de mon propre amoureux, Rob, pour accorder plus d'intérêt que ça à mon professeur. Et puis Aiden était arrivé...

Il y a six ans, j'étais une épave. Je n'avais pas travaillé depuis la mort d'Aiden, hormis un emploi à temps partiel dans un supermarché, et je ne vivais que de l'héritage laissé par mes parents après leur mort dans un accident de voiture. C'est Jake qui était venu me chercher, qui m'avait trouvé un travail à l'école, qui m'avait sortie du puits de l'obscurité et m'avait montré qu'il était possible d'allumer une étincelle dans ma vie et de me sauver. Le fait de l'avoir trouvé – ou plutôt qu'il m'ait trouvée – m'avait convaincue que je n'étais pas maudite après tout, juste assez malchanceuse pour perdre mon fils et mes parents en moins de quatre ans.

Je devais à Jake tout ce que j'avais.

Lorsque nous nous engageâmes dans l'allée de notre maison, je jetai un coup d'œil à mon mari et pris le temps de l'observer. Bien qu'il ait dix ans de plus que moi, il était toujours aussi attirant et d'une grande distinction. Ses rides et ses cheveux grisonnants n'avaient pas tellement d'importance. J'étais ravie qu'il s'habille comme un professeur typique avec des blazers en velours côtelé et des cravates à motifs. Sur lui, ces vêtements semblaient à la mode et sexy, et non ringards comme sur certains professeurs de géographie vieillissants de l'école.

Il remarqua mon air scrutateur et me lança un regard interrogateur.

— Qu'est-ce qu'il y a ?

— Rien.

Je haussai les épaules. L'après-midi stressante s'était envolée et avait été remplacée par un sentiment proche du vrai bonheur. Bien sûr, j'avais eu des aperçus de bonheur au cours de la dernière décennie, mais ils n'avaient jamais duré, pas comme le sentiment que je ressentais maintenant.

Ma vie se remettait-elle sur les rails ? Le bonheur prenait-il le dessus sur mon chagrin lié à la disparition d'Aiden et de mes parents ? Le temps était censé tout guérir, mais je n'y avais jamais cru. Je m'étais toujours considérée comme irrévocablement brisée après l'inondation. Mais il me semblait qu'enfin toutes les pièces s'assemblaient.

Du moins, c'était ce que je croyais.

JAKE APPORTA les cadeaux dans la maison et je versai de l'eau dans un vase et taillai les tiges des roses. La cuisine s'anima du bruit de nos mouvements et les sacs en plastique bruissèrent lorsque Jake posa les paquets sur la table à manger. Il commença à les déballer un par un.

— Jane était là ? demanda-t-il.

— Non, elle s'est fait mal au dos.

— Encore ? fit Jake en secouant la tête. Je suppose que c'est ce qui arrive quand on se laisse aller comme ça. Comment elle a fait son compte ?

Sa remarque insensible me hérissa. Jane était d'âge moyen et en surpoids. Elle avait manqué la moitié du trimestre précédent à cause de problèmes de santé fréquents. C'était logique de penser que la plupart de ses problèmes disparaîtraient si elle perdait du poids, mais Jake n'avait vraiment pas de filtre parfois. Il disait tout ce que les autres n'osaient pas évoquer.

— Elle s'est bloqué le dos en mettant son soutien-gorge.

Jake laissa échapper un gros rire.

— Tu plaisantes ?

— Hé, rétorquai-je, c'est dur de mettre un soutien-gorge quand ta peau est tout humide en sortant de la douche.

— Oui, mais quand même.

Il secoua la tête et continua à sortir les cadeaux du sac.

— Alors, comme ça, Amy t'a acheté cette poupée ? Et tu... l'aimes bien ?

Il désigna la boîte avec la délicate poupée à l'intérieur.

— Oui, pourquoi ?

— Tu ne trouves pas que c'est un peu... flippant ?

Il souleva le paquet plus haut alors que je me tenais debout, la hanche appuyée contre le comptoir de la cuisine, des ciseaux dans une main et une rose dans l'autre. Ses doigts s'enfonçaient dans le plastique et j'aurais aimé qu'il arrête de le serrer comme ça. Le plastique craqua sous ses mains, ce qui me fit grincer des dents.

Quand il reposa le paquet, la tension retomba et je réussis à rire.

— Tu fais partie de ces gamins qui ont pleuré en voyant débarquer un clown à une fête d'anniversaire ?

Jake remonta ses lunettes sur son nez et m'adressa un demi-sourire.

— Seuls les psychopathes trouvent les clowns drôles. C'est un fait. Il suffit de regarder John Wayne Gacy.

Je frissonnai en mettant la dernière rose en place et récupérai l'emballage des fleurs.

— N'oublie pas d'essuyer à côté, dit Jake en faisant un signe de tête vers la légère flaque d'eau que j'avais laissée sur le comptoir.

Je levai les yeux au ciel, mais pris un torchon pour éponger le liquide. C'était une plaisanterie récurrente entre nous que Jake avait dû m'apprendre la propreté quand nous avions emménagé ensemble. Il disait qu'il me motivait avec ses félicitations et ses encouragements. Quand je me comportais comme il fallait, il m'emmenait dîner. Pendant les six premiers mois, je l'avais à peine remarqué. Je ne m'étais jamais souciée d'éponger un peu d'eau renversée ou de ramasser mes chaussettes de la veille, jusqu'à ce que je partage un espace de vie avec un maniaque de la propreté comme Jake. J'avais peut-être été trop dorlotée par mes parents après la mort d'Aiden. Après tout, j'étais restée vivre avec eux jusqu'à leur mort. Puis, lorsque les choses étaient devenues sérieuses avec Jake, j'avais vendu le cottage de mes parents et emménagé dans la luxueuse propriété de trois chambres de Jake à Fox Lane, à deux pas de l'école.

C'était l'opposé de la résidence de campagne de mes parents. Leur maison était aussi pittoresque qu'un cottage anglais pouvait l'être avec un toit de chaume et des escaliers étroits remplis de piles de livres et de vieilles œuvres d'art. La maison de Jake était incolore et soignée. Les plafonds étaient hauts et aérés. La maison de mes parents était peinte dans différentes nuances de rouge et de brun avec des plafonds bas, mais de nombreuses fenêtres pour laisser entrer la lumière. La cuisine était remplie à ras bord de casseroles en fonte accrochées aux poutres et de piles de lettres sur le réfrigérateur. La cuisine de Jake était minimaliste et austère, avec des placards blancs modernes et un réfrigérateur caché.

Je posai les roses sur la table et pris un peu de recul, pensant qu'il était agréable d'avoir un peu de couleur dans la cuisine pour changer.

Parfois, les murs rouges de mon ancienne chambre me manquaient, ainsi que les couettes à motifs qui se retrouvaient inévitablement emmêlées au fond de mon lit. Aujourd'hui, je dormais – ou plutôt je me tournai et me retournai – dans des draps en coton égyptien, ivoire ou blanc.

— Allons nous asseoir sur le canapé et regarder une série.

Jake passa un bras autour de moi et me conduisit doucement vers le salon.

— Tu ne veux pas lire ma carte ?

— Oh si, bien sûr, dit-il avec enthousiasme. Apporte-la. Comment ça s'est passé aujourd'hui ? Des maux de dos ?

Je faillis rire aux éclats. Bien sûr que j'avais mal au dos. Et aux chevilles. Et le bébé écrasait mes organes internes avec ses pieds. Lorsque j'étais enceinte d'Aiden, j'étais vraiment dégoûtée à l'idée que mon bébé partage l'espace avec mes reins, mes intestins et tout le reste, écrasé le long de l'utérus, surtout lorsque j'avais appris que le corps bougeait et s'adaptait pour faire de la place au bébé. Cette fois-ci, j'étais déterminée à profiter de toutes les joies de la grossesse. Cela avait duré jusqu'à mon premier épisode de nausées matinales.

— Pas plus que d'habitude.

Je m'installai dans le canapé. Malgré ma bravade, j'étais fatiguée de toute cette agitation. C'était agréable de soulager mes pieds de mon poids. En fait, je n'avais aucune envie de me relever de sitôt, sauf si j'avais besoin d'aller aux toilettes. Je tendis la carte à Jake.

— Ça me rend triste de lire ça, dit Jake.

Il sortit une lèvre, imitant un enfant faisant la moue.

— Pourquoi ? Je sais que John du département d'histoire a mal lu la carte et a écrit « toutes mes condoléances », mais tous les autres sont heureux pour nous. Enfin, j'espère qu'il a mal lu la carte. Peut-être qu'il a du mal avec les gens qui mettent plus d'enfants sur Terre.

Dans ma bouche, la plaisanterie sonna aigre lorsque je prononçai le mot « enfants ». Elle était toujours là, cette amertume. Pendant longtemps, je ne pouvais pas regarder les enfants des autres. Je ne pouvais même pas prononcer le mot. Je regardai mon ventre arr et j'essayai de faire disparaître ces sentiments. Il était temps de pouvoir plaisanter à ce sujet.

— Parce qu'on ne travaillera pas ensemble l'année prochaine. Je ne vais plus t'emmener au travail et te ramener à la maison. J'aimerais pouvoir prendre une année sabbatique avec toi. Je veux dire, est-ce que c'est si incroyable comme idée ? Est-ce que ce serait si terrible ?

— Ça pourrait l'être si on veut avoir quelque chose dans le frigo, répondis-je. Il faudrait que tu quittes complètement ton travail. Ils ne te laisseraient pas prendre une année sabbatique. On n'y aurait pas le droit tous les deux en tout cas.

— Je sais. Mais... qu'est-ce que tu vas faire toute la journée ?

— Eh bien, je pense qu'elle va me tenir occupée.

Je ris et montrai mon ventre arrondi. Mais quand je vis la ligne tendue de sa mâchoire et la façon dont il tenait la carte, je me penchai sur le canapé et pris son avant-bras.

— Je sais qu'il va y avoir beaucoup de changements dans nos vies, mais c'est pour une raison merveilleuse. Toi et moi avons créé la vie et nous allons avoir l'occasion de voir cette merveilleuse vie naître et grandir.

Ma voix se brisa et je me repris avant de continuer.

— C'est notre nouveau départ.

Jake lâcha la carte et enroula ses doigts autour de ma main.

— Tu as raison. Notre nouvelle vie ensemble. Je suis désolé d'avoir flippé.

Je secouai la tête et serrai son bras. Je croyais vraiment chaque mot que je disais. Il y avait une part d'ombre en moi, remplie d'amertume et de chagrin, je ne pouvais pas le nier, mais le reste était plein d'espoir et fort, rempli de l'optimisme d'avoir un nouveau bébé et une nouvelle vie.

Mes pensées furent interrompues par la sonnerie du téléphone de la maison.

— Tu veux que je réponde ?

Jake était déjà debout, mais je le ramenai sur le canapé et me levai.

— Non, je vais me lever et bouger un peu. Je crois que j'ai de nouveau des crampes.

Je me dirigeai vers le téléphone et décrochai.

— Bonjour.

— Mlle Price. Emma. Je suis l'inspecteur-chef Stevenson. Carl Stevenson. Vous vous souvenez de moi ?

Le son de sa voix fit éclater une bulle en moi et tout l'air quitta mes poumons. Je me dégonflai, me sentant me dédoubler. La pièce semblait s'effondrer autour de moi, se réduisant au sang qui s'écoulait dans mes oreilles et à l'étroite tache de lumière près du téléphone.

— Oui, je me souviens de vous.

Ma voix était essoufflée, à peine plus forte qu'un murmure. Bien sûr que je me souvenais de lui. Je pris une profonde inspiration avant de dire :

— Vous étiez l'« inspecteur Stevenson » à l'époque.

Mon cœur battait contre mes côtes. *Boum-boum boum-boum.*

— C'est exact.

Il marqua une pause.

— Emma, vous devez venir à l'hôpital St Michael au plus vite.

Boum-boum boum-boum.

De nouveau à bout de souffle.

— Pourquoi ?

— Parce que je pense que nous avons retrouvé Aiden.

Chapitre Quatre

J'ai passé beaucoup de temps désorientée dans les hôpitaux. Quand j'avais cinq ans, je suis venue rendre visite à mon grand-père mourant et je me suis éloignée pour trouver un distributeur automatique. Une infirmière m'a trouvée recroquevillée dans un coin, les bras enroulés autour de mes genoux, pleurant à cause des ballons effrayants que tout le monde portait. C'étaient les poches de fluides de leurs perfusions.

Il y a eu la naissance d'Aiden, il y a seize ans. L'infirmière n'arrêtait pas de me dire que j'avais de la chance d'être une si jeune maman – au moins, je retrouverais ma silhouette.

— Essayez d'avoir un enfant à 40 ans, n'arrêtait-elle pas de dire.

Puis il y avait eu l'accident de voiture. Ma mère était restée dans le coma pendant une semaine avant de mourir, mais la mort de mon père avait été instantanée après qu'il avait traversé le pare-brise lorsque les freins avaient lâché sur sa M1. Leur accident avait provoqué un embouteillage de plus de trois heures ce jour-là. Twitter avait été rempli de banlieusards en colère qui critiquaient la mort de mon père parce qu'elle les mettait en retard au travail. Mais je me souviens encore d'avoir erré dans les méandres de l'hôpital, de ne pas m'être souvenue du service indiqué par l'infirmière ou d'avoir découvert que ma mère avait été déplacée dans un autre service. Les abréviations me faisaient tourner la tête. USI. ATU. RCP. NPR.

En vérité, j'avais été soulagée quand elle était finalement décédée. À ce moment-là, les médecins ne savaient pas si elle retrouverait un jour ses facultés mentales après le traumatisme qu'elle avait subi, et je ne voulais pas être celle qui lui annoncerait que mon père était mort pendant qu'elle était dans le coma. Au moins de cette façon, ils étaient tous les deux partis ensemble.

En un instant, j'avais perdu ma mère intelligente et mon père attentionné. La même chose s'était produite avec mon fils curieux.

Lorsque je franchis la porte du service de pédiatrie de l'hôpital St Michael, un frisson me parcourut l'échine et je sus au fond de mon cœur que j'avais retrouvé mon fils. En un instant, ce qui avait été perdu avait été retrouvé. La vie est faite de moments, pas vrai ? Une vie est construite sur des secondes qui passent. Certaines sont futiles : elles sont consacrées à faire un rêve idiot, couper des légumes, sortir les poubelles, se couper les ongles. Certaines ne le sont pas.

L'inspecteur-chef Carl Stevenson était assis sur un petit banc dans une minuscule pièce située à droite du couloir. Il se leva à mon approche, un gobelet en polystyrène dans une main, et ouvrit la bouche pour parler. Je ne lui en laissai pas le temps.

— Où est-il ? exigeai-je. C'est lui ?

— Emma, dit-il en se débarrassant des formalités. Nous devons parler. Prenez un moment et asseyez-vous. Je veux d'abord tout vous expliquer.

Je regardai ses yeux marron foncé et sa barbe poivre et sel – avec plus de sel depuis la dernière fois que nous nous étions vus – et je me demandai comment diable il pensait que je pouvais m'asseoir à un moment comme celui-ci. Il y avait une chance que mon fils soit revenu d'entre les *morts*. Mon Dieu, rien que d'y penser… C'était de la folie. Tout cela était insensé. Et pourtant…

— Mon amour, pense au bébé, dit Jake. Il a raison. Assieds-toi et écoute l'inspecteur.

— J'ai besoin de savoir, insistai-je. Je dois le voir.

À quoi ressemblerait un Aiden de 16 ans ? Aurait-il des poils sur le menton comme les enfants à l'école ? Serait-il grand et longiligne ? Ou bien petit et trapu ? Me ressemblerait-il à moi ou à Rob ? Je fis taire mes pensées. Et si ce n'était pas lui ? Et si tout ça était une erreur ? C'était l'explication la plus logique.

— Je sais, dit Stevenson. Mais vous devriez respirer un bon coup. Aiden... le jeune garçon que nous avons trouvé... a subi un traumatisme important et est très sensible en ce moment. Le docteur va vous en dire plus dans un instant, mais je voulais vous parler d'abord. J'ai pensé que vous vous souviendriez de moi depuis l'enquête suivant l'inondation.

— En effet, dis-je.

Après avoir réalisé qu'Aiden avait disparu, les services de recherche et de sauvetage avaient parcouru les environs à sa recherche. Ils avaient dragué l'Ouse. Fouillé les bois. Le village. Mais aucun signe de lui. Aucun corps non plus. Les experts m'avaient expliqué que lorsqu'une personne se noyait dans une inondation, elle ne flottait pas en aval comme beaucoup de gens le croyaient. En fait, elle s'enfonçait sous les flots tumultueux et était attirée vers une eau plus calme, puis remontait à la surface tout près de l'endroit où elle s'était noyée. Mais il n'y avait pas de corps. Aiden n'avait jamais été retrouvé. C'était à ce moment-là que l'inspecteur Stevenson avait été appelé, car il y avait une infime probabilité qu'Aiden ne se soit pas noyé.

Je m'assis sur le banc alors qu'un groupe de trois infirmières marchait dans le couloir sur notre gauche. J'eus l'impression qu'elles me regardaient, se demandant peut-être si j'étais venue « récupérer » le garçon disparu. Comme une vieille chaussette après un cours de sport. Je serrai les poings et m'agrippai à ma robe en coton. Elle était humide à cause de la pluie dehors. Je n'avais même pas mis de manteau.

— Je vous écoute, dis-je.

— Un adolescent a été retrouvé errant le long de la route secondaire entre le village de Bishoptown et la forêt de Rough Valley. Un couple sortait du village et l'a croisé. Il ne portait qu'un jean. Pas de haut ni de chaussures. Il était couvert de boue. Ils se sont arrêtés et lui ont demandé où il allait. Ils ont expliqué qu'il avait visiblement compris leurs questions, mais ne leur a pas répondu. Il s'est arrêté de marcher, les a regardés et a maintenu le contact visuel, mais il n'a pas répondu. Ils ont réussi à le faire monter dans leur voiture et l'ont conduit au poste de police le plus proche.

Je laissai échapper une longue inspiration, réalisant seulement à ce moment-là que j'avais retenu mon souffle tout ce temps. Le bébé ajusta son poids dans mon ventre, me donnant des coups de pied en même temps qu'il bougeait. Je posai ma main sur mon ventre, machinalement.

— Que s'est-il passé ensuite ? demandai-je.

— Mes collègues du poste ont consulté la liste des personnes disparues dans la région, mais le garçon ne correspondait à aucun profil dans le système. Puis ils ont prélevé un échantillon d'ADN.

Stevenson marqua une pause et passa ses mains le long de son jean. On l'avait fait venir au pied levé, compris-je. Il ne portait pas le même costume élégant qu'il avait lors de cette horrible semaine où nous avions cherché Aiden.

— Vous vous souvenez que nous avons entré l'ADN d'Aiden dans le fichier après sa disparition ?

— Oui, répondis-je.

J'avais retrouvé autant de cheveux que possible et envoyé des vêtements avec du sang séché pour que la police puisse les utiliser. Aiden s'écorchait régulièrement les genoux ou s'enlevait des croûtes, et j'avais pas mal de retard sur les lessives à l'époque.

— Ce garçon était clairement en détresse. Il ne voulait parler à aucun de mes collègues, alors ils l'ont amené à l'hôpital. Un test ADN a été effectué hier et l'analyse est revenue il y a quelques heures. L'adolescent dans cette pièce est bien Aiden.

Je desserrai les poings, poussai un léger soupir, puis serrai les mains à nouveau. Comment était-ce possible ? Comment ? Une sensation de picotement se répandit dans mon corps, de mon cuir chevelu à la plante de mes pieds.

— Vous allez bien, Mlle Price ? Je peux vous offrir quelque chose ?

J'entendis vaguement la réponse de Jake :

— C'est Mme Price-Hewitt maintenant. Nous sommes mariés.

— Toutes mes excuses. Emma, vous m'entendez ?

— Oui, chuchotai-je.

Je fermai les yeux et m'appuyai contre le mur derrière moi. Les mots de Stevenson tournaient en boucle dans mon esprit. *ADN. Adolescent. Forêt de Rough Valley.* Tout cela était-il réel ?

Je me rendis compte que Stevenson avait eu raison de me prendre à part et de m'expliquer tout cela. Je devais me ressaisir si je voulais entrer dans cette pièce et faire face à Aiden pour la première fois en dix ans. *Je t'ai déclaré mort.*

— Je vais bien, dis-je. Tout va bien. Tout ceci est un choc, comme vous pouvez l'imaginer. Je peux le voir maintenant ? J'ai besoin de le voir.

— Je vais voir avec le docteur.

Stevenson m'adressa un sourire tendu et se leva.

— Ça ne peut pas être vrai, dit Jake après que Stevenson eut quitté la pièce. Ça fait dix ans. Où était-il pendant tout ce temps ? La police a dû faire une erreur. Ils ont dû se tromper dans le test ADN ou quelque chose comme ça.

— Et si ce n'est pas le cas ? dis-je. Et si c'était vraiment lui ? Jake, je vais récupérer mon fils.

Jake passa son bras autour de mes épaules et me serra.

— Je ne veux pas que tu te fasses de faux espoirs, mon amour. Je ne voudrais pas que tu aies le cœur brisé à nouveau. Tu te souviens du temps qu'il t'a fallu pour digérer la mort d'Aiden ?

— Je sais, dis-je.

Et la vérité était que mon cœur était toujours fermé. Je ne l'avais même pas réalisé. Je pensais m'être ouverte, mais ce n'était pas le cas. J'étais fermée et ratatinée à l'intérieur.

Je me levai lorsque le docteur vint nous parler, et je fus impressionnée par sa taille. Mais le visage aimable et les yeux bienveillants de cet homme aidèrent à soulager un peu la tension qui s'était accumulée dans ma poitrine.

— Mme Price-Hewitt, je suis le Dr Schaffer. Je suis le chef du service de pédiatrie, ici, à St Michael. Il y a quelques petites choses que j'aimerais mentionner avant que vous n'alliez voir votre fils. J'ai été briefé par l'inspecteur-chef Stevenson, ici présent, donc je comprends la nature délicate de cette situation. Votre fils, Aiden, a subi un traumatisme. Il est encore sous le choc, c'est pourquoi nous n'avons pas encore procédé à un examen complet. Nous essayons d'espacer chaque procédure pour ne pas le brusquer. Mais pour l'instant, nous pouvons affirmer qu'il est en bonne santé. Il est plus petit que la plupart des jeunes de 16 ans, et nous devrons nous pencher là-dessus. Il est resté muet depuis son arrivée, mais il comprend ce que nous disons, et il aime regarder des dessins animés ou des émissions de télévision pour enfants. Mais ne vous découragez pas s'il ne réagit pas la première fois que vous le voyez.

Tout mon sang quitta mon visage. Et s'il ne me reconnaissait pas ? Je pris la main de Jake et il serra la mienne.

— Merci, Dr Schaffer, dis-je d'une voix hésitante.

Le docteur sourit et m'invita à le suivre dans le couloir. Je m'exécutai à pas tremblants, essayant désespérément de garder le dos droit, une main sur mon ventre de femme enceinte, essayant de calmer mon enfant à naître et de me calmer moi-même au passage. Mon cœur travaillait pour deux, pompant et martelant ma cage thoracique comme un ballon de basket pendant un dribble. Les murs de l'hôpital se refermèrent sur moi et la claustrophobie s'insinua dans mes veines, comprimant ma poitrine au point que je dus me rappeler de respirer profondément. Je serrai les doigts de Jake si fort que cela dut lui faire mal, mais il ne broncha pas et ne se plaignit pas.

Puis nous atteignîmes la chambre. Le médecin marqua une pause et attendit que j'acquiesce. Il ouvrit la porte. Dans cette action des plus banales, je vécus un de ces moments, le genre dont on se souvient toute sa vie, le genre où le temps ralentit et laisse une empreinte permanente dans votre esprit.

Chapitre Cinq

Le garçon dans la chambre d'hôpital n'avait rien de remarquable. Il était soutenu par des oreillers sur le lit avec son torse menu qui dépassait sous un pyjama bleu. Je n'ai jamais su qui lui avait acheté ce pyjama, mais je soupçonne que c'était l'inspecteur-chef Stevenson. Le garçon avait des cheveux bruns hirsutes qui pendaient jusqu'au col de son pyjama. Il était assis, les doigts agrippés aux draps, le regard fixé sur la minuscule télévision de l'hôpital. Je fis un pas en avant, suivant le médecin, mais sans voir qui que ce soit d'autre dans la pièce, à l'exception du garçon dans le lit. Il tourna la tête dans ma direction et mon cœur s'arrêta de battre.

Il avait les yeux de Rob.

Mon Aiden, le petit garçon dont j'avais pris soin quand il était bébé, avait aussi les yeux de Rob. Ils étaient marron avec un soupçon de noisette près de la pupille. Une multitude d'images surgirent alors dans ma tête. Le premier anniversaire d'Aiden, la fois où il avait étalé de la mousse à la fraise sur ses mains et son visage, l'heure du bain, les histoires au coucher, quand il s'asseyait sur les genoux de mes parents en faisant des grimaces, qu'il sautait dans les flaques d'eau… le tout avec un grand sourire sur le visage et ces yeux marron pétillants.

— Comment savons-nous que le test ADN est correct ? entendis-je Jake dire. Comment savons-nous qu'il n'y a pas eu une sorte de coup monté ?

— Ce n'est pas le cas, chuchotai-je, tout à fait certaine que c'était Aiden assis en face de moi.

— C'est peu probable, répondit l'inspecteur-chef Stevenson, mais pour être sûr, j'allais suggérer de comparer son ADN à celui d'Emma. De cette façon, nous serons sûrs à cent pour cent qu'il s'agit bien d'Aiden Price.

Je t'ai enterré, pensai-je, mon regard soutenant celui de mon fils. Dans mon cœur, je t'ai enterré. Pourras-tu un jour me pardonner ?

Méritais-je seulement le pardon ? Les mères sont censées ne jamais abandonner. Dans les films, quand l'enfant disparaît, la mère sait *toujours* qu'il est vivant. Elle le sentirait si son enfant était mort. Ce lien, ce lien magique entre la mère et l'enfant serait rompu, et cette rupture se ferait nécessairement sentir. Mais j'avais vu l'anorak rouge d'Aiden dans l'Ouse et j'avais supposé qu'il était mort. Je me mordis la lèvre pour retenir mes larmes.

— Aiden, dis-je en me dirigeant vers le lit. Bonjour.

Je souris au garçon aux cheveux brun foncé et au petit menton. Mon vieux cœur flétri fit un bond quand je réalisai qu'il était si petit – pas beaucoup plus grand qu'un enfant de douze ans – avec des yeux qui semblaient trop grands pour son visage.

— Ne paniquez pas s'il ne réagit pas, déclara le Dr Schaffer. Nous pensons qu'il est à l'écoute et qu'il comprend tout, mais il lui faudra un certain temps pour assimiler ce qui lui est arrivé. Voulez-vous vous asseoir, Mme Price-Hewitt ?

Je hochai la tête et bougeai en conséquence alors que le docteur tirait un siège près du lit d'Aiden. Mais alors que je m'asseyais, tout ce à quoi je pouvais penser était ce qui était arrivé à mon garçon. Où était-il passé ? Une décennie. Dix ans. Des guerres avaient été menées et perdues en une décennie. Premiers ministres et présidents s'étaient succédé. D'importantes découvertes scientifiques avaient été faites. Et pendant tout ce temps, mon garçon… mon enfant… avait disparu du monde. Disparu de *mon* monde, du moins.

Avançant le siège, je me penchai vers lui et laissai ma main planer à un centimètre au-dessus de la sienne. Aiden regarda ma main, fronça les sourcils et retira la sienne.

— Il n'aime pas le contact physique pour le moment, expliqua le Dr Schaffer.

J'essayai d'ignorer la douleur provoquée par ces mots et je retirai ma main pour la poser sur mes genoux. Par deux fois, j'ouvris la bouche pour parler, mais deux fois je la refermai. Un dessin animé Transformers résonnait dans la pièce, comblant le silence suspendu, mais même ainsi, l'atmosphère était électrique.

— Aiden, tu te souviens de moi ? demandai-je d'une voix chevrotante. Tu sais qui je suis ?

Il cligna des yeux. Il était si immobile que c'en était terrifiant. Le petit garçon que j'avais connu n'était jamais calme, et même si j'avais su instantanément que ce garçon aux yeux marron était mon fils, j'avais du mal à associer le bavard curieux de six ans à ce jeune homme muet et pensif.

J'injectai un peu de gaieté dans ma voix dans une tentative pathétique de détendre l'atmosphère.

— Je suis ta maman. On s'est perdus de vue pendant un moment, mais je suis de retour maintenant et je vais m'assurer que tu es en sécurité, d'accord ?

Je clignai des yeux rapidement et pris une profonde inspiration, essayant désespérément d'étouffer la marée montante d'émotions qui menaçait de m'emporter.

— Une fois que tu te sentiras mieux, tu pourras venir à la maison avec moi et on pourra réapprendre à se connaître. Qu'est-ce que tu en dis ?

Il n'y eut pas même la trace d'un sourire sur ses lèvres. Ses yeux se tournèrent lentement vers la télévision et j'eus envie d'entourer ses épaules étroites de mes bras et de le serrer contre moi. Je me tournai vers le docteur, paniquée.

— Je ne... Je ne sais pas quoi faire.

Malgré mes efforts pour retenir mes larmes, un sanglot s'échappa, masquant le dessin animé bruyant et me ramenant à la réalité. Aiden n'avait pas besoin de me voir craquer. Il avait besoin que je sois forte, pas que je sois une épave.

— Vous vous débrouillez très bien, m'encouragea le Dr Schaffer. Essayez de continuer à lui parler. Nous voulons qu'Aiden entende le son de la voix de sa mère.

Je pris une profonde inspiration et je me calmai. Aiden sentait le désinfectant et les œufs. Mes yeux se dirigèrent vers la petite table à côté de son lit. Il y avait un livre de coloriage, mais pas de jouets, pas de cadeaux ou de fleurs. Mon garçon devait avoir des cadeaux. Je lui en amènerais et il redeviendrait Aiden. Il serait le petit garçon plein de vie et créatif que j'avais connu. Je pris une profonde inspiration et fermai les yeux. Il était là, marchant sur le parking de l'école pour aller en classe avec un sac à dos Power Rangers et son manteau rouge vif. J'ouvris les yeux et fis semblant de parler à ce même garçon.

— Tu aimes ce dessin animé, Aiden ? Je me souviens que quand tu étais petit, tu avais une voiture Transformers. Tu t'en souviens ? Elle était rouge et se transformait en robot. Tu jouais à des jeux où le robot partait en guerre contre tes peluches. Tu étais devenu un peu trop grand pour tes lapins et tes ours en peluche. Tu aimais les robots, les voitures et les Power Rangers, comme la plupart des petits garçons de ton âge. Mais tu aimais aussi dessiner. Tu me faisais de magnifiques dessins. Ce n'étaient pas des bonshommes en bâton, mais de véritables illustrations colorées de grand-père, grand-mère et moi. On les accrochait dans tout le cottage.

Je marquai une pause. Plus rien de tout cela n'existait. Ni sa grand-mère. Ni son grand-père. Ni le cottage. Soudain, ma bouche devint très sèche.

— Tes goûts ont peut-être changé, mais ce n'est pas grave. Beaucoup de choses ont changé. On peut trouver ce qu'on aime ensemble, pas vrai ? On ira faire les magasins et tu pourras choisir ce que tu veux. N'importe quoi.

Je laissai échapper un rire nerveux et m'adossai à mon siège.

— Et dans quelques semaines, tu pourras rencontrer ta sœur. On ne connaît pas encore son nom. Tu pourras peut-être m'aider à le choisir. Ça me plairait beaucoup.

Rien. Aucune réaction de sa part.

— Tu as fini par grandir ! Je me suis toujours demandé si ça arriverait.

J'attrapai une de mes mains avec l'autre pour m'empêcher de me transformer en une folle au récit décousu.

Alors qu'Aiden continuait à regarder la télévision, j'avais l'impression d'être dans un rêve. Est-ce que je parlais vraiment à mon fils ? Ce jeune homme pâle était-il le garçon que je croyais noyé des années plus tôt ? La tête me tournait, mais mon cœur était lourd des implications des récents événements. Je ne savais plus du tout quoi dire.

Heureusement, le Dr Schaffer remarqua ma détresse et vola à mon secours.

— Peut-être que nous pourrions tous aller prendre une tasse de thé pendant qu'Aiden se repose un peu. Ensuite, nous pourrons parler de la suite. Nous aimerions vous prélever un peu de sang, Emma, et puis nous pourrons établir une correspondance ADN pour corroborer le test d'hier. Quelqu'un des services sociaux devra aussi vous parler.

— Je pourrai le ramener à la maison, n'est-ce pas ? demandai-je.

Un poing glacé serra mon cœur.

— Cela pourrait prendre un peu de temps, répondit l'inspecteur-chef Stevenson. Aiden ne parle pas, et nous ne savons pas où il était ni avec qui il a passé ces dix dernières années.

Qui. Ce mot me frappa comme un camion. *Qui*. Avec qui était-il ? Pourquoi ? Je sentis la bile monter dans ma gorge, menaçant de se répandre sur le sol de l'hôpital. Mes doigts s'enroulèrent autour de l'accoudoir alors que j'essayais de me ressaisir.

— Où pensez-vous qu'il soit allé ? demandai-je en prononçant les mots lentement et soigneusement.

Le médecin et l'inspecteur jetèrent un coup d'œil à Aiden, puis à moi.

— Je pense qu'il est préférable de parler de ça en privé, dit l'inspecteur-chef Stevenson.

Chapitre Six

Bien entendu, après la noyade supposée d'Aiden, j'avais souffert de cauchemars récurrents. Il y avait deux images qui me hantaient lorsque je me tournais et me retournais dans mes draps la nuit. Le premier était la vue du manteau rouge d'Aiden extrait de la rivière. C'était l'image que la presse avait régurgitée à la une de tous les journaux. L'innocence perdue. Le contraste d'un petit manteau rouge sur fond sombre, avec de la moisissure et de la saleté sur les manches. C'était une image parfaite pour vendre des journaux. Elle renvoyait à la pire crainte d'un parent sans toutefois contrevenir aux règles de bienséance.

Y a-t-il quelque chose de plus vendeur que la mort pour les journaux ? Le sexe peut-être, si l'histoire est bonne, mais la mort d'un enfant représente le summum de la curiosité morbide. Dans une pyramide regroupant scandales sexuels, prostituées et célébrités, l'infanticide règne en maître. La mort tragique et accidentelle d'un nourrisson arrive juste en dessous des ventes liées au meurtre d'un enfant. Aiden avait été réduit à cette seule image et cela avait presque effacé les autres souvenirs que j'avais de lui. Je n'arrivais plus à voir son adorable regard concentré et sa langue tirée lorsqu'il lisait un livre sans voir l'anorak rouge maculé de boue dans la rivière. Je ne pouvais pas l'imaginer en train de grimper dans l'arbre de notre jardin avec sa cape de Superman sans que les titres des journaux me trottent dans la tête.

La deuxième image était le pur produit de mon imagination, mais je ne pouvais pas m'en défaire. C'était Aiden, son petit corps pâle flottant dans l'eau. Sous la surface de la rivière se trouvait mon enfant, à moitié dévoré par les poissons, ballonné et pourrissant. Je rêvais de l'écoulement de l'Ouse là où elle rencontrait l'Humber. Elle se précipitait, jaillissait et se déversait sur les rochers, entre les berges herbeuses, sous les ponts de pierre, derrière les maisons et se jetait dans la mer. Je le voyais s'éloigner de moi. Disparaître du monde.

Pendant l'enquête, des experts en recherche et sauvetage nous avaient parlé des courants et des endroits où il aurait pu s'échouer. Il était anormal qu'un corps ne refasse pas surface dans une rivière. En mer, on s'attendait à ce qu'un corps disparaisse, mais dans une rivière, on avait tendance à les retrouver. C'est pourquoi on avait confié l'affaire à l'inspecteur Stevenson. Ce n'était que lorsqu'ils avaient trouvé le manteau d'Aiden que la piste de l'enlèvement avait été presque complètement exclue. Il y avait eu une inondation et pendant cette inondation Aiden s'était égaré, probablement vers la rivière. Peu de temps après sa disparition, on avait retrouvé son manteau dans l'eau. Fin de l'histoire. C'était logique, n'est-ce pas ?

Sauf que cette fois-ci, la logique était manifestement lacunaire, car il s'agissait de mon fils assis dans un lit d'hôpital, arborant la même expression que celle des enfants qu'on sortait d'un immeuble en ruines après un tremblement de terre, ou qu'on sauvait d'un pays en guerre. C'est pourquoi je savais que mes cauchemars allaient probablement revenir, et de quoi ils parleraient.

Avec Jake à mes côtés, je suivis le Dr Schaffer et l'inspecteur-chef Stevenson dans un petit bureau. Le Dr Schaffer s'assit à un bureau, me proposa une chaise et l'inspecteur-chef Stevenson ferma la porte derrière nous. L'odeur de désinfectant de l'hôpital s'était même infiltrée dans cette pièce, et la minuscule fenêtre derrière le bureau était fermée, nous emprisonnant dans un miasme de maladie. Une partie de moi faillit ouvrir la bouche pour demander au Dr Schaffer d'ouvrir la fenêtre pour laisser entrer un peu d'air frais, mais je décidai de ne pas m'en préoccuper. Cela entraînerait une nouvelle perte de temps, et j'étais impatiente d'avancer.

L'inspecteur-chef Stevenson se dirigea vers le bureau et s'arrêta au-dessus. Jake s'assit sur une chaise à ma gauche, ses doigts tambourinant contre la laine grise de son pantalon. Je me sentais toute petite à côté d'eux, malgré mon estomac distendu. J'étais là, une femme enceinte au milieu d'un groupe d'hommes. Le choc entre la féminité et une pièce remplie de testostérone. Malgré la situation, je m'efforçai de rester calme, ne voulant pas m'effondrer devant eux. J'étais presque sûre qu'il n'y aurait aucun jugement de leur part même si ça arrivait, mais cela m'aurait fait perdre davantage de temps. J'avais besoin de découvrir tout ce qu'ils savaient sur mon fils.

Le Dr Schaffer poussa un dossier sur son bureau, puis le retira avant de se racler la gorge. Il avait la tête baissée, regardant le dossier plutôt que moi. Il semblait grand, même assis sur la chaise de bureau. Avec sa tête penchée comme ça, je pouvais voir que ses cheveux étaient clairsemés. J'apercevais le rose de son cuir chevelu, légèrement brillant, sous ses doux cheveux grisonnants.

— C'est un cas très difficile, déclara le Dr Schaffer. Comme Aiden ne nous parle pas, il est compliqué de faire une évaluation.

— Dites-moi tout ce que vous savez et ce que vous pensez que ça signifie, dis-je.

Je me tournai vers l'inspecteur-chef Stevenson.

— Et quand je dis tout, c'est tout.

Finalement, le docteur releva la tête et je vis qu'il avait endossé l'habit du professionnel. Il posa ses mains sur le dossier et joignit ses doigts.

— Aiden est petit pour son âge, ce qui nous amène à penser qu'il a été mal nourri. Lorsqu'on l'a trouvé sur la route, il marchait très lentement, boitait et était essoufflé. Sa démarche est un peu courbée, peut-être pour compenser la boiterie. Au cours de notre examen, nous avons constaté que les muscles de ses mollets et de ses cuisses étaient sous-développés, et il a la trace d'une blessure ancienne à la cheville, mais nous devrons effectuer d'autres examens pour découvrir l'ampleur de la blessure. Elle est guérie à présent.

— Les dents d'Aiden sont assez tordues et bien que je ne sois pas un expert en la matière, je pense qu'elles n'ont pas été particulièrement bien soignées, même s'il a pu avoir une brosse à dents. Sa peau est très pâle et ses yeux particulièrement sensibles à la lumière vive.

À ce moment-là, l'afflux sanguin et le battement de mon cœur devinrent bien plus forts que la voix du médecin et j'eus peur d'être sur le point de m'évanouir sur le siège. Je pris une profonde inspiration, caressai mon estomac et luttai pour rester consciente. Le problème, c'était que j'avais déjà deviné ce qu'il allait dire et que je ne voulais pas l'entendre. J'aurais voulu me lever sur mes pieds tremblants et mes chevilles enflées et courir aussi vite que possible alors que j'étais enceinte de huit mois. Je voulais quitter cet endroit – et même m'éloigner d'Aiden, aussi malsain que cela puisse paraître – et ne plus jamais penser à tout cela. Mais je ne pouvais pas. Aiden était né. Il avait existé. Il était toujours là. Et il avait une histoire au fond de lui qui méritait d'être entendue et digérée par sa mère.

— Emma, dit Jake à voix basse en me serrant la main. Ça va, mon amour ?

— Avez-vous besoin d'une pause ? demanda l'inspecteur-chef Stevenson.

Je secouai la tête.

— Ça ira, continuez. Dites-moi tout ce que vous savez.

Le Dr Schaffer sourit alors et cela me rappela le sourire que les parents fiers adressaient à leurs enfants nerveux lors d'événements sportifs. Puis il baissa les yeux sur son dossier et poussa un long et profond soupir. Le pire restait à venir.

— Il y a des preuves de dommages sur les gencives d'Aiden et certaines lacérations sur son corps sont compatibles avec des abus sexuels.

Je me penchai en avant et vomis une petite quantité de liquide clair sur le sol du cabinet. Jake éloigna mes cheveux de mon front et m'aida à me redresser. L'inspecteur-chef Stevenson essuya rapidement la bile avec son mouchoir et le jeta dans la poubelle.

— Ne vous inquiétez pas, dit le Dr Schaffer. J'avais besoin d'une nouvelle poubelle de toute façon.

Il s'efforça de me sourire.

— Je suis vraiment désolée, dis-je.

— Ne vous en faites pas.

— Je vais apporter ça à une des infirmières, dit l'inspecteur-chef Stevenson. Et je vais nous chercher de l'eau. Je pense que nous en avons besoin.

Je lui adressai un faible sourire, reconnaissante qu'il ait prétendu que nous avions tous besoin d'eau. Faisant comme si je n'étais pas la seule dans la pièce à avoir perdu le contrôle de ses fonctions corporelles.

Je savais que ça allait arriver. Bien entendu. Les petits garçons n'étaient pas enlevés sans raison. Peu de temps après l'inondation, lorsque les recherches et les secours n'avaient pas réussi à retrouver le corps d'Aiden, j'avais passé en revue toutes les raisons possibles pour expliquer la disparition d'un enfant, de la chute au fond d'un puits à la vente dans le commerce du sexe. J'avais tout passé en revue. J'avais imaginé des hommes à moustache tenir la main de mon petit garçon et le conduire dans des pièces sombres. J'avais vu de l'argent changer de mains et des sourires lascifs sur les visages d'hommes obèses et prédateurs. J'avais imaginé le pire, vraiment, et je m'étais sentie sale et dégoûtée rien qu'en y pensant. Aucune douche ne pouvait enlever ces images.

Et à présent, ma pire crainte était confirmée. Je m'adossai au siège et fermai les yeux.

— Essaie de rester calme, ma chérie, m'apaisa Jake. Pense au bébé. Tu dois garder ton niveau de stress au plus bas.

Mais *je* pensais au bébé, celui qui était assis tout seul dans cette chambre d'hôpital à regarder des dessins animés. Mon corps souffrait devant mon impuissance. Quoi que je fasse à présent, je ne pourrais jamais rien y changer. Je ne pourrais jamais revenir en arrière et l'empêcher d'aller à l'école ce jour-là. Jamais. Je pouvais à peine respirer.

— Me revoilà, fit l'inspecteur-chef Stevenson en distribuant une bouteille d'eau à chacun d'entre nous.

Je remarquai qu'il me tendit la mienne avec le bouchon dévissé.

Je compris pourquoi lorsque je tendis la main pour prendre la bouteille. Je tremblais tellement que j'en renversai une partie sur mes vêtements. Je pris la bouteille en plastique à deux mains et la portai timidement à mes lèvres. Le liquide frais me fit du bien en coulant dans ma gorge. L'inspecteur-chef Stevenson ouvrit la fenêtre derrière le bureau et une brise entra en contact avec la sueur de mon front.

— Merci, dis-je.

Je fis de mon mieux pour me ressaisir, me préparant pour le reste des informations du Dr Schaffer.

Mais ce fut Jake qui rompit le silence en premier.

— Vous en êtes sûr ?

Entendre sa voix était une surprise. À part me demander si j'allais bien, il était resté assez silencieux depuis son arrivée à l'hôpital.

— Je veux dire… ce que vous dites, c'est que…

— Nous ne serons pas sûrs tant qu'Aiden ne pourra pas nous le dire lui-même, mais c'est ce que notre examen suggère.

Les doigts du Dr Schaffer se resserrèrent sur le dossier jusqu'à ce que je voie ses jointures blanchir. Il détendit ses mains et ses épaules se relâchèrent légèrement.

Je fermai les yeux, essayant de ne pas penser à ce que l'examen avait impliqué. J'aurais dû être là pour lui tenir la main pendant que les docteurs l'examinaient.

— Est-ce qu'il a eu l'air en détresse ? demandai-je. Est-ce qu'il a pleuré, crié, eu peur ?

— Non, dit le Dr Schaffer. Il a été très calme. Il montre une certaine gêne quand on le touche, mais il nous a permis de l'examiner, de le laver et de l'habiller aussi. Nous avons été très doux et nous avons expliqué chaque procédure et le pourquoi du comment.

Mes mains se serrèrent autour de la bouteille.

— Vous auriez dû m'attendre. J'aurais dû être là avec lui.

— Je comprends votre sentiment, dit l'inspecteur-chef Stevenson avec la même voix calme que tant d'années plus tôt. Nous avons demandé aux médecins de chercher des preuves sur le corps d'Aiden. Si nous avions attendu, certaines de ces preuves auraient été détruites.

— Et quelles *preuves* avez-vous trouvées ? lâchai-je.

L'inspecteur-chef Stevenson tira sur le col de sa chemise.

— C'était une nuit pluvieuse. S'il restait des traces du ravisseur d'Aiden sur lui, elles ont été effacées. Il n'y avait aucune trace dans sa salive non plus.

Je ne savais pas quoi penser. Une multitude d'informations tourbillonnait dans mon esprit, et je ne savais pas quoi en faire. Je pris une longue gorgée d'eau.

C'était au tour de l'inspecteur-chef Stevenson de parler. Il croisa mon regard avec la patience et la constance d'un enseignant qui expliquerait un problème à un enfant.

— L'examen médical d'Aiden et l'état dans lequel nous l'avons retrouvé suggèrent qu'Aiden a été confiné quelque part pendant les dix dernières années. Nous pensons que c'était un endroit exigu avec peu de lumière. Le Dr Schaffer pense que les marques sur les chevilles d'Aiden suggèrent qu'il a été enchaîné pendant un certain temps.

L'envie de vomir revint, mais cette fois, je ravalai la bile. *Enchaîné. Confiné.* Comme un animal en cage. J'avais étudié la psychologie à l'école, je savais ce que ça faisait à un enfant. J'avais entendu parler des enfants loups et de la fille élevée dans un poulailler. Ils étaient sauvages et traumatisés, pratiquement incapables de s'en sortir et totalement inaptes à s'intégrer dans la société.

— Mais c'est... c'est... fit Jake en se frottant les yeux, l'air incrédule. C'est diabolique. Qui ferait ça à un enfant ?

— C'est ce que nous espérons découvrir, déclara l'inspecteur-chef Stevenson. Parce que, quel que soit ce monstre, sa place est en prison.

Chapitre Sept

Quand j'étais enfant, je faisais des cauchemars très différents de ceux qui m'ont tourmentée à l'âge adulte. Ils étaient remplis de tunnels étroits, semblables à des labyrinthes. En marchant, je suivais une petite lumière qui me guidait. Je voulais vraiment jouer avec ce point lumineux parce qu'il avait l'air attirant, tout rougeoyant, orange et étincelant. Mais alors que j'avançais, les murs du tunnel se refermaient. La lumière brillante commençait à diminuer. Je devenais folle, je prenais mes jambes à mon cou, ne poursuivant plus la lumière, mais étant poursuivie par une *chose* inconnue. Je continuais à avancer, tournant ici, puis là, le couloir devenant plus étroit et le plafond plus bas. Il rétrécissait jusqu'à ce que les parois touchent ma peau. Le couloir était de plus en plus étroit, et je finissais à genoux, rampant dans l'obscurité.

Je me réveillais toujours juste avant d'être coincée.

L'enfermement avait toujours été l'une de mes plus grandes craintes, d'aussi loin que je m'en souvienne. C'était la raison pour laquelle j'avais ouvert la cage pour laisser le cochon d'Inde de l'école s'échapper. C'était pour ça que j'avais demandé à mon père de rendre le lapin dans un clapier qu'on m'avait offert. C'était pour ça que je laissais la porte entrouverte lorsque je devais faire pipi dans des toilettes publiques.

La pensée d'Aiden coincé dans une minuscule pièce, *enchaîné* comme un animal... réveilla une certaine sauvagerie maternelle en moi. Je voulais trouver celui qui lui avait fait ça et le déchirer de mes dents et de mes ongles, comme la lionne que je savais pouvoir être.

Rien n'arrête une femme outragée, dit-on. *Outragée.* Comme si la jalousie amoureuse pouvait rivaliser avec la férocité d'une mère. Je passai mes doigts dans mes cheveux dans cette pièce qui sentait le vomi et fis ressortir la rage dont j'allais me nourrir pour tenir les prochaines semaines.

— Que faites-vous pour trouver cet homme ? demandai-je.

— Nous fouillons la zone où Aiden a été retrouvé et nous recherchons des témoins oculaires. Mais... c'est délicat, Emma, et vous savez pourquoi. Notre marge de manœuvre est limitée si nous ne voulons pas que la presse le découvre. Il suffit d'appeler un témoin oculaire de ce jour-là pour qu'il devine que quelque chose se trame. Vous allez devoir vous préparer à l'inévitable.

J'enfonçai ma tête entre mes mains. Avais-je ressenti de la joie ? M'étais-je autorisée à être heureuse qu'Aiden soit en vie ? Pouvais-je me sentir heureuse ? Le devais-je ?

— Les bâtards, grommela Jake. Comme s'ils n'en avaient pas fait assez après l'inondation. Ils ont pratiquement envoyé les parents d'Emma dans leur tombe.

— Je dois appeler Sonya et Peter, dis-je. Ce sont les grands-parents d'Aiden. Ils doivent le voir, surtout si ça doit se transformer en cirque médiatique.

Stevenson acquiesça.

— Je pense que c'est une bonne idée. Aiden a besoin de parents et de grands-parents aimants autour de lui.

Bien que l'inspecteur-chef ne l'ait pas dit explicitement, je savais ce qu'il pensait. Il espérait qu'Aiden sortirait de sa léthargie et nous parlerait. Résoudre cette affaire serait une priorité pour la police, surtout une fois que les médias auraient commencé à en parler.

Contre mon bébé qui grandissait dans mon ventre, mon estomac vide avait des crampes.

— Je pourrai le revoir ? demandai-je.

— Bien sûr, sourit le Dr Schaffer. Mais d'abord, il nous faut parler de ce que nous devons faire pour aider Aiden à aller mieux. Il s'agit d'un cas très inhabituel pour lequel il n'existe pas de véritable précédent. Aiden a été tenu à l'écart de la société pendant dix ans et aura besoin d'aide pour s'intégrer.

— Je comprends, dis-je en serrant ma robe en boule dans mon poing gauche.

— Nous pensons qu'il serait préférable de garder Aiden à l'hôpital pendant quelques jours en observation. Lorsqu'il a été admis pour la première fois, nous n'étions pas au courant de la situation, sinon nous aurions gardé Aiden en quarantaine pour éviter qu'il n'attrape un microbe contre lequel il n'aurait peut-être pas développé d'immunité. Mais il s'est retrouvé en présence de plusieurs infirmières et de quelques visiteurs, et semble aller bien. Néanmoins, nous devrons discuter des vaccins qui lui ont été administrés avant son enlèvement et voir si nous devons lui en administrer d'autres avant qu'il puisse rentrer.

Je serrai ma robe, détestant le fait que mon fils ait besoin de ce traitement spécial.

— Bien sûr.

— Les services sociaux ont été contactés immédiatement et vous devrez avoir une réunion avec eux, mais je crois qu'Aiden aura besoin d'une thérapie... peut-être de l'orthophonie pour l'aider à recommencer à parler et un peu de kinésithérapie pour sa jambe. Il aura besoin de voir un dentiste aussi. Peut-être un nutritionniste...

— Ça fait beaucoup de gens autour de mon fils, dis-je. Écoutez, je sais que tout ça doit être fait. Je veux qu'il aille mieux et je veux qu'il puisse vivre une vie normale, mais tout ça risque d'être un peu trop pour lui. Vous ne pensez pas ?

Le Dr Schaffer soupira.

— Je le pense, en effet. Mais l'adaptation prendra du temps. Tout n'aura pas lieu de manière simultanée. D'une part, je pense qu'Aiden devra voir un spécialiste à l'unité de kinésithérapie de l'hôpital d'York, mais nous devrons d'abord lui faire des radios.

Il marqua une pause.

— Il y aura de toute façon une liste d'attente. Peut-être que je peux vous aider avec son régime alimentaire pour commencer, et nous pourrons le voir dans quelques semaines. Et autre chose... Aiden a été déclaré mort. Il n'a pas d'identification, pas de passeport.

— J'ai son certificat de naissance, dis-je.

— Et un certificat de décès, poursuivit le Dr Schaffer. Je ne suis pas un expert en la matière, mais je sais que cela peut être difficile au début. Tous les dossiers d'Aiden montrent qu'il est décédé et cela va ralentir le processus. Mais nous allons tester sa vue, son ouïe et ses signes vitaux à l'hôpital. Ensuite, vous pourrez prendre des dispositions pour trouver votre propre dentiste, votre opticien et votre kinésithérapeute lorsque les formalités administratives seront terminées.

Je lâchai ma robe roulée en boule.

— Merci beaucoup. Vraiment. Maintenant, je peux le voir ?

J'avais besoin de quelques minutes avec lui avant d'appeler les parents de Rob. Peut-être était-ce égoïste, peut-être était-ce raisonnable ; je l'ignorais et je m'en fichais. Je ne m'attardais pas sur mes sentiments, je protégeais mon fils. La dernière chose dont il avait besoin était d'être assailli par des visiteurs et des professionnels bien intentionnés. Je suivis Schaffer et Stevenson dans le couloir, évitant les regards des infirmières qui allaient et venaient. Pour la première fois, je me rendis compte qu'il y avait d'autres enfants dans le service. J'essayais de ne pas regarder dans les pièces pendant que nous marchions, mais à travers les portes ouvertes, je vis des enfants qui riaient et des pères qui faisaient des grimaces. Ils avaient un bras ou une jambe plâtrés. Des membres cassés. Des raisons normales pour un enfant d'aller à l'hôpital. Et quand ils retournaient à l'école, ces gamins avaient le droit à tous les gribouillages et signatures de leurs amis. Ils avaient des histoires amusantes à raconter – « ...et puis le doberman du voisin m'a poursuivi par-dessus la clôture, mais mon jean s'est accroché et je me suis retrouvé face contre terre... » – et des cicatrices à exhiber. Ils seraient plus bruyants et plus turbulents pendant un certain temps, enhardis par le fait d'avoir échappé à la « mort ». Mais pas mon fils.

— Salut, Aiden.

J'adoptai un ton léger et joyeux en entrant dans la pièce. Aiden était assis, le dos appuyé contre la tête de lit. Il avait une tasse de jus de fruits à la main et la sirotait lentement. Je m'approchai du lit, me raclai la gorge en rapprochant le siège de lui et retins mes larmes. J'étais déterminée à éviter de penser à ce qu'il avait traversé. Je ne le ferais pas. Je ne le pouvais pas.

— Je parie que tu en as marre que les gens te dérangent pendant que tu essaies de regarder des dessins animés.

Je m'autorisai à le regarder vraiment cette fois. J'enregistrai tout : le brun riche de ses cils, l'ossature de ses épaules, ses cheveux épais et raides. Tout cela se mélangeait à mes souvenirs du garçon aux cheveux bruns avec des éraflures sur les genoux et un grand sourire. À présent, il n'y avait plus qu'une expression neutre et placide sur son visage. Chacun de ses mouvements était lent : tourner la tête, cligner des yeux, tendre la main vers la table à côté de lui pour prendre son verre.

Le bébé bougea à l'intérieur, tapant des pieds. J'avais envie de prendre la main d'Aiden et de la poser sur mon ventre pour qu'il le sente, mais j'y posai ma propre main à la place.

— C'est ta petite sœur qui te dit bonjour. Des tas de gens veulent te saluer. Et tu sais que je serais venue plus tôt, mais je ne savais pas où tu étais. Je suis désolée, Aiden. Je suis désolée de ne pas avoir su où tu étais. Ça n'arrivera plus, je te le promets. On va tout arranger, tu sais. On va réparer ça ensemble. Toi et moi. On sera à nouveau une équipe, comme quand on vivait chez grand-mère, tu te souviens ? On combattait le crime, toi et moi. Tu étais Superman, évidemment, tu avais la cape. J'étais juste ton acolyte, mais tu t'assurais qu'on attrape les méchants à chaque fois. On va le refaire, je te le promets.

Et ce fut tout ce que je pus dire sans m'effondrer. Pendant cinq minutes, je regardais des dessins animés avec mon fils. Je posai ma main sur le lit à côté de lui, et même si je le vis tressaillir, il ne recula pas. Pourtant, je n'essayai pas de le toucher.

Je le trouvais étrangement calme. Je savais que les médecins pensaient qu'il était en état de choc, mais il ne semblait ni choqué ni effrayé. Il paraissait à l'aise dans sa peau. Il semblait nous ignorer comme si c'était la chose la plus naturelle au monde, pour se concentrer sur ce qui comptait le plus pour lui : les dessins animés. Et qui aurait pu le blâmer ? Il avait été blessé par quelqu'un, un adulte. Pourquoi aurait-il voulu interagir avec d'autres adultes après ce qui lui était arrivé ? Je ne pouvais pas lui reprocher de tous nous ignorer.

Ce fut Jake qui me tira du sort qui m'avait été jeté dans cette pièce tranquille.

— Emma, chérie. Tu dois les appeler.

Je hochai la tête. Quelle heure était-il ? Je n'avais pas consulté mon téléphone depuis ce qui me semblait être une éternité. J'avais donné mon sac à main à Jake et je l'avais complètement oublié. Il me le tendit, après que j'ai traversé la pièce sur des jambes instables. J'écartai mes cheveux de mon front moite et je cherchai mon téléphone dans le sac. Il était presque 19 heures. Nous étions là depuis un peu moins de trois heures. Sonya et Peter devaient dîner à cette heure-là. Je les imaginais à l'arrière du B&B. Peter était grand et large comme Rob – un physique de boxeur, passe-temps qu'il pratiquait dans sa jeunesse. Sonya était un petit bout de femme, voûtée, les épaules fines, avec deux allumettes en guise de jambes. Sa coupe blonde volumineuse lui donnait toujours l'air d'une sucette. Tous deux portaient généralement des pulls en cachemire Marks and Spencer et des jeans repassés. Ils étaient l'exemple même du couple affable de la campagne.

L'idée de leur révéler ce que j'avais à dire me donnait des vertiges et des nausées. Mais je repensai à la force avec laquelle ils avaient aimé Aiden quand il était arrivé. Nous marchions jusqu'au B&B après l'école et Sonya sortait en courant avec une boîte de bonbons à la réglisse et une bande dessinée. Aiden n'avait jamais vraiment aimé les réglisses et ils s'entêtaient à lui offrir des bandes dessinées qu'il ne connaissait pas, mais il était toujours reconnaissant et riait aux mauvaises blagues de Peter. Ils l'emmenaient dans les fermes à l'extérieur du village pour voir les agneaux et aux expositions rurales chaque année. Ils tenaient sa petite main et lui montraient toutes les curiosités à voir. Ils lui achetaient de la barbe à papa et des petites babioles. Je sortis de la pièce et trouvai un endroit tranquille pour téléphoner. Quand je plaçai le téléphone contre mon oreille, je commençai à pleurer.

— Bishoptown Bed and Breakfast, répondit Sonya.

— Sonya, c'est Emma.

— Emma, ma chérie, ça n'a pas l'air d'aller.

Elle prit une profonde inspiration.

— C'est à propos d'Aiden ?

— Oui.

Il y eut un sanglot à l'autre bout de la ligne.

— Peter. Peter, c'est Emma. C'est à propos d'Aiden.

Je l'imaginai se précipitant dans leur salon dans ses chaussettes en laine. Je fermai les yeux et pris une profonde inspiration.

— Sonya, ce n'est pas ce que tu penses. Ils n'ont pas trouvé de corps. Ils ont trouvé Aiden, mais il est vivant.

Il y eut silence. Finalement, j'entendis le père de Rob en arrière-plan. *Sonya ? Qu'est-ce qu'elle dit, Sonya ? Dis-moi.*

— Il est... vivant ?

— Il est vivant et il est à l'hôpital St Michael. Je ne peux pas expliquer grand-chose au téléphone, c'est difficile... Vous devez le voir et lui aussi.

Je décidai de les prévenir en face à face plutôt que par téléphone.

— Et... tu dois appeler Rob. Il doit venir aussi.

— D'accord. Je... C'est bien réel ?

— Oui, Sonya.

— Oh... Mon Dieu, c'est...

— Je dois y aller. À tout de suite.

J'éloignai le téléphone de mon oreille et je mis fin à l'appel, prenant une profonde inspiration. Je m'appuyai contre le mur de la salle d'attente silencieuse et fermai les yeux pendant une seconde.

— Hum, Mme Price-Hewitt.

J'ouvris les yeux et mes épaules s'affaissèrent. Le Dr Schaffer se tenait dans l'embrasure de la porte, les mains enfoncées dans les poches de son manteau.

— Si vous avez quelques instants, ce serait le moment de faire une prise de sang. Il est important d'effectuer les tests dès que possible.

— Bien sûr, dis-je.

— Comment vous sentez-vous ? Êtes-vous prête ? demanda-t-il en parlant de la prise de sang.

En le suivant hors de la salle d'attente, je réfléchis à cette question, et j'eus beau la tourner dans tous les sens dans mon esprit, je ne parvins pas à trouver de réponse.

Chapitre Huit

J'eus le droit à une tasse de thé, un sandwich et encore plus d'explications sur ce qui allait suivre. Il y avait d'autres examens à faire : radios, scanners, évaluations psychologiques. Un thérapeute le verrait bientôt. Il pourrait y avoir une enquête sur notre foyer pour vérifier qu'il était « convenable ». C'en était trop.

Sonya et Peter fondirent en larmes à sa vue, mais Sonya fut la première à se tourner vers moi et à hocher la tête. Ils savaient. Ils voyaient Rob en lui, tout comme moi. On préleva mon sang, mais ce n'était pas nécessaire, pas pour moi. Le garçon dans cette pièce était Aiden, et nous le savions tous.

Je m'étais presque endormie quand l'assistante sociale vint me parler. Jake finit par faire la majorité de la conversation. À ce stade, peu de choses semblaient m'importer, sauf en ce qui concernait Aiden, et je n'avais pas envie de subir un contre-interrogatoire sur la mère que j'étais. À 22 heures, j'avais la tête qui tournait, mais l'assistante sociale semblait satisfaite de l'entretien et nous informa qu'elle « passerait » à la maison quand Aiden serait sorti de l'hôpital. À contrecœur, je quittai la chambre d'Aiden pour le laisser se reposer et je m'éloignai des autres en prenant une bouteille d'eau. À l'extérieur de l'hôpital, je m'assis sur un banc de pierre inconfortable et je laissai un filet de bruine se poser sur mes cheveux. Ils allaient friser, mais je m'en fichais.

— J'ai appelé Rob.

Je tressaillis. Sonya se déplaçait comme une panthère. Sa voix s'immisça dans mes propres pensées étouffantes, me ramenant à la réalité.

— Merci.

Elle s'assit à côté de moi, laissant un espace suffisant entre nous pour une autre personne. Elle enroula ses bras autour de son corps.

— C'est bien lui. Je ne sais pas si je dois me réjouir ou pleurer en pensant à ce qu'il a vécu.

— Je connais ce sentiment.

— Je m'en doute.

Elle se tourna vers moi.

— J'aimerais considérer ça comme une bénédiction, mais... je ne peux pas. Le voir assis là, bougeant à peine...

Elle couvrit sa bouche avec sa main.

— Il n'a jamais été aussi calme. Peter le surnommait « le moulin à parole ». Il nous parlait sans cesse des araignées et des vers qu'il avait ramassés dans le jardin. Un vrai petit garçon.

Je hochai la tête.

— Je me souviens.

Elle s'agita, mal à l'aise.

— Rob sera là dans la matinée. Il s'est arrangé pour prendre un congé.

— Tant mieux. Aiden va avoir besoin de lui. Il aura besoin de nous tous.

Sonya hocha la tête en se rongeant les ongles.

— Où Aiden va-t-il loger quand il quittera l'hôpital ?

Surprise, je me retournai pour lui faire face.

— Chez moi. Je suis sa mère.

Sonya leva une main comme si elle essayait de m'apaiser.

— Oh, je sais, c'est juste que... Eh bien, tu ne vis plus dans la maison de tes parents. Je me demandais s'il ne voudrait pas vivre dans un endroit qu'il connaît déjà, comme le B&B.

Je laissai échapper un rire froid et dur.

— Absolument pas. Aiden est mon fils et il rentre à la maison avec moi.

Ses lèvres se resserrèrent en une fine ligne.

— D'accord. Tant que c'est ce qu'il y a de mieux pour Aiden. Il est tout ce qui m'intéresse maintenant. Je ne pense qu'à ça.

— Et pas moi ?

Je relevai le menton en la regardant à travers la faible lueur des fenêtres de l'hôpital tout autour.

— Emma, je n'ai jamais dit ça. C'est juste que je sais que tu as le bébé qui arrive bientôt, et Aiden ne connaît pas du tout Jake, n'est-ce pas ? Il nous connaît, nous. Il connaît Rob. Il connaît le B&B.

— Mais ce n'est pas là qu'il a grandi, rétorquai-je.

Je détestais qu'une partie de ce qu'elle disait ait du sens. Je repoussai cette pensée. Aiden avait plus besoin de *moi* que de Rob, Sonya et Peter.

— Il a grandi avec moi plus qu'avec n'importe qui d'autre. J'étais sa constante avant qu'il...

Je luttai pour me ressaisir.

— Je sais que je traverse des changements en ce moment, mais c'est moi qui l'ai élevé et peu importe où nous vivons ou qui vit avec moi, je suis sa mère et il va rentrer à la maison avec moi.

Je marquai une pause pour essuyer une larme.

— Si c'était Rob là-dedans, tu laisserais quelqu'un d'autre le ramener chez lui ?

Sonya soupira.

— Non, en effet. Tu as raison.

Mais il y avait une note de désapprobation dans sa voix. Elle pensait que j'avais tort, mais je ne savais pas pourquoi.

JE M'ENDORMIS dans le fauteuil de la chambre d'hôpital d'Aiden cette nuit-là. Y parvenir était un exploit en soi, étant donné l'alliance entre l'inconfort du siège et ma grossesse. Mais le corps fait ce qu'il veut et je voulais dormir. Ce fut le Dr Schaffer qui me réveilla à 23 heures passées. Jake glissa mon manteau sur mes bras et ils me firent sortir. Aiden avait besoin de repos. La journée avait été longue pour lui. Pendant que je dormais, Aiden était resté éveillé, soit pour me regarder, soit pour regarder la télévision.

Je pensais que je me sentirais plus humaine après une nuit dans mon propre lit, une douche chaude et de la vraie nourriture – pas celle de la cantine de l'hôpital –, mais le vendredi matin, je me réveillai encore à moitié consciente, comme si je vivais dans un monde imaginaire. Seuls les coups de pied occasionnels du bébé me rappelaient que tout était bien réel. Aiden était vraiment vivant et il avait vraiment été enlevé et enfermé comme un ours de cirque. Chaque fois que j'y pensais, les céréales se bousculaient dans mon estomac.

Jake prit un jour de congé et me conduisit à l'hôpital. Ce fut une journée remplie de radios et de scanners. Je vis Aiden se lever pour la première fois, et j'eus le souffle coupé quand je réalisai à quel point il était petit. Il y avait une certaine raideur dans sa façon de marcher, comme s'il ne savait pas trop quoi faire de ses jambes. Je fis une blague sur le fait que je marchais bizarrement à cause de mon ventre arrondi, mais Aiden ne rit pas. Je me dandinais même en marchant, prétendant être bien plus grosse que je ne l'étais.

— Nous aimerions examiner de plus près la cheville d'Aiden aujourd'hui, déclara le Dr Schaffer. Nous voudrions également vérifier d'autres os, et nous allons donc lui faire des radios. Ensuite, nous lui ferons une petite prise de sang, et après, un psychologue pour enfants viendra passer un peu de temps avec lui.

Une sensation de picotement fit son chemin sur ma peau.

— Je ne veux pas qu'il devienne un cobaye. Ce n'est pas un enfant sauvage élevé par des loups. C'est mon fils, pas un nom dans un journal.

— Je suis tout à fait d'accord, déclara le Dr Schaffer en inclinant la tête pour montrer sa gravité. Mais je pense que le psychologue pourra l'aider. Aiden va avoir besoin d'une thérapie.

Je ne pouvais pas le contester.

— Je peux rester avec lui pendant les radios ? demandai-je.

Mais avant que je puisse répondre, la porte de la chambre s'ouvrit à la volée et je laissai échapper un petit cri de surprise. Je fus vaguement consciente que Jake tournait la tête vers moi avec un froncement de sourcils, mais je fixais surtout l'homme qui était entré. Cela faisait presque huit ans que je n'avais pas vu Rob. Nous nous étions parlé à peu près au moment où Aiden avait été déclaré légalement mort, mais mis à part cela, nous étions rarement en contact, ce qui n'empêchait pas Sonya de me donner des nouvelles de sa progression dans l'armée. Il l'avait rejointe peu après l'apparente noyade d'Aiden dans l'Ouse.

Rob s'arrêta net après la porte. Son regard était entièrement focalisé sur Aiden, et je vis ses yeux se remplir de larmes. Il savait, comme moi, comme Sonya. Il savait que c'était son fils.

— Aiden, chuchota-t-il.

Je réussis à contrôler ma respiration, mais mon cœur s'emballa. Rob était un homme de grande taille, remplissant la porte avec sa carrure. L'armée l'avait encore plus musclé que la dernière fois que je l'avais vu. Il portait des bottes, un jean et une veste en cuir noir, élimée et effilochée sur les bords. Ses cheveux bruns étaient plus courts que jamais et ses yeux d'un marron profond étaient tout à fait ceux d'Aiden.

— C'est lui, Rob, dis-je. C'est vraiment lui.

Les yeux de mon ex-amant passèrent finalement de notre fils à moi, et un frisson me parcourut l'échine. À cet instant, je sus qu'il comprenait ce que j'avais ressenti en entrant dans cette même pièce et en voyant mon fils revenir d'entre les morts, et l'intensité de cette expérience sembla nous toucher tous les deux. Lorsque les genoux de Rob parurent fléchir, je me précipitai et j'entourai ses épaules de mes bras. Je n'avais pas imaginé les choses ainsi. À ce moment-là, j'oubliai totalement Jake, qui se sentit sans doute délaissé en regardant sa femme enlacer un autre homme. Le problème était que Jake ne savait pas ce que je ressentais aussi bien que Rob, et c'étaient des bras de Rob dont j'avais besoin en cet instant. Avant de m'en rendre compte, je pleurais sur son épaule et il pleurait sur la mienne, et pendant un instant, j'eus presque l'impression d'avoir à nouveau une famille.

— Ma mère m'a tout expliqué, dit-il en se retirant.

J'essuyai mes larmes et je m'éclaircis la gorge.

— Tout ?

Il hocha la tête.

— Je vais mettre ce monstre en pièces quand je le trouverai.

Je jetai un regard nerveux à Aiden.

— Pas ici, Rob, dis-je sur le ton de l'avertissement.

Il passa ses mains sur son visage.

— Tu as raison.

Aiden avait vu assez de violence. Nous n'avions pas besoin d'en rajouter avec nos mots. Rob se baissa et tendit les bras vers son fils, qui était en retrait à côté du Dr Schaffer de l'autre côté de la pièce.

— Salut, mon grand, comment ça va ? Tu te souviens de moi ? Tu n'as pas besoin de dire quoi que ce soit, c'est bon. Je suis ton père, d'accord ? Désolé si je n'étais pas là hier. Hé, tu savais que je pilote des hélicoptères maintenant ? Tu te souviens de l'hélicoptère que je t'ai offert ? Il s'était coincé dans les cheveux de maman et on n'avait plus le droit de jouer avec à l'intérieur, tu te souviens ?

Il laissa échapper un petit rire à ce souvenir. Je me rappelais très bien. Ses hélices avaient arraché une partie de mes cheveux. Je secouai un peu la tête et je ris. J'étais tellement en colère contre eux, mais ils m'avaient regardée avec le même air de chien battu et mon cœur avait fondu.

— Nous devrions emmener Aiden faire sa radio, dit le Dr Schaffer, me ramenant au présent.

— Bien sûr, dit Rob.

Il se tourna vers Aiden.

— On va te requinquer, mon grand. Tu seras bientôt en pleine forme. Alors, peut-être que je pourrai t'offrir un autre hélicoptère, qu'en dis-tu ?

Il me jeta un coup d'œil, puis se mit la main sur la bouche d'un air de conspirateur.

— Mais on le gardera éloigné de maman, cette fois.

J'aurais aimé qu'Aiden rie ou sourie, ou même acquiesce. Mais il n'eut aucune réaction. Ses traits étaient complètement impassibles, comme ceux d'une poupée. J'enroulai mes bras autour de mon corps, puis je suivis le docteur et Aiden dans le couloir. Sonya et Peter attendaient dehors, et adressèrent un petit signe de la main à Aiden quand il passa devant eux. Aiden ne sembla pas le remarquer. Sonya mit sa main sur sa bouche quand Aiden détourna la tête, et elle s'effondra dans les bras de Peter. J'avais l'impression d'accompagner mon fils à son exécution, tant l'atmosphère était sombre.

— Je n'ai pas eu l'occasion de vous saluer, dit Jake, interrompant le silence d'une voix qui semblait étrangement optimiste, étant donné la tension qui régnait.

— Oh oui, bonjour, répondit Rob en jetant à peine un regard à Jake.

Mes muscles se contractèrent devant le visage rouge de Jake et sa main tendue alors que nous marchions maladroitement dans le couloir, épaule contre épaule.

— Je crois que vous suiviez un de mes cours d'art, n'est-ce pas ? La pomme faite de fil barbelé.

Le coin de sa bouche se retroussa en un sourire sarcastique et il ajouta :

— C'est bien ça.

— Ouais, c'était mon projet pour le bac et vous m'aviez donné un C. Peu cher payé, si vous voulez mon avis. Ce projet m'a laissé les bras en morceaux.

— Eh bien, c'était un peu cliché, répondit Jake en remontant ses lunettes sur son nez.

Rob secoua la tête et ne dit rien. Je pinçai les lèvres. Je pouvais comprendre que Jake se soit senti mis à l'écart par la façon dont j'avais serré Rob dans mes bras lorsqu'il était entré dans la pièce, mais il devait comprendre à quel point la situation était difficile. Mentionner des événements futiles datant de nombreuses années était juste mesquin.

— Nous devons emmener Aiden au service de radiologie, et je pense que c'est mieux qu'une seule personne vienne avec lui.

— J'y vais, dis-je en m'avançant.

— En fait, je pensais que M. Hartley serait un bon choix cette fois-ci. Nous préférons éloigner les rayons nocifs des femmes enceintes, et il serait bon pour Aiden de passer un peu de temps avec son père.

Le Dr Schaffer lui adressa un petit sourire d'excuse.

— Ça te va, Em ? fit Rob.

La familiarité avec laquelle il m'avait appelée Em me surprit.

— Bien sûr.

Je me baissai pour parler à Aiden.

— Je t'attends là. Papa sera avec toi. Tu vas très bien t'en sortir.

Je ne pouvais pas m'empêcher de lui parler comme s'il avait encore six ans. C'était un adolescent. De seize ans. Il pouvait légalement avoir des relations sexuelles ; il pouvait légalement être père et être marié. Cette pensée me rendait malade.

— Il n'aime pas qu'on le touche, Rob. Mais reste près de lui, d'accord ? Je veux que tu restes près de lui pour qu'il sache qu'il est aimé.

Rob hocha la tête en suivant le médecin et mon fils à travers les doubles portes. J'aurais voulu fondre sur le sol de l'hôpital.

— Allez, viens, dit Jake. On va prendre une tasse de thé et s'asseoir.

J'aurais voulu crier sur Jake pour ce qu'il avait dit à Rob, mais au lieu de cela, je le laissai me guider, sa main dans le bas de mon dos. J'étais peut-être trop fatiguée pour me disputer avec lui. Peut-être que j'avais besoin de quelqu'un pour me guider, pour me dire quoi faire. Je n'avais pas le cerveau assez puissant pour le faire moi-même. Toutes mes pensées étaient consumées par l'expression vide du visage d'Aiden.

Chapitre Neuf

Il serait plus facile de dire que j'étais tellement concentrée sur le retour d'Aiden et les choses qu'il avait traversées que j'avais à peine remarqué le retour de Rob dans ma vie, mais ce serait un mensonge. La présence de Rob m'affectait plus que je ne voulais l'admettre à l'époque. D'abord, le voir m'apportait un certain réconfort. À une certaine époque, la ressemblance de Rob avec Aiden ne m'avait apporté que de la douleur, et c'était l'une des raisons pour lesquelles il était parti. Mais à présent, en le regardant, je voyais ce que j'espérais qu'Aiden serait un jour : confiant, aimable et, surtout, gentil.

Oui, Rob avait traversé une phase rebelle, et non, il n'était pas le genre de petit ami que l'on ramenait chez ses parents, mais Rob avait quelque chose d'un artiste. Tout le reste relevait du Viking. Il avait un tempérament fougueux et aurait été à l'aise dans les combats et les rituels de cette ancienne société, mais au fond de lui, il était d'une nature sensible et avait un fort sens de la loyauté. Il était une présence protectrice dans ma vie. Du moins, il l'avait été, jusqu'à la disparition d'Aiden.

Nous voyions Aiden quand nous nous regardions et cela nous avait rendus fous tous les deux. Je ne me sentais qu'à moitié humaine après avoir cru qu'Aiden s'était noyé dans l'inondation, et j'imagine que Rob avait ressenti la même chose. Nous aurions dû nous soutenir en réunissant nos êtres brisés. Mais pour une raison quelconque, ça n'avait pas marché comme ça. Nous ne faisions que nous rappeler l'un à l'autre ce que nous avions perdu et finalement nous avions dû nous séparer. Les couples qui perdaient un enfant se séparaient souvent. Nous n'avions pas échappé à la règle.

Mais à présent, notre enfant était revenu. Qu'est-ce que cela signifiait pour nous ?

Telles étaient les pensées qui me traversaient l'esprit alors que j'attendais avec Jake, mon mari, que les examens d'Aiden soient terminés. Lorsque Jake me tendit une tasse de thé, je me forçai à arrêter de penser à Rob et à me concentrer sur l'homme devant moi, l'homme dont la fille était dans mon ventre, qui m'avait réparée lorsque j'étais brisée, plutôt que de fuir. C'était l'homme auquel je devais penser. C'était l'homme qui devait faire battre mon cœur.

— J'ai hâte que tout ça soit terminé et qu'on puisse ramener Aiden à la maison, dis-je en sirotant mon thé.

Je tressaillis quand il brûla ma langue, et je soufflai doucement sur le liquide.

Jake m'avait amenée à la cantine de l'hôpital. Je me sentais coupable d'être si loin d'Aiden, mais j'étais heureuse de m'éloigner de ces couloirs austères. Nous étions assis à une table branlante et regardions les visiteurs acheter des tasses de café pour leurs parents âgés. Une femme tentait désespérément de calmer son bébé qui hurlait, le visage rouge d'embarras.

— Est-ce bien sage ? demanda Jake en croisant les jambes et en lissant le tissu de son pantalon. Du moins pour l'instant. On ne sait pas quel genre de dommages psychologiques Aiden a subis. Est-ce qu'on est vraiment équipés pour y faire face ?

Je fixai Jake, incapable de trouver les mots nécessaires pour exprimer à quel point je trouvais cette idée ridicule. J'étais sa *mère*, j'étais tout ce dont il avait besoin. Je dus froncer les sourcils ou lui jeter un regard noir, car Jake essaya de s'expliquer en bégayant :

— Ce que je veux dire c'est que... Aiden est... Eh bien, il va avoir besoin de beaucoup de soins spécialisés, et on doit faire attention à lui donner ce dont il aura besoin pour aller mieux. Il y a une raison pour laquelle il est sous le choc et ne veut toujours pas parler de ce qui lui est arrivé. Ne précipitons pas les choses. Veillons à écouter attentivement les experts. Je veux dire, ce n'est peut-être même pas *prudent* de le ramener à la maison, surtout que tu vas bientôt avoir le bébé.

— Tu penses qu'Aiden est dangereux ?

Je me frottai la nuque, essayant de comprendre les paroles de Jake dans mon état d'épuisement brumeux.

— Il n'est pas dangereux.

Jake prit ma main sur la table.

— Ma chérie. Réfléchis une minute. Tu n'as pas vu Aiden depuis dix ans. Une *décennie*, Emma. Ce n'est plus le gentil petit garçon de six ans dont tu te souviens. C'est presque un homme adulte. On ne sait rien de lui.

Doucement, j'éloignai ma main de la sienne. Y avait-il une part de vérité dans ce qu'il disait ? Aiden pourrait-il vraiment être dangereux ? Quand je l'avais vu assis dans ce lit d'hôpital, je n'avais pensé qu'au garçon à l'anorak rouge qui m'avait embrassée sur le parking de l'école. Peut-être que Jake avait raison. Je ne le connaissais pas, plus maintenant.

— Très bien, on ne va pas précipiter les choses, dis-je. Mais je veux vraiment qu'Aiden rentre à la maison avec nous. Il mérite de faire partie d'une famille. C'est mon *fils*, Jake. C'est mon garçon. Je l'ai laissé tomber et il a vécu l'enfer pendant dix ans. Je dois m'assurer qu'il a un foyer sain et heureux maintenant. Et ça veut dire que c'est aussi ton fils et que tu dois agir comme si tu étais son père.

Jake retira sa main brusquement et fronça les sourcils.

— Tu ne crois pas que j'agis déjà comme ça ? J'essaie juste de faire attention à lui.

— Je n'ai pas... je veux dire... bien sûr...

— Tu ne penses pas que je suis prêt à être un père pour lui ? Je le suis, Emma, je le suis.

Ses joues rougirent et le volume de sa voix commença à augmenter, ce qui me surprit, car Jake était généralement un homme à la voix douce.

— Je veux dire pour l'amour de Dieu, Emma, peu d'hommes s'en sortiraient aussi bien. Ton fils adolescent vient de revenir d'entre les *morts*.

Alors qu'il s'agitait de plus en plus, je restai assise, à ouvrir et fermer la bouche.

— Tout était parfait. Le bébé est en route, la maison est impeccable, prête à accueillir la nouvelle arrivante. Tu as ton travail. J'ai eu la promotion de chef du département artistique. Tout était parfait.

Il souleva ses lunettes et se frotta les yeux.

— Hé.

Je me levai, m'approchai de lui et entourai ses épaules de mes bras.

— Ce sera toujours parfait. Notre famille sera un peu plus grande que prévu, mais ce n'est pas grave, si ? Aiden va rendre les choses encore plus belles. Le bébé a un grand frère !

Je frottai ses épaules, réalisant finalement que cela n'avait pas seulement été une énorme tension pour moi, mais aussi pour lui. Bien entendu. Il avait besoin d'un temps d'adaptation.

Les mains de Jake m'enlacèrent, de sorte que je le tenais dans mes bras et qu'il me serrait très fort.

— Tant que tu es à moi, je me fiche du reste.

Il embrassa mes mains. Mon ventre se pressa contre le dossier du siège, et je sentis le bébé bouger à nouveau. La pression de ses petits pieds me faisait mal, et je laissai échapper un gémissement d'inconfort.

— On dirait que le bébé est d'accord avec toi, rigolai-je.

Je dus me dégager de l'emprise de Jake pour m'éloigner. Je saisis de manière fugace l'expression de son visage en retournant de l'autre côté de la table. Il semblait un peu renfrogné, et j'aurais aimé pouvoir lire dans son esprit pour savoir ce qu'il pensait. Ses pensées devaient être sombres, terrifiantes et froides, isolées du monde, comme un garçon solitaire se protégeant du vent glacial au sommet d'une montagne enneigée.

— Combien de temps Rob va-t-il rester ? demanda-t-il. Il devra bientôt retourner à l'armée, non ?

Je me rassis.

— Je ne sais pas. Il a besoin d'apprendre à connaître Aiden à nouveau, donc... le temps qu'il faudra.

Les doigts de Jake tambourinèrent sur la surface de la table.

— Tu penses que c'est une bonne idée ?

— Qu'est-ce que tu veux dire ?

— Eh bien, Aiden a vécu l'enfer pendant dix ans. Puis il revient, il apprend à connaître son père à nouveau, et puis...

Il leva les bras en l'air dans un haussement d'épaules exagéré.

— Il s'en va. Il retourne à l'armée ou suit n'importe quel caprice qui l'amène à repartir.

— Rob ne partirait pas sur un coup de tête.

— Il l'a fait la dernière fois.

— C'était...

Je fronçai les sourcils. Était-ce plus qu'un caprice ? Rob n'avait jamais exprimé le désir de rejoindre l'armée avant la disparition d'Aiden. Avant cela, il travaillait dans le B&B de ses parents ou comme maçon chez des entrepreneurs locaux.

— Quoi ? Différent ? Oui, ça l'était, parce que vous aviez perdu un fils et qu'il t'a abandonnée quand tu étais le plus vulnérable. Tu sais, parfois je pense que tu as la mémoire un peu courte parce que tu as oublié à quel point ça a mal tourné.

— Je n'ai pas oublié, crois-moi.

Je ne pus m'en empêcher : mes yeux quittèrent les siens et j'essayai de ne pas penser à cette époque. Je fixais désespérément mon thé, souhaitant que les souvenirs s'en aillent, qu'ils glissent dans un trou noir.

— J'ai ramassé les morceaux, Emma.

— Je sais.

— Ce n'est pas quelque chose que je regrette. T'avoir dans ma vie a été la meilleure chose qui me soit jamais arrivée, et je le pense. Vraiment.

— Mais il y a plus que moi, dis-je. J'ai des bagages. Un fils qui est revenu d'entre les morts. Voilà à quoi ressemble ma vie.

Je sentis un fou rire irrépressible monter, menaçant de prendre le dessus, mais je parvins à me maîtriser. Je jetai un coup d'œil à deux femmes âgées qui remuaient leur thé. Ce n'était ni le moment ni l'endroit pour perdre les pédales.

Il soupira et prit mes mains sur la table.

— Je t'aime, plus que tout. Toi, le bébé, et maintenant Aiden, vous êtes ma famille, et personne ne fait de mal à ma famille.

Chapitre Dix

Aiden sortit du service de radiologie avec la même expression vide que précédemment. Je ne savais pas ce que j'espérais. Des larmes ? Un grand sourire idiot ? Des gloussements ? Je jetai un coup d'œil entre Rob et lui, et vis l'expression sinistre de mon ex.

— Comment va mon brave garçon ? demandai-je, détestant la façon dont ma voix sonnait : bien trop joyeuse, bien trop forcée.

Beaucoup trop condescendante. Je frottai mes mains l'une contre l'autre, alternant entre les deux : un tic nerveux que j'avais pris après la disparition d'Aiden.

— Il s'en est très bien sorti, répondit le Dr Schaffer.

Mais en réalisant que Rob refusait de croiser mon regard, mon estomac se retourna sous l'effet de la nervosité. Il y eut un moment de silence alors que nous nous tenions dans le couloir stérile de l'hôpital. Je détestais ce silence. Je voulais juste entendre mon fils parler, et même si je faisais de mon mieux pour rester patiente, je sentais déjà la frustration monter en moi, comme une casserole qui mijote.

— Nous allons le ramener dans sa chambre pour qu'il se mette à l'aise, puis nous aurons une autre discussion, dit le médecin, son ton me donnant la chair de poule.

Après avoir reconduit Aiden dans sa chambre, le Dr Schaffer

nous ramena dans le couloir et nous expliqua les résultats de la radio avec sa voix de médecin, simple et professionnelle.

— Les résultats ont confirmé ce que je pensais. Il y a une vieille fracture de la cheville, sur le côté de la malléole. Mais cette fracture a bien guéri. Je pense qu'il a peut-être été soigné pour ça.

— Il a été emmené à l'hôpital ? demandai-je.

— C'est difficile à dire sans voir la blessure initiale. Aiden a pu être traité en privé par la personne qui l'a enlevé. Je ne peux pas me prononcer avec certitude.

— Qu'est-ce que ça signifie pour lui, dans le futur ? demandai-je.

— Il pourrait ressentir une certaine raideur dans sa cheville. Boiter légèrement.

Je pressai le talon de mes mains sur mes yeux, essayant de ne pas penser à Aiden piégé dans une cage, enchaîné comme un chien, souffrant de sa fracture à la cheville. S'était-il fait ça en essayant de s'échapper ? Son ravisseur lui avait-il fait du mal ? Le ravisseur lui avait-il donné des analgésiques ? J'aurais voulu dissocier le garçon traumatisé dans la chambre d'hôpital du petit bébé que j'avais mis au monde et dont j'avais pris soin, mais je ne le pouvais pas.

— Y a-t-il autre chose ? demandai-je. Y a-t-il d'autres factures ? A-t-il été battu ?

Mon petit garçon avait-il été violé et battu encore et encore ?

— Non, dit le Dr Schaffer. Je sais que cela ne semble pas être une bonne nouvelle étant donné les circonstances, mais je pense vraiment que ça l'est. La fracture de la cheville semble être la preuve la plus significative de blessure.

Donc il n'avait pas été battu, du moins pas au point d'avoir des os cassés. Ça n'excluait pas les contusions. Son ravisseur aurait pu enfoncer ses pouces dans la chair tendre de mon fils, le blesser jusqu'à ce qu'il crie. Cela aurait quand même pu arriver, il ne fallait pas l'oublier. Je vivais dans une réalité où la nouvelle que mon fils ne souffrait que d'*un* os cassé à cause d'un ravisseur sadique était une bonne chose.

Le Dr Schaffer nous informa que la psychologue pour enfants

nous rencontrerait une fois qu'Aiden se serait reposé, avant de nous laisser attendre à l'extérieur de la salle dans le couloir.

— Que s'est-il passé là-dedans, Rob ? demandai-je dès que le médecin fut hors de portée de voix.

— Rien, répondit-il en haussant les épaules. Absolument rien. Aiden n'a pas dit un mot. Il n'a pas réagi. Il a un peu tressailli quand ils l'ont touché, mais rien de plus – pas de larmes, pas de cris.

Il crispa la mâchoire et frappa du poing contre le mur du couloir.

— Je n'arrive pas à le croire, *putain.* Quelqu'un a enchaîné mon fils et l'a laissé là avec la cheville cassée. Putain de...

Une infirmière passa devant nous et haussa un sourcil en direction de Rob, qui continuait à se frapper les doigts contre le mur. Je lui adressai un rapide sourire et posai ma main sur l'épaule de Rob.

— Hé, dis-je. Tu ne peux pas péter les plombs. Pas ici. On doit faire face. Rester forts pour Aiden.

Rob soupira et posa son front contre le mur. Il avait toujours été du genre à réagir de manière dramatique, mais cette fois-ci, ce n'était pas exagéré. Il n'y avait pas de façon trop dramatique d'aborder les événements des deux derniers jours.

— Désolé, je...

— Je sais.

Je frottai légèrement son épaule, essayant d'ignorer la façon dont Jake me regardait.

— On doit y aller pas à pas. On est là pour Aiden. Il reviendra à lui, Rob, je le sais. Il ne restera pas comme ça pour toujours.

Mais après avoir prononcé ces mots, je tentai de déglutir et ma gorge était sèche. Mes yeux me piquaient et j'étais éreintée. J'étais trop épuisée pour le croire.

L'INSPECTEUR-CHEF STEVENSON arriva à l'hôpital dans l'après-midi, avec l'air impassible d'un homme porteur de mauvaises nouvelles.

— Les vautours nous tournent autour. Les journalistes ont eu vent des recherches en cours dans les bois. Ce n'est qu'une question de temps avant qu'ils ne fassent le lien avec les témoins qui ont vu Aiden. Nous leur avons dit de ne parler à personne, mais ces choses finissent toujours par sortir.

— Avez-vous trouvé quelque chose dans les bois ?

Je me fichais de la presse, je voulais juste obtenir justice pour Aiden.

Stevenson secoua la tête.

— Il pleuvait à verse la nuit où Aiden a rejoint la route en titubant. Ses traces ont disparu. Nous avons essayé de nous servir des chiens renifleurs en utilisant les vêtements qu'il portait, mais ils ont perdu sa piste assez rapidement. J'ai demandé à pas mal d'hommes de ratisser la forêt à la recherche d'indices. Nous trouverons quelque chose, mais ça pourrait prendre plus de temps que prévu.

— Maudite presse, marmonna Jake. S'ils s'emparent de ça, ça sera dans tous les journaux nationaux. Ça va être un cauchemar. N'y a-t-il rien que vous puissiez faire ?

Stevenson secoua la tête.

— Ces histoires finissent toujours par sortir. La noyade d'Aiden a fait la une des journaux il y a dix ans. Ça va être encore pire. Je sais que vous avez traversé l'enfer au cours de la dernière décennie, et je déteste avoir à vous dire ça, mais vous devez vous préparer. Ça ne va pas être une partie de plaisir.

Personne ne parla pendant trente bonnes secondes. Je pense que nous réfléchissions tous à notre manière à la façon dont notre monde allait changer une fois que la presse aurait découvert l'histoire de la réapparition d'Aiden. C'était probablement le dernier jour où nous aurions Aiden pour nous seuls, sans que les médias nous harcèlent chaque heure de la journée. Nous le passâmes assis dans sa chambre d'hôpital, restant près de lui alors qu'il laissait les médecins et les infirmières l'examiner, impassible. À un moment donné, j'osai tenir sa main pendant qu'on lui faisait une prise de sang, me forçant à ne pas tressaillir lorsque l'aiguille transperça sa peau. Il avait connu pire, et je n'avais pas été là pour lui tenir la main pendant ces moments horribles.

La psychologue pour enfants était une femme d'une quarantaine d'années aux vêtements fluides – une longue jupe violette, un châle enroulé autour de ses épaules et des chaussures en forme de sabots. Bien que son apparence ne soit pas particulièrement professionnelle, elle avait une présence réconfortante, rappelant la tante préférée de toute une fratrie. Elle parlait d'une voix douce, claire et gentille.

— Bonjour, Aiden. Je m'appelle Cathy et je suis ici pour te poser quelques questions et voir comment tu vas. Tu es d'accord ?

Aiden resta silencieux.

— Est-ce que… le Dr Schaffer vous a prévenue de l'état actuel d'Aiden ? demandai-je.

Cathy – qui s'était présentée à moi comme le Dr Foster – hocha la tête et sourit.

— Il l'a fait. Ne vous en faites pas. Nous allons prendre notre temps avec Aiden.

Elle se retourna vers lui. J'avais acheté de nouveaux vêtements à Aiden ce matin-là, il portait donc un jean et un pull bleu uni. J'avais voulu lui acheter quelque chose de tendance, quelque chose qui plairait à un adolescent normal, mais je ne savais pas ce qu'un garçon de seize ans voudrait porter. Quand j'avais son âge, je ne portais que du noir. Mon père s'offusquait de la longueur de ma jupe ou de la couche d'eye-liner autour de mes yeux et ma mère se contentait de rouler des yeux. Mais je ne pensais pas qu'Aiden ait envie de se rebeller contre moi pour l'instant.

Il était assis tranquillement à une petite table dans le coin de sa chambre d'hôpital. Le Dr Foster le rejoignit à la table, s'asseyant en face de lui. La psychologue fouilla dans son sac et en sortit un bloc-notes et un stylo.

— Aimerais-tu écrire ou dessiner quelque chose, Aiden ?

Je regardai avec impatience le Dr Foster pousser le bloc-notes et le stylo sur la table. Je frottai une main avec l'autre, espérant et souhaitant qu'il prenne le stylo. S'il pouvait communiquer avec nous, même d'une manière infime, ce serait déjà quelque chose. Ce serait merveilleux.

Aiden fixa le bloc-notes, mais ne fit pas le moindre geste pour prendre le stylo. Je me mordillais la lèvre inférieure, tandis que Rob se tenait à ma droite et que Jake était à ma gauche. L'inspecteur-chef Stevenson nous avait confiés à deux « agents de liaison avec les familles » pendant qu'il retournait au poste pour travailler sur l'affaire. Ils attendaient dans le couloir pour nous laisser un peu d'espace. Ils s'appelaient Denise et Marcus. Le Dr Schaffer faisait le tour du service. Même si on pouvait avoir l'impression qu'Aiden était le seul enfant au monde, il ne l'était pas. Il n'était même pas le seul enfant au monde à avoir vécu la même souffrance.

— Peut-être pourrais-tu nous faire un joli dessin ? poursuivit le Dr Foster. Peu importe ce que c'est, tout ce qui te passe par la tête.

Son regard ne quittait pas le stylo et le papier, et dans mon esprit, j'imaginais qu'il voulait vraiment prendre le stylo. Je frottai mes mains à nouveau, espérant et priant pour qu'il le fasse. Il se pencha en avant et je fis de même, faisant presque un pas vers eux. Mais je ne le fis pas. Je restai en retrait, leur laissant de l'espace. Cela devait être déconcertant de nous voir tous le regarder comme ça, mais il était hors de question de laisser la psychologue dans la pièce avec lui sans que je sois là.

Puis, en un instant rapide et fluide, il prit le stylo et tira le bloc-notes vers lui. Je laissai échapper un soupir, me rendant compte que j'avais retenu mon souffle tout ce temps. Le Dr Foster leva les yeux vers moi avec un petit sourire plein d'espoir. Et si Aiden pouvait écrire ? Il était doué pour un enfant de six ans avant d'être enlevé, mais je n'avais aucune idée de ce qu'on lui avait appris ou non depuis. Avait-il lu des livres là où il était ? Avait-il tenu un journal de son monde ? Je fermai les yeux et les rouvris. Aiden griffonnait dans le bloc-notes. Il dessinait quelque chose.

Je me tournai vers Rob, puis vers Jake, ma poitrine se soulevant et s'abaissant rapidement. C'était forcément bon signe. C'était un pas dans la bonne direction. Enfin. Et après ça, combien de temps faudrait-il avant qu'il ne recommence à parler ? Alors, il pourrait nous dire ce qui lui était arrivé. On trouverait son ravisseur et on le jetterait en prison, à moins que je ne le tue d'abord. Si je ne risquais pas la prison... Je secouai la tête, chassant ces idées noires, mais une question demeurait... En serais-je capable ?

Pendant qu'Aiden griffonnait dans son carnet, je résistai à l'envie de me rapprocher et de me pencher sur son épaule. Aiden méritait un moment pour s'exprimer. Il y avait en lui une terrible histoire qu'il devrait un jour raconter au monde. *Laisse-le respirer*, me dis-je.

Lentement, la main d'Aiden s'arrêta. Je n'étais pas assez près pour voir ce qu'il avait dessiné, mais je savais qu'il avait griffonné assez rapidement, faisant passer son poing d'un côté à l'autre de la page tandis qu'il maniait le stylo.

— C'est merveilleux, Aiden, dit le Dr Foster quand Aiden lui rendit le carnet. Et c'est un dessin de quoi ? De l'endroit où tu étais pendant ton absence ?

Mon cœur fit un bond, mais le visage d'Aiden ne laissa rien paraître. Il était aussi impassible et calme que d'habitude.

— Ça te dit qu'on le montre à ta maman ? demanda le Dr Foster.

Il ne répondit pas, bien entendu, mais je fis quand même un pas vers la table. Le visage blême, le Dr Foster souleva la feuille de papier. Elle était remplie d'un gribouillage noir désordonné, avec des traits de stylo féroces qui remplissaient presque entièrement la page.

Chapitre Onze

J'avais envie de me gifler pour ne pas avoir pensé à donner à Aiden un stylo et du papier avant que la psychologue ne le fasse. Aiden avait toujours été du genre visuel. Enfant, il détestait les livres de coloriage, préférant gribouiller ou peindre sur des feuilles vierges. Je lui avais acheté son premier set d'aquarelle quand il avait quatre ans. Bishoptown-sur-Ouse regorgeait d'endroits parfaits pour l'exploration d'une jeune mère et de son fils armés d'un kit de peinture. Nous avions trouvé un énorme chêne, qui était devenu le QG d'un roi des fées mal élevé. Aiden avait peint des feuilles orange et rouges sur un tronc brun épais. L'Ouse était l'endroit parfait pour un tsunami, j'avais donc dessiné des petits surfeurs au sommet de ses vagues bleues. Aiden aimait peindre en couleurs. Il recopiait les images de ses bandes dessinées préférées, créant ses propres versions décousues de Superman et Spiderman.

Il avait grandi avec des parents qui aimaient l'art et qui adoraient peindre et dessiner. Et bien sûr, il avait besoin de cet exutoire à présent. Mais le dessin dans cette chambre d'hôpital ne ressemblait pas à Aiden. Il était dur. Douloureux à regarder. Le Dr Foster me laissa la feuille et, alors que nous effectuions le trajet retour, je sortis le dessin dans la voiture et le fixai, traçant les lignes avec mon doigt.

Il n'y avait pas de formes reconnaissables. Rien qui pouvait être utile à l'enquête. Aiden ne nous avait pas fait un joli dessin de sa prison ni une carte de l'endroit où il était sorti des bois. Il n'y avait rien d'autre que de la douleur et de la colère sur le papier, et je n'avais pas besoin d'être thérapeute pour le voir. Mais je me dis que cela valait la peine de rendre visite au Dr Foster à nouveau, et nous fixâmes donc des rendez-vous pour les semaines suivantes. Ce n'était pas évident avec son emploi du temps chargé, mais elle parvint à faire passer Aiden avant ses autres patients, et je lui en fus reconnaissante.

Le lendemain, le Dr Schaffer m'informa qu'il n'y avait plus de raison de garder Aiden à l'hôpital. À part l'ancienne blessure à la cheville, il n'y avait rien d'anormal chez lui. Sa croissance avait été quelque peu retardée, mais sinon, il était en bonne santé. Je pourrais le ramener à la maison dès le lendemain.

Je ne vis pas passer le samedi. Je rentrai chez moi à la hâte, fis le lit dans la chambre d'amis et y plaçai la seule peluche que je m'étais autorisée à garder après avoir déclaré mon fils mort. C'était un petit dragon tout mou avec des écailles rouges qui brillaient à la lumière. Ma mère l'avait offert à Aiden quand il était bébé en guise de clin d'œil à son ascendance galloise. Je l'installai sur l'oreiller et plaçai les draps dessus pour donner l'impression que je l'avais bordé. C'était idiot, mais je faisais toujours ça quand Aiden était tout petit. Ensuite, je récupérai les vêtements dans les sacs qui traînaient aux quatre coins de la pièce et les pliai pour les ranger dans les tiroirs. Le pauvre Jake m'avait donné sa carte de crédit et je m'étais un peu lâchée, essayant de compenser les dix ans d'enfer d'Aiden avec des jeans de prix.

À un moment donné, je sortis quelques-uns de ses dessins et les accrochai au mur. Puis je me ravisai et je les décrochai à nouveau. Aiden n'était plus un petit garçon. Le dragon, par contre, devait rester. Il dormait toujours avec quand il était petit. Il avait besoin de savoir que je m'en souvenais.

Le lendemain matin, je me réveillai avec des papillons dans le ventre à l'idée de ramener mon fils à la maison. Comme c'était un dimanche, Jake était en congé, bien entendu, mais j'avais suggéré qu'il nous laisse la journée pour nous installer. Il avait accepté, désireux de faire ce qui était le mieux pour Aiden, et, je pense, se sentant un peu coupable de sa réaction à l'hôpital.

Rob vint me chercher pour m'emmener à l'hôpital avec la voiture de son père. Nous avions décidé que ce serait trop si Sonya et Peter étaient là. Nous voulions que cela reste simple et tranquille. Il y avait la menace de la presse qui planait au-dessus de nous. Ils le sauraient bientôt, nous en étions certains, mais qu'apprendraient-ils exactement, et quand ? Le couperet n'était pas encore tombé.

— Tu es prête ? me demanda Rob alors que je m'attachais.

— Et toi ? répondis-je.

Il avait retroussé les manches de sa chemise, et je remarquai le soupçon de tatouage qui dépassait de la manche. Il était noir avec une légère queue en boucle vers le bas.

— Un dragon ? demandai-je.

— Comme celui d'Aiden, répondit-il.

— Je l'ai retrouvé et je l'ai mis sur son lit.

— Il ne dormait jamais sans, dit Rob.

— Je sais.

Je pressai mon doigt au coin de mon œil et j'essayai d'empêcher les larmes de monter.

— Non, je ne suis pas prête pour ça. Mais je ne laisserai rien paraître. Hors de question.

— Ne t'en fais pas, Em. Tu t'en sors très bien. Putain, tu t'en sors mieux que moi. Et tu as le…

Il jeta un coup d'œil à mon ventre.

— Le bébé ? C'est bon, ce n'est pas tabou. Tu peux la mentionner.

— La ? Donc Aiden aura une petite sœur. C'est génial. Ce sera génial pour lui.

— Je l'espère.

Rob resta silencieux pendant le reste du voyage, et je ne pus m'empêcher de me demander ce qui lui passait par la tête. Après quelques minutes, j'abandonnai et je pensai à Aiden. Je ressentis un chatouillement nerveux au creux de l'estomac lorsque nous entrâmes dans le parking de l'hôpital. C'était le début du mois d'octobre et les feuilles des vieux sycomores en bordure de la zone pavée devenaient ambrées et dorées. Une brume épaisse obscurcissait les couleurs d'automne et rendait floues les voitures garées. Les essuie-glaces grinçaient sur la vitre, transformant la pluie fine en traînées laiteuses.

— Alors, comment il est ? demanda Rob en détachant sa ceinture de sécurité.

Je lui lançai un regard comme pour dire « Qui ça ? ». Avec Aiden à l'hôpital, j'avais passé pas mal de temps avec Rob, et je m'autorisais déjà à me détendre. Je me souvenais d'avoir adressé ce regard à Rob une centaine de fois quand nous étions ensemble. Il avait toujours mis ma patience à rude épreuve, mais à un moment donné, cela m'avait semblé être une bonne chose, une chose excitante.

— Hewitt.

— Il me soutient, répondis-je. Il est fiable. C'est un bon mari. Il sera un père formidable.

— Mieux que moi alors.

— Oh, pour l'amour de Dieu, dis-je d'une voix rauque en me débattant avec la portière de la Ford. C'est important ? Putain, grandis un peu, Rob. Tu n'étais pas là, je suis passée à autre chose. Je suis heureuse, d'accord ? Ce qui est fait est fait et ça n'a pas d'importance de toute façon. Rien de tout ça n'en a. Aiden est tout ce qui compte maintenant.

Je lâchai la poignée de la portière et soupirai.

— Alors, tu en es capable ? Tu peux régler tes problèmes pathétiques et être un homme ? Être un père ? Parce que si tu ne peux pas, alors fais demi-tour, quitte ce parking tout de suite et ne reviens jamais dans la vie d'Aiden. Il a besoin de stabilité et d'amour. Pas seulement l'un ou l'autre. J'ai besoin que tu lui donnes les deux.

Rob leva les mains en signe de reddition.

— Très bien, très bien. Je sais, d'accord ? Je sais qu'il a besoin de ça de ma part. Je vais être là pour vous deux. Je te le promets.

Ses mots me libérèrent quelque peu, ôtant un poids oppressant de ma poitrine. Qui aurait pu savoir que ce dont j'avais le plus besoin était qu'il me rassure quant à son soutien ? Je suppose que j'avais porté un poids trop lourd toute seule jusqu'à présent.

À l'extérieur de la voiture, l'air était chargé de bruine avec une forte brise qui faisait bruisser les feuilles auburn. Bien qu'il s'agisse d'un petit hôpital situé dans une zone aisée, St Michael avait quand même l'apparence d'un hôpital délabré avec un extérieur peint en beige sale et des marches couvertes de mousse menant à l'entrée. Je rapprochai mon gilet en laine de ma gorge pour lutter contre le froid.

Nous montâmes les marches familières vers le service et échangeâmes des civilités avec le Dr Schaffer. Les agents de liaison avec les familles de la police étaient déjà là. L'agent Denise Ellis était une femme petite, mais robuste d'origine afro-caribéenne. L'agent Marcus Hawthorne était grand, maigre, avec le visage pâle et les cheveux roux. J'aurais préféré que ce soit l'inspecteur-chef Stevenson qui nous tienne au courant, mais les deux agents semblaient affables et professionnels, n'élevant jamais la voix et nous offrant en permanence des tasses de thé et de café.

Nous entrâmes dans la chambre d'Aiden et le trouvâmes debout devant la fenêtre, à regarder dehors. Il était vêtu d'un jean et d'un pull à rayures que j'avais déposés à l'hôpital. Il ne s'était pas fait couper les cheveux, qui étaient toujours en bataille et touchaient le haut de ses épaules. Ses yeux étaient légèrement rouges, mais je ne pensais pas que c'était à cause des larmes. Il avait probablement mal dormi. J'espérais qu'il ne faisait pas de cauchemars, mais j'étais presque sûre que c'était le cas.

— Tu es prêt ? demandai-je, toujours avec ce ton enthousiaste qui semblait forcé.

On aurait dit la présentatrice agaçante d'une chaîne pour enfants, blonde aux yeux brillants avec un sourire permanent sur le visage.

Aiden s'éloigna de la fenêtre et se rapprocha de moi, mais encore une fois, il ne dit pas un mot. Il ne me regardait pas vraiment non plus, mais au moins il marchait vers moi. C'était un début. C'était une reconnaissance de ma présence. C'était mieux que rien.

— Allez, mon grand, dit Rob. Tu devrais dire au revoir au

Dr Schaffer et aux autres. On te ramène à la maison. Maman a préparé Walnut le Dragon pour toi.

J'avais presque oublié cette partie. Aiden avait insisté pour appeler son dragon Walnut parce que ma mère adorait les Walnut Whips, et je la taquinais toujours sur son addiction aux noix. D'une manière ou d'une autre, Aiden avait compris l'association entre sa grand-mère et les noix. Entendre ce nom familier me fit l'effet d'une bombe émotionnelle. Elle explosa en moi, le feu d'artifice s'étendant à mes doigts et à mes orteils. *C'était ce que j'avais eu. Une vie parfaite et heureuse.*

Aiden nous suivit silencieusement alors que nous sortions de l'hôpital et regagnions le parking. Ses pas étaient silencieux, mais il se déplaçait toujours avec une démarche raide. Le jean et le pull que je lui avais achetés étaient destinés à un enfant beaucoup plus jeune, mais ils pendaient encore mollement sur ses hanches. Le Dr Schaffer m'avait dit de lui préparer des aliments riches en protéines, comme le poulet et le poisson, pour l'aider à se muscler.

J'avais envie de lui prendre la main, mais je me retins, sachant à quel point il n'aimait pas être touché. Au lieu de cela, je me calai sur son pas, marchai avec lui et affrontai le reste de l'hôpital à ses côtés alors que nous le faisions sortir ensemble du bâtiment. Tous les yeux étaient rivés sur lui. Tous les infirmiers arrêtaient ce qu'ils faisaient pour regarder le garçon qui était revenu d'entre les morts. Dans chaque pièce où nous passions, patients et visiteurs jetaient un coup d'œil à travers les portes. Et plus nous nous approchions de l'entrée de l'hôpital, plus un sentiment d'effroi s'insinuait en moi. Je regardai Denise, et vis la tension le long de sa mâchoire. Elle le sentait aussi.

La nouvelle s'était répandue.

Si le personnel de l'hôpital et les patients savaient qui était Aiden, cela signifiait que les rumeurs sur son arrivée étrange avaient commencé à se répandre. Mais jusqu'où étaient-elles allées ?

Nous n'étions qu'à deux ou trois pas des portes vitrées lorsqu'un homme râblé au nez crochu se mit sur notre chemin.

— Matthew Grey du Yorkshire Post. Est-ce Aiden Price ?

Marcus s'avança, protégeant Aiden de l'homme intrusif, tandis que Denise me chuchotait :

— Ne dites rien.

Rob et moi baissâmes la tête et continuâmes à marcher, guidant Aiden doucement, mais l'homme évita Marcus et s'approcha d'Aiden.

— Es-tu Aiden Price ?

— Éloignez-vous de lui, dis-je entre mes dents.

Cette fois, je pris la main d'Aiden. Je l'éloignai du journaliste et me précipitai vers la voiture, le cœur battant fort et la poitrine serrée.

Cette fois, il n'y en avait qu'un. La prochaine fois, nous n'aurions pas autant de chance.

Chapitre Douze

L'agent Denise Ellis mit la bouilloire en route dès que nous entrâmes dans la maison.

— Ils découvriront bientôt où vous vivez, nous prévint-elle. Ils ne peuvent pas entrer dans la propriété, mais ils vont traîner devant avec des appareils photo. Nous ferons ce que nous pourrons pour les éloigner. Il est peut-être temps d'engager un avocat et un spécialiste des relations publiques pour vous aider.

Je ne voulais pas penser à tout ça. Aiden venait juste d'enlever ses chaussures. Je lui avais acheté des baskets à velcro : je ne savais même pas s'il savait faire ses lacets, et je ne voulais pas qu'il soit gêné de ne pas savoir le faire. Nous étions tous entassés maladroitement dans la cuisine. Tout ce à quoi je pouvais penser, c'était que l'agent Ellis venait de laisser le sachet de thé sur le plan de travail de la cuisine en frêne très coûteux au risque de le tacher, et que l'agent Hawthorne n'avait pas enlevé ses bottes.

— Est-ce vraiment nécessaire ? demandai-je.

Je recommençai à frotter une main avec l'autre.

— Ça ne va pas coûter cher ?

Denise ajouta du lait dans le thé.

— Si, mais vous pouvez potentiellement gagner beaucoup d'argent, vous savez. Avec les interviews dans les journaux, à la télévision et tout ça. Ils paient bien et ça vous permettrait de raconter votre histoire.

Elle arrêta de remuer le liquide et leva les yeux vers moi.

— Mais ne parlez à personne tant que l'enquête n'est pas terminée. Quand nous aurons mis le ravisseur derrière les barreaux, alors vous pourrez commencer à parler à la presse.

— Personne ne racontera cette histoire, à part Aiden.

— Je sais, mais la presse va vous harceler. Ce que nous pouvons faire, si vous le voulez, c'est émettre un communiqué demandant de l'intimité en ce moment difficile. Ça ne marche jamais, mais s'ils franchissent la ligne, vous les aurez prévenus.

Elle me tendit une tasse de thé chaud et je soufflai sur le liquide pour le refroidir.

— Ils doivent laisser Aiden tranquille, dit Rob. Ils sont obligés, n'est-ce pas ? C'est un mineur. C'est juste un enfant.

— Le problème, dit Marcus, c'est qu'ils savent déjà qui est Aiden. En temps normal, son nom n'aurait pas été mentionné dans les journaux, mais on en a parlé pendant l'inondation. Tout le monde connaît le nom d'Aiden.

Mon cœur s'enfonça dans ma poitrine. Plus que tout, je voulais qu'Aiden ait un foyer heureux et normal après tout ce qu'il avait traversé. Mais il était déjà célèbre, et il ne le savait même pas.

— Nous sommes là pour vous aider à gérer tout ça.

Denise essaya de nous adresser un sourire rassurant, mais ni Rob ni moi ne lui rendîmes son sourire.

Le thé refroidissait sur la table pendant que nous faisions visiter à Aiden sa nouvelle maison. Il nous suivait placidement avec de petits pas raides. Je me retrouvai à parler sans discontinuer en arpentant la maison, essayant désespérément de combler le silence.

— Jake a choisi les tapis, il adore le blanc et le crème. Il est charmant. Tu apprendras à le connaître bientôt. J'ai pensé que tu voudrais d'abord t'habituer à la maison. Jake va bientôt rentrer et vous pourrez faire connaissance. Il est sorti acheter à manger et faire des courses. Nous aurons bientôt une maison bien remplie pour toi. Un vrai foyer.

— Est-ce que quelqu'un est autorisé à renverser quoi que ce soit dans cette maison ? demanda Rob en haussant un sourcil, ses yeux parcourant les luxueux jetés crème sur les canapés.

Je choisis de l'ignorer.

— Et ça, c'est une de mes peintures. C'était l'idée de Jake de l'accrocher au mur.

Je fis un geste vers la grande toile abstraite dans le couloir. Je l'avais peinte peu après l'inondation. Elle représentait une grande souffrance pour moi, avec des tons rouges tourbillonnant dans les bleus, mais Jake avait insisté pour que nous l'exposions. Il avait dit que c'était son œuvre préférée et je n'avais pu résister à son sourire enthousiaste. Avec le temps, j'avais appris à regarder cette peinture et à voir son sourire plutôt que le manteau d'Aiden dans l'eau. Peut-être qu'à présent qu'Aiden était de retour, je trouverais autre chose à voir dans ces tourbillons de couleurs.

— Tu as du talent, Em, dit Rob.

Je ne lui avais jamais montré ce tableau, pas même après l'inondation. Je l'avais toujours gardé pour moi. Ce n'était que lorsque Jake m'avait trouvée avec un couteau dans une main et les bras couverts de rouge, assise par terre à côté d'une pile de toiles déchirées, que je l'avais enfin montré à quelqu'un.

— Ici à gauche, ce sont les toilettes du bas.

Je détournai mon visage de Rob pour cacher mes joues rouges.

— Les toilettes du bas, tu dis ? Ça fait très snob.

Je roulai des yeux à l'intention de Rob. Ce n'était pas comme si ses parents n'avaient pas une belle maison. Rob était antisnob. C'était mignon quand nous étions ados. J'aimais ce côté rebelle en lui et la façon dont il s'en prenait à son éducation bourgeoise, mais à présent, il semblait juste immature.

— Non pas qu'il y ait quelque chose de mal à cela, ajouta Rob à la hâte, sentant mon agacement.

— Et en haut des escaliers se trouvent ta chambre et notre

chambre à Jake et moi. Il y a aussi une salle de bain avec une baignoire et une douche.

Je montai quelques marches et jetai un coup d'œil en arrière, réalisant qu'Aiden ne nous suivait pas.

— Tout va bien, prends ton temps.

J'échangeai un regard avec Rob. L'inquiétude s'insinua dans mon ventre avec une gorgée du thé que Denise m'avait préparé. Je n'avais jamais pensé à ça. Je savais qu'Aiden avait une démarche raide et qu'il n'avait pas eu beaucoup d'occasions de se déplacer au cours de sa décennie de captivité, mais je n'avais pas pensé qu'il n'avait peut-être pas monté d'escaliers pendant des années. C'était l'un de ces moments où l'étendue du traumatisme d'Aiden me frappait de plein fouet. Voilà ce qu'il avait vécu. Ce qu'il avait été forcé d'endurer. Ça. Ne même pas être capable de monter les escaliers. N'importe quel autre garçon de seize ans aurait gravi les marches en courant, deux à deux. Je les voyais tout le temps monter et descendre les escaliers à l'école. Je les réprimandais généralement et recevais en retour un « Désolé, Madame ».

Aiden restait là, le regard fixé sur la marche du bas. Je descendis à sa rencontre et posai ma main sur son bras avec hésitation.

— Alors, un grand pas, puis un autre.

Doucement, je l'amadouai pour qu'il monte les premières marches. Des perles de sueur se formèrent sur son front. Ses sourcils étaient froncés par la concentration, mais après les premières marches, il prit le coup et je lâchai son bras.

Rob nous rejoignit en haut, les bras croisés et la bouche serrée. Je savais ce qu'il pensait. Il pensait aux choses qu'il ferait à l'homme qui avait enlevé notre fils.

— Par ici, Aiden.

Je commençais à en avoir assez du son de ma propre voix. Il était évident que sous le ton enjoué se cachaient les fissures de ma propre détresse. J'avais l'air malade et faible, essayant désespérément de ne pas éclater en sanglots à tout moment. Une partie de moi aurait voulu qu'Aiden soit toujours à l'hôpital pour que je n'aie pas à voir son expression hantée dans notre maison. C'était pire ici, en quelque sorte. Les hôpitaux étaient remplis de visages tristes ou vides, mais un foyer devait être heureux. À part quelques exceptions, il devait être rempli de visages souriants et de rires, et non du silence sinistre de personnes traumatisées.

— C'est ta chambre. J'espère que tu l'aimeras. Je t'ai mis des vêtements dans les tiroirs, regarde, et dans l'armoire. Tu as des jeans ici et des sous-vêtements là. Tu as aussi des serviettes dans l'armoire du couloir. Et écoute, je sais que c'est idiot, mais Walnut est là.

Je sortis le dragon des couvertures et le brandis comme s'il s'agissait d'un artefact précieux. Aiden se contenta de le regarder.

— Voyons, mon grand, tu te souviens de Walnut, dit Rob. Tu dormais avec lui toutes les nuits.

— Papa l'appelait parfois Wally et grand-père l'appelait...

Je m'interrompis, me rappelant que je n'avais toujours pas dit à Aiden que ses grands-parents étaient morts.

Avant que je ne puisse en dire plus, Aiden fit un pas en avant et prit le dragon de ma main d'un geste rapide qui me fit sursauter après son immobilité. Il fixa le dragon et mon souffle se bloqua dans ma gorge. Serait-ce le moment où il briserait son silence ? Je le regardai retourner le dragon dans ses mains, attendant quelque chose... n'importe quoi. Un couinement aurait suffi. Un cri. Un seul mot. Une lettre. Tout ce qui pouvait indiquer que mon Aiden était toujours là quelque part, vivant et prêt à raconter à sa maman toutes les mauvaises choses qui lui étaient arrivées.

Mais il releva la tête et me regarda avec la même expression vide. Ses yeux châtains étaient exactement les mêmes qu'avant, sans aucune trace d'émotion.

— D'accord, je vais te montrer ma chambre, maintenant, dis-je et cette fois ma voix se brisa vraiment.

LORSQUE MA VOIX fut fatiguée de combler les silences et que Rob n'eut plus rien à dire, nous allumâmes la télévision du salon et laissâmes Aiden regarder une chaîne pour enfants. Je lui préparai une tasse de thé au lait avec des toasts et du Nutella, et le laissai assis sur le canapé à regarder les images colorées sur l'écran.

Ce fut dans la cuisine que je me laissai aller. Je pleurai toutes les larmes de mon corps sur le t-shirt de Rob. Il me prépara un thé à la menthe et me fit asseoir sur le banc à côté de la table. Denise tournait autour de nous, essuyant le thé renversé, lavant les quelques assiettes que nous avions utilisées depuis que nous étions rentrés. Marcus passait la plupart de son temps à consulter son téléphone ou à s'appuyer maladroitement contre une chaise. Rob les regarda fixement pendant un moment, et Denise s'excusa, sortit de la cuisine et attrapa Marcus en sortant.

— Qu'est-ce que je vais faire, bordel ?

Je passai une main sur mon ventre et repensai à l'époque où j'étais enceinte d'Aiden. C'était l'enfer. Je vomissais, j'avais mal au dos, l'accouchement avait été terrible. Je ne m'étais pas attendue à m'attacher à Aiden, mais dès que la sage-femme l'avait placé dans mes bras, j'avais réalisé que je n'avais jamais connu l'amour avant ce moment. La douleur et le mal-être avaient disparu. C'était quelqu'un d'autre qui avait vomi dans une poubelle près du hall de l'école, quelqu'un d'autre qui avait connu un travail de presque vingt heures. Cela ne s'était jamais produit ; mon beau petit bébé était arrivé et s'était lové dans mes bras, et c'était tout ce qui comptait.

— Il a juste besoin de temps.

Rob sirota son thé et fit la grimace.

— C'est quoi cette merde ?

— Une tisane mal infusée. Combien de temps as-tu laissé le sachet dedans ?

— Je ne sais pas, Em. Tu as changé. Tapis crème, tisane ? Ce n'est pas toi. Tu te souviens comment nous avons célébré la naissance d'Aiden ?

— Une demi-bouteille de vodka sur le banc devant Rough Valley. Je m'en souviens. Je devais m'asseoir sur un coussin parce que mes points de suture me faisaient encore mal. On est restés assis là avec Aiden dans une écharpe jusqu'à ce qu'il fasse froid, puis on a mangé des bonbons à la menthe avant de le ramener chez mes parents. C'était une bonne chose que j'ai tiré le lait avant de boire la vodka. Mais bon sang, Rob, tu trouves que c'était *bien* ? On était des enfants perturbés. Imagine si on était encore assis en train de boire de la vodka maintenant. Aiden a besoin de stabilité.

— Oui, je sais, dit Rob en tapotant sur la tasse en céramique et en fixant son thé. C'est juste que tu as beaucoup changé. Tu es... Je ne sais pas...

— Quoi ?

— Est-ce que ça te rend vraiment heureuse ?

Rob engloba la cuisine d'un geste ample, les étagères bien rangées et la finition impeccable des portes de placard.

— Où est ta personnalité ? Où est ton influence ? Ça, c'est tout lui. Il y a ton tableau, qui est d'ailleurs le seul élément de couleur dans cet endroit, et tout le reste est juste... stérile.

Je détestais entendre la vérité dans ses mots et je le détestais à ce moment-là. Je me levai, pris sa tasse et la vidai dans l'évier. Il n'allait pas la boire de toute façon.

— Tu ferais mieux d'y aller.

— N'oublie pas de rincer cette tasse.

Il fit racler la chaise sur le sol quand il s'éloigna de la table. Il attrapa sa veste sur le dossier et commença à l'enfiler.

— Il ne faudrait pas laisser de taches de thé sur la surface crème parfaite. Et n'en renverse surtout pas sur les tissus gris de ta maison beige. Je vais aller dire au revoir à Aiden.

Je posai la tasse dans l'évier et soupirai.

— Ne pars pas.

Il marqua une pause. Il enleva sa veste et, presque immédiatement, passa ses bras autour de ma taille, s'étirant jusqu'à mon dos avec mon ventre arrondi entre nous. Sa tête s'appuya contre mon épaule.

— Tu m'as manqué, Emma.

— Non, ce n'est pas... Ce n'est pas ce que je voulais dire.

Je m'éloignai, retirant ses mains.

— Non. On... On doit décider ce qu'on va faire.

Je m'esquivai et j'évitai son regard. Je sentis mes joues s'empourprer.

— Je veux dire, on doit déterminer comment gérer la presse et Aiden jusqu'à ce qu'il aille mieux.

Je levai finalement la tête et croisai son regard.

— Je porte son enfant, Rob. Je ne peux pas faire ça.

Chapitre Treize

Vous serez peut-être surpris d'apprendre qu'avant l'enlèvement d'Aiden pendant l'inondation, je ne m'étais jamais considérée comme une mauvaise mère. Pas même lorsque j'avais dix-huit ans, un bébé au sein, je ne me suis demandé si j'étais une bonne mère. Je me laissais porter. Je le nourrissais quand je voulais le nourrir. J'étais amusante quand j'avais besoin de l'être. J'étais créative quand j'étais d'humeur. Il y avait eu des fois lorsqu'Aiden pleurait ou faisait une énième crise de colère, où j'avais eu besoin de respirer et où j'aurais bien descendu une autre bouteille de vodka comme celle que j'avais bue avec Rob sur le banc devant la forêt de Rough Valley, mais ces moments avaient été rares.

Je n'avais jamais été le genre de mère à acheter tous les gadgets et jouets dès leur sortie à son petit trésor. Je n'avais jamais été du genre à surcompenser parce que je me sentais coupable de m'être emportée contre lui ou d'avoir perdu mon sang-froid après un verre de chardonnay de trop. Non pas que je cherche à blâmer ces gens. Chacun s'en sort comme il peut. Je ne critique pas les parents qui ont leurs propres méthodes pour faire face, mais ce n'étaient pas les miennes. Malgré mon âge (ou peut-être à cause de ce dernier), je me suis toujours sentie à l'aise dans mon rôle de parent et ma mère m'a aidée avec son propre style décontracté.

Mais à présent… J'étais tout le contraire. J'étais devenue une mère poule. Dans le cadre du programme de rétablissement d'Aiden, je devais lui préparer des repas à partir des suggestions du Dr Schaffer, ce que j'avais l'intention de faire, mais je voulais aussi me racheter pour tout ce qu'il avait vécu. Je voulais lui prouver qu'il y avait encore de bonnes choses dans le monde. Je m'étais déjà creusé la tête pour trouver les recettes préférées d'Aiden. Enfant, il raffolait des bonbons et je lui avais accordé quelques sucreries de temps à autre. Mais à présent, je le noyais sous les friandises : des barres Mars et Snickers et des œufs Kinder avec des jouets Star Wars dedans. Je faisais des provisions de toutes sortes de choses. Je lui préparais du chocolat chaud et des toasts au beurre. Lorsque Jake rentra à la maison ce dimanche soir, j'avais préparé un ragoût avec de gros morceaux de pain blanc à part et des frites parce que je me souvenais à quel point Aiden les aimait. Et pendant tout le temps où j'avais cuisiné, j'avais un sourire ridicule sur le visage, m'apercevant de temps à autre dans la porte brillante du micro-ondes et me demandant si je n'étais pas possédée par le Joker de Batman.

Je me retrouvais remplie d'une énergie nerveuse et électrique qui se déversait à mesure que je m'affairais dans la cuisine. Même mon lavage de mains était devenu un frottement frénétique plutôt que mon habituel rinçage et séchage rapide.

— Aiden, je veux que tu saches que c'est ta maison et que tu es le bienvenu ici, dit Jake alors que je m'affairais autour des deux hommes de ma vie en essayant de ne pas penser au moment où Rob m'avait enlacée à cet endroit précis. Mais il y a des règles.

Je me retournai et les regardai. Aiden semblait l'écouter attentivement. J'étais sur le point de dire à Jake d'y aller doucement, mais il avait toute l'attention d'Aiden, et même si je n'étais pas particulièrement d'accord avec le fait de lui imposer des règles si tôt, c'était bon de voir que mon fils *écoutait* vraiment. Aussi je le laissai continuer.

— On aime que notre maison soit en ordre. On lave notre vaisselle immédiatement après l'avoir utilisée et on la range. Mais ne t'inquiète pas trop, d'accord ? Ne te stresse pas pour ça. On va t'aider. D'accord, petit ?

Je ne pus m'empêcher de sourire. Jake faisait vraiment de son mieux pour gérer la situation.

Pendant que je remuais le ragoût, Jake demanda à Aiden de mettre la table. Ils déplièrent ensemble une nappe et posèrent les sets de table. Mon vieux cœur endommagé s'épanouit quelque peu en les regardant faire. Si seulement Aiden avait souri ou dit quelque chose. Peut-être aurions-nous dû nous contenter du fait qu'il écoute, pour l'heure. Mais la façon dont Aiden suivait les instructions de Jake était un progrès, et j'aimais d'autant plus Jake pour la façon dont il gérait mon fils psychologiquement vulnérable.

— Très bien, qui est prêt pour le ragoût ?

Jake leva la main comme le gamin lèche-bottes de la classe.

— Moi ! Et toi, Aiden ?

— J'espère que vous avez faim, dis-je en essayant de combler le silence tandis qu'Aiden ignorait la question.

Alors que je posais le plat chaud sur la table, le téléphone se mit à sonner.

— Je m'en occupe.

Jake fit mine de se lever, mais j'agitai les mains et secouai la tête.

— Je suis déjà debout de toute façon. Vous deux, prenez vos thés tant qu'ils sont encore chauds.

Je me dirigeai vers le hall d'entrée pour décrocher. Seule une poignée de personnes prenaient la peine d'appeler sur le fixe, ce qui pouvait expliquer pourquoi mon cœur battait la chamade sous mon pull en laine grise. Je secouai la tête, essayant d'ignorer la chaleur irrationnelle de l'anxiété qui s'insinuait dans mes veines.

— Allô ?

— Emma, c'est l'inspecteur-chef Stevenson, comment allez-vous ?

— Ça peut aller. Est-ce que tout va bien ?

— Tout va bien, Emma. Mais je voulais vous parler d'une idée que j'ai eue.

Le lendemain matin, je me tenais à la lisière de la forêt de Rough Valley avec Aiden à ma droite et le Dr Foster à ma gauche. J'y avais fait les quatre cents coups quand j'étais adolescente. Boire à « Rough » était comme un défi. Pour moi, la forêt avait toujours été un lieu de folie, de jeunesse et d'irresponsabilité. Ce jour-là, debout à côté d'Aiden, j'étais à mille lieues de ça. J'avais un travail important à faire en tant que mère.

Nous nous étions mis d'accord avec l'inspecteur-chef Stevenson pour ne pas dévoiler nos intentions. Jake avait exprimé le souhait de venir avec nous, mais je lui avais conseillé d'aller à l'école à la place. Moins il y aurait de monde, mieux ce serait. Je n'avais pas appelé Rob, ce à quoi j'essayais de ne pas penser. Est-ce qu'il comprendrait ? Il aurait voulu être là, je le savais, mais je ne voulais pas bousculer Aiden.

Nous avions tous mis nos imperméables pour nous protéger de la pluie. Celui d'Aiden était tout neuf, acheté seulement quelques jours plus tôt. Mais je n'avais pas pensé à acheter des bottes, aussi les baskets devaient suffire.

C'était un jour gris et terne. Un jour sans rien. Un jour qui aurait à peine dû figurer sur nos radars personnels. Et pourtant… c'était un jour particulier, à cause de ce qui allait se passer. Il y avait un soupçon de beauté dans le brouillard. La pluie tambourinait contre la capuche de ma veste. L'air était très calme, sans même un soupçon de vent, ce qui faisait qu'un déluge s'abattait sur nos têtes. La brume s'accrochait aux branches et obstruait le chemin vers la forêt.

— J'aurais bien attendu, dit Stevenson. Mais avec la rumeur qui commence à se répandre, j'ai pensé que ce serait mieux d'essayer maintenant avant que la presse se mette à nous suivre partout. Comment va Aiden ?

C'était une question lourde de sens et nous le savions tous les deux. L'inspecteur-chef Stevenson était, bien sûr, impatient qu'Aiden commence à parler. Nous l'étions tous.

— Il progresse à petits pas, dis-je.

Puis j'ajoutai :

— Il n'a toujours pas dit un mot.

— Ça va prendre du temps, inspecteur, expliqua le Dr Foster.

J'étais heureuse de sa présence, même si elle était restée relativement silencieuse jusqu'à présent. C'était agréable d'avoir une autre femme à proximité parfois, surtout quand elle vous apportait son soutien.

Stevenson acquiesça, ses lèvres déjà fines amincies par sa mine sombre. La déception était facile à lire sur son visage.

— Vous savez ce que j'aimerais qu'Aiden fasse aujourd'hui, n'est-ce pas ?

J'observais l'équipe qu'il avait réunie. Il n'y avait que deux autres officiers parce qu'il avait voulu restreindre les effectifs pour ne pas effrayer Aiden. Ils étaient là pour collecter toutes les preuves qu'ils trouveraient. Je serrai et desserrai les poings, essayant de ne plus frotter mes mains. J'avais une éruption cutanée et les frottements constants ne leur faisaient pas de bien.

— Je comprends. Mais je pense que c'est quand même trop tôt.

C'était mon instinct qui me le dictait. Si Aiden n'était pas prêt à nous parler, je doutais qu'il soit prêt à nous montrer quoi que ce soit, même si j'avais continué à lui laisser des stylos et du papier au cas où il déciderait de le faire. Jusqu'à présent, il n'avait dessiné que des gribouillages.

— Nous devons essayer, déclara l'inspecteur-chef Stevenson. Mais prenez votre temps.

Je jetai un coup d'œil depuis les arbres vers la route étroite sur ma gauche. Nous étions délibérément proches de l'endroit où l'automobiliste avait vu Aiden tituber en sortant des bois. C'était là qu'ils l'avaient récupéré et emmené au poste de police. *Et si c'était eux* ? pensai-je avant de rejeter cette idée. Bien entendu, la police avait déjà dû vérifier cette piste. D'ailleurs, pourquoi le ravisseur d'Aiden l'aurait-il emmené au poste ? Je me reprochai ma propre stupidité. Je ne serais pas d'une grande aide dans cette affaire si je ne pensais pas logiquement.

Je me tournai vers Aiden, qui était aussi immobile que d'habitude, fixant les bois brumeux. Rien n'indiquait qu'il reconnaissait les alentours ou qu'il avait souffert d'une sorte de rupture psychologique après un événement traumatique. C'était arrivé juste ici, à cet endroit. Sauf... qu'il ne disait rien. Les médecins avaient fait une IRM de son cerveau pour vérifier s'il y avait des lésions cérébrales ; il n'y en avait pas. Même s'il ne parlait pas, il nous comprenait, marchait, mettait ses vêtements, se brossait les dents, le tout avec une coordination parfaite. Rien ne permettait de penser qu'il avait des difficultés d'apprentissage, bien que le médecin nous ait dit que l'autisme était une possibilité. Dans mon cœur, je savais que ce n'était pas de l'autisme. À six ans, avant qu'on me l'enlève, Aiden n'avait montré aucun signe d'autisme. Ce mutisme avait été déclenché par des années de traumatisme. *Des années.* Comment pourrais-je me faire à cette idée ? Des années d'abus systématiques. Comment tenait-il encore debout ?

J'essuyai un filet de sueur sur mon front et je me ressaisis.

— Tu es prêt ?

Aiden avait la capuche baissée et je ne pouvais pas voir ses yeux. Les manches de sa veste étaient trop longues, couvrant ses mains, mais j'avais l'impression qu'il serrait les poings à l'intérieur du manteau. Il était encore plus tendu que d'habitude. J'avais peut-être eu tort. Peut-être qu'il réagissait plus aux bois que je ne le pensais.

— Aiden ? Tu peux nous montrer d'où tu venais ? Tu te souviens de la nuit où tu es sorti des bois ? Tu marchais sur cette route. Il pleuvait aussi, mais c'était la nuit et il faisait sombre. Tu ne portais pas de manteau comme maintenant. Juste un jean et rien d'autre.

L'inspecteur-chef Stevenson m'avait dit d'essayer de solliciter la mémoire d'Aiden en mentionnant autant de détails que possible.

— Tu es sorti des bois par là, dis-je en me tournant et en tendant la main. Et puis tu as avancé sur la route, sauf que tu avais du mal à avancer. Je ne pense pas que tu aies marché pendant longtemps.

Je m'arrêtai pour reprendre mon souffle.

— Vous vous débrouillez bien, Emma. Continuez.

Le Dr Foster m'adressa un signe de tête encourageant.

Je pris une profonde inspiration. L'inspecteur-chef Stevenson me regarda attentivement, les mains dans les poches. Même s'il s'efforçait de garder une expression neutre, je voyais la tension dans son corps et je compris à quel point il était important pour lui que ça fonctionne. J'avais envie que ça marche moi aussi, mais j'avais des doutes.

— Peut-être que si je marche un peu dans les bois ? Tu veux bien venir avec moi, juste pour faire une promenade ? suggérai-je.

Voyant qu'Aiden ne répondait pas, sans surprise, je fis quelques pas hésitants. Il ne fit rien. Je tendis la main vers lui.

— Viens te promener avec maman.

Il y avait un tremblement désespéré dans ma voix. Je clignai des yeux, tentant de refouler l'émotion qui menaçait d'éclater.

— Je serais très contente si tu venais te promener avec moi. Je veux vraiment savoir, Aiden. Je veux savoir ce qui s'est passé et d'où tu es arrivé. Tu veux bien me montrer ?

Il avança son pied gauche en premier et mon cœur se gonfla d'espoir. Puis il fit un autre pas. Ses mouvements étaient plus rigides que jamais, comme un robot qui ferait ses premiers pas. Puis un autre pas. Je lui fis un signe de tête pour l'inciter à avancer, souriant si fort que je sentis la peau se craqueler aux coins de ma bouche. J'avais mal aux joues. Un autre pas. Mais quelque chose n'allait pas. Sa respiration était laborieuse.

— Tout va bien, le rassurai-je. Je suis là et rien ne va t'arriver. Tu es en sécurité, je te le promets. L'inspecteur-chef Stevenson va s'en assurer. C'est comme un garde du corps. Il est fort, comme Superman.

J'évitai le regard de Stevenson, craignant qu'il ne rie ou, plus probablement, qu'il ne grimace.

— Tout va bien, Aiden.

La pluie continuait à tomber, s'accélérant, étouffant presque le son de ma voix. Je fis quelques pas supplémentaires, passant entre la première ligne d'arbres dans les bois. C'était une grande forêt, presque aussi vaste qu'un parc national, mais qui n'avait jamais reçu ce statut. Il y avait des rumeurs d'achat de terrains privés dans les bois, et certains appartenaient à un imposant manoir qui se trouvait sur une colline surplombant le village. J'étais souvent allée me promener dans ces bois avec Rob, notre vodka et nos cigarettes pour nous enfoncer plus loin dans ses profondeurs. Même s'il faisait froid et sombre, être là avec Rob avait toujours évoqué un sentiment de danger qui réchauffait mes extrémités. Mais à présent, c'était différent. Je ne voyais que de la douleur se cacher parmi ces arbres. La douleur vécue par mon fils et la douleur que j'avais ressentie quand il m'avait été enlevé.

Ma stratégie pour l'amadouer sembla fonctionner. Aiden avança en traînant les pieds, pour finalement m'atteindre. Je pris sa petite main. On aurait dit un bloc de glace. Je la frottai entre mes paumes, injectant de la chaleur dans ses doigts froids. Aiden était pâle comme la mort. Deux yeux meurtris me regardaient sous sa capuche, ce qui aurait dû suffire à me faire faire demi-tour. Je n'en fis rien.

— Tout va bien se passer, dis-je.

Je voulais que ça marche. Je le voulais plus que tout. Je voulais trouver le ravisseur d'Aiden et obtenir justice, pas seulement pour Aiden, mais aussi pour moi. Comment pourrais-je dormir la nuit en sachant qu'il était toujours là, dehors ? Alors je le tirai par la main. Il résista. Il recula. Je fus ferme. J'avançai dans les bois, tenant la main d'Aiden, déterminée à ce qu'il nous montre ce qu'il savait. C'était là, au fond. Tout ce dont nous avions besoin était là-dedans, bien enfermé. J'avais juste besoin de la clé et je pensais qu'elle se trouvait dans les hêtres penchés de Rough.

— Allez, dis-je d'un ton plus froid qu'avant, la frustration s'insinuant dans ma voix.

Mais Aiden résistait. Il refusait de bouger davantage, enfonçant ses talons dans le sol mou et boueux.

— S'il te plaît, Aiden, insistai-je.

S'il faisait cette seule chose, il pourrait tout résoudre. J'étais au bord des larmes en pensant au monstre toujours là, toujours tapi quelque part, prêt à enlever mon fils une seconde fois. Je ne pouvais pas laisser faire ça. Les réponses étaient à l'intérieur d'Aiden, je le savais, mais il refusait de me les donner. J'en étais réduite à le supplier.

— Aiden.

J'essuyai une larme, consciente que tout le monde nous regardait, embarrassée, frustrée et proche du point de rupture.

— Peut-être devrions-nous faire une pause, Emma, dit le Dr Foster.

Cette fois, je n'avais pas envie d'entendre son opinion. Elle était censée me soutenir, n'est-ce pas ? Solidarité féminine et tout ça ?

— Non.

Je ne reconnus pas ma voix. On aurait dit un grognement. Il y avait un soupçon d'animal sauvage dedans, et j'agrippai quand même le bras d'Aiden tandis qu'il se tortillait pour s'éloigner de moi, plus silencieux, mais haletant fortement.

— Aiden, tu vas nous montrer. Tu *vas* nous montrer.

L'inspecteur-chef Stevenson leva les mains.

— C'était une erreur. Vous aviez raison, Emma. Il n'est pas prêt. Laissez-le.

— Non.

Mes lèvres tremblaient. Ma voix était pratiquement méconnaissable. Je ne savais plus qui j'étais. Mon visage était mouillé, mais je ne savais pas si c'était à cause de la pluie ou de mes larmes.

— Aiden, s'il te plaît.

— Emma, laissez-le.

— Non.

— Emma, regardez son visage.

Le Dr Foster était plus ferme cette fois.

— Regardez la détresse que vous lui causez.

Je clignai des yeux, revenant à la réalité. Aiden, où était mon Aiden ? Je secouai la tête et j'essayai de me concentrer. Il était là, mon grand garçon, différent de celui qu'il avait été. Il avait le visage rouge et les yeux écarquillés, il secouait la tête d'avant en arrière en s'écartant de moi, les talons fermement plantés dans le sol.

— Aiden ?

Je le lâchai et mes genoux flanchèrent.

Chapitre Quatorze

J'avais tout gâché. J'avais laissé passer une occasion en or d'en savoir plus sur ce qu'Aiden gardait enfermé en lui et peut-être ruiné la relation de confiance que nous avions pu établir.

Même une fois assis dans la voiture de police avec une tasse de thé fumant, attendant que la pluie s'arrête, Aiden était toujours terrifié par les bois. Il se méfiait de moi, aussi. Il tressaillait quand j'essayais de lui prendre la main, reculait quand je m'avançais vers lui et détournait la tête quand j'essayais de lui parler. J'avais tout rendu cent fois pire qu'avant.

J'avais l'impression d'être la dernière des idiotes. Je valais à peine mieux que le monstre dérangé qui l'avait enlevé. J'étais la lie de la société. Sale, crasseuse. Je voulais rentrer à la maison et prendre une douche pour ôter la crasse de mon corps. Quel genre de personne se comportait de la sorte avec son enfant traumatisé ?

— Tenez.

Le Dr Foster me tendit le gobelet en plastique d'un thermos rempli de café au lait.

— Ne ressassez pas ça aujourd'hui. Nous en parlerons à la séance de thérapie de jeudi, d'accord ?

J'enroulai mes mains autour du gobelet, cherchant désespérément la chaleur dont j'avais tant besoin, et je hochai la tête. Elle ne pouvait pas me rassurer ou m'apaiser. Il n'y avait rien d'autre à dire. J'avais mal agi. Je m'étais comportée de manière agressive envers mon propre fils. Je repensai à la façon dont j'avais essayé de le traîner, comme un fermier avec un taureau réticent, et contractai mes orteils dans mes bottes.

L'inspecteur-chef Stevenson était près de moi, à côté de la voiture de police. Aiden était assis sur le siège avant.

— Je n'aurais pas dû insister. Je suis désolé.

— On devait essayer. C'est moi qui ai tout foutu en l'air.

Stevenson secoua la tête.

— Je ne pense pas qu'il serait entré là-dedans de toute façon. Il n'est tout simplement pas prêt. Rentrez tous les deux chez vous, reposez-vous, créez des liens. Nous essaierons un autre jour.

— Que va-t-il se passer ensuite ? Vous fouillez encore la forêt ?

Il se gratta le côté de sa mâchoire. Les poches autour de ses yeux s'étaient creusées, révélant le poids de cette affaire stressante sur sa psyché.

— Autant que possible. Des parcelles de terrain ont été vendues et il s'avère difficile d'approcher les sociétés auxquelles elles appartiennent. Nous aurons besoin de mandats pour les passer au peigne fin. Nous vérifions tout permis de construire datant d'il y a dix ans qui pourrait concerner une petite pièce construite dans la région. Il y a une possibilité qu'Aiden ait marché pendant longtemps avant d'être retrouvé. Nous ne pouvons pas être sûrs à cent pour cent qu'il soit resté dans la forêt tout ce temps.

— D'accord. Vous me tiendrez au courant, n'est-ce pas ?

— Je vous recontacterai, dit-il, mais ma priorité est l'affaire en cours. Denise ou Marcus resteront avec vous à partir de maintenant et ils feront la liaison entre la police et vous.

C'était logique. Le temps de l'inspecteur-chef Stevenson était mieux employé à travailler sur l'affaire, mais une partie de moi avait appris à compter sur son calme rassurant, et sa présence familière me manquerait.

— Ramenez Aiden au chaud à la maison, dit-il d'une voix grave et apaisante. Je vous contacterai dès que j'en saurai plus.

Il avait raison : plus que tout, j'avais besoin de me ressaisir. Le stress de ces derniers jours avait culminé dans cette perte totale de contrôle, et cela ne devait pas se reproduire. *Reste forte pour Aiden*, pensai-je. Ce serait mon mantra. J'étais une mère avant tout, et une mère se devait d'être forte pour ses enfants. Assurément.

Aiden enleva sa veste et passa la ceinture de sécurité sur sa poitrine sans avoir besoin d'y être invité lorsque nous entrâmes dans la voiture. Je n'essayai pas de combler le silence avec mes bavardages ; je mis la radio à la place. Finalement, la couleur revint sur les joues d'Aiden. Il n'avait plus ses grands yeux vitreux et il semblait se détendre.

Jusqu'à ce que nous tournions dans notre rue.

— Et merde.

Je n'avais pas eu le temps de regarder les informations ou de lire les journaux ce matin-là. Si je l'avais fait, j'aurais vu l'histoire en première page du petit garçon qui était sorti des bois dix ans après s'être censément noyé durant la pire inondation qui avait eu lieu dans le village depuis cent ans. J'étais passée à côté. Mon téléphone avait été en mode silencieux toute la matinée, et je n'avais pas pensé à le consulter en quittant Rough Valley. Les journalistes étaient à l'affût. Ils nous avaient tendu une embuscade. Leurs camionnettes bordaient les rues. Il y avait un journaliste de télévision et un caméraman qui parlaient à l'un de mes voisins.

— Merde.

Je fis marche arrière avant qu'ils ne me voient et partis dans la direction opposée.

— POURQUOI TU NE M'AS rien dit ?

Josie resta dans l'embrasure de la porte, la mâchoire tombante, ses yeux passant de moi à Aiden, puis se posant sur moi.

— Ça a été un vrai ouragan, Jo. On peut entrer ?

— Oui, bien sûr.

Elle s'écarta, nous laissant passer l'énorme porte en bois. Elle ne quittait pas Aiden des yeux.

— Il ressemble tellement à Rob.

Elle ferma la porte derrière nous, les yeux toujours rivés sur Aiden. Ce ne fut que lorsque je me raclai la gorge qu'elle sortit de sa transe.

— Je vais allumer la bouilloire.

Josie traversa le vaste hall d'entrée moderne jusqu'à la cuisine encore plus grande et plus moderne. Jake était un grand fan de cette pièce. En fait, il avait questionné Hugh, le mari de Josie, sur les cuisinistes pendant des heures. Il était un grand admirateur des lignes blanches et épurées et des tiroirs à fermeture amortie. Il y avait même un casier à bouteilles tournant qui s'illuminait grâce à de petites LED bleues.

— Hugh est à Londres pour un voyage d'affaires, donc il n'y a que nous. Je suis sûre qu'il va appeler. C'est partout dans les journaux. Il sera si heureux de voir Aiden.

Josie s'affairait dans la cuisine, allumant la bouilloire, sortant des armoires des tasses en porcelaine blanche.

— Je n'arrive pas à y croire. Après toutes ces années.

Je m'assis sur un tabouret près du bar et Aiden resta maladroitement à l'écart. Lorsque je tirai un des tabourets vers lui, il resta debout. J'ignorai ce coup de poignard dans mon ventre. J'avais des excuses à lui présenter.

— C'est très compliqué, dis-je. C'est... Ça fait beaucoup de choses.

J'inspirai profondément.

Josie se pencha sur le comptoir.

— Hé, ça va aller.

Je secouai la tête. Ce n'était pas le cas, mais je ne pouvais pas dire ça alors qu'Aiden était debout juste à côté de nous.

— Aiden, tu veux du thé ? Quand tu étais petit, tu venais chez nous, tu te souviens ? Tu aimais le thé au lait et la confiture de fraises sur des toasts.

Aiden se contenta de cligner des yeux.

— Il ne parle pas, dis-je. Mais continue à lui parler, je pense que ça lui fait du bien. On revient de Rough Valley. J'ai tout gâché, Jo.

Josie sentit l'ambiance pesante et fit le tour du bar.

— Aiden, je pense que j'ai un DVD du *Livre de la Jungle*. Je sais que tu as grandi maintenant, mais tu adorais regarder ce film quand tu venais chez nous, tu te souviens ? Tu t'asseyais avec oncle Hugh sur le canapé et vous le regardiez ensemble. Tu veux que je le mette ?

— Il te suivra, dis-je. Il ne te répondra pas, mais il aime regarder la télé donc ça devrait lui plaire.

Quand Josie revint, elle versa de l'eau bouillante sur les sachets de thé.

— Que s'est-il passé, Em ?

Je traçai le motif du marbre avec mon doigt.

— Il a été kidnappé. Quelqu'un a enlevé mon enfant, l'a enchaîné dans un cachot ou quelque chose d'horrible et lui a fait des choses...

Les mots ne voulaient pas sortir.

Les bras de Jo s'enroulèrent autour de mes épaules, me serrant fort. Quand elle renifla bruyamment, je compris qu'elle pleurait aussi.

— Je n'arrive pas à le croire.

Elle se retira, tamponna ses yeux avec un mouchoir en papier et nous servit un thé fort et brun : le thé de l'ouvrier.

— Il y avait des journalistes devant ma maison qui m'attendaient et qui filmaient. J'ai cinquante appels manqués, la plupart provenant de numéros que je ne connais même pas. Je n'ai pas rappelé Jake, ni Rob, ni Sonya. Ils attendent tous de moi que je sache quoi faire. Aiden a besoin que je sache quoi faire et moi, j'ai juste pété les plombs.

— Quand ça, ma belle ?

Je reniflai et tentai de me ressaisir. Pleurnicher n'allait aider personne.

— Il y a moins d'une heure. La police voulait voir si Aiden pouvait retrouver dans les bois l'endroit où il était retenu captif pendant tout ce temps, mais j'ai perdu le contrôle. J'ai essayé de le traîner dans la forêt, Jo. Je l'ai attrapé et j'ai essayé de le forcer à faire quelque chose qu'il ne voulait pas faire. Je suis aussi mauvaise que le monstre qui l'a enlevé.

— Mais non.

Josie me tendit une boîte de mouchoirs et j'essuyai mes yeux.

— Ne pense jamais ça. Celui qui lui a fait ces choses est un monstre. À peine un être humain. Son cerveau déconne, Em. Ce n'est pas du tout la même chose.

À la moitié du *Livre de la jungle*, nous quittâmes péniblement la cuisine pour aller dans le salon où nous rejoignîmes Aiden qui regardait le film. Josie me fit signe de m'asseoir. Plutôt que de m'installer à côté d'Aiden, je choisis une place dans un fauteuil confortable juste à côté du canapé. Josie rapprocha un pouf et s'assit à côté de moi.

Avec son aide, j'avais appelé Jake, Rob et Sonya et leur avais parlé de la situation avec les journalistes. J'avais écouté les messages vocaux de l'inspecteur-chef Stevenson me prévenant que les médias s'étaient emparés de l'histoire, de plusieurs journalistes, d'une femme d'une société de relations publiques et de Denise, notre officier de liaison avec les familles. La deuxième tasse de thé chassa finalement le froid que j'avais accumulé. Je me sentais plus calme. J'étais presque détendue pour la première fois depuis des jours.

— Comment va le bébé ? demanda Josie.

Je caressai mon ventre rond.

Elle aime bien me donner des coups de pied. Elle jouera pour Arsenal dès qu'elle sortira.

Josie éclata de rire, et quand je me joignis à elle, cela me fit du bien.

— Comment ça se passe avec Hugh ?

Josie replia ses jambes sous son corps et entoura sa tasse de ses mains. C'était un mouvement insignifiant, mais il me sembla qu'elle essayait de gagner du temps.

— C'est à peu près pareil.

— Ohh.

Josie et Hugh avaient connu quelques problèmes conjugaux au cours des dernières années. Alors qu'ils étaient l'exemple même du couple heureux lorsqu'ils s'étaient mariés dix-sept ans plus tôt, cette relation s'était progressivement désagrégée.

Josie était un peu plus âgée que moi. Elle avait épousé Hugh à la sortie de l'université lors d'une cérémonie à l'église. Hugh n'était pas de Bishoptown, mais ils avaient décidé de déménager ici pour fonder une famille. La famille de Hugh était riche depuis des générations. Celle de Josie avait prospéré à la tête d'une chaîne de magasins de meubles. Mais Josie n'avait pas réussi à tomber enceinte, et leur grande maison de campagne était restée bien vide. Hugh avait pris l'habitude de laisser Josie seule pendant de longues périodes alors qu'il se rendait à des conférences et à des voyages d'affaires à Londres, travaillant dans l'entreprise d'investissement de son frère.

— Sauf que quand il part en voyage d'affaires, il me contacte de moins en moins. Avant, il m'appelait deux fois par jour, puis une fois. Maintenant, j'ai de la chance si j'ai de ses nouvelles au bout de deux ou trois jours. Il ne prend même pas la peine de m'appeler quand il arrive sain et sauf.

— Et toi, tu l'appelles ?

— Avant, oui. Mais ces derniers temps, je ne ressens même pas le besoin de le faire. C'est comme si j'avais arrêté de m'en soucier.

— Jo...

— Je sais. C'est affreux.

Elle se recroquevilla sur son pouf, s'entourant de ses bras.

Je soupirai.

— Je déteste t'imaginer toute seule dans cette maison, sans même pouvoir parler à Hugh. Tu dois l'appeler, Jo. Appelle-moi au moins pour que je puisse venir te tenir compagnie.

Elle fit un léger geste de la main pour simuler un déni désinvolte, mais je voyais bien qu'elle luttait pour ne pas pleurer.

— Tu attends un bébé et maintenant tu traverses tout ça avec Aiden. À côté, moi, ça n'est rien.

— Bien sûr que si. Ne dis jamais ça.

Josie avait vécu des choses dont elle ne parlait pas. Pas même à moi. C'était peut-être pour ça que j'avais pensé à elle en premier. J'aurais pu emmener Aiden chez Rob. C'était le père d'Aiden, après tout. Peut-être que je n'avais pas envie de gérer sa mère. Quoi qu'il en soit, c'était à la porte de Josie que je m'étais présentée, et c'était Josie qui, selon moi, avait la plus grande affinité avec Aiden et ce qu'il avait traversé. Bien que Josie ne se soit jamais vraiment ouverte à moi, je savais que quelque chose de sombre se cachait sous son sourire crispé. Je l'avais toujours su. Elle avait fait de petites allusions au fil des ans – rien de particulièrement concret, mais j'avais l'impression qu'elle comprenait mieux que quiconque ce que ressentait Aiden.

Chapitre Quinze

En allant aux toilettes, je me retrouvai à errer dans la maison des Barratt, me remémorant des souvenirs d'une époque plus heureuse. Josie et moi étions à l'école en même temps, mais elle avait quelques années de plus que moi et nous n'avions jamais vraiment traîné ensemble. Mais un jour, alors que je me débattais avec Aiden dans un café de Bishoptown, Josie était venue à mon secours, prenant ma défense contre une vieille fouine qui m'avait dit de « faire taire cette chose ». Aiden avait quatre ans et avait fait tomber sa glace par terre. Josie était arrivée avec un deuxième bol de glace pour lui et s'était installée sur la chaise à côté de moi. Nous étions devenues amies dès ce premier instant. Elle m'avait même aidée à décrocher un emploi à temps partiel dans le cabinet comptable où elle travaillait, dans la banlieue de Bishoptown. Je n'avais pas besoin d'argent, mais d'avoir une vie en dehors d'Aiden avec ce travail m'avait donné un nouveau but. Même si j'avais toujours trouvé merveilleux d'être mère, avoir une carrière m'apportait une autre forme de satisfaction. J'avais besoin de ce plus afin de trouver le bonheur.

Josie et Hugh nous avaient accueillis chez eux à bras ouverts. Avec le recul, je pense qu'ils étaient peut-être un peu désespérés. À ce moment-là, ils essayaient d'avoir un bébé depuis environ un an et rien ne se passait. Leur maison semblait bien vide et ils avaient besoin de la remplir. J'avais toujours pensé qu'Aiden était à la fois un rappel de cette période difficile et une distraction pour eux. Je marchais dans les couloirs, me rappelant la fois où Rob, Aiden et moi nous étions entassés dans une des chambres libres. Il y avait du choix, mais nous avions tous décidé de dormir dans le même lit.

Après la disparition d'Aiden, Josie et Hugh avaient été d'une grande aide, nous apportant de la nourriture et nous offrant une épaule sur laquelle pleurer. Hugh avait même payé des entrepreneurs pour fouiller la rivière lorsque l'équipe de recherche et de sauvetage avait arrêté. Ils étaient mes meilleurs amis. Mes seuls vrais amis.

Je m'arrêtai et j'observai Wetherington House qui se dressait sur la colline au-dessus de la forêt de Rough Valley. Le village de Bishoptown était niché dans la vallée formée par trois collines, mais sa frontière s'étendait jusqu'à la colline où vivaient Josie et Hugh Barratt et jusqu'à la plus grande colline où le duc de Hardwick résidait dans son imposante demeure. Entre la maison des Barratt et Wetherington House, une partie de la forêt de Rough Valley serpentait dans les vallées. En la regardant, ma poitrine se serra. Aiden avait-il été retenu captif dans les bois ou avait-il traversé une partie de la forêt en titubant depuis un autre endroit ? Personne ne savait combien de temps il avait marché. Personne ne savait d'où il venait.

Mon téléphone sonna.

Je décrochai, reconnaissant le numéro.

— Salut, quoi de neuf ?

— Ils m'ont pris en photo, putain.

— Qui t'a pris en photo, Rob ?

— Les putains de journalistes. Qui d'autre, putain ?

— Calme-toi. Je suis chez Josie. Viens me retrouver. Je me cache des journalistes. Ils sont tous campés devant ma maison.

— Je suis en route.

Moins de dix minutes plus tard, un Rob échevelé se présentait à la porte, le visage rouge et furieux. Il passa ses mains dans ses cheveux mouillés et fonça devant moi, se précipitant dans la maison.

— Je n'arrive pas à y croire, quel salopard. Il m'a mis ce truc sous le nez et j'ai failli péter les plombs.

Josie passa la tête par la porte de la cuisine.

— Je vais mettre l'eau à chauffer, Rob.

Il ne la remarqua même pas. Au lieu de cela, il se mit à faire les cent pas dans le hall d'entrée.

— Où est Aiden ?

— Il est dans le salon en train de regarder *Le Livre de la Jungle*. Écoute, Rob, il y a quelque chose que je dois te dire à propos de ce matin.

J'hésitai. Je ne voulais pas lui dire, pas comme ça, mais si j'attendais plus longtemps, les choses allaient empirer.

— Quoi ? Ces salauds t'ont eue, toi aussi ?

Rob avait un côté sauvage quand il était énervé. Il s'agitait comme un junkie qui aurait besoin d'une dose. Il se grattait les avant-bras et frottait ses yeux exorbités, comme s'il avait trop d'énergie, mais se sentait épuisé en même temps.

— Non, rien de tout ça. C'est à propos d'Aiden et moi. J'ai fait quelque chose de vraiment stupide.

Il arrêta d'arpenter le couloir et se rapprocha de moi. Je vis ses mains se lever, comme s'il envisageait de m'enlacer, mais ensuite ses bras retombèrent le long de son corps.

— Qu'est-ce qu'il y a ? Ça ne peut pas être si grave. Tu ne fais jamais rien de stupide, Em. Je parie que ce n'était pas aussi stupide que de se faire photographier par un paparazzi minable.

Je secouai la tête et reculai.

— C'est pire.

— Quelqu'un veut une tasse de thé ? lança Josie, m'évitant de tout déballer.

— J'arrive, répondis-je. Viens t'asseoir une minute. Tu te sentiras mieux.

— Je veux savoir ce qui se passe.

Je me mordillai la lèvre inférieure et grattai une zone irritée sur ma main. Les angoisses de ces derniers jours me rattrapaient. Je changeais, physiquement parlant. Le manque de sommeil, l'inquiétude constante et le fait d'être si active à la fin de ma grossesse me valaient une peau sèche et des cernes sous mes yeux. J'avais même perdu un peu de poids.

— Ça faisait longtemps, Hartley.

Josie posa une tasse de thé fumant sur le comptoir alors que nous entrions dans la cuisine.

— Ce sont des cheveux blancs que je vois ? Et des pattes d'oie, juste là ?

Elle montra ses yeux.

Rob repoussa la main de Josie, mais ne parvint pas à cacher son sourire.

— Ouais et là, c'est un nouveau poil de moustache, pas vrai ?

— Espèce de connard effronté.

Josie roula des yeux exagérément en se tournant vers moi.

Je murmurai un « merci » pour l'avoir aidé à se calmer. Mais même ainsi, quand je déglutis, ma gorge était sèche. J'appréhendais de lui parler de l'incident dans la forêt.

— Ils vont penser que c'est moi, hein ?

Rob laissa échapper un long soupir déprimé.

— Ils vont penser que j'ai fait ça à mon propre fils. C'est ce qu'ils pensent toujours.

— Comment le pourraient-ils ? Tu étais dans l'armée. Tu as l'alibi le plus solide qui soit, dis-je.

Je ne savais pas que ça l'inquiétait.

— Je le sais bien, mais eux ne le savent pas encore. Ils penseront que j'ai fait le mur ou quelque chose comme ça ou que j'ai un complice tordu. Ils pensent toujours que c'est le père.

Il prit une gorgée de thé.

— J'emmerde tout ça. Je ne veux plus y penser. Qu'est-ce que tu avais à me dire ? C'est pire ? C'est mieux ? Est-ce qu'ils ont attrapé ce monstre ?

— Ce n'est ni mieux ni pire.

Je posai mon thé et racontai à Rob que j'avais emmené Aiden dans les bois. Même si je ne le regardais pas directement, j'étais consciente de son poids qui se déplaçait sur son tabouret, consciente de son dos qui se redressait dans ma vision périphérique.

Il y eut un moment de silence quand j'eus fini de parler.

— J'ai perdu le contrôle.

Je mis ma tête entre mes mains.

— Tout va bien, Em, m'apaisa Josie.

— Non, tout ne va pas bien.

Rob posa sa tasse avec un bruit audible.

— Pourquoi tu ne m'as pas dit que tu allais faire ça ? Pourquoi tu ne m'as pas téléphoné ? Tu sais ce qu'est un putain de téléphone, Emma, non ?

— Baisse d'un ton. Aiden est dans la pièce d'à côté et la dernière chose qu'il a besoin d'entendre, c'est que tu fulmines et jures, dis-je.

— Oui, je sais, mais je suis en colère, et c'est normal, non ? Je suis furieux parce que tu as emmené notre fils faire une foutue reconstitution du jour où il a échappé péniblement à ses dix années de captivité.

— Tout est allé si vite. Ils voulaient qu'il y ait le moins de monde possible. Ils ont suggéré que j'y aille seule. Je savais que tu refuserais de rester à l'écart si je t'en parlais.

— Oh, tu le savais, hein ? Ça doit être bien de pouvoir lire dans l'esprit des gens. Il faudra que tu m'apprennes un jour.

Je secouai la tête. Même après tout ce temps, il était toujours aussi exaspérant.

— Grandis un peu, Rob.

— Les gars, intervint Josie. Rappelez-vous ce qui est important. Le gamin dans l'autre pièce qui regarde un DVD. C'est tout ce qui compte.

— Exactement, dit Rob. Et c'est pour ça que ce que tu as fait était mal, Emma. J'espère que tu en es consciente ?

Je sus quand il se leva que j'avais fait une énorme erreur en choisissant ce moment en particulier pour lui raconter les événements de la matinée. Il était trop excité, trop agité. Il était au bord du gouffre. J'aurais dû le voir.

— Je suis désolée.

Mais il avait cessé de m'écouter.

— Je pense que je devrais le ramener avec moi. C'est le meilleur moyen. Tu es dans un sale état, Emma. Tu prends des décisions terribles. Tu as essayé de traîner Aiden dans les bois, bordel de merde. Les journalistes sont devant ta maison. C'est le plus logique.

Ce fut mon tour de me lever.

— Certainement pas. Je n'abandonnerai pas si facilement. C'est mon fils, il va vivre chez moi…

— Et ce n'est pas mon fils à moi ?

Les yeux de Rob étaient larges et suppliants. Les yeux d'un petit garçon. Sa présence était intimidante dans la cuisine des Barratt, mais il y avait aussi quelque chose d'enfantin en lui. Il avait toujours eu un air vulnérable.

— Ce n'est pas ce que je voulais dire. Je suis sa mère…

— Et voilà. C'est à ça que ça se résume. La mère. Je me souviens de la première merde qui est sortie dans la presse il y a dix ans, comment chaque photo ne parlait que de toi. La pauvre mère désemparée. Les pères n'ont pas le droit de faire leur deuil, n'est-ce pas ? Pas de la même manière. Ils n'ont pas le luxe de pouvoir s'effondrer comme une mère. Les mères ont tous les droits et ont toujours le droit de déconner autant qu'elles le veulent.

— Ce n'est pas juste, Rob, dit Josie.

Je me frottai les mains anxieusement, essayant désespérément d'effacer les choses qui s'étaient passées ce matin-là. Il avait raison, d'une certaine façon. On s'attendait à ce que la mère pète les plombs. Peut-être m'avait-on permis de porter le deuil trop longtemps après la disparition d'Aiden. Mais cette fois, il était hors de question que ça se reproduise. Il n'y avait aucune chance que je perde à nouveau le contrôle comme ça.

J'ouvris la bouche pour réfuter son argument, mais je perdis le fil lorsqu'un son étrange et aigu s'éleva du salon. Je fus vaguement consciente que les muscles de mon visage se relâchaient alors que je sautais du tabouret et sortais en vitesse de la cuisine. Rob se contenta de me fixer du regard, une question aux lèvres, alors que je me précipitais vers la porte, heurtant le cadre de la porte avec ma hanche. Mes chaussettes glissèrent sur le plancher en bois.

Le temps que j'atteigne le salon, j'étais à bout de souffle et je haletais. Aiden était assis exactement là où nous l'avions laissé, regardant un autre DVD cette fois, *Les Aristochats*, avec le son en sourdine. Il se tourna vers moi quand j'entrai dans la pièce, mais ne dit pas un mot. Il n'émit pas le moindre son.

Des bruits de pas retentirent derrière moi et Rob entra dans la pièce.

— Qu'est-ce qu'il y a ?

— Je pensais... je pensais l'avoir entendu chanter.

Chapitre Seize

Trois heures plus tard, j'appelai Jake pour lui dire que je rentrais à la maison. Josie nous avait gentiment préparé quelques sandwichs et deux tasses de thé, mais nous avions tous envie d'une vodka-coca après la journée que nous avions eue. Rob s'était installé avec nous et nous avions regardé un autre DVD Disney avant de nous mettre d'accord pour continuer comme nous le faisions déjà, avec Aiden chez moi, mais en communiquant régulièrement entre nous. Nous étions embarqués dans un voyage, pour le meilleur ou pour le pire, et ce voyage risquait d'être ardu. Nous avions besoin l'un de l'autre.

Et j'avais besoin de Jake, à ma façon. J'avais déjà pensé à cinquante choses que je voulais lui dire et à des tas de sujets sur lesquels je voulais avoir son avis. Déterminer s'il me fallait demander de l'aide en matière de relations publiques, notamment. Aucun de nous n'était un expert en matière de presse. Dieu savait que j'avais lamentablement échoué la première fois. Je frissonnai en pensant aux gros titres des tabloïds. Rob s'en était souvenu d'une certaine façon, mais je me souvenais de ce moment différemment. « La mère adolescente laisse partir le petit Aiden », « La jeune mère avait beaucoup bu la nuit avant l'inondation ». Ils avaient fouillé mes pages

MySpace et Facebook, et récupéré toutes les photos de moi avec mes amis. Ce qu'ils n'avaient pas montré, c'était Aiden couché dans son lit avec ses grands-parents en bas. Ils n'avaient pas montré les photos où j'emmenais Aiden se faire vacciner et où je l'allaitais aux premières heures du jour.

Non, j'étais une « jeune » maman, une maman « ado », même si j'avais vingt-quatre ans au moment de la disparition d'Aiden. Être une jeune mère équivalait à être une mauvaise mère. Voilà ce qu'ils voulaient dire. J'étais une mauvaise mère et c'était ma faute s'il s'était éloigné de l'école.

Et la pauvre Amy Perry n'avait pas été épargnée non plus. Ils avaient même trouvé une photo de nous deux au pub local avec une pinte à la main. Nous étions la « maman et la prof ivres » prenant du bon temps pendant qu'un enfant se noyait dans une rivière. C'était ce qu'ils avaient suggéré. Ce qu'ils avaient sous-entendu. Oui, je pouvais m'écrouler à cause du chagrin. Je pouvais craquer d'une manière différente de Rob, mais j'avais été persécutée pour ne pas avoir serré les cuisses à l'adolescence, et j'avais dû marcher sur des charbons ardents pour avoir eu une vie sociale alors que mon fils était encore un bambin.

Je les détestais. Je les détestais presque autant que je détestais l'homme qui m'avait pris Aiden il y avait tant d'années. Je les détestais alors que je m'engageais dans ma rue et que j'apercevais encore quelques camionnettes sur notre route, même si j'avais attendu le coucher du soleil pour essayer de me faufiler dans la maison.

Je retins ma respiration quand je m'engageais dans l'allée. Mon cœur battait la chamade et ma main tremblait lorsque je défis ma ceinture de sécurité.

— Reste avec moi, Aiden, d'accord ? Reste près de moi.

J'étais bien plus agitée que lui. Il n'avait pas besoin d'encouragement pour rester calme. Les émotions de la matinée semblaient s'être estompées et il était plus détendu qu'il ne l'avait été. L'expression de terreur sur son visage alors que nous nous tenions près de Rough Valley me hanterait pour le reste de ma vie. J'inspirai profondément et j'ouvris la portière de la voiture, faisant crisser le gravier sous mes pieds.

— Mme Price-Hewitt, Simon Gary de *News of the World*. Cela vous intéresserait-il de nous raconter l'histoire d'Aiden ?

— Non, merci.

Je fis précipitamment le tour de la voiture, évitant le regard du petit homme chauve qui me suivait.

— Où était Aiden pendant tout ce temps ?

Je gardai ma bouche solidement fermée en ouvrant la portière d'Aiden et en prenant sa main. Au moins, il ne semblait pas y avoir de photographe pour le moment.

— Qu'est-ce qui lui est arrivé ? Où était-il ?

— Je pense que vous devriez partir. C'est une propriété privée.

Je cherchai mes clés dans mon sac à main et faillis en renverser le contenu sur le sol.

Avant que je puisse mettre la clé dans la serrure, la porte s'ouvrit et Jake nous fit rentrer dans la maison. Je passai mes bras autour de son cou et le serrai fort.

— Merci.

— Je suis là, murmura-t-il dans mes cheveux.

Sa voix, plus rauque, avait une touche du sud.

— Je ne te lâcherai pas.

Il me conduisit à la cuisine et me fit asseoir.

— Aiden, tu peux servir un verre d'eau à ta mère ?

Jake inclina la tête en direction du placard.

Je remarquai que même les rideaux de la cuisine étaient fermés, ce qui n'arrivait jamais. La pièce donnait sur un jardin arrière privé, presque complètement isolé par une rangée de grands sapins. Aiden avança tranquillement dans la pièce, prit un verre dans le placard et y versa de l'eau du robinet. Il le posa avec précaution sur la table en face de moi.

— Bon garçon. Maintenant, pourquoi ne monterais-tu pas un peu à l'étage ? J'ai posé des livres sur ta table de chevet.

Jake sourit à Aiden alors qu'il lui donnait des instructions. Il était en mode professeur et quelque chose en Aiden y répondait. Aiden suivait ses instructions de manière presque robotique. Je le regardai avec intérêt quand il sortit de la pièce.

— Qu'est-ce qu'il y a ? demanda Jake.

— Ce n'est probablement rien.

Jake pencha la tête sur le côté et me lança un regard interrogateur.

— C'est juste la façon dont Aiden réagit à tes ordres. Il y a quelque chose de bizarre.

Jake laissa échapper un petit rire.

— Comment ça ? Il fait la même chose avec toi.

— Non, ce n'est pas pareil. Il y a quelque chose de... différent dans sa façon d'agir avec toi.

Je haussai les épaules et pris une gorgée d'eau.

— Ce n'est sans doute rien. Je suis idiote.

— Pas du tout. Tu es une mère.

Jake contourna la table et me frotta le bas du dos.

— Peut-être que c'est difficile pour toi de voir un homme autour d'Aiden après ce qui lui est arrivé. Tu passes juste en mode protectrice.

Mais je n'étais pas sûre que ce soit vrai. Je n'avais jamais remarqué de changement dans le comportement d'Aiden quand il était avec Rob.

— Comment va le bébé aujourd'hui ?

Je m'efforçai de revenir à l'instant présent pour lui répondre.

— Elle va bien.

— Tu as l'air épuisée, Emma Hewitt. Allez, installe-toi sur le canapé. Je pense qu'un massage des pieds est de rigueur.

— Je ne dirais pas non. Et Aiden ?

— Il a besoin d'espace, Em. Laisse-le.

Jake prit ma main et me fit traverser la cuisine pour aller dans le salon. Je ne réalisai que bien plus tard qu'il m'avait appelée Em pour la toute première fois.

NOUS DEVÎNMES notre propre petit monde dans les jours qui suivirent. Nous avions éteint la télévision, ignoré les journaux. Nous avions mis nos téléphones sur silencieux. Seul Jake avait été assez courageux pour sortir de la maison et aller acheter à manger suivant les suggestions du Dr Schaffer. Mais j'avais ajouté à la liste des aliments réconfortants : chocolat, glace, pain... C'était plus fort que moi. Nous avions fermé les rideaux et débranché le téléphone fixe. Nos agents de liaison avec les familles venaient régulièrement et nous posaient des questions qui ne semblaient pas pertinentes. Des questions sur notre routine quotidienne. Après les questions, ils avaient eu tendance à tourner autour de nous de façon gênante pendant la journée. Ils étaient globalement inutiles, vu que la police n'avait rien trouvé.

Les seules personnes avec lesquelles j'avais eu des conversations téléphoniques étaient Rob et une femme beaucoup trop joyeuse d'une société de relations publiques qui avait proposé de nous aider à rédiger une déclaration pour la presse. J'avais décidé qu'un simple « veuillez respecter notre vie privée en ces temps difficiles » suffirait. Et quand on m'avait proposé de passer à la télévision, j'avais estimé que le silence était la meilleure option. Je ne supportais pas l'idée qu'une interview apparaisse sur YouTube après avoir fait le tour des journaux télévisés, nous livrant en pâture au jugement des hordes de personnes suivant l'affaire. Au lieu de cela, après avoir parlé à l'inspecteur chef Stevenson, il fut convenu qu'il demanderait aux éventuels témoins de la nuit où Aiden avait été trouvé errant le long de la route secondaire de se manifester.

— Nous étendons les recherches, expliqua-t-il. Nous avons commencé à perquisitionner les maisons de la région qui ont de grands sous-sols et à enquêter sur les personnes qui ont pu déposer des demandes de permis de construire inhabituels il y a dix ans. Ça va prendre du temps.

C'était la campagne. Il y avait beaucoup de familles aisées possédant des maisons avec des extensions, des dépendances et des caves.

— Comment va Aiden ? demanda-t-il.

Il y avait quelque chose de pressant dans sa voix. Nous le savions tous les deux, mais aucun de nous n'était prêt à le reconnaître.

— Il ne parle toujours pas, répondis-je.

Après avoir raccroché, je fermai les yeux et j'essayai de faire disparaître tout ça. Pendant un moment, je faillis y parvenir. Rien de tout cela n'avait d'importance, car nous étions une île au milieu de l'océan Indien. Nous étions au large des côtes australiennes, et chaque matin, je saluais Aiden avec un « Bonjour, mon grand ». Puis nous étendions la couverture de pique-nique, mettions Netflix et faisions semblant d'être assis au sommet de la plus haute montagne, avec le monde à nos pieds. Je choisissais certains de mes films préférés que j'avais toujours voulu regarder avec Aiden quand il serait un peu plus âgé. *L'histoire sans fin*, *Du rififi chez les mômes*, *Les Goonies*. Régulièrement, je manquais de couper ces films inoffensifs lorsqu'un personnage était en danger. Je tendais la main vers la télécommande, le cœur battant, mais Aiden ne réagissait pas. Il restait assis, mâchant sa nourriture, et ne disait pas un mot.

— Tu ne pourras pas faire ça indéfiniment, lança Jake depuis le canapé.

Il avait un manuel d'histoire de l'art à la main et ses lunettes étaient remontées sur son nez.

— Je sais.

Je remuai la glace dans le bol.

— Allez, c'est l'heure de jouer au basket.

C'était un jeu que nous faisions quand Aiden était petit. J'avais l'habitude de prendre des morceaux de papier, de les coller et de m'amuser à les lancer dans un cerceau que j'avais fabriqué avec un cintre en fil de fer. En fait, tous nos jeux étaient des versions remaniées de ce que nous avions fait quand Aiden était enfant. Comme les pique-niques en intérieur, qui se déroulaient inévitablement dans des versions fictives de la Grande Muraille de Chine, du Kilimandjaro, du Caire ou de tout autre endroit que Bishoptown-sur-Ouse. C'était le seul moyen d'étancher ma soif de voyage lorsque j'étais une mère adolescente sans les mêmes perspectives que mes amis.

— Il ne va pas vouloir jouer au basket.

Jake décroisa les jambes et nous regarda.

— Regarde-le.

— Qu'est-ce que je peux faire d'autre ?

— D'abord, je ne pense pas que ce soit bon pour toi d'être assise par terre sur cette couverture de pique-nique miteuse alors que tu es enceinte de huit mois. D'autre part, tu n'as mangé que de la glace depuis deux jours. Tu devrais prendre soin du bébé. Lève-toi, arrête de faire l'idiote et affronte la réalité.

Mes joues s'embrasèrent. Il pensait que je n'acceptais pas la triste réalité de la situation, mais il avait tort. Je savais exactement ce qui se passait, j'essayais juste d'en protéger Aiden. Il n'était pas prêt. Comment quelqu'un pouvait-il être prêt pour ce qui allait se passer ? Si moi, une femme adulte, je n'étais pas prête, comment mon fils endommagé et vulnérable pourrait-il traverser cette épreuve ?

— Basket-ball, dis-je.

Je me levai maladroitement, pénétrai dans le bureau de Jake et pris quelques feuilles de papier sur le bureau.

Quand je revins dans le salon, Jake était à genoux et parlait à Aiden.

— Qu'est-ce qui se passe ?

— On a juste une petite discussion.

Jake sourit et tapa sur l'épaule d'Aiden.

— Je lui disais que ce serait une bonne idée qu'il passe du temps avec son père et ses grands-parents.

Je laissai tomber le papier.

— Quoi ? Pourquoi ? Comment oses-tu dire ça à Aiden sans en parler d'abord avec moi ?

Il haussa les épaules.

— Quel est le problème ? Il ne les a pas vus depuis des jours. Ce n'est pas juste de le garder enfermé ici.

— Je le protège. J'ai demandé à Rob, Sonya et Peter de ne pas venir. Tu sais comment est Rob. La dernière chose dont on a besoin, c'est qu'il crie sur la presse et fasse une scène. Je sais que Sonya a envie d'aider, mais que peut-elle faire ? Non. Aiden a besoin d'un peu d'espace loin de tout ce cirque. Il a besoin de temps avec nous pour pouvoir s'adapter. Où que ce soit, il a probablement été seul pendant un long moment. Voir trop de gens risque de le faire paniquer.

— Il a besoin d'un peu de temps loin de cette maison.

— C'est plutôt toi qui veux qu'il parte d'ici, marmonnai-je.

Jake se leva.

— Qu'est-ce que tu viens de dire ?

Je reculai hors de la pièce, puis je me retournai et j'entrai dans la cuisine, secouant la tête devant le ridicule de la dispute.

— Écoute, je sais que tu as essayé de faire au mieux, mais il est évident que tu ne veux pas d'Aiden dans les parages. Le fait que tu lui dises de partir est assez clair.

— Emma, je ne sais pas comment être plus clair. Je ne veux pas qu'Aiden parte de chez moi, je veux juste qu'il prenne l'air, qu'il voie d'autres personnes que toi ou moi et qu'il commence à faire face à la réalité. Ça ne lui fait pas du bien d'être coincé ici avec nous.

— Son état s'améliore, insistai-je. Je le vois bien. Il m'*écoute*. Il réagit à son environnement.

— Tu te fais des idées. Crois-moi, j'ai un certain recul sur la question. Son état ne s'améliore pas. C'est un légume, Emma. Il est assis là sans même le moindre reste d'émotion humaine sur le visage. L'autre jour, je suis sorti de la salle de bain et il était debout dans le couloir à ne rien faire. Juste debout. Les yeux dans le vide.

Je frottai la peau sèche de mes mains et fis les cent pas dans la cuisine.

— Un *légume* ? Sérieusement, Jake ? Comment peux-tu dire ça ?

Il enleva ses lunettes et se pinça l'arête du nez.

— Je ne voulais pas dire ça comme ça.

Mais c'était trop tard. Ses mots durs avaient un côté cruel, mais n'étaient pas faux pour autant. Quand je repris la parole, ma voix tremblait d'une incertitude nouvelle :

— Ce n'est pas un légume, pas vrai ? Il... il est conscient. N'est-ce pas ?

Jake s'avança, me prit par les épaules et me regarda droit dans les yeux.

— Emma, il est psychologiquement endommagé. Peu importe à quel point tu le veux, tu ne peux pas faire ça toute seule.

Chapitre Dix-Sept

La décoration du bureau du Dr Foster avait été pensée pour transmettre une gaieté qui frisait l'artifice. C'était le genre de pièce que j'aurais détestée quand j'étais adolescente. Assise sur un canapé rouge vif, je fixai la peinture abstraite accrochée au mur de l'autre côté. Toutes les nuances de jaune connues tourbillonnaient dans de larges coups de pinceau. Le tapis était formé de boucles interconnectées de couleurs primaires, comme une *lunch box* des années 80.

C'était jeudi quand je nous tirai de notre retraite, et nous sortîmes tous les deux de notre hibernation tels des ours, nous frottant les yeux et les plissant devant le soleil. J'avais passé le trajet jusqu'à l'hôpital à essayer d'empêcher mes mains de trembler en m'agrippant au volant et à éviter tout contact visuel avec les gens autour de moi. Mais il était important pour Aiden de voir un thérapeute. Il avait mis du temps à se faire à la vie en dehors de l'hôpital, et à présent je savais qu'il était temps d'écouter Jake. Heureusement, le Dr Foster était d'accord de voir Aiden avant même que son statut de personne « décédée » ne soit abrogé.

La porte s'ouvrit en raclant le plancher dans un grincement aigu. Aiden laissa échapper un hoquet de stupeur et se redressa. Son visage pâlit comme quand nous avions essayé de le forcer à entrer dans les bois. Je posai ma main sur la sienne, bougeant très lentement comme je le faisais toujours quand je le touchais.

— Rebonjour, Emma. Bonjour, Aiden.

Elle était aussi joyeuse que sa salle d'attente, mais elle avait quelque chose de moins artificiel. Son image aurait eu sa place sur une boîte de muesli bio. Elle était très naturelle et affable ; une personne sociable.

— Allez-y, vous pouvez entrer.

Aiden me suivit dans le bureau du Dr Foster. Après sa disparition pendant l'inondation, j'avais suivi une thérapie à York. Je me rendais dans ce que je considérais comme un bureau de thérapeute typique. Il était très épuré, avec des sièges confortables, une bibliothèque et un grand bureau en bois. Le bureau du Dr Foster était tout le contraire. Il était rempli de couleurs, des paniers de jouets aux œuvres d'art sur les murs, en passant par quelques bouquets de fleurs fraîches sur le rebord de la fenêtre.

— Installez-vous où vous voulez.

Je jetai un coup d'œil au pouf, mais j'établis rapidement que je n'arriverais jamais à me relever si je m'y asseyais, aussi je choisis un siège vertical en plastique et j'en tirai un pour Aiden.

— Je suis très heureuse que vous ayez décidé de venir me voir. Je pense que ce sera vraiment utile pour la progression d'Aiden.

Je ne savais pas quoi dire et je me contentai de hocher la tête. Ce n'était pas que je n'étais pas d'accord avec elle – j'étais contente que nous suivions une thérapie, mais ça avait été un calvaire de se rendre au bureau. J'avais dû jeter une couverture sur la tête d'Aiden pour empêcher les paparazzis de prendre des photos de lui. Je ne pouvais pas supporter que quelqu'un imprime sa photo sans mon consentement.

— C'est bon de te revoir, Aiden. Je vois que tu t'es fait couper les cheveux.

— C'est moi qui m'en suis chargée avec des ciseaux émoussés au-dessus du lavabo de la salle de bains, dis-je avec un rire qui ne semblait pas naturel. Ce n'est pas la plus belle coupe de cheveux au monde.

— Oh, eh bien, je trouve que tu es très beau.

La touche d'accent du Yorkshire dans sa voix m'aida à me calmer les nerfs. C'était comme une vieille amie. Les résidents de Bishoptown avaient tendance à avoir des voix un peu plus snob. Certains avaient un fort accent du Yorkshire, mais le plus souvent, le village regorgeait de l'anglais typique de la BBC.

Je souris à Aiden.

— Je crois qu'il aime bien cette coupe. Je ne pense pas qu'il puisse me le dire avant un moment, mais j'aime à penser que s'il le pouvait, il le ferait.

Le sourire du Dr Foster se fissura légèrement, et je n'étais pas certaine d'aimer la façon dont elle me regardait avec un lent hochement de tête.

— Absolument. Donc, aujourd'hui, Aiden, je voudrais que tu me fasses d'autres dessins. Tu aimerais ça ? Excellent.

Elle ignora l'absence de réponse d'Aiden.

— Et si je t'installais sur le bureau ici ? Il y a des crayons de couleur et beaucoup de papier. Dessine tout ce qui te passe par la tête. C'est tout. Très bien.

Une fois Aiden installé, le Dr Foster vint s'asseoir avec moi.

— Désolée si j'ai l'air de le prendre de haut, mais je pense qu'il vaut mieux y aller doucement avec lui pendant un moment.

— Je fais la même chose. Il n'a pas l'air d'un garçon de seize ans.

Je pensai aux enfants de l'école, si sûrs d'eux et si bruyants, imbus d'eux-mêmes et persuadés qu'ils dirigeaient le monde.

— Non, mais cela viendra avec le temps, dit-elle. Que pouvez-vous me dire sur ses progrès ?

— Il n'a rien dit. Rien du tout. Mais…

— Continuez, fit-elle.

— Je crois l'avoir entendu chanter.

Quand le Dr Foster se pencha en avant, je n'aimai pas la petite lueur d'excitation dans ses yeux. Je pouvais voir les billets défiler dans son esprit à l'idée de sortir un article intitulé « L'enfant sauvage du Yorkshire ».

— Vraiment ? Qu'est-ce qui a conduit à cette évolution ?

Je glissai mes mains entre mes cuisses pour m'empêcher de frotter les plaques de peau sèche, qui étaient à présent rouges et douloureuses à cause de mes tics constants.

— Une dispute.

Je levai les yeux, m'attendant à voir de la désapprobation dans l'expression du Dr Foster.

— Je ne suis pas là pour juger. Votre famille a été mise dans une situation extrêmement stressante au cours de la semaine dernière. Il faut s'attendre à des disputes.

— Aiden était dans l'autre pièce. C'était le jour où nous nous sommes retrouvés dans les bois. J'étais... dans de mauvaises dispositions. J'ai essayé de rentrer chez moi et les journalistes étaient là, alors je suis allée chez ma meilleure amie. Rob est venu nous retrouver. Il était agité. Un journaliste l'avait pris en photo et il était obsédé par l'idée qu'ils l'accusent du kidnapping. Ils s'en prennent toujours aux pères, a-t-il dit. Je lui ai parlé de l'histoire avec la police et il a perdu son calme.

— De manière violente ?

— Non. Il a juste haussé le ton. Puis il y a eu une légère pause et j'ai entendu ce chant aigu venant du salon. Je pense que c'était Aiden. On l'avait laissé regarder des Disney.

— Vous êtes certaine que c'était Aiden ? Ça ne pouvait pas être le film ?

Je haussai les épaules.

— Ça ne ressemblait pas du tout au film. Le son était coupé quand je suis entrée.

— Avez-vous reconnu les mots ou l'air qu'Aiden chantait ?

Je secouai la tête.

— Je n'ai pas entendu de mots, juste une petite voix. C'était... assez obsédant. Comme ces chansons effrayantes qu'ils utilisent dans les films d'horreur quand un enfant est possédé par un fantôme ou qu'une poupée prend vie, vous savez ?

Un demi-sourire s'afficha sur ses lèvres.

— Mon mari regarde ce genre de films, donc je vois bien.

— C'était un peu comme ça. Comme une comptine pour enfants.

Je frissonnai. Je n'avais pas beaucoup pensé à la chanson depuis que nous étions rentrés de chez Josie. J'avais dû m'occuper des journalistes, puis j'avais essayé de faire abstraction du monde. Peut-être que j'essayais trop fort. Peut-être que Jake avait raison.

— Et depuis ? demanda-t-elle.

Je secouai la tête.

— Rien. Absolument rien. À peine un gémissement.

— Le jour où vous avez entendu le chant, quelqu'un d'autre a-t-il entendu sa voix ?

— Non, en fait. Juste moi. Vous pensez que je l'ai imaginé ?

— Non, dit-elle d'une voix qui suggérait que c'était peut-être le cas. Pas nécessairement, mais nous ne pouvons pas l'exclure. Maintenant, dites-moi comment Aiden dort depuis qu'il est rentré de l'hôpital.

— Il se couche à 20 heures tous les soirs et je viens le voir à 21 heures. Il est toujours couché avec les yeux fermés, mais je ne suis pas sûre qu'il dorme. Parfois, je pense qu'il fait semblant.

— Qu'est-ce qui vous fait dire ça ?

— La façon dont il est allongé sur le dos avec ses bras le long du corps. Ça n'a pas l'air confortable. Parfois, quand je vais le voir plus tard dans la nuit, il est sur le côté, et ça me semble plus normal.

— Des terreurs nocturnes ?

— Il dort avec la porte ouverte. Toujours. Je ne ferme jamais la porte d'une pièce où il se trouve. Je pense que ça l'aide, puisqu'il dort bien depuis qu'il est rentré. Une fois, je l'ai vu se tourner et se retourner. Je ne voulais pas le réveiller, comme je sais qu'il n'aime pas trop être touché. Après environ trente secondes, il a sombré dans un profond sommeil visiblement paisible.

Le Dr Foster tapota son stylo sur son cahier ouvert.

— C'est un très bon signe. Il se repose. Il a clairement pris du poids. Ce sont de bonnes choses, Mme Price-Hewitt. Vous vous débrouillez très bien.

— Même après ce que vous avez vu l'autre jour dans les bois ?

Je laissai échapper un rire qui sonnait creux.

— Oui. Bien entendu. Vous êtes seulement humaine, Emma. Essayez de ne pas vous en vouloir pour l'incident de la forêt. Tout le monde était soumis à un stress intense. C'était un peu trop tôt pour Aiden, c'est tout.

Elle s'appuya sur sa chaise.

— Maintenant, dites-moi comment vous allez. Voulez-vous que je vous recommande un thérapeute ? Vous avez vécu un événement extraordinaire. En parler pourrait aider.

— Non, merci. J'ai suivi une thérapie après avoir cru qu'Aiden s'était noyé. Ça m'a aidée sur certains points, mais pas sur d'autres. Je vais bien. Je croyais qu'Aiden était mort. J'ai déjà traversé la pire des douleurs qu'un être humain puisse endurer. Tout ce qui vient après est insignifiant. Je vais m'en sortir.

— Il y a une grande différence entre s'en sortir et aller bien, Emma.

Le Dr Foster appuya son menton sur son poing et reprit doucement :

— Tout le monde veut vous voir heureuse et en bonne santé, ne l'oubliez pas. Surtout Aiden.

Elle se leva avec un profond gémissement, se frottant les genoux.

— Ces vieux os. Le froid s'installe ces jours-ci. Attendez que ce soit votre tour.

Elle me fit un clin d'œil.

— Comment tu t'en sors, Aiden ? Qu'est-ce que tu m'as dessiné ?

Aiden leva son dessin et je souris. Le simple fait que mon fils ait présenté son œuvre d'art suffisait à me mettre en joie. Mais le Dr Foster ne souriait pas. Je me levai de mon siège en tenant mon ventre et me dirigeai vers l'autre côté de la pièce. Ce fut là que je vis ce qu'Aiden avait dessiné.

Comme sa première œuvre d'art, il n'y avait pas de forme, seulement le chaos. Cette fois, il avait choisi deux crayons rouges pour compléter le dessin. Les traits s'étendaient d'un côté à l'autre de la page, comme son premier dessin à l'hôpital. Mais il y avait une différence. Au centre, Aiden avait dessiné une série de dents blanches et pointues. Elles étaient grandes ouvertes, prêtes à dévorer leur proie. Mon premier réflexe aurait été de lui arracher le dessin des mains, de le froisser et de le jeter. Mais je n'en fis rien. Je hochai la tête et souris, mais en même temps, j'avais l'impression que des fourmis rampaient sur ma peau.

Chapitre Dix-Huit

Je laissai le dessin d'Aiden au Dr Foster, inquiète à l'idée de faire entrer quelque chose d'aussi sinistre chez moi. Mais, comme elle me l'avait expliqué en sortant de son bureau, Aiden avait besoin d'un moyen de s'exprimer. Bien qu'il soit incapable de le faire verbalement, il avait besoin d'un exutoire. Le dessin serait une excellente thérapie pour lui. De retour dans la voiture, avant de démarrer, je m'appuyai contre le volant pour me ressaisir. Je savais ce que je devais faire, mais je n'étais pas sûre de le vouloir.

— Très bien, Aiden. On rentre à la maison.

Nous réussîmes à éviter les journalistes et, après avoir mangé des sandwichs au jambon et à la salade – je suivais les conseils de Jake pour manger sainement – je pris une profonde inspiration et j'ouvris la porte du garage.

Il y avait une raison pour laquelle notre voiture était toujours garée devant la maison, dans l'allée. Ce n'était pas que nous n'utilisions pas le garage, c'était que la voiture ne rentrait pas. Rob avait raison de dire que la maison n'avait pas de couleur, et c'était parce que toutes les couleurs avaient été laissées dans le garage. C'était notre espace de création. Notre atelier d'artistes.

J'appuyai sur l'interrupteur et la pièce prit vie.

— C'est bon, Aiden, tu peux entrer. Tout va bien se passer.

J'aurais aimé ouvrir la porte du garage pour laisser entrer la lumière du soleil, mais je n'étais que trop consciente des journalistes qui traînaient encore aux abords de notre maison. Nous devrions nous contenter de la lumière qui filtrait par la porte de la cuisine.

— J'aimerais te montrer quelque chose.

Les murs étaient tapissés de toiles. La plupart des peintures étaient les miennes, créées après l'inondation et les années suivantes, jusqu'au moment où j'avais finalement lâché prise et accepté la « mort » d'Aiden. Après avoir pris une profonde inspiration, je saisis sa main et lui fis faire le tour du garage. C'était étrange de tenir sa main. Elle était tellement plus grande que celle que j'avais tenue dix ans plus tôt. Bien qu'il paraisse beaucoup plus jeune que les élèves de l'école, je devais me rappeler qu'il était devenu un adolescent. Il était presque un adulte.

— C'est toi et moi, dis-je en montrant le portrait d'une jeune fille aux grands yeux tenant un petit bébé dans ses bras. J'ai eu peur quand tu es arrivé, mais je t'aimais tellement que ça n'avait pas d'importance. Là, c'est toi dans ta cape de Superman.

Je souris. Je l'avais peint de mémoire six mois après la disparition d'Aiden. Il y avait quelque chose de douloureux dans les rouges et les coups de pinceau agressifs, mais j'avais parfaitement capturé le visage effronté d'Aiden. Puis je passai à un autre portrait et le sourire s'effaça.

— C'est un tableau plus dur. J'étais dans une mauvaise passe à l'époque. Tu me manquais tellement... Je ne savais pas quoi faire. Je me sentais inutile.

C'était un autoportrait en gros plan de mon visage. Je grognai. Mes yeux étaient enfoncés. Ma peau était rouge et pigmentée. Il y avait des marques sombres et meurtries au-dessus de mes pommettes. C'était un an après l'inondation. J'étais en colère.

Je serrai la main d'Aiden et continuai. Au moins, il s'habituait à ce que je le touche. Avancer petit à petit. Les séries de peintures suivantes étaient toutes identiques.

— Tu vois ça ?

Je désignai chacune d'elles à tour de rôle.

— Ce sont les gâteaux d'anniversaire que je te préparais chaque année. Je n'ai jamais oublié. Le 3 avril. Celui-là, c'était la première année. Je t'ai fait un gâteau Superbatironman. Tu vois ? Il avait une cape, un costume en métal et des oreilles de chauve-souris. Tu aurais adoré. Il y avait du soleil cette année-là. Celui-ci était une Ferrari ailée. Tu as toujours dit que tu voulais une voiture volante pour chaque anniversaire. Puis je t'ai fait un gâteau dragon, comme Walnut. C'était un gâteau aux noix avec une crème au beurre à la vanille.

Je me raclai la gorge, chassant l'émotion.

— Tu comprends ce que j'essayais de faire ? Je peignais mes sentiments. C'est ce que j'ai fait quand je t'ai perdu. J'ai peint tout ça.

Mes yeux suivirent le mur de peintures, jusqu'à la dernière. La toile était déchirée sur un côté. Je ne m'attardai pas dessus.

— Tu pourrais peindre tes sentiments, toi aussi. Je vais t'installer une toile. Il y a de la peinture. Je veux que tu peignes comme quand tu étais petit.

Je déplaçai un chevalet au centre du garage et l'abaissai à la hauteur d'Aiden, puis je tirai une petite table pour la placer à côté et je mis une chaise devant. J'apportai ensuite des pots de confiture remplis d'eau et je disposai tous les tubes de peinture et les pinceaux à côté de l'eau.

Une partie de moi avait envie de me joindre à lui, et je me demandais si cela l'aiderait à démarrer, de voir quelqu'un d'autre travailler avec lui. Mais à la fin, je décidai que tout cela concernait Aiden. Il méritait qu'on le laisse tranquille. Ainsi, une fois que je l'eus installé, je me rendis dans la cuisine pour me préparer une tasse de thé. Quand je passai la tête par la porte du garage, Aiden était penché sur la toile, déplaçant son pinceau en arc de cercle. Je souris et pris une gorgée de thé.

PAR MOMENTS, j'avais l'impression qu'Aiden voulait presque me parler, et ce fut le cas lorsqu'il eut fini sa peinture. Il s'approcha de la porte de la cuisine et resta debout dans l'embrasure.

— Tu as fini ? demandai-je.

Cette fois, j'attendis. Je sentais qu'il voulait parler. Il voulait me dire qu'il avait fini. Il était fier, réalisai-je. Mais tout ce que j'obtins fut le plus léger des hochements de tête, quasi imperceptible. C'était suffisant pour que mon cœur s'emballe. Des progrès, enfin.

Je le suivis dans le garage où il me dévoila fièrement une autre œuvre d'art terrifiante, et je fis de mon mieux pour ne pas paraître horrifiée. Cette fois, il avait peint en bleu et en vert. Les couleurs étaient mélangées en une spirale qui se rétrécissait en un point sombre au centre. Ça me rappelait les tunnels de mes cauchemars.

— C'est magnifique, mon chéri, dis-je.

Plus tard dans l'après-midi, alors que Jake était encore à l'école – il avait pris quelques congés les premiers jours pour régler les problèmes avec les journalistes, mais je pouvais voir qu'il mourait d'envie d'y retourner, alors je l'avais laissé faire – j'emmenai Aiden voir son père et sa grand-mère, non seulement pour le sortir de la maison, mais aussi pour m'éloigner de Denise, qui venait chez nous tous les jours avec un sourire forcé qui m'insupportait.

Dans le salon du B&B, Rob étala les journaux sur la table. Aiden écoutait Sonya lui lire *Le Hobbit*.

— Regarde ce que ces ordures ont dit.

Rob indiqua les journaux.

— Je n'en ai pas vraiment envie, Rob. J'ai essayé de protéger Aiden de tout ça, pour être honnête. Je ne pense pas que ça lui fera du bien.

Un coup de pied dans ma vessie et je changeai de position, caressant le haut de mon ventre.

— Je ne vais pas lui montrer, Em. Pour quel genre de mec tu me prends ?

— D'accord, mais il est juste dans l'autre pièce.

Rob me fixa avec ses yeux bruns et intenses.

— Je suis au courant. Je voulais juste te montrer ça.

J'avais compris. Rob était un bavard. Quand quelque chose le dérangeait, il avait besoin d'en parler. Il avait besoin de partager ce fardeau avec une autre personne. J'avais toujours été tout l'opposé. Je gardais les choses enfouies à l'intérieur jusqu'à ce qu'elles menacent de sortir de moi. J'essayais de ne pas penser à la fois où j'avais tout laissé sortir. Cela n'était arrivé qu'une fois dans ma vie, et ce n'avait pas été beau à voir.

— Regarde, il y a cette photo de moi. « Ex-officier Robert Hartley », ils m'appellent. Je ne suis pas un ex-officier. Ils veulent faire croire que j'ai perdu mon travail. Alors que tu es une sorte de sainte cette fois-ci. Ils sont tous désolés pour toi.

— Oh, je m'en fiche, Rob.

— Et regarde ça : ils ont même imprimé une copie du dessin qu'Aiden a fait à l'hôpital.

Je lui arrachai le journal des mains.

— Quoi ? Comment ils ont eu ça ?

— Probablement par l'une des infirmières. Je parie qu'elle a dû en tirer bonbon. Les gens sont prêts à tout pour gagner de l'argent facilement, pas vrai ? Bon sang, j'ai besoin d'un verre. Ils pensent que c'est un cinglé. Ils traitent notre fils de cinglé. Et tu as vu ce qu'ils écrivent sur Jake ?

Même si j'étais toujours en train de fixer la page intégrale présentant le dessin inquiétant fait par Aiden à l'hôpital, je remarquai tout de même le léger changement de ton de Rob. Il était plus calme. Moins agité. Je me demandai si ce n'était pas ce qu'il voulait me montrer depuis le début.

— Qu'est-ce qu'ils écrivent sur Jake ?

Rob se lécha le doigt et feuilleta le journal pour trouver la bonne page. La première chose que je vis fut une photo de Jake plus jeune avec un bras autour de l'épaule d'une fille encore plus jeune.

— Qui est-ce ? chuchotai-je en faisant de mon mieux pour éviter que ma voix ne tremble, mais en échouant lamentablement.

— Une de ses étudiantes, apparemment. Ils disent qu'il a quitté son emploi à Bournemouth assez brusquement après que le chef d'établissement a découvert qu'il discutait avec plusieurs de ses étudiantes sur MSN Messenger et leur envoyait aussi des e-mails. Apparemment, ils étaient amis sur Facebook.

Tout mon sang quitta mon visage. Je refermai le journal, ne voulant pas regarder cette photo plus longtemps. J'étais sonnée. Jake ne parlait pas souvent de son époque à Bournemouth. En fait, il ne parlait pratiquement pas de sa vie en dehors de Bishoptown. Je savais qu'il avait passé son brevet à Bournemouth et je savais qu'il avait travaillé dans une école là-bas, mais c'était à peu près tout. Sa famille était également originaire de cette région, mais ses parents ne nous avaient rendu visite qu'à un seul Noël, et je n'y avais jamais vraiment prêté attention.

Je devais admettre qu'ils m'avaient semblé être des gens bizarres. Ils étaient arrivés dans leur Land Rover, portant des vêtements qui auraient mieux convenu à une partie de chasse au faisan à Wetherington House. Mais même s'ils portaient des bottes Wellington et des vestes Barbour, leurs vêtements étaient impeccables, comme neufs. Même la Land Rover était étincelante.

La mère de Jake, Christine, avait apporté son propre porto pour accompagner le repas et n'en avait pas offert une goutte à qui que ce soit. Elle avait également poussé sa dinde sur le bord de son assiette et avait demandé s'il n'y avait pas plutôt de l'oie. Le père de Jake n'avait pas décroché un mot de la soirée, sauf lorsqu'il avait offert à Jake un brandy au salon pendant que ces « dames » rangeaient les assiettes. Christine m'avait ensuite demandé si j'avais fait le dessert moi-même ou si j'avais acheté ce *trifle* à Tesco ou dans « un de ces endroits », comme si elle ne savait même pas ce qu'était un supermarché.

Je savais que les parents de Jake étaient riches, mais je ne m'attendais pas à ce qu'ils soient aussi prétentieux. Tout comme j'étais au courant des antécédents de Jake à Bournemouth, mais je ne savais pas pourquoi il avait décidé de déménager si loin au nord. J'avais toujours pensé que c'était juste parce que l'occasion s'était présentée, mais il semblait étrange qu'il ait déménagé si loin de chez lui. Fuyait-il quelque chose ?

Qu'est-ce que j'ignorais d'autre sur mon mari ?

— Tu n'en savais rien, n'est-ce pas ? fit Rob. Il n'a jamais parlé de tout ça.

— Bien sûr que je le savais, rétorquai-je. C'est un ramassis d'idioties.

Mais Rob plissa les yeux.

— Sur quoi d'autre t'a-t-il menti ?

Je secouai la tête.

— Rien. Ce n'est pas un menteur. Pas comme toi.

Les joues de Rob s'empourprèrent.

— Non, Em, ne ramène pas les choses à moi. Pas maintenant.

— Je pense qu'il est temps de ramener Aiden à la maison. Tu peux passer le voir quand tu veux.

Je glissai le journal sous mon bras et fis signe à Aiden de venir par la porte du salon.

— Tu es sûre, Em ?

Rob se dirigea vers la porte d'entrée de la cuisine. Nous étions dans la partie privée du B&B, derrière la réception.

— Il faut qu'on y aille.

— Em, écoute-moi. Écoute-moi. Si tu remarques quelque chose de bizarre chez lui, tu dois en parler. Je sais que tu vas prendre ça pour de la jalousie ou autre, mais ce n'est pas le cas. Je ne fais pas confiance à ce type, Emma. Depuis le début.

Chapitre Dix-Neuf

Je m'arrêtai au Sainsbury en revenant de chez Rob et j'achetai tous les journaux que je pus trouver, évitant les visages familiers en me dépêchant de passer à la caisse. Mais alors que je faisais profil bas et m'empressais de sortir du magasin, je ne pus résister à l'envie de regarder derrière moi pour voir si les gens parlaient de moi. J'aperçus deux personnes que je connaissais : Carol, une barmaid du Queen's Head, échangeait des messes basses avec Barbara, qui vivait sur la colline en bas de l'école. Elles étaient là, chuchotant derrière leurs mains jointes, faisant des signes de tête dans ma direction.

Je cherchai mes clés de voiture, me rappelant que la même chose s'était produite après l'inondation : les courses désespérées pour sortir des magasins, manquer de faire tomber mes clés de voiture ou de maison en essayant d'échapper aux chuchotements, aux regards de pitié. C'est pourquoi j'avais ignoré tous les appels téléphoniques de mes collègues de travail. J'avais écouté tous les messages vocaux. Leur bouquet de fleurs était encore emballé, jeté dans un vase par Jake. Je n'avais pas pensé à l'arranger convenablement.

Depuis que toute l'histoire avait éclaté, nous avions reçu une multitude de cartes et de cadeaux, mais je n'avais pu m'en occuper. J'avais demandé à Denise de s'en charger, ce qui m'enchantait puisque cela lui donnait quelque chose à faire, et je l'avais moins dans les pattes. C'était elle qui ouvrait les cartes et plaçait celles qui nous souhaitaient le meilleur sur la cheminée, et les cartes de déséquilibrés remplies de menaces de mort et autres méchancetés au recyclage. C'était elle qui restait près des poubelles avant l'arrivée des éboueurs pour empêcher la presse de fouiller dans nos déchets pour trouver une nouvelle histoire à raconter. Je lui en étais reconnaissante. Cela me permettait de tenir.

C'était ainsi que je faisais face. Je bloquais le monde extérieur. Quand l'inondation avait frappé Bishoptown et que j'avais cru qu'Aiden s'était noyé, j'avais appris que je ne pouvais faire confiance à personne. J'avais perdu des amis à cause de ça. Je mentionnais un petit détail à quelqu'un et le lendemain, je le retrouvais dans les journaux. Il valait mieux que je ne parle à personne, sauf à la famille proche. Il n'y avait aucun moyen de savoir qui irait voir les médias pour leur vendre nos secrets.

Je m'arrêtai dans l'allée et laissai Aiden sortir de la voiture. Ses pas étaient plus légers depuis ces précieux moments passés à peindre. Même la raideur de sa démarche s'était atténuée. Il ne me parlait toujours pas, mais j'avais l'impression qu'il commençait à se détendre en ma présence, ce qui était un réel progrès après ce qui s'était passé avec la police. Quand il marchait, ses épaules étaient abaissées, au lieu d'être relevées. Il se décoinçait. Il semblait aussi plus grand, même si cela faisait à peine une semaine que j'avais appris qu'il était encore en vie. Et, bien que son comportement n'ait guère changé, j'avais l'impression qu'il commençait à se faire à ma présence, ou peut-être que je commençais à me faire à la sienne.

Je fis un signe à Denise, qui attendait patiemment devant la maison que je la fasse entrer.

— J'ai pensé que nous pourrions avoir une discussion, dit-elle.

— Bien sûr, répondis-je. Des nouvelles du poste ?

— Non, répondit-elle sur un ton qui me parut tranchant.

Peut-être en avait-elle assez de cette question, ou du moins assez de devoir relayer la même réponse.

Après l'agitation du B&B de Rob, ma maison était calme et tranquille, si silencieuse que lorsque les lattes du plancher grinçaient, je sursautais. Je pris le manteau d'Aiden et l'accrochai sur le portemanteau, empêchant le vent froid d'octobre d'entrer. J'avais les journaux sous un bras, et mon sac à main dans l'autre. Une fois dans la cuisine, j'étalai tous les journaux sur la table et je les ouvris.

Denise sortit un ours en peluche d'un sac.

— Est-ce qu'on veut garder ce nounours ? demanda-t-elle. Il est arrivé avec un tas de courrier d'admirateurs. Qu'est-ce que tu en penses, Aiden ?

Je jetai un coup d'œil à mon fils, mais il ne réagit pas à l'ours en peluche aux yeux de verre. C'était un joli jouet, mais destiné aux tout petits, or il avait grandi.

— Dans le sac pour les organisations caritatives, dis-je.

— D'accord, répondit Denise.

— Où est Marcus ?

— Il travaille au poste aujourd'hui. Nous avons estimé que vous n'aviez plus besoin de nous deux en permanence.

— Ahh, je vois. Aiden, pourquoi n'irais-tu pas regarder un peu la télé avec Denise ?

Je regardai Denise.

— À moins qu'il n'y ait autre chose dont vous vouliez me parler ?

— Eh bien… commença-t-elle.

— Non ? Tout va bien, alors. Allez-y !

Je souris comme si de rien n'était alors qu'Aiden sortait de la chambre et entrait dans le salon.

— Tout va bien ? demanda Denise.

— Oui, mentis-je.

Elle jeta un coup d'œil aux journaux, mais ne dit rien de plus.

— Je vais vous laisser à votre lecture alors.

Le regard perçant qu'elle me lança en quittant la cuisine me fit penser qu'elle était en fait venue m'annoncer la mauvaise nouvelle, à savoir que mon mari n'était pas ce qu'il prétendait être. Ou plutôt qu'elle était là pour espionner notre famille afin de voir si Jake agissait de manière suspecte depuis l'annonce de sa relation avec une étudiante sur Facebook.

Dès que la porte fut fermée, je commençai à lire. Et je n'arrêtai pas jusqu'à ce que j'entende la clé de Jake dans la porte. Durant ce laps de temps, je lus toutes les choses supposées être arrivées à mon fils, des choses dont ils n'étaient même pas certains. Il avait été enlevé comme « esclave sexuel » par un « pédophile sadique » et enchaîné dans une sorte de cachot pendant que je me baladais avec un verre de chardonnay à la main. Il y avait même une photo de Jake et moi pendant notre lune de miel avec de grands sourires sur le visage. Puis il y avait des photos de Rob, qualifié de « voyou » par une source locale. Jake était dépeint comme un enseignant louche au passé sombre, qui avait disparu de sa dernière école dans un nuage de suspicion. Ils faisaient allusion à des liaisons illicites avec des étudiantes mineures.

Les journaux prenaient soin de ne pas l'accuser, mais ils savaient ce qu'ils faisaient. Ils savaient ce qu'ils laissaient entendre. Si mon mari pouvait se taper une adolescente, de quoi d'autre était-il capable ? Et j'avais droit à un bien piètre jugement. J'étais à nouveau enceinte… d'un homme qu'ils considéraient tous comme une sorte de pédophile malade sans aucune preuve à l'appui, sans compter que mon premier petit ami était apparemment un voyou et que je faisais tout le temps la fête parce que j'étais « jeune ».

Je refermai les journaux dès que j'entendis la porte s'ouvrir.

— Il y a quelqu'un à la maison ? C'est bien calme ici. Oh, bonjour, Aiden. Denise. Tu peux monter le son, tu sais. Vas-y. Où est ta mère ? Ne t'inquiète pas, je la trouverai.

Jake m'adressa un signe las en entrant dans la cuisine et en posant sa mallette sur la table.

— Sam Sutton a finalement rendu ce devoir dont je t'ai parlé. Une semaine de retard, et il s'attend à ce que je le note. C'est ridicule. Je vais peut-être en parler à la direction. Qu'est-ce qui se passe, tu es… ?

Jake jeta un coup d'œil aux journaux étalés sur la table.

— Oh.

— Oh ? C'est tout ce que tu trouves à dire ? dis-je d'un ton péremptoire.

Je serrai et desserrai les poings le long de mon corps.

— Je t'ai dit que tu devais les lire, dit-il, me réprimandant comme une enfant. Tu dois savoir ce qui se passe. Tu dois voir les mensonges qu'ils répandent.

Il y eut un raclement de gorge et Denise apparut dans l'embrasure de la porte avec son manteau dans les bras.

— Je vais partir. Appelez-moi si vous avez besoin de quelque chose.

Mon cœur battait la chamade quand je vis Denise quitter la cuisine. J'attendais que la porte se referme pour pouvoir me concentrer à nouveau sur Jake.

— Des mensonges comme ça ?

Je montrai une photo de mon mari avec le bras autour d'une adolescente.

— Ce n'est pas un mensonge, Jake. C'est une vraie photo de toi en train de peloter une fille.

— De la peloter ? Tu as perdu l'esprit ? C'était la fin de l'année scolaire. Elle voulait une photo de nous deux avant de partir à l'université. Ils voient le mal là où il n'y en a pas. Et très honnêtement, je pensais au moins que ma femme serait de mon côté.

L'entendre hausser le ton fit remonter un frisson d'anxiété le long de ma colonne vertébrale. Peut-être était-ce parce qu'il était si doux en temps normal, mais c'était effrayant d'entendre la férocité dans sa voix. Je me sentais mal.

— Jake, lire toutes ces choses a été un choc. Pourquoi tu ne m'as pas prévenue ?

— J'ai essayé, mais tu étais tellement coincée dans ta petite bulle avec Aiden. Tu es si naïve, Emma. Et ça peut sembler étonnant après tout ce qui s'est passé la première fois. Ils t'ont traitée de salope. Ils t'ont traitée de petite pute pour être tombée enceinte à dix-huit ans.

— Ils n'ont pas dit de choses aussi terribles, rétorquai-je. Ils ont fait comme si j'étais une mauvaise mère parce que j'étais jeune.

Et je les avais détestés pour ça. Mais je ne me souvenais pas qu'ils m'aient traitée de manière péjorative, me qualifiant de salope. Jake l'avait-il inventé ? Avait-il lu plus de journaux que moi ? Je n'en étais pas sûre.

— Tu as la mémoire courte. Ils t'ont fait passer pour une traînée et c'était mal. Tu étais une brave fille à l'école. Ils n'avaient pas à dire ça.

Jake faisait les cent pas dans la cuisine. Des perles de sueur s'accumulaient sur son front, même si la journée était particulièrement fraîche. Pourquoi avait-il si chaud ? Il avait déjà enlevé ses bottes et son manteau.

— Jake, tu as bu ?

Il se retourna en vacillant légèrement pour me faire face, s'agrippant au haut de la chaise.

— Non.

— Ne me mens pas.

— J'ai pris un verre en rentrant de l'école.

Je secouai la tête.

— Un peu plus d'un, je pense. Tu devrais peut-être aller te coucher. On parlera de tout ça demain matin quand tu auras les idées claires.

Mais Jake n'écoutait plus. Il sortait de vieilles bouteilles de whisky des placards de la cuisine. La plupart n'avaient même pas été ouvertes. C'étaient des cadeaux de Noël négligés, du genre à prendre la poussière au fond d'un vieux placard à alcool.

— Je n'ai jamais posé un doigt sur cette fille. Pas de cette façon, en tout cas. Les journaux, ils déforment les choses. Ils les rendent sales. Tu vois ce que je veux dire ? Je la félicitais, c'est tout.

— Jake, dis-je sur le ton de l'avertissement. Je ne pense pas que le whisky puisse t'aider, pas vrai ? Assieds-toi, je te fais un café.

— Hors de question. C'est toi qui es enceinte. Reste assise, je le fais.

Il frappa la porte du placard pour la fermer.

— Je suis l'homme de la maison. Celui qui aide. Je dois m'occuper de ma femme enceinte, qui porte *mon* enfant.

— Tu n'as pas l'air bien. Tu as l'air tendu et ivre. Assieds-toi, juste une minute. Ensuite, tu pourras me faire un massage des pieds. Qu'en penses-tu ?

J'essayai de l'amadouer et de l'asseoir sur une chaise, mais alors que je pensais avoir réussi, il se releva et commença à arpenter la cuisine.

— Je subviens à tes besoins, n'est-ce pas ? J'ai fait construire cette cuisine spécialement. J'ai acheté la maison pour toi, tu sais, en imaginant comment ce serait de vivre ici et d'élever nos enfants. Ça a toujours été pour toi.

— Je sais, je sais.

Je mis ma tête entre mes mains. Ce n'était pas censé arriver. Pas maintenant. Mon roc se fissurait. Il avait été ouvert comme un œuf.

— On était si proches. Si proches, putain. Et puis…

— Ne dis rien, le suppliai-je. Ne dis pas que tu en veux à mon fils. Sinon, tu ne pourras jamais l'effacer.

Je levai la tête et nos regards se croisèrent. Il n'eut pas besoin de prononcer ces mots, car ils étaient écrits sur son visage. Son teint était cendré, avec la peau moite et une rougeur qui remontait du col de sa chemise. Ses poings étaient serrés le long de son corps. Ses yeux étaient exorbités et hagards. Quand il respirait, de la salive s'échappait de ses dents serrées.

— Tu le détestes. Tu le détestes depuis qu'on l'a ramené à la maison, dis-je, sentant un frisson me parcourir les bras et les jambes.

— Tais-toi, je n'arrive pas à réfléchir. J'ai besoin de réfléchir.

Il enleva ses lunettes, se pinça l'arête du nez et recommença à faire les cent pas.

— J'ai besoin de réfléchir.

— À quoi ?

Je me levai, la colère et la frustration remontant à la surface. Il était censé être l'homme qui m'avait sauvée. Mais il était là avec tous ces secrets et cette animosité non dissimulée envers mon propre fils. Il était là, et je ne pouvais pas supporter d'être en sa présence.

Il se retourna pour me faire face.

— Tu ne te souviens pas de ce jour-là ?

Je levai une main pour lui couper la parole.

— Bien sûr que si. Mais je ne veux pas en parler.

— Il y avait deux couteaux. L'un d'eux avait entaillé la peinture et l'autre ton poignet. Tu te souviens de ça ? Tu te souviens comment je t'ai trouvée dans la maison de ta mère ? Voilà comment tu étais avant que je te sauve. Je t'ai *sauvée*. Sans moi, tu serais morte. Tu ne serais même pas avec Aiden en ce moment.

Chapitre Vingt

Le jour le plus honteux de ma vie avait commencé par un verre de pinot grigio. À l'époque, je pensais que si je buvais du vin, ce n'était pas comme si j'étais alcoolique. La vodka ou le whisky étaient les boissons de prédilection des alcooliques, pas le vin. Surtout pas le vin blanc. C'était civilisé. On ne glissait pas une bouteille de sauvignon blanc dans un sac en papier kraft pour aller s'enivrer dans un parc.

J'étais seule à la maison. Mes parents étaient morts depuis six mois. J'étais assise par terre dans le salon de leur cottage avec un assortiment de détritus qui jonchaient le sol. Des restes de plats à emporter chinois à peine touchés et recouverts d'une croûte de graisse congelée le long du bord. Des bols de céréales éparpillés sur le tapis avec du lait coagulé. Des sandwichs à moitié mangés attirant les mouches. Assise au milieu de ce bazar, je buvais mon vin. De qui me moquais-je ? Je savais ce que j'étais. Je savais que je touchais le fond ; malgré le pinot que j'avais acheté au marchand de journaux de Bishoptown avec une paire de lunettes de soleil sur mes yeux cernés, j'étais alcoolique. Une épave en dépression.

Après avoir vidé le dernier verre de vin, j'étais allée dans la chambre d'Aiden. Elle était restée telle quelle. De temps à autre, je venais dépoussiérer les toiles d'araignées. Je m'asseyais sur son lit, je soulevais Walnut et je sentais encore le léger parfum de mon fils. Mais je n'avais pas nettoyé sa chambre depuis longtemps et il y avait une épaisse couche de poussière sur le rebord de la fenêtre. Pire encore, une grosse araignée se trouvait sur son oreiller. Cette vision était si choquante que je m'étais ruée dessus, frappant l'oreiller. L'araignée s'était enfuie avant que mon poing ne la touche, courant probablement sous le lit. Mais j'avais continué. J'avais fait sortir le rembourrage de l'oreiller d'Aiden à coups de poing, puis j'avais écarté la housse de couette et jeté le matelas sur le côté. Un rugissement s'était élevé de ma poitrine alors que je balayais de mon bras le rebord de la fenêtre, faisant tomber son trophée de la journée des sports – troisième de la course à l'œuf –, et une photo encadrée de la rencontre avec son footballeur préféré.

J'avais arraché son poster d'Iron Man. Jeté en vrac les vêtements de son armoire. Déchiré les couvertures de ses livres. Puis je m'étais arrêtée. J'avais essuyé mes yeux. Un sentiment de calme m'avait envahie et j'avais su ce que je devais faire.

Il y avait une deuxième bouteille de vin au frigo. Je l'avais ouverte et j'en avais pris une longue gorgée. Plus besoin de lunettes. Qui avais-je besoin d'impressionner ? Qui s'en soucierait ? Il n'y avait plus personne. En traversant la maison, j'avais récupéré une photo de nous tous ensemble. Aiden était au premier plan, portant sa cape de Superman. J'étais derrière lui, mes mains sur ses épaules. Et de chaque côté de moi, il y avait mes parents. Mon père à ma gauche, ma mère à ma droite. Je n'avais pas pleuré, juste souri et j'avais serré la photo contre ma poitrine.

J'avais déjà transformé ma chambre en une sorte d'atelier. Il y avait une dizaine de peintures empilées le long des murs. J'en avais pris une. C'était un autoportrait. Je détestais ce portrait. Il était torturé. J'avais utilisé des tons rouges et noirs. Je montrais les dents. J'étais laide et malade sur ce tableau, avec des yeux imbibés d'alcool parce que je l'avais peint alors que j'étais ivre, à peine capable de voir la toile à travers le flou. Je la détestais. Posant la bouteille de vin, j'avais pris le couteau qui me servait à découper mes toiles et je l'avais planté dedans. Lentement, je l'avais fait glisser vers le bas de la toile.

Un brasier brûlait en moi et je savais qu'il était temps de l'éteindre. Quel était le but de la vie si on la passait à souffrir ? J'avais l'impression d'être à l'intérieur d'un bâtiment en feu et que mes seuls choix étaient de sauter ou de laisser le feu me consumer.

J'en avais plus qu'assez de cet incendie.

Je m'étais effondrée sur le sol, laissant tomber la toile déchirée à côté de moi, avant de sortir un second couteau et de le poser sur mes genoux. Puis j'avais bu une nouvelle gorgée de vin. J'étais tellement engourdie par l'alcool que je m'étais dit que ça ne ferait pas mal. J'avais pensé au feu qui brûlait en moi. J'avais pensé à toutes les merdes que j'avais traversées. J'avais pensé au manteau d'Aiden extrait de la rivière et revu cette image du cours d'eau qui jaillissait à travers la campagne pendant que mon fils pourrissait quelque part. Je n'avais même pas pu l'*enterrer*. Je n'avais même pas eu ce droit.

J'avais hurlé avant d'enfoncer le couteau dans mon poignet. J'avais crié avant même que ça ne fasse mal. La douleur ne venait pas de la blessure, mais du feu.

Brûlant. Ma peau était en feu. J'avais crié jusqu'à ce que les flammes s'éteignent enfin. Quand j'avais baissé les yeux, le sang coulait de la plaie et j'avais commencé à me sentir délicieusement étourdie. C'était comme ça. C'était comme ça que je pouvais arrêter le feu. Si seulement j'avais su plus tôt que ce serait si simple. Je m'étais laissée retomber sur mon lit en souriant. Enfin, j'avais arrêté la douleur, enfin j'avais trouvé la force intérieure pour sauter du bâtiment en feu.

Mais dans mon état d'ébriété, je n'avais pas entendu les coups frappés à la porte ni la voix frénétique qui m'appelait. Je n'avais pas dû la verrouiller, car Jake était entré quelques secondes plus tard. J'avais entendu des bruits de pas, puis ma porte s'était ouverte. Un visage flou était apparu sous ses yeux tandis qu'il passait ses bras sous mon corps, criant mon nom encore et encore. J'avais senti une pression sur mon poignet et j'avais eu vaguement conscience du sang qui suintait entre ses doigts. J'avais cru comprendre qu'il disait « non, non, non, ce n'était pas censé arriver », puis je m'étais réveillée dans un lit d'hôpital.

Il m'avait fallu beaucoup de temps pour éprouver de la gratitude pour ce que Jake avait fait pour moi ce jour-là. Quand je m'étais réveillée dans cette chambre d'hôpital, je l'avais haï plus que je n'avais jamais haï quelqu'un. La haine était une émotion que je n'avais pas découverte avant qu'Aiden ne me soit enlevé dans l'inondation. Si vous pouvez vivre votre vie sans jamais connaître la haine, estimez-vous heureux. C'est une bénédiction. La haine n'est pas une chose à désirer ou à souhaiter. Ne dites jamais que vous détestez quelqu'un ou quelque chose si vous ne le pensez pas vraiment, parce que la haine n'a rien à voir avec le fait de trouver un présentateur de télé agaçant ou de perdre son sang-froid avec un frère ou une sœur – c'est une chose vivante et dévorante qui commence dans vos intestins et infecte votre sang jusqu'à noircir votre cœur.

Et je me détestais. C'était la pire forme de haine.

J'avais pleuré pendant un moment. J'avais eu des frissons et des tremblements alors que l'alcool se frayait un chemin hors de mon corps. J'avais gratté mes bandages et refusé de parler à Jake, assis à mon chevet, me lisant ses livres d'histoire de l'art. Il était venu jour après jour, me faisant la lecture alors que j'étais assise, maussade, la tête tournée vers l'extérieur. Il m'avait lu des livres sur la Renaissance, sur le Caravage, ses tendances brutales et son tempérament meurtrier. Il m'avait lu des articles sur Picasso et sur son tableau, *Guernica*. Il était venu me faire la lecture tous les jours et très vite, j'avais commencé à l'écouter.

Au lieu de picorer ma nourriture, j'avais commencé à manger avec plus d'appétit. J'avais demandé de l'eau et du jus d'orange plutôt que de siroter ce qui était disponible lorsque ma gorge était sèche. Quand c'était calme à l'hôpital, j'allumais la télévision et je regardais quelques feuilletons en journée. J'avais même commencé à répondre aux infirmières lorsqu'elles me demandaient comment je me sentais.

Quand on m'avait laissée sortir, j'avais trouvé la maison de mes parents étincelante. Jake avait tout rangé. Il avait nettoyé mon désordre, jeté tout l'alcool de la maison, passé l'aspirateur, balayé les objets cassés et les avait jetés. Il avait même réparé quelques cadres photo que j'avais détruits dans mon accès de rage.

Sur la table basse, il y avait une pile de livres sur Picasso, le Caravage, Monet et autres. John Singer-Sargent, Rembrandt, de Vinci. Il y avait des DVD tout neufs sur les mêmes sujets empilés à côté du lecteur de DVD. J'avais feuilleté ces livres, ignorant le texte pour arriver aux magnifiques portraits, en découvrant parfois certains. Puis j'avais trouvé un nouveau coffret de peinture sur la table de la salle à manger avec une carte de prompt rétablissement à côté. De l'autre côté des tubes de peinture se trouvait un formulaire de candidature pour un emploi administratif à temps partiel à l'école. Je m'étais assise et je l'avais rempli.

Je sais que certaines personnes auraient pu être décontenancées par les efforts extraordinaires que Jake avait déployés pour m'aider à me rétablir. Certaines femmes auraient pu le trouver effrayant ou autoritaire, mais il était tout ce dont j'avais besoin. Sans même la perspective d'une relation autre que platonique, cet homme m'avait aidée à traverser le pire moment de ma vie. Je n'étais pas capable d'aimer à ce moment-là – j'étais trop desséchée par toute la haine qui avait brûlé en moi –, mais j'étais à deux doigts d'être séduite. Un fort sentiment d'affection avait commencé à fleurir au sein de ma coquille noircie.

C'est pour ça que je m'étais laissée entraîner dans sa vie si soudainement. C'est pour ça que je n'avais pas su voir ce qu'il était vraiment.

Chapitre Vingt-Et-Un

Nous étions vendredi et il n'y avait toujours aucune piste sur ce qui était arrivé à Aiden. Marcus, l'agent de liaison avec les familles, m'informa qu'ils étaient en train de prélever les empreintes digitales et l'ADN de différents hommes de la région. Jake et Rob devaient être inclus. Je ne savais pas trop pourquoi ils se donnaient cette peine, puisqu'on n'avait rien trouvé sur Aiden la nuit où on l'avait retrouvé. Jake et Rob avaient été interrogés sur leur emploi du temps le jour où Aiden avait disparu. Jake enseignait dans le secondaire à ce moment-là. Il faisait le tour de l'école pour vérifier le toit qui fuyait. Plusieurs membres du personnel pouvaient le confirmer. Rob rentrait de son chantier, bloqué dans les embouteillages à la sortie de Bishoptown. Je ne soupçonnais aucun d'entre eux, mais je comprenais que les hommes les plus proches d'Aiden étaient susceptibles d'être les premiers suspects.

Mais les savoir interrogés me fit voir l'affaire différemment. Le coupable devait être quelqu'un du coin. Ce qui signifiait que ça aurait pu être quelqu'un que je connaissais.

Aiden avait été enlevé quelque part entre l'école de Bishoptown et l'Ouse entre 13 h 15 et 14 h 10. J'avais traversé le pont vers 14 h 10 moi-même. J'avais été si proche de mon fils lorsqu'on me l'avait arraché. Parfois, je restais éveillée la nuit et je me demandais ce qu'il se serait passé si j'avais tendu la main, si je l'avais trouvé, si je l'avais attrapé et si je l'avais gardé près de moi. Mais je ne pourrais jamais revenir en arrière. Je ne pourrais jamais remonter le temps, courir vers la rivière et arrêter le monstre qui avait enlevé mon fils. C'est l'impuissance qui vous envahit au milieu de la nuit, le fait de savoir que, même si vous pensez que votre enfant est en sécurité, il y aura toujours quelqu'un qui voudra lui faire du mal.

Dans les jours qui suivirent, entre deux batailles avec l'administration pour obtenir une identité pour Aiden, j'entrepris de dresser une liste de suspects possibles. Il y avait cinq professeurs masculins à l'école locale, dont deux que j'avais toujours trouvés un peu effrayants : Simon, le professeur d'informatique, un homme d'une cinquantaine d'années avec une bedaine et des ongles sales, et Chris, un jeune professeur d'éducation physique qui faisait des blagues grossières dans la salle des profs. Puis il y avait le fils bizarre de Gail, Derek, qui dirigeait la boulangerie locale avec elle. Il n'avait jamais quitté la maison, même s'il avait quarante ans, et n'avait jamais eu de relation avec une femme ou un homme.

C'étaient des pensées horribles, toxiques et remplies de préjugés, mais je ne pouvais m'en empêcher. Une fois que j'avais commencé à tirer sur ce fil, la bobine se déroulait d'elle-même. Je passais le week-end enfermée à la maison, toujours en colère contre Jake pour son apparente trahison, transmettant tous les noms de ceux que je soupçonnais à Denise et Marcus, leur indiquant dans des chuchotements coupables que peut-être cet homme était capable d'un tel crime, ou celui-ci. Denise, qui passait le plus de temps avec nous, était devenue ma principale confidente lorsque j'avais des soupçons sur un autre homme du coin. Sa réponse était toujours :

— Ça peut être n'importe qui. Nous faisons du mieux que nous pouvons.

Une fois, elle me dit même :

— Nous ne sommes même pas certains que le suspect soit un homme.

Bien sûr, j'avais présumé que c'était un homme, mais elle avait raison.

Bien qu'il y ait eu des preuves d'agression sexuelle, la police n'avait trouvé aucune trace de sperme sur les vêtements d'Aiden ou sur son corps, et sans savoir où il avait été enfermé, il était impossible de déterminer s'il avait vraiment été abusé par un homme. Bien que cette idée me rende physiquement malade, il y avait une chance que le ravisseur soit une femme. Cela pourrait même expliquer comment Aiden avait pu s'échapper. Il aurait eu plus de chance de maîtriser une femme qu'un homme.

À cette époque, je quittais rarement la maison, mais il y avait des moments où c'était nécessaire. Ce lundi-là, j'emmenais Aiden à sa deuxième séance de thérapie, et pendant tout le trajet, je ne pus m'empêcher de réfléchir à d'autres suspects alors que nous traversions le village.

Le Dr Foster nous accueillit avec un sourire éclatant, mais son regard s'attarda sur moi un peu plus longtemps que d'habitude. Elle voyait bien que j'étais sur les nerfs. Elle me fit asseoir et laissa Aiden dessiner. Quand il fut installé, je sortis d'autres de ses œuvres de mon sac et je les lui montrai. Elle étala les peintures sur l'une des tables, mais semblait plus distraite par moi.

— Il s'est passé quelque chose, Emma ? demanda-t-elle. Vous semblez un peu à cran.

Je frottai une main sur l'autre.

— J'ai lu les journaux. Je les ai tous lus. Ce qu'ils disent est dément. Ils continuent d'insinuer que c'est mon mari, Jake, qui a enlevé Aiden.

Je déglutis, mais ma bouche était sèche.

— Ce n'est pas possible. Je le connais.

— Prenez votre temps, Emma. Aucun jugement ici, rappelez-vous. Si vous avez besoin de parler, vous pouvez le faire.

Je secouai la tête.

— Il ne s'agit pas seulement de savoir si je pense que c'est vrai ; ça ne peut pas être vrai. Il avait un alibi. Il travaillait à l'école à ce moment-là. Ce n'est pas possible, mais ils n'arrêtent pas de le montrer du doigt et ont ressorti une vieille affaire stupide liée à son ancienne école.

— Quelle affaire ? demanda le Dr Foster.

— Une stupide photo de lui avec son bras autour d'une étudiante. Il discutait avec elle sur internet si on en croit les journaux. Ils étaient amis sur Facebook. Mais ça ne veut rien dire, n'est-ce pas ?

— Pensez-vous que ça veuille dire quelque chose ? demanda patiemment le Dr Foster.

— Non. Je suis en train de me laisser avoir. Par le petit jeu de la presse. Ils inventent des histoires pour vendre des journaux, trouvent des coupables qui ne méritent pas d'être accusés. Ils impriment des mensonges sur ma famille.

Je pris une profonde inspiration et caressai mon ventre rond. J'avais mal au dos, mal aux jambes et j'étais fatiguée.

— Je sais que c'est difficile. Mais vous devez essayer de vous détendre. Tout ce stress n'est pas bon pour le bébé. Avez-vous consulté votre médecin généraliste récemment ?

Je secouai la tête.

— Vous devriez y aller. Juste pour un check-up.

Je hochai la tête et me frottai les yeux, réalisant qu'elle avait raison. Avec tout ce qui se passait, je ne m'étais pas focalisée sur mon bien-être ou celui du bébé. Je faisais passer au second plan mon enfant à naître. Je n'avais même pas pensé à me concentrer sur la fréquence des coups de pied du bébé.

— Maintenant, à propos des réalisations d'Aiden, fit le Dr Foster en fixant les peintures. Elles sont plus expressives, dernièrement. Il représente plus de formes et d'images qu'avant. Je pense que celle-ci est une porte.

Je scrutai l'image qu'elle désignait. Je l'avais regardée dans le mauvais sens, horizontal au lieu de vertical. Je retournai l'image et l'examinai correctement pour la première fois. Elle avait raison. Il n'y avait pas de poignée, mais ça ressemblait à une porte. Aiden avait utilisé de la peinture gris clair pour remplir presque entièrement la page, mais il y avait quelques ombres sur les côtés qui indiquaient des charnières. Où que mène cette porte, elle était très certainement faite d'une sorte de métal lisse, comme un grand réfrigérateur dans la cuisine d'un restaurant.

LE LENDEMAIN MATIN, je réussis à obtenir un rendez-vous de dernière minute chez le médecin pour 10 heures. Aiden était assis à côté de moi sur la chaise, fixant en silence un magazine féminin. À côté de nous se trouvait une mère avec trois enfants, qui grimpaient tous sur les sièges comme des singes et jetaient les jouets de l'aire de jeu par terre. La mère me jetait des coups d'œil à la dérobée, comme si elle essayait de déterminer d'où elle me connaissait. Puis son regard s'attarda sur moi et ses yeux s'écarquillèrent. Elle avait compris. Je me tortillai sur mon siège, ajustant mon poids et essayant d'ignorer la façon dont elle me regardait depuis l'autre côté de la pièce.

— C'est horrible ce qui vous est arrivé, dit-elle.

Bien que je ne lui doive rien, je lui offris un sourire à peine esquissé en guise de réponse.

— C'est lui alors ?

Du menton, elle tourna son visage marqué par l'acné dans la direction d'Aiden. Comme Aiden ne réagissait pas, elle fit un signe du bras dans la direction de ses enfants et les rapprocha d'elle.

— C'est dingue ce qui lui est arrivé.

Le sang sifflait dans mes oreilles alors que j'essayais de rester calme. De quel droit cette femme évoquait-elle les choses qui étaient arrivées à Aiden ? Pour qui se prenait-elle ? J'essayai de l'ignorer, mais je me retrouvai à me frotter les mains plus frénétiquement qu'avant. Je serrai les dents, crispant la mâchoire de plus en plus.

— Kieran, viens ici, dit-elle en rassemblant sa progéniture, voulant clairement éloigner ses enfants d'Aiden.

De temps à autre, ses yeux se tournaient vers Aiden et j'y voyais de la peur. Peut-être pensait-elle qu'Aiden avait été transformé en monstre par ce qu'il avait vécu. Elle pensait peut-être qu'il allait faire du mal à ses enfants, dans une sorte de pédophilie par procuration.

Pendant qu'elle éloignait ses enfants de nous, je ne pus m'empêcher de la regarder. Elle avait une queue de cheval grasse tirée en arrière si serrée qu'elle donnait à sa peau un aspect étiré et brillant. Elle criait ouvertement sur ses enfants quand ils se comportaient mal.

— Qu'est-ce qui vous rend si spéciale ?

La pièce devint soudain très silencieuse. Un homme âgé reposa son journal sur ses genoux et se tourna vers moi. Je n'avais pas l'intention de prononcer ces mots à haute voix, et certainement pas avec autant de venin. Mais en regardant cette femme, je n'arrivais pas à croire qu'elle avait eu la chance d'avoir des enfants normaux et en bonne santé, alors que mon enfant avait connu l'enfer.

— Excusez-moi ? dit-elle de sa voix rauque et laide.

— J'ai dit : qu'est-ce qui vous rend si spéciale ? Pourquoi avez-vous le droit de tout avoir ?

— Qu'est-ce que c'est censé vouloir dire ?

Je détournai la tête, regardant les brochures sur la santé et une affiche sur les maladies cardiaques. Le médecin m'appela et je me levai. Aiden sur les talons, je passai devant la femme et fis de mon mieux pour ne plus la regarder.

— J'ai seulement essayé d'être gentille avec vous, espèce de peau de vache, marmonna-t-elle, ce qui me semblait typique des Britanniques.

Cette envie d'être remerciés pour leur sollicitude. Un petit garçon avait été enlevé et torturé pendant une décennie et ils étaient tristes. Grand bien leur fasse. Alors, après avoir ressenti toute cette tristesse, lorsqu'ils voyaient le garçon en question avec sa mère, ils se devaient d'exprimer l'évidence : ils étaient tristes. N'était-ce pas affreux ? Oui, oui, très triste et vraiment affreux, merci pour votre sollicitude. Mais si vous ne les apaisiez pas, alors vous pouviez aller vous faire foutre, vous et votre fils. Vous le méritiez.

Personne n'est aussi inconstant que le public, et s'il est aussi inconstant, c'est parce que les médias lui disent comment penser et quoi ressentir. Pour quelle autre raison les concours de talents sont-ils remplis de musique émouvante destinée à vous faire *ressentir* douleur et déchirement ? Sinon, pourquoi montrer des images de spectateurs en larmes lors de l'interprétation d'une chanson triste ou de la narration d'une histoire tragique ? Tout est *fabriqué* pour vous faire croire des choses. Qu'il s'agisse d'une voiture, d'un style de vie ou d'un journal, vous l'achetez parce que vous adhérez à l'*histoire,* et c'est là toute la vérité. Quand j'avais perdu mon sang-froid avec cette femme, j'avais fait voler en éclats l'histoire à laquelle elle croyait. Je lui avais fait reconsidérer ce qu'elle pensait être vrai.

Mais je n'en voulais pas aux gens de ressentir des choses face à l'histoire d'Aiden. Je ne leur reprochais pas d'éprouver de la tristesse pour sa vie tragique. Ce que je détestais, c'était l'idée que je devais être parfaite et que si je ne l'étais pas, alors ils ne seraient plus tristes pour moi. Cette impression me rendait malade. Je souffrais et j'avais le droit de craquer, de faire des erreurs ou ce que je voulais. J'étais un être humain, pas une histoire, et le monde l'avait oublié.

En passant devant cette femme dans le cabinet de mon généraliste, je pensai à tout ça et bien plus encore. Une lourde fatigue s'insinuait dans mes os, et je me demandai quand tout cela allait se terminer – si ça arrivait un jour – et quand je pourrais reprendre une vie normale.

— Bonjour, Emma, comment allez-vous aujourd'hui ? Bonjour, Aiden.

Elle avait tout suivi, et j'en étais heureuse. J'avais le même médecin depuis que j'étais bébé – le Dr Fiona Watson – et depuis tout ce temps, elle avait été une constante, bien qu'à titre professionnel. Ma mère et Fiona n'avaient pas été amies, mais elles se respectaient mutuellement, et ma mère aurait été heureuse que Fiona ait repris la direction du cabinet après sa mort.

— Aussi bien qu'on pouvait s'y attendre.

— Je suis désolée pour ce que vous avez traversé, mais c'est un plaisir de revoir Aiden.

Elle sourit à Aiden, qui ne réagit pas. Elle baissa les yeux, et je fus contente qu'elle n'en parle plus.

Après quelques examens, le Dr Watson soupira.

— Votre tension est élevée. Vous aviez fait de l'hypertension après qu'Aiden… après les inondations. Je pense que c'est encore le stress. Je vais vous prescrire les mêmes comprimés qu'à l'époque. Les femmes enceintes peuvent les utiliser en toute sécurité. La petite vous donne du fil à retordre ?

— Elle aime me donner des coups de pied, répondis-je. Mais à part ça, ça a l'air d'aller.

— Avez-vous vu votre sage-femme récemment ? Avez-vous préparé quelque chose en vue de la naissance ?

— J'ai fait une prise de sang il y a quelques mois et nous en avons discuté à ce moment-là. Cette dernière semaine a été un véritable tourbillon d'événements.

Elle hocha la tête.

— Vous avez bien fait de venir me voir.

Elle griffonna sur un bloc de papier et déchira la feuille du haut.

— Essayez de lever le pied si vous le pouvez. Je sais que c'est difficile vu tout ce qui s'est passé, mais c'est important. Est-ce que Jake s'occupe de vous ?

Je souris.

— Oui, bien sûr. Il est formidable.

Elle hocha la tête.

— Je suis vraiment désolée pour ce qui s'est passé. Si...

Elle marqua une pause, et je vis qu'elle luttait entre la nécessité de maintenir le professionnalisme et le fait d'avoir devant elle une personne qu'elle connaissait depuis plus de trente ans.

— Si vous avez besoin de quelque chose, je suis là.

Je la remerciai et me précipitai hors du bureau, craignant de me remettre à pleurer. J'en avais assez de fondre en larmes.

Quand je quittai le cabinet, la femme et ses enfants étaient partis. Mais quand je rejoignis ma Focus sur le parking, il y avait une rayure sur toute la longueur de la voiture.

Chapitre Vingt-Deux

Je me retins de conduire comme une folle sur le chemin de la pharmacie, même si l'adrénaline qui coulait dans mes veines me poussait à accélérer. Je n'avais jamais été une conductrice imprudente, mais lorsque mon niveau de stress était élevé, tout ce que je voulais, c'était appuyer sur l'accélérateur et conduire aussi loin et aussi vite que possible. Mais je n'aurais jamais fait ça avec Aiden dans la voiture.

Alors que je descendais la colline la plus raide de Bishoptown, je jetai un coup d'œil dans le rétroviseur et remarquai une camionnette noire derrière moi. Après avoir tourné à droite pour passer sur le pont, je vérifiai à nouveau et il était là, le même van noir. Même lorsque je tournai à gauche dans la principale rue commerçante du village, la fourgonnette me suivit. Je fronçai les sourcils et me demandai si c'était un journaliste. Bishoptown étant une petite ville, il était tout aussi plausible que ce soit quelqu'un qui suivait la même route à travers le village.

Quand je me garai devant la pharmacie, la camionnette noire ralentit pendant un instant avant de continuer dans la rue. J'eus des soupçons, mais il était tout à fait possible que le conducteur ait cherché une place de parking et n'ait rien trouvé.

— Attends que je sorte en premier, dis-je à Aiden en vérifiant la circulation en sens inverse.

J'étais encore effrayée par la camionnette, et l'enfermement d'Aiden l'avait privé du genre d'intelligence de la rue que la plupart des garçons de seize ans possédaient. Je ne me sentais pas à l'aise de le laisser sortir de la voiture sans que je sois là. Pas encore.

Aiden resta tranquille lorsque je sortis de la voiture et que je me dirigeai vers son côté. Il ouvrit la portière lui-même et je pris sa main pour le guider dans la rue. De ma main libre, je serrai mon cardigan plus étroitement autour de moi. La journée était fraîche, mais les mailles épaisses et la colère qui coulait dans mes veines me faisaient transpirer et me rendaient négligente. Mon cœur battait encore la chamade après le malheureux incident avec la femme chez le médecin et l'étrange camionnette qui m'avait suivie dans la rue. Je faillis dépasser la pharmacie, tellement j'étais distraite. Je ne pouvais pas m'empêcher de dévisager les passants. C'étaient sans doute des touristes, mais je ne pouvais m'empêcher de penser à celui qui avait enlevé Aiden. Et s'il s'était retrouvé depuis face à son agresseur, mais n'avait pas été capable de me le dire ? Et si le ravisseur revenait et l'enlevait à nouveau ?

La pharmacie était comme toutes les autres boutiques de Bishoptown, nichée dans un petit bâtiment en pierre calcaire qui ressemblait plus à une maison qu'à un commerce. La plupart des magasins avaient des paniers suspendus pittoresques avec des lys et des soucis, mais la pharmacie n'avait qu'une seule fenêtre et une porte en bois avec une clochette.

Alors que je payais mes médicaments, la clochette retentit, indiquant que quelqu'un d'autre était entré. Pressée de partir, je me hâtai de ranger la monnaie dans mon porte-monnaie pour pouvoir sortir de la petite boutique.

— Emma ?

Sous l'effet de l'adrénaline, je me retournai trop vite et faillis heurter Aiden.

— Oh, salut, Amy. Je ne m'attendais pas à te voir ici.

C'était un mardi. Les enseignants n'avaient jamais de temps libre dans la semaine.

— Comment...

Je m'interrompis. Amy ne m'écoutait pas. Elle regardait fixement mon fils.

— C'est l'heure de ma pause, marmonna-t-elle. Je suis venue chercher mes médicaments.

Elle ne m'adressa pas un regard. Elle fixait mon fils d'une manière si intense que je faillis le tirer vers moi et l'éloigner d'elle.

— Aiden, oh mon... oh mon Dieu, c'est vraiment toi.

Elle fit un pas en avant avec sa main tendue, mais il l'esquiva, se plaçant derrière moi. Les yeux d'Amy croisèrent les miens et elle chassa quelques larmes avant de se reprendre.

— Je n'ai pas... Je veux dire, j'ai entendu ce qui s'est passé aux infos et je voulais t'appeler, mais...

Je me hérissai. C'était la négligence de cette femme qui avait entraîné l'enlèvement de mon enfant. Pas étonnant qu'Aiden se soit recroquevillé derrière moi.

— Ça n'aurait pas été approprié, Amy.

Mes doigts me picotaient. Après toutes ces années, je pensais lui avoir pardonné, mais je me trompais. J'avais seulement réussi à mettre ces sentiments de côté pour continuer à vivre ma vie. Maintenant qu'Aiden était revenu, ces vieux sentiments refaisaient surface. Peut-être était-ce l'incident malheureux avec la femme du cabinet médical, ou peut-être l'étrange camionnette noire qui m'avait suivie dans le village, mais je n'étais pas d'humeur à dorloter la femme qui avait laissé mon fils disparaître de l'école en tournant le dos.

Son visage se décomposa.

— Tu as raison. Désolée. Je suis tellement stupide. Je suis juste si... Je suis si heureuse qu'Aiden soit en vie. Je veux dire, je sais qu'il a traversé...

— L'enfer, terminai-je pour elle. Il a traversé l'enfer.

Alors que je me tenais dans la rue en regardant Amy, nos années de travail ensemble disparurent, ne laissant que mon amertume pour cette femme. J'oubliais la poupée qu'elle avait achetée pour mon futur enfant et l'amitié que nous avions timidement nouée au cours des dernières années. Je cherchais désespérément quelqu'un à blâmer et soudain, elle était là.

— Je suis vraiment désolée, Emma, dit-elle.

À la rougeur de son cou et à la façon dont sa lèvre inférieure tremblait, je voyais qu'elle était sur le point de pleurer.

Je me détournai.

— Je devrais y aller.

— Attends, dit-elle. Je ne veux pas... Emma, on est amies depuis longtemps maintenant. Je pensais qu'on avait dépassé ce qui s'est passé.

Je secouai la tête.

— Tout est différent maintenant. J'ai fait mon deuil et je l'ai laissé partir ; c'était la seule façon pour moi d'oublier ce que tu avais fait. Mais maintenant il est là et il souffre et je ne peux pas m'empêcher de...

Je marquai une pause. Pour la première fois, je la regardai attentivement. Pourquoi était-elle si émotive ? Pourquoi une seule larme coulait-elle sur sa joue ? Tout cela semblait si... artificiel. Comment pourrais-je croire un traître mot de ce qu'elle disait ?

J'éloignai Aiden et me précipitai vers ma voiture. En repensant aux dépositions et aux témoins oculaires du jour de la disparition d'Aiden, je me demandai s'il pouvait y avoir une incohérence dans le témoignage d'Amy. Je me rappelai qu'après avoir remarqué la disparition d'Aiden, elle avait demandé à un autre professeur de s'occuper de la classe pendant qu'elle cherchait Aiden elle-même. Elle était restée seule pendant plusieurs minutes. Et si... ? J'ouvris la portière de la voiture et je fis entrer Aiden à l'intérieur. L'inspecteur-chef Stevenson avait admis que le ravisseur n'était pas forcément un homme, même s'il était fort probable que ce *soit* le cas. Je mis le contact. Aiden réagirait forcément s'il se retrouvait face à son agresseur. Pas vrai ? Il le reconnaîtrait.

Alors pourquoi suspectais-je tout le monde ? Pourquoi pensais-je soudain qu'Amy, une femme petite et timide, aurait pu enlever mon fils et le garder enfermé ? Parce que je commençais à croire que les gens étaient capables de tout. Les gens avaient de multiples facettes. Tout le monde pouvait avoir un côté sombre, frisant l'obscurité et le danger. Votre médecin pouvait être un sadique. Votre professeur d'école primaire pouvait être un pédophile. Votre esthéticienne pouvait être une meurtrière. Ça pouvait être n'importe qui.

Je regardai Aiden mettre sa ceinture de sécurité et je me demandai s'il avait des souvenirs de sa période de captivité. Il avait peur de la forêt de Rough Valley, ça, je le savais et je le comprenais. Mais se souviendrait-il de son ravisseur, et comment agirait-il s'il se retrouvait face à lui ?

Alors que je sortais rapidement de la place de parking, une Renault Clio noire dut freiner brusquement pour éviter ma voiture. Je manipulai nerveusement le levier de vitesse et je fis un signe penaud au conducteur de la Clio qui me klaxonnait. Mes doigts tremblaient alors que je guidais la voiture hors de la place et dans la rue principale.

— Et si on écoutait la radio ? dis-je d'un ton trop enjoué.

Aiden ne répondit pas. Il regardait droit devant lui avec son indifférence habituelle. J'allumai la radio et j'essayai de m'empêcher de me demander ce qu'il avait dans la tête. Tout était là, mais il refusait de communiquer. Ce fut alors que je réalisai que j'étais en colère contre lui. Je ne pouvais m'en empêcher. J'étais en colère contre Aiden de ne pas se livrer à moi. Et j'étais méfiante. Je me méfiais de tout.

— Pourquoi tu ne parles pas ? dis-je en frappant le volant. Pourquoi tu ne veux pas tout me raconter ?

Je grillai un feu rouge. Si Jake avait été là, il m'aurait forcée à m'arrêter et aurait pris le volant jusqu'à la maison. Il aurait détesté me voir dans cet état. Mais il n'était pas là. Il n'y avait qu'Aiden, qui n'avait pas l'air perturbé par ma réaction. Il se contentait de regarder à travers le pare-brise sans réagir à ce qui l'entourait. Peut-être que Jake avait raison. C'était peut-être un légume.

Non, je refusais d'y croire. Un légume ne peignait pas. Un légume ne comprenait pas les paroles des gens. Il y avait eu la fois où il m'avait fait un signe de tête, et celle où j'avais cru l'entendre chanter – à moins que ça n'ait été le fruit de mon imagination.

Alors que les rues se succédaient, j'inspirai profondément et je relâchai l'accélérateur. Le sachet de la pharmacie était posé sur les genoux d'Aiden. Mon cœur battait la chamade sur le chemin du retour. Quand je regardai dans le rétroviseur, le van noir était de retour. Je me garai dans mon allée et j'étouffai un juron. Il y avait encore plus de journalistes agglutinés autour de la maison.

Le van s'arrêta un peu plus loin dans la rue. J'avais raison : ils m'avaient suivie dans ma vie quotidienne, tapis dans une camionnette comme s'ils traquaient une cible.

La porte d'entrée s'ouvrit et Denise sortit. Elle se précipita vers nous et ouvrit la portière d'Aiden, tandis qu'une nuée de personnes munies de caméras et de microphones se rassemblait autour de nous.

— Qu'est-ce qui se passe ? m'écriai-je. Comment êtes-vous entrée dans la maison ?

— Jake m'a fait entrer.

— Où est-il ? demandai-je.

— Nous devons rentrer. Il y a du nouveau, chuchota-t-elle.

— Ça doit être du lourd.

Elle hocha la tête.

— C'est le cas.

— Aiden, qu'est-ce que ça fait de retrouver le monde réel ? Aiden, es-tu encore attaché à ton ravisseur ? cria un journaliste.

Je me détournai de Denise et d'Aiden, descendis le chemin vers les journalistes au bout de l'allée et serrai les poings. J'avais chaud malgré la fraîcheur de l'air.

— Allez vous faire foutre et laissez-nous tranquilles ! C'est une putain de propriété privée et vous empiétez dessus. Je suis sérieuse. Laissez-nous tranquilles. LAISSEZ-NOUS TRANQUILLES !

Je tremblais lorsque Denise passa un bras autour de mon épaule et me guida jusqu'à la porte.

Chapitre Vingt-Trois

— Je mets l'eau à bouillir, dit Denise. Pourquoi ne pas vous asseoir une minute et essayer de vous calmer ?

Je faisais les cent pas dans la cuisine, frottant mon ventre par mouvements circulaires. Il restait moins de deux semaines avant la date de l'accouchement et j'étais censée préparer mon nid, pas crier sur des journalistes. J'étais censée décorer la maison, acheter des chaussons roses et accrocher un mobile au-dessus du berceau du bébé comme dans les comédies romantiques des années 80.

— Que s'est-il passé ? Pourquoi les journalistes se comportent-ils à nouveau comme des chiens enragés ?

— Asseyez-vous un moment, Emma.

Denise appuya sur le bouton de la bouilloire.

Dans le but d'obtenir l'information plus rapidement, je posai mon derrière sur une chaise de la salle à manger. Puis j'ouvris les mains et je haussai les épaules pour l'inciter à continuer.

— La police a demandé à Jake de se rendre au poste pour l'interroger.

— Quoi ?

Je pouvais sentir ma tension augmenter.

— Pourquoi ?

Elle parlait lentement, de la même façon que j'avais vu des enseignants parler à des élèves agités.

— Je n'ai pas tous les détails. Je pense qu'ils veulent revoir la déposition de Jake pour le jour où Aiden a disparu.

— Ça ne peut pas être Jake. Aiden vit ici avec lui depuis des jours maintenant. Vous ne pensez pas qu'Aiden aurait réagi ? Ce n'est pas possible. Je le connais. C'est mon mari. C'est son bébé. De toute façon, comment Jake aurait-il pu garder un garçon enfermé pendant dix ans ?

— Je ne dis pas que c'est Jake. Je ne dis pas ça du tout. Mais, par le passé, de nombreux maris ont déjà menti à leurs épouses et trouvé le moyen de mener toutes sortes d'activités odieuses et fastidieuses.

Elle versa de l'eau dans deux tasses.

— Mais je ne dis pas que Jake l'a fait, d'accord ? Tout ce que je sais, c'est qu'on lui a demandé de répondre à quelques questions pour faire avancer l'enquête. Ça ne veut pas nécessairement dire quoi que ce soit.

— Vous devez être un sacré bon élément.

Mon filtre cerveau-bouche avait cessé de fonctionner à cause du stress intense de la journée.

— Si vous ne pouvez même pas me dire pourquoi ils interrogent Jake.

Denise resta silencieuse alors qu'elle mélangeait le lait avec le thé.

— Ou peut-être que vous ne voulez pas me le dire. C'est plus probable.

— Mon travail consiste à vous aider dans ce processus difficile. C'est ma priorité, et c'est pourquoi mes collègues peuvent juger nécessaire de conserver des informations dans des moments comme celui-ci. Je suis là pour vous aider, d'accord ? Je sais que c'est difficile. Maintenant, prenez une tasse de thé et essayez de vous détendre. Vous devez penser au bébé.

— Oh oui, j'oubliais que je suis une couveuse ambulante, lançai-je en lui prenant le thé.

Puis je haussai les épaules et soupirai.

— Désolée. Journée difficile. J'en ai marre que tout le monde attende de moi que je fasse passer le bébé en premier. Je le fais, bien sûr, mais je compte aussi, vous savez.

— Bien sûr. Désolée, je ne voulais pas insinuer que ce n'était pas le cas.

Je lui adressai un petit sourire.

— Vous n'avez rien fait de tel. Je suis juste sensible.

— Je ne suis pas surprise. Vous êtes très forte pour arriver à traverser tout ça. Ne laissez personne vous dire le contraire.

— J'ai crié sur ces journalistes.

Elle prit une gorgée de thé et gloussa.

— Ils ont entendu bien pire.

— Oh mon Dieu, pauvre Jake. Seul au poste. Je devrais y aller, mais je ne peux pas emmener Aiden. Pas avec tous ces journalistes dehors.

Je me mordillai la lèvre inférieure et je me demandai si je pouvais envoyer quelqu'un d'autre à sa rencontre. Nous avions un avocat, mais peut-être que cela enverrait le mauvais signal. Je pourrais demander à Sonya ou Josie, mais Jake n'avait jamais été aussi proche de Josie que moi, et Sonya était la mère de Rob, ce qui pourrait être gênant. Jake n'avait pas vraiment d'amis masculins. Il n'avait même pas pris la peine de faire un enterrement de vie de garçon avant le mariage.

— Pouvez-vous les appeler et leur demander combien de temps il va rester là-bas ? Je peux lui parler au téléphone ?

Avant que Denise ne puisse répondre, mon portable sonna. Je le sortis du fond de mon sac et fronçai les sourcils, déçue. J'espérais que c'était Jake qui appelle du poste de police, mais c'était Rob.

— Salut.

— Emma, j'ai entendu dire qu'ils ont emmené Jake pour l'interroger. Qu'est-ce qui se passe ? demanda-t-il.

— Ils veulent juste lui poser d'autres questions sur le jour de l'enlèvement d'Aiden. Ce n'est rien, Rob. Je veux dire, ils t'ont interrogé toi aussi. Ils ont questionné la moitié de la ville.

— Non, c'est différent.

Je l'entendais se déplacer pendant qu'il parlait. Il y avait un essoufflement dans sa voix, comme s'il ne pouvait pas rester en place. J'imaginais son énergie s'échappant par des tics nerveux. Je pouvais le voir faire les cent pas dans mon esprit.

— La presse s'en est emparée comme si c'était une affaire d'État. Ils n'ont jamais fait ça avant.

— Ils se raccrocheraient à n'importe quoi, Rob, rétorquai-je.

Il marqua une pause.

— Tu ne crois pas réellement que Jake a enlevé Aiden, n'est-ce pas ? En me mentant pendant 10 ans ? Comment aurait-il fait ça, Rob ? Comment ? Comment aurait-il pu enfermer mon fils toutes ces années tout en me faisant la cour, en m'épousant et en me mettant enceinte ? Tu ne penses pas que je l'aurais su ?

— Em...

— Tu ne me fais pas confiance ?

— Emma.

Sa voix était plus calme à présent. Son ton grave attira mon attention et mon corps réagit physiquement. Je secouai la tête, mettant ça sur le compte de réminiscences de sentiments d'adolescents. J'avais toujours aimé la voix profonde et veloutée de Rob.

— Je te fais confiance. Tu es l'une des rares personnes dans ce monde à qui je confierais ma vie.

— Pourquoi est-ce que je sens un « mais » arriver ?

— Je ne pense pas que tu le voies comme les autres le voient. Tu ne te souviens pas qu'à l'école, certaines filles l'appelaient « le pervers » à cause de la façon dont il les regardait ?

— Quoi ? Non ! Et en quoi ça...

— Emma, écoute-moi. Ça n'a rien à voir avec de la jalousie. Je te le jure. Dieu sait que je le déteste parce que tu l'aimes, mais c'est moi qui pense rationnellement pour une fois. C'est possible. Je sais que tu ne veux pas l'accepter, mais s'il n'a pas un alibi en béton pour la disparition d'Aiden, il est possible qu'il ait fait ça. Sais-tu où il se trouve vingt-quatre heures sur vingt-quatre ?

— Non, mais...

— Alors c'est possible.

— Tu oublies une chose, Rob.

— Quoi donc ?

— Aiden. Il avait peur quand on est allés à Rough, ce qui signifie qu'il a peur de l'endroit où il était retenu captif, non ?

— Je suppose que oui.

— Avec cette logique, il devrait aussi avoir peur de la personne qui l'a kidnappé.

Rob soupira.

— Aiden et Jake vivent dans la maison depuis des jours maintenant. Il n'a jamais montré *aucune* peur envers Jake. La première nuit ici, ils ont mis la table ensemble. En fait, Aiden semble vraiment apprécier Jake. Il le suit partout en faisant tout ce qu'il dit.

— Emma, tu ne vois pas que c'est étrange ? Si Aiden est plus attaché à Jake qu'à n'importe qui d'autre, alors c'est bizarre en soi. Écoute, c'est vraiment difficile à dire, mais je vais le faire.

— Quoi ?

— Aiden a été avec cette personne pendant dix ans. On ne sait pas ce qui s'est passé entre eux. Je me suis renseigné sur le syndrome de Stockholm et tout ça. Les agresseurs et les victimes ont une relation compliquée…

— Non. Ça n'a rien à voir. Non.

Je secouai la tête. Je m'étais levée, serrant et desserrant le poing. Denise me regardait attentivement, aussi j'entrepris de lui tourner le dos.

— Il est possible qu'Aiden n'ait vu *personne* en dehors de son ravisseur pendant tout ce temps. Comme cette fille en Allemagne ou je ne sais où. Il y a une possibilité pour que la seule personne dont Aiden se souvienne de son enfance soit le monstre qui l'a enlevé, et qu'il ait développé une forme d'affection pour son agresseur.

— Va te faire foutre, Rob. Je ne peux pas…

— Je pense que tu devrais venir chez moi.

— Non. Ce n'est pas lui.

Je pleurais à présent. De grosses larmes roulaient sur mes joues.

— Je ne pense pas que vous soyez en sécurité là-bas tous les deux. Venez chez moi. S'il te plaît, Emma.

— Ce n'est pas lui.

— Tu n'en sais rien. Et si c'était le cas ?

— Rob, c'est mon mari. Je le connais.

— C'est donc la fameuse phrase ? « Je le connais. Je l'aime. » Ne sois pas cette femme.

Je pris une profonde inspiration tremblante.

— Et qu'est-ce qui m'assure que tu vaux mieux que lui ? Tu pourrais être un monstre aussi, pour ce que j'en sais. Tout le monde pourrait l'être.

Je raccrochai.

— Ça va, Emma ? demanda Denise.

J'essuyai mes yeux et je hochai la tête. Puis je m'approchai de la fenêtre et j'ouvris les rideaux d'un centimètre. Les journalistes étaient toujours là, attendant sur le trottoir devant la maison. Je les détestais. Ils me donnaient l'impression d'être piégée dans ma propre maison. Je refermai le rideau d'un coup de poignet et je reculai. Qu'allais-je faire ? Aiden était installé sur le canapé de notre salon, les mains sur les genoux, devant la télévision. Ce n'est qu'en me retournant que je remarquai que l'écran était éteint. Mon fils était assis en silence, les yeux dans le vide.

Bien que le chauffage soit contrôlé par un thermostat, je sentis quand même un frisson remonter le long de ma colonne vertébrale. Je repensai aux paroles de Rob, pas seulement à propos de Jake, mais aussi à propos d'Aiden et du ravisseur. Jusque-là, j'étais certaine qu'Aiden serait terrifié par la personne qui me l'avait enlevé. Nous savions qu'Aiden avait été enchaîné et nous savions qu'il avait été abusé. Mais ce que nous ne savions pas, c'est ce que l'agresseur lui avait dit. Avait-il manipulé l'esprit de mon fils ? Avait-il passé les dix dernières années à convaincre Aiden qu'*il* était la seule personne à l'aimer ? Qu'avait-il fait à mon petit garçon ?

Je ne pouvais pas supporter d'être dans la même pièce que mon fils. Pas à ce moment-là. Je me précipitai hors du salon et je courus à l'étage pour m'allonger. Mais lorsque j'entrai dans ma chambre et que je regardai le lit que je partageais avec mon mari, je ne pus m'empêcher de penser à ce que Rob avait dit. Je l'avais laissé entrer dans ma tête, plantant une graine de doute. Bien sûr, j'avais déjà vu des épouses dans la presse expliquer qu'elles n'avaient aucune idée que leur mari était un violeur en série ou un pédophile, et oui, il était arrivé que des hommes enferment des jeunes filles ou des femmes dans une cave et l'insonorisent, vivant une vie en haut et une autre en bas. Mais là, c'était différent. *Dix ans*. Comment était-ce possible ? Où qu'Aiden ait été séquestré, ce n'était pas à proximité de la maison. Jake aurait dû se rendre dans cet endroit hypothétique tous les jours, ou au moins tous les deux jours. Mais le seul moment où Jake et moi étions séparés était le cours d'art pour adultes qu'il donnait à York deux fois par semaine. Il n'aurait pas eu le temps.

Le bébé me donna un nouveau coup de pied et je frottai mon ventre, couchée sur le lit. Ma tête tournait sous l'effet de pensées disparates. Mes chevilles me faisaient mal. Mes jambes étaient fatiguées. Je savais que si je me penchais en arrière, je m'endormirais directement malgré le stress de la journée. Mais je ne fis rien de tout ça. Je pris mon téléphone et j'appelai le centre d'apprentissage pour adultes d'York. Je demandai à m'inscrire au cours d'introduction à l'histoire de l'art, les mardis et jeudis.

— Absolument. Quel est votre nom, s'il vous plaît ?

— Amy Perry, mentis-je.

— Je dois vous informer que l'enseignant habituel a pris un congé et que nous avons un enseignant remplaçant actuellement.

— Pas de problème. Qui est l'enseignant habituel ? demandai-je.

— Oh, je suis désolée, je suis nouvelle et je n'ai pas cette information sous la main. Nous sommes en train de remodeler notre système informatique et c'est un peu compliqué. Mais si vous le souhaitez, je peux vous faire envoyer un prospectus. Il contient les informations sur le cours et les coordonnées de l'enseignant.

J'acceptai qu'on m'envoie le prospectus immédiatement.

Chapitre Vingt-Quatre

Jake se précipita dans la maison, fuyant les journalistes. Je le vis entrer dans l'allée par une fente dans les rideaux, et il claqua la porte si fort que je crus que le panneau de verre allait se briser. Aiden perçut à peine le bruit, mais Denise arriva en courant de la cuisine. Je remarquai qu'elle était restée plus tard que d'habitude. Il faisait nuit et je m'attendais à ce qu'elle soit déjà sur le chemin du retour.

— Putains de trous du cul, s'exclama Jake. C'est déjà assez chiant d'être persécuté par la police sans devoir aussi être harcelé par *eux*.

Je me rongeai les ongles quand il entra d'un pas précipité dans le salon. Ses cheveux étaient ébouriffés et sa chemise déboutonnée au niveau du col. Sa peau était rouge et ses yeux écarquillés.

— Jake, dis-je. Pas devant Aiden.

Il plissa les yeux, mais jeta un coup d'œil à Aiden avant de hocher la tête.

— Tu vas bien ? demandai-je, consciente de la raideur de ma voix.

— Avez-vous dit quelque chose aux journalistes ? demanda Denise.

Jake secoua la tête.

— Ces enfoirés voulaient que je le fasse, mais je ne leur ai pas donné satisfaction. Et oui, je vais bien, merci.

Je me retrouvai à frotter mes mains à nouveau. Puis je commençai à gratter la peau douloureuse du pli à côté de mon pouce. J'enfonçai mes mains dans mon jean.

— Je ne pouvais pas venir te voir avec eux dehors. Une camionnette noire m'a suivie toute la journée.

— C'est bon, dit Jake. Je sais que tu ne pouvais pas venir.

Il me serra dans ses bras et chuchota dans mes cheveux :

— Je suis si heureux que tu sois là. Tu m'as manqué aujourd'hui.

Puis il me prit la main et me conduisit jusqu'au canapé et me fit asseoir à côté de lui.

— Emma, c'était affreux. Ils n'arrêtaient pas de reprendre ma déposition, de la décortiquer. C'était il y a dix ans, comment suis-je censé m'en souvenir ? Tout était si flou avec l'inondation. Je ne comprends pas pourquoi ils continuent à me demander toutes ces choses.

— C'est bon, dis-je.

Je le rapprochai de moi, mais une partie de l'adrénaline que j'avais ressentie précédemment me traversait encore. Il y avait une partie de moi qui voulait le repousser, pas le rapprocher. Ma peau se hérissa là où il me touchait.

— C'est fini. Ils ne t'ont accusé de rien, donc tu as dû régler le problème qu'ils avaient.

— Ils n'ont rien parce que je n'ai rien fait.

Jake lança un regard furieux à Denise.

— Vous pourriez peut-être dire ça à vos petits copains au poste.

Denise dansa maladroitement d'un pied sur l'autre.

— Je pense qu'il est probablement temps que je rentre. Je suis contente que tout soit réglé, M. Hewitt.

Je réalisai que Denise ne l'appelait jamais Jake. Peut-être était-ce parce que Jake avait toujours l'air d'un professeur, même en dehors des cours. Ou peut-être était-ce parce que Denise ne se sentait pas complètement à l'aise avec lui. Ou était-ce simplement révélateur de la façon condescendante avec laquelle elle me traitait. Toujours à m'appeler Emma et à mettre de l'eau à chauffer. D'un autre côté, Marcus entamait de temps à autre une conversation sur les voitures ou le football, probablement dans l'espoir d'attirer l'attention de Jake et de le rallier à sa cause. C'était parfois écœurant.

La porte se referma derrière elle et j'entendis quelques journalistes lui parler alors qu'elle se dirigeait vers sa voiture au bout de la rue.

— Ils vont bientôt se lasser, dis-je. Ils vont bientôt arrêter de veiller après la tombée de la nuit.

Jake m'attira plus près de lui.

— Je suis si content que tu sois là.

J'essayai de ne pas laisser mon corps se raidir, mais la seule chose à laquelle je pouvais penser était Aiden assis à l'autre bout de la pièce. J'essayai de me dégager des bras de Jake.

— Hé, Aiden est là, tu sais.

Jake lui jeta un infime regard.

— Oh c'est vrai.

— Peut-être qu'on pourrait mettre la télé un peu ?

— Et regarder encore d'autres Disney ? Qu'est-ce que ce sera, cette fois ? *Aladdin* ? *La Belle au bois dormant* ? Ce garçon a seize ans. Il a vu assez de dessins animés.

— Que s'est-il passé au poste de police ? demandai-je. Tu es bien plus agité que je ne le serais si on m'avait demandé de clarifier quelque chose de simple.

De la salive s'échappa de sa bouche quand il répondit.

— Comment crois-tu que ça s'est passé ? Je savais ce qu'ils voulaient dire quand ils m'ont posé ces questions. Ils insinuaient que je l'avais fait. Ils pensent que j'aurais pu enlever un garçon de six ans. C'est dégoûtant.

— Quelles questions t'ont-ils posées ?

— Qu'est-ce qu'ils ne m'ont pas demandé ? soupira-t-il. Ils ont décortiqué les faits, en gros. Ils voulaient savoir où j'étais à chaque seconde de cette journée. Bien sûr, c'était impossible de répondre. C'était il y a dix ans et tout le monde se précipitait pour essayer de trouver une classe sèche dans ce cloaque fuyant qu'était l'école. Je pensais que j'avais été avec Simon de l'informatique pendant la majeure partie de la journée, mais apparemment il dit que non. Je me souviens très bien qu'on est allés en E6 pour vérifier le toit. C'est tout à fait ridicule. Comme si j'avais eu le *temps* de faire une telle chose. Dix ans !

— C'est ce que j'ai dit.

Il m'attira plus près et m'embrassa sur la bouche.

— Mon Emma. Ma belle épouse. Quand je pense que notre petite fille sera bientôt là.

Je le repoussai.

— Jake. Aiden est là.

— Aiden, mon cher enfant, dit-il dans le parfait stéréotype du professeur. Il est peut-être temps pour toi d'aller te coucher maintenant. Ta mère et moi, on doit discuter de certaines choses.

— En fait, il se fait un peu tard, dis-je. Peut-être qu'on devrait tous aller au lit.

— Est-ce qu'il a mangé ?

— Denise lui a fait un sandwich.

Aiden sortit de la pièce en fermant la porte derrière lui. J'eus le cœur brisé devant son pas raide et lourd. Son état s'améliorait, mais je me demandais s'il allait un jour marcher ou courir comme les autres jeunes.

— Où en étions-nous, Mme Price-Hewitt ? Hmm, peut-être qu'un jour on pourra laisser tomber le Price...

Il déposa quelques petits baisers dans mon cou.

— Jake, arrête. Ça a été une journée horrible. On pourrait juste se détendre un peu ?

Il s'éloigna et croisa les jambes dans un mouvement fluide. D'après la façon dont il se tenait, je voyais qu'il était contrarié.

— C'est juste... Je suis tellement stressée. Et... écoute, on va manger des sandwichs et regarder une heure de télé et ensuite on verra comment on se sent, d'accord ? J'ai juste besoin de décompresser.

Je recommençai à me frotter les mains.

— Quelqu'un a rayé ma voiture. J'étais chez le médecin et cette femme m'a apostrophée...

— Qui a rayé ta voiture ? Pourquoi étais-tu chez le médecin ?

— Quand j'ai emmené Aiden à sa séance de thérapie hier, le Dr Foster a suggéré un check-up. Au cabinet, cette femme a commencé à me parler d'Aiden et... je ne sais pas... je crois que je lui ai crié dessus. Elle a dû rayer la voiture en partant. Et puis il y avait une camionnette qui me suivait. Je suppose que c'étaient des journalistes. J'ai perdu mon sang-froid quand ils sont entrés dans la propriété.

À ce stade, je m'arrachais la peau des mains. Jake se pencha en avant et les prit dans les siennes.

— Et le médecin ? Qu'est-ce qu'elle a dit ? Tu vas bien ? Et le bébé ?

— Ça va. Juste un peu d'hypertension. J'ai des cachets à prendre.

Il embrassa mes deux mains, puis les lâcha.

— Tu dois te reposer. Pourquoi ne demandes-tu pas à Rob de prendre Aiden pour quelques jours ? Il peut assumer certaines responsabilités pour changer.

Parler de Rob me fit repenser aux choses qu'il avait dites au téléphone. Je ne pouvais pas supporter l'idée qu'Aiden soit encore lié à son ravisseur. Mais si c'était vrai ? Et si Aiden était en contact avec son ravisseur ? Aiden savait-il se servir d'un téléphone ? Parviendrait-il à parler si je n'étais pas là ? Je me frottai les yeux avant de passer mes doigts dans mes cheveux. Jake s'avança et prit mes bras, m'attirant vers lui.

Quand il m'embrassa, je l'embrassai en retour, mais mon corps réagit mécaniquement. Mon esprit était ailleurs. Je repensais à tout ce que je savais jusqu'à présent. Je savais que Jake avait été appelé pour être interrogé. Je savais que le centre d'apprentissage pour adultes ne pouvait pas confirmer qu'il y travaillait, mais ils m'avaient donné une explication cohérente par rapport à la vie de Jake. Il n'avait plus travaillé au centre depuis qu'on avait retrouvé Aiden. Il était allé travailler à l'école à temps partiel, mais c'était tout. Et je ne pouvais pas m'empêcher de penser à ma relation avec Jake avant que tout cela ne commence. En fait, avant d'apprendre que j'étais enceinte.

Nous étions mariés depuis un an. Bien que nous ayons discuté de l'idée d'un enfant, Jake avait toujours dit qu'il n'y avait pas d'urgence. Il voulait s'assurer que j'étais prête après tout ce qui s'était passé avec Aiden. J'avais trouvé que c'était attentionné, et j'étais d'accord. Je n'étais même pas sûre de vouloir un autre enfant. Cela me donnait trop l'impression de vouloir remplacer Aiden.

Mais après la période de la lune de miel, beaucoup de choses avaient changé. Après avoir rangé les photos de mariage dans un album et nous être perdus dans la routine de la vie quotidienne, notre relation avait changé. Jake était très pointilleux sur l'apparence de la maison, et chaque fois que j'essayais d'acheter un nouvel ornement ou de réorganiser le mobilier pour y placer mes propres affaires, Jake n'aimait pas ça. Pendant un moment, j'avais remarqué qu'il essayait de s'accommoder de ces changements, mais j'avais vu le long regard dur qu'il avait jeté au vieux bureau en pin que j'avais rapporté de la maison de mes parents. Il avait fait de nombreux commentaires désinvoltes sur les traces de peinture et les traces de café sur le plateau, et plus d'une fois il avait suggéré en plaisantant de le mettre au garage.

Puis un jour, j'étais rentrée à la maison et, à la place de mon bureau d'enfance bien-aimé se trouvait une monstruosité toute neuve au plateau de verre.

— Ta-dam ! avait-il annoncé, debout à côté du bureau, les bras écartés.

Je me souviens que c'était un samedi et que j'avais passé la matinée avec Josie à York. En fait, c'était l'idée de Jake. Clairement, il voulait que je sois absente pour pouvoir remplacer le bureau. J'étais restée là, la bouche pincée, enfonçant l'ongle de mon pouce dans la paume de ma main.

— Où est mon bureau ? avais-je demandé.

— Je t'en ai acheté un nouveau. Il a...

— Où est *mon* bureau ?

C'était probablement la pire dispute que nous ayons jamais eue.

Jake n'avait pas jeté le bureau, comme je l'avais d'abord craint. Au lieu de cela, il avait créé un atelier d'art dans le garage avec le bureau, mes peintures, mon chevalet et plusieurs de mes tableaux. Une fois que je m'étais calmée, j'avais trouvé que c'était une bonne chose d'avoir mon propre espace, même s'il était relégué dans le garage. En été, le garage était l'endroit idéal pour peindre. Le soleil entrait par la porte ouverte.

Mais après l'incident du bureau, il était évident que la période de la lune de miel était terminée. Bien que Jake ait toujours eu un appétit vorace au lit, nos activités nocturnes étaient devenues un moyen désespéré de nous convaincre que, malgré les chamailleries constantes pour savoir qui devait faire la vaisselle ou à qui revenait le tour de sortir la poubelle, il y avait encore de l'amour entre nous.

J'étais tombée enceinte quelques mois après, malgré la prise quotidienne de ma pilule contraceptive. Et depuis ce moment – que nous appelions l'œuvre du destin, car c'était un heureux hasard – Jake m'avait rarement touchée. Il y avait quelque chose dans mon état qui le rebutait. Même quand les hormones de la grossesse me faisaient déborder de frustration sexuelle, il m'ignorait complètement. Il avait même dormi dans la chambre d'amis une demi-douzaine de fois, disant que j'avais « clairement besoin d'espace », ce qui, à mon avis, était un code pour dire « satisfais-toi toi-même ce soir, chérie, je ne suis pas d'humeur ».

Jake n'aimait pas mon apparence de femme enceinte. Il me soutenait. Il me massait les pieds et me préparait des tasses de thé. Il s'occupait du bébé et s'assurait que je me sente bien. Mais il n'avait jamais touché mon ventre. Jamais. Il n'avait jamais senti le bébé bouger. Il était ravi de savoir qu'elle me donnait des coups de pied, mais il ne pouvait pas se résoudre à toucher mon ventre arrondi. Il disait que ça lui donnait la nausée, mais n'avait pas voulu me donner plus de détails lorsque j'avais insisté. Bien sûr, je trouvais ça un peu bizarre, mais j'avais moi-même été effrayée par l'idée de la grossesse à un moment donné, et il me soutenait tellement pour tout le reste. Il était venu à toutes les échographies. Il m'avait tenu la main. Il avait écouté le plan de naissance et s'était intéressé à la manière de rendre l'accouchement aussi sûr et confortable que possible. Il pouvait être assez protecteur sur ce que je portais et sur la façon dont je me déplaçais. J'avais l'habitude de faire du jogging trois fois par semaine, mais lorsque mon ventre avait commencé à grossir, il avait trouvé l'idée que je puisse trébucher et atterrir sur le ventre trop difficile à supporter. Finalement, j'avais abandonné la course à pied au profit du yoga.

Jake avait toujours été un homme compliqué. Ce soir-là, quand il rentra du poste de police et qu'il me désirait plus que jamais... cela me fit prendre conscience que j'étais aussi une femme compliquée, parce que je le désirais aussi.

Chapitre Vingt-Cinq

Le lendemain – mercredi –, j'appris qu'il y avait un prix à payer quand les femmes devenaient hystériques. Je faisais le buzz sur YouTube. Le clip où je criais sur les journalistes était devenu viral et les commentaires étaient toxiques.

Les femmes ne peuvent pas crier. Ça fait quelque chose à un homme. Ça le frappe en plein dans les testicules et les ratatine. J'avais déjà vu Jake grimacer physiquement quand ma voix montait de quelques octaves. J'avais vu la réaction des internautes face à des séries télévisées populaires où l'homme était un antihéros meurtrier avec une femme qui, à l'occasion, osait lui crier dessus. Devinez qui ils détestaient.

Le temps de la pitié sociétale envers ma situation tragique était terminé. Les médias avaient retiré leurs gants.

Les gros titres remettaient en question ma santé mentale : La mère de l'enfant retrouvé se transforme en banshee, La mère d'Aiden pète les plombs, Elle a perdu les pédales, Est-ce là le visage d'une bonne mère ? Ils avaient déniché toutes les photos peu flatteuses qu'ils avaient pu trouver sur les réseaux sociaux et les avaient glissées entre des paragraphes mal écrits dans des articles d'actualité en ligne. Dans presque tous les cas, j'avais un verre d'alcool à la main. Ils avaient même trouvé une photo de moi ivre morte à l'arrière-plan d'un cliché pris par quelqu'un d'autre. Mes yeux bleus ne regardaient même pas l'appareil. La photo avait été prise peu de temps après la mort de mes parents et j'étais malade, mais bien sûr, personne ne s'en souciait.

Il était clair que les journalistes pensaient que Jake était le ravisseur et ils avaient trouvé un nouvel angle : j'étais sa complice. Pour une raison quelconque, ils trouvaient logique que mon « amant » kidnappe mon propre fils et l'emprisonne pendant une décennie, pour ensuite le libérer et le réclamer.

Le téléphone de la maison ne cessa pas de sonner ce matin-là jusqu'à ce que je le débranche. Le seul appel auquel je répondis sur mon portable fut celui de Josie.

— Je suis vraiment désolée, dit-elle pour la troisième fois. Tu n'as rien fait de mal, tu sais. Ces enfoirés méritaient de se faire engueuler. Pourquoi ne pas leur crier dessus ?

— Ne t'en fais pas. Je ne me soucie plus de ce qu'ils pensent. Il n'y a rien qu'ils puissent faire ou dire qui me fera changer d'avis.

— Fais attention à toi, d'accord ? Tu veux que je t'apporte de quoi manger ? Reste bien chez toi pour qu'ils te laissent tranquille.

— Je vais bien, Jo. Vraiment. On a des tonnes de nourriture à l'intérieur. On reste terrés avec Denise et Marcus.

— Qui ça ?

Je levai les yeux au ciel.

— Nos agents de liaison avec les familles.

Josie me connaissait si bien que je compris qu'elle savait que je venais de rouler des yeux.

— Je vois. Des fouineurs pénibles, c'est ça ?

Je jetai un coup d'œil par-dessus mon épaule.

— Je suis sûre qu'ils traînent dans le coin pour voir si je sais quelque chose. Je pense que Denise suspecte Jake.

Je marquai une pause.

— Tu peux me le demander si tu veux, dis-je.

— D'accord. Mais je le demande seulement parce que je suis inquiète pour toi.

— Je ne le soupçonne pas. Je ne sais pas... Je pense honnêtement qu'il n'aurait même pas eu le temps pour ça. Je sais que les femmes disent tout le temps « mais je le connaissais », et c'est aussi ce que je ressens, mais en pratique, il n'aurait pas été capable de le faire.

Elle laissa échapper un long soupir.

— Je comprends. Je pense que tu as raison. Jake n'est pas... comme ça. J'en suis sûre.

— Tu as eu des nouvelles de Hugh ?

Josie marqua une pause. Puis j'entendis des sanglots.

— Jo ? Jo, que s'est-il passé ?

Sa voix était étranglée. Elle pleurait – elle sanglotait, en fait.

— Je ne voulais pas te le dire à cause de tout ce que tu traverses, mais je crois que Hugh m'a quittée.

— Quoi ? Oh mon Dieu, Jo ! Quand est-ce que c'est arrivé ?

— J'ai essayé de le joindre pour lui parler d'Aiden, mais je n'ai pas réussi. Il était censé travailler avec son frère à Londres pendant au moins quatre semaines, ce qui n'a rien d'inhabituel. Avant, il revenait me voir une fois par semaine, mais ça faisait bien longtemps qu'il avait arrêté. Maintenant, il n'appelle même plus, et c'est un cauchemar pour le joindre. Alors j'ai appelé son frère, et Steven m'a dit que Hugh n'était pas venu au bureau depuis une semaine.

— Quoi ?

— Hugh a dit à Steven qu'il rentrait pour quelques jours, alors Steven a pensé qu'il allait passer du temps avec moi.

— Qu'est-ce qui s'est passé d'après toi, Jo ?

— Il a une liaison, je le sais. Je le sais depuis longtemps. Une de mes amies l'a vu avec une femme à Londres. Cette salope avait les cheveux blonds, apparemment. Bref, j'ai vérifié notre compte commun et il n'y a presque plus d'argent dessus. Je pense qu'environ dix mille dollars ont disparu.

— Et merde.

— Je sais, dit-elle.

Je l'entendis renifler, puis prendre une profonde inspiration.

— J'ai assez d'argent sur mon compte personnel. J'ai économisé, Emma, ne t'inquiète pas. Je ne finirais jamais dans la misère. Je peux rembourser le prêt, mais je vendrais probablement cette putain de maison. Je ne l'ai jamais aimée.

Je savais que c'était un mensonge, mais je ne le fis pas remarquer.

— J'aimerais pouvoir venir te voir. Mais il y a tellement de journalistes qui rôdent autour de la maison…

— Ne sois pas ridicule, Em. C'est bon. Reste avec Aiden. Bon sang, tu as assez de choses à penser sans t'inquiéter de nos histoires à Hugh et moi. Écoute, il ne vaut même pas la peine qu'on en discute. J'espère qu'il ne rentrera jamais. Mais il le fera probablement. Steven le tuera s'il fout en l'air l'affaire familiale en se tirant avec une petite blonde.

— Jo. Bon sang. Je ne sais pas quoi dire.

— Il n'y a rien à dire.

— Je sais. Tu voudrais bien me faire une énorme faveur ?

— Bien sûr, Em, n'importe quoi.

— Peu importe à quel point tu te sens mal, lève-toi, prends une douche et va travailler. Ne laisse pas ce trou du cul te rabaisser. J'étais une vraie épave après la mort de mes parents. Ne finis pas comme moi.

— Emma, je suis vraiment désolée pour cette époque. Si j'avais su que c'était si difficile pour toi…

— Hé, ce n'est pas ta faute.

— Je travaillais trop dur. J'étais trop impliquée dans le travail et j'ai oublié mes amis.

— Tu recommences, dis-je avec un sourire. Tu t'autoflagelles. Tu fais toujours ça. Arrête de te blâmer pour les erreurs des autres.

Elle eut un petit rire.

— Tu as raison. C'est lui le trou du cul. Je suis géniale.

— Je préfère ça.

CELA N'AVAIT RIEN à voir avec la première fois où nous nous étions cachés, où nous avions joué à des jeux et regardé des DVD. Cette fois, une atmosphère tendue régnait à la maison. Denise s'affairait à préparer du thé et des sandwichs. Elle était beaucoup plus présente qu'elle ne l'avait été au début de l'enquête. Marcus allait et venait, se rendant constamment à des réunions au poste de police. Quand il était là, il avait des conversations privées avec Denise. Jake avait pris un jour de congé, mais il était retourné à l'école le jeudi matin. Quand il était à la maison, il était comme un ours avec une épine dans la patte. Il n'arrêtait pas d'ouvrir les placards et de les refermer. Je le surprenais souvent à fixer Aiden en plissant les yeux. Plus d'une fois, il avait suggéré qu'Aiden aille passer la semaine dans le B&B des parents de Rob, mais quand l'avocat de Jake avait entendu parler de ce plan, il nous l'avait vivement déconseillé. Apparemment, cela aurait éveillé les soupçons.

Mais Rob était venu, ce qui, franchement, m'avait beaucoup aidée. Il s'asseyait et dessinait avec Aiden, sans même rechigner devant l'étrange enchevêtrement de spirales noires qu'Aiden aimait gribouiller. Il apportait des DVD que nous regardions étant ados. Rien de trop violent ou effrayant. Des choses comme *The Breakfast Club* et *Maman, j'ai raté l'avion*. Il apportait des pizzas et racontait des blagues stupides. *Pourquoi les bananes doivent-elles mettre de la crème solaire avant d'aller à la plage ? Pour ne pas peler !*

— Ça a l'air d'aller mieux, me dit-il.

Nous étions jeudi après-midi, quelques jours à peine après que la vidéo de mes cris était devenue virale.

— Tu as repris des couleurs. Mais je pense que tu devrais sortir de cette maison.

— J'emmène Aiden pour une autre séance de thérapie demain.

— Bien, dit-il en hochant la tête. Fais juste attention, d'accord ? Tu as réfléchi à ce que je t'ai dit ? À propos de Jake ?

Je hochai la tête.

— Ce n'est pas lui, Rob. Je le saurais.

Il prit mes mains et sourit.

— Très bien. Je n'en parlerai plus. Mais si tu as besoin de quoi que ce soit, vraiment, appelle-moi. Même si c'est pour une barre chocolatée au milieu de la nuit. Tu te souviens quand tu étais enceinte d'Aiden et que tu m'as envoyé chercher un pot de Nutella à 3 heures du matin ?

— Oh oui, je m'en souviens, dis-je. Je ne l'ai même pas étalé sur des toasts, je l'ai mangé à la cuillère.

— Il n'y avait aucune chance que tu l'étales.

Cela faisait longtemps que je n'avais pas ri. J'avais tout juste esquissé un sourire depuis des jours. Nous restâmes dans la cuisine à regarder Aiden à travers le couloir alors qu'il était assis sur le canapé. La télévision était allumée, mais j'avais l'impression qu'il ne la regardait pas, et cela me donna la chair de poule.

— Tu penses qu'il reparlera un jour ? demanda Rob.

— Il le fera quand il voudra nous raconter son histoire, répondis-je.

C'était ce que je disais toujours quand on me posait la question.

— Je veux entendre sa voix. Je veux savoir à quoi elle ressemble. Ce ne sera plus la voix du petit garçon qui a disparu il y a tant d'années. Je le sais. Il aura une voix plus grave ; une voix d'homme, je suppose. Pour l'instant, il ressemble plus à une coquille vide qu'à une personne.

— Aiden est là-dedans. J'en suis sûr.

Rob posa sa tasse pour passer un bras autour de ma taille. Ce geste était naturel. Le père de mon enfant me réconfortait et ça semblait normal.

— Ça va juste prendre un peu de temps.

— J'en ai assez d'attendre, fis-je en secouant la tête. Le temps est ce dont on m'a déjà privée. Du temps avec mon fils. Lui acheter de nouvelles chaussures de foot quand les siennes auraient été trop petites. Me disputer avec lui pour qu'il range sa chambre. Le regarder essayer maladroitement de flirter avec des filles.

Rob rit par le nez.

— Tu pourras toujours le voir essayer de flirter avec des filles.

— Vraiment ? Rob, est-ce qu'il sera normal un jour ? Je sais qu'il est encore tôt, mais tu l'imagines aller à l'école ou à l'université ? Je ne peux pas l'imaginer interagir avec qui que ce soit actuellement.

Bien que ces mots m'aient fait du bien, ils me laissèrent un goût amer, car au fond de moi, je savais qu'ils étaient vrais. Aiden était endommagé. Il ne serait jamais comme les autres enfants.

Le bras de Rob se resserra autour de ma taille. Il se pencha sur moi et posa sa tête contre la mienne.

— On va trouver une solution, Em.

Et alors que nous étions là, à la porte de la cuisine de Jake, bras dessus bras dessous, j'étais intimement convaincue que Rob et moi trouverions la meilleure façon d'aider Aiden. Nous étions ses parents, et nous saurions ce qui était le mieux pour lui. À ce moment-là, je ne pensais même pas à Jake, même si plus tard, en y repensant, j'eus honte de ne pas l'avoir fait.

Le charme fut rompu lorsque la porte s'ouvrit et que Denise entra.

— Il fait froid dehors. L'automne est bel et bien arrivé. Comment va Aiden ?

Nous nous éloignâmes l'un de l'autre quand Denise entra. C'était un geste que nous avions fait d'innombrables fois lorsque nous étions de jeunes adolescents amoureux, chaque fois que ma mère passait dans ma chambre pour apporter du linge. Nous étions redevenus des adolescents stupides.

— Il va bien, répondis-je. Des nouvelles de l'inspecteur-chef Stevenson ?

Je laissais oisivement une main caresser mon ventre.

— Vous feriez mieux de l'appeler et de lui parler vous-même, répondit Denise.

Chapitre Vingt-Six

— Essaie encore, insista Rob.

— Je l'ai déjà appelé trois fois, rétorquai-je.

— Il doit avoir des réunions importantes, intervint Denise.

— Vous ne pourriez pas nous dire ce qu'il y a, tout simplement ? demandai-je d'un ton impatient.

Denise se contenta de secouer la tête.

— C'est mieux que ça vienne de lui. Réessayez dans un moment. Dois-je...

— « mettre la bouilloire en marche » ? l'imitai-je. Non, j'ai bu assez de thé, merci.

Rob sourit. Je me frottai les mains et j'essayai de ne pas penser à ma tension élevée. Je pris mon téléphone portable sur la table de la cuisine et j'appuyai sur l'un de mes appels récents vers le numéro de l'inspecteur-chef Stevenson.

Quand il répondit, je faillis laisser tomber le téléphone sous le choc. C'était ma cinquième tentative et j'étais déjà arrivée à la conclusion qu'il ne répondrait pas.

— Emma, ce n'est pas le bon moment.

— Denise dit qu'il y a du nouveau, dis-je. Que s'est-il passé ?

— Nous avons procédé à une arrestation qui peut ou non être pertinente pour l'enquête. Emma, c'est confidentiel, et il est important que vous ne vous y attardiez pas trop à ce stade. Nous ne savons pas si ce sera utile ou non pour l'affaire, d'accord ?

— Arrêtez de me traiter avec condescendance et dites-moi ce qu'il y a, répondis-je.

— Vous avez raison, je suis désolé. Nous avons arrêté James Graham-Lennox pour possession de pornographie enfantine.

— Quoi ?

— Un consultant en informatique a trouvé des images sur son ordinateur personnel et a informé la police.

— Le duc de Hardwick ?

— Oui.

— Merde.

Puis une pensée dégoûtante surgit dans mon esprit.

— Est-ce que… est-ce qu'Aiden est…

— Nous n'avons pas trouvé de photos d'Aiden sur son ordinateur.

Je laissai échapper un long et profond soupir.

— C'est une information extrêmement sensible. Ne le répétez à personne en dehors de votre cercle familial. C'est clair ? Nous devons faire preuve de prudence.

— Bien sûr. Merde. Il aurait eu l'argent pour le faire. Il en aurait eu l'occasion. Oh mon Dieu.

— Emma, j'ai besoin que vous restiez concentrée. Il n'y a aucune preuve reliant le duc à Aiden. Pas encore en tout cas.

Quand je raccrochai, je devinai à l'expression de Rob que j'étais devenue pâle comme la mort.

— Qu'est-ce qu'il y a ? demanda-t-il. Ils ont arrêté quelqu'un ?

Je pouvais sentir Denise tourner autour de nous. Je voulais parler à Rob, mais j'en avais assez qu'elle écoute toutes nos conversations. Je ne lui faisais pas confiance. Elle était de la police, pas de la famille. Sa loyauté allait à la police et c'était une barrière infranchissable.

— Denise, vous voulez bien aller voir Aiden ? demandai-je.

— Tout va bien ? répondit-elle avec un sourire éclatant.

— Bien sûr.

Elle hésita pendant une demi-seconde avant de sortir de la cuisine et de passer dans le salon. Mais elle le fit.

— Ils ont arrêté quelqu'un avec de la pornographie enfantine sur son ordinateur. Mais il n'y avait pas de photos d'Aiden.

Rob serra la table de la cuisine si fort que je vis ses jointures blanchir.

— Et c'était ce duc, n'est-ce pas ? Celui qui vit dans la grande maison qui nous domine ? C'était lui, Emma ?

— Oui, confirmai-je.

Ses yeux s'écarquillèrent et sa mâchoire se décrocha. Je savais que son esprit était traversé par les mêmes pensées que le mien lorsque l'inspecteur-chef Stevenson me l'avait annoncé. Il s'éloigna de la table en titubant et se passa les mains dans les cheveux.

— Et merde.

— Il n'y a pas encore de lien avec Aiden.

— C'est un pédophile qui vit dans le coin. De quoi d'autre ont-ils besoin ?

— Ils ont besoin de beaucoup plus que ça, Rob. Ils doivent trouver où il a été séquestré. Ils ont besoin de *preuves*.

— C'est lui, dit Rob. Je le sais. C'est lui.

— Emma !

Le cri alarmé de Denise me fit sursauter. Je m'accrochai à mon ventre en me précipitant dans le couloir pour me rendre dans le salon. Aiden se tenait d'un côté de la pièce et Denise de l'autre. Il avait une paire de ciseaux à la main et les brandissait en l'air dans un geste qui pouvait être perçu comme menaçant. Derrière lui, les rideaux avaient été découpés en morceaux.

— Je suis désolée, j'étais en train de mettre un DVD dans le lecteur. Je n'ai pas vu ce qu'il faisait et quand j'ai compris, j'ai essayé de l'arrêter, expliqua Denise. Mais il m'a ignorée.

— Aiden, chéri, pose ces ciseaux.

Ce ne fut qu'à ce moment-là que je réalisai à quel point il avait grandi depuis qu'il vivait avec nous. Il était toujours plus petit que la moyenne, mais il avait grandi. Sa poitrine ne semblait plus si chétive. Ses épaules paraissaient plus larges. Il était bien plus intimidant qu'une semaine plus tôt.

— Mon grand, tout va bien. Tu n'as pas d'ennuis. Pose juste les ciseaux, d'accord ? tenta de l'amadouer Rob.

Mais Aiden nous ignora. Il se retourna et reprit sa coupe désordonnée des rideaux, laissant tout le monde voir à l'intérieur de notre maison.

LES MÉDIAS AVAIENT ÉTÉ GÂTÉS. Ce ne devait pas être évident pour eux de décider quel sujet traiter en priorité. Il y avait eu l'arrestation du duc de Hardwick et le mandat pour perquisitionner Wetherington House. Les photos d'Aiden en train de découper nos rideaux avec Rob et moi debout comme des idiots derrière lui, clairement effrayés. Les suites de la « scène du cri », le clip YouTube étant toujours en vogue sur Facebook. Au milieu de ce melting-pot toxique, je parvins à emmener Aiden chez la thérapeute avec Marcus en guise d'escorte policière.

— Que pensez-vous de cette évolution ? demanda le Dr Foster. Aiden n'avait jusqu'à présent montré aucun autre signe de comportement perturbateur. Qu'est-ce qui a changé ?

— Peut-être qu'il m'a entendue parler à Rob de l'arrestation. Ça a pu déclencher quelque chose. Ou peut-être que c'étaient tous ces journalistes qui attendaient devant la maison. J'ai essayé de lui demander, mais...

Je haussai les épaules.

Ce jour-là, Aiden gribouilla du rouge et du noir sur un fond gris. Il dessina ensuite ce qui semblait être de solides barres d'acier devant un fond sombre.

— Ça pourrait être sa cage, dis-je en montrant les dessins au Dr Foster.

— C'est dommage qu'il n'y ait pas plus de détails pour la police.

Je hochai la tête en signe d'assentiment. Les dessins d'Aiden n'avaient jamais comporté beaucoup de détails. Lorsque nous lui demandions de dessiner davantage, il se fermait et mettait les stylos de côté.

— Et la nuit ? demanda le Dr Foster. Des changements ?

— C'est toujours pareil. Je vais le voir à 21 heures et il a l'air de dormir. Quand je vais dans sa chambre vers 7 ou 8 heures du matin, il est généralement réveillé, mais toujours au lit. Puis il prend une douche, mais laisse la porte de la salle de bain ouverte. Après sa douche, on prend le petit déjeuner. Ensuite, il s'assied souvent pour regarder la télévision. Il regarde tout ce qui passe et reste impassible. J'ai arrêté de le gaver d'émissions pour enfants. Il regarde les programmes de la journée de la même manière.

— La routine de sa journée est intéressante. Lorsque les détenus sont libérés de prison, ils suivent souvent la même routine que celle qui leur a été imposée en prison. Cela signifie que, où qu'Aiden ait été séquestré, il avait une routine. Il se levait à une certaine heure, mangeait à une certaine heure et se couchait à une certaine heure.

— Donc le ravisseur lui a imposé ça ?

Le Dr Foster haussa les épaules.

— Peut-être que c'était Aiden qui remplissait ses journées de la meilleure façon possible pour rester sain d'esprit. Ou peut-être que le ravisseur l'a fait pour le discipliner.

— Rob a dit qu'Aiden pourrait souffrir du syndrome de Stockholm, qu'il pourrait éprouver de la sympathie pour son ravisseur. Peut-être... peut-être qu'il travaille *avec* le ravisseur et contre nous. Est-ce possible ?

Le Dr Foster marqua une pause, présentant un soupçon d'incertitude. Elle se racla légèrement la gorge et desserra le poing. J'eus l'impression qu'elle essayait de gagner du temps. Elle ne voulait pas répondre. Quand elle le fit, elle souleva une peluche du bureau et toucha son œil avec son pouce.

— Je pense que c'est possible. Ce n'est pas une pensée agréable, je l'admets. Mais le fait est qu'Aiden a passé dix ans en compagnie de cette personne et que nous ne savons pas ce qui s'est passé entre eux.

Nous savons qu'il y a eu abus et négligence, mais de nombreux enfants – je suis désolée de le dire – sont abusés et négligés par leurs propres parents. Ces enfants grandissent et ont une relation très compliquée avec leurs géniteurs.

Je jetai un coup d'œil à Aiden, qui planchait sur une autre œuvre d'art. Sa tête était penchée de sorte que je voyais le tourbillon circulaire de ses cheveux.

— Ça veut dire que je ne peux pas lui faire confiance ?

— Honnêtement, je ne sais pas ce que cela signifie. Le cas d'Aiden est unique.

Elle se pencha en avant.

— Si vous ne vous sentez pas en sécurité, ce n'est pas votre faute, et vous devez m'appeler ou appeler l'inspecteur-chef Stevenson immédiatement.

SES MOTS résonnèrent dans la coquille vide de mon esprit. *Si vous ne vous sentez pas en sécurité.* Je ne pouvais peut-être pas faire confiance à mon propre fils ? J'étais fatiguée ce jour-là. L'effort de faire grandir un être humain dans mon utérus, ajouté au stress et à la tension de l'affaire me donnaient envie de me blottir dans mon lit et de tirer la couette sur ma tête. Je tenais grâce à l'adrénaline et à la force de la volonté. Au lieu de préparer l'arrivée de mon deuxième enfant, je conduisais mon fils à une séance de thérapie pour enfants traumatisés et je ruminais le fait que le pédophile qui avait peut-être kidnappé mon fils était en garde à vue. J'avais une sensation permanente de malaise au creux de l'estomac. J'avais constamment la nausée. Le monde me rebutait. Je détestais tout, et il y avait une partie de moi qui ne voulait même pas mettre ce bébé au monde. Comment pourrais-je expliquer à ma fille ce qui était arrivé à son frère ?

Ensuite, j'emmenai Aiden chez le dentiste. J'en avais enfin trouvé un qui acceptait de l'ausculter sans qu'il ait besoin de s'identifier. Même si je détestais employer le mot « chance » quand il était question de mon fils, il avait eu la chance que ses dents se soient formées sans être trop tordues et qu'elles ne soient pas trop abîmées.

Mais il avait besoin de plombages.

Nous dûmes nous mettre à trois pour le maintenir pendant que le dentiste lui injectait un anesthésiant dans les gencives.

Après l'intervention, je regardai mon fils, tremblante. Aiden, bien que toujours aussi calme, s'éloigna d'un pas vif du dentiste, les bras raides le long du corps. Il s'installa dans la voiture et tira la ceinture de sécurité sur sa poitrine. Bien qu'il n'y ait rien qui puisse le laisser entendre, j'étais certaine qu'il était en colère.

— Je suis vraiment désolée, mon chéri, dis-je pour la cinquantième fois depuis que j'avais mis les pieds dans le cabinet du dentiste. C'était pour ton bien.

Mais Aiden ne me regarda pas. Il détourna la tête et regarda par la fenêtre alors qu'un Bishoptown flou passait en trombe.

— Je suis désolée, répétai-je avec la désagréable impression de parler dans le vide. Je ne veux pas avoir peur de toi. Si seulement tu parlais. J'ai besoin de savoir ce que tu penses.

J'avais pris l'habitude de faire ça quand nous étions seuls. Mon filtre cerveau-bouche se déconnectait et je lui livrais le fond de ma pensée.

— Est-ce que c'était le duc ? C'était lui ? Si je te montrais une photo, est-ce que tu réagirais ? Bien sûr que non. Peut-être que tu es en contact avec lui. Tu te faufiles jusqu'au téléphone de la maison et tu composes son numéro ? Est-ce que je dois demander une facture détaillée pour vérifier que tu ne complotes pas contre moi ? Pourquoi avoir découpé les rideaux ? Maintenant, tout le monde peut voir dans notre maison. Pourquoi faire ça ?

Je frappai le volant.

— Pourquoi faire ça ?

Une voiture déboula devant moi et je décrivis une embardée sur la voie de droite, atterrissant au milieu de la circulation en sens inverse. Après une nouvelle embardée sur la voie de gauche, je pris une longue et profonde inspiration avant d'essuyer la sueur de mon front.

— Je suis désolée qu'on ait dû te tenir chez le dentiste. Ça a dû être très effrayant pour toi. Mais, Aiden, tu ne peux pas m'en vouloir pour des choses comme ça. Tu me le promets ? Je dois prendre des décisions horribles pour toi parfois, soupirai-je. Mais tu sais que je t'aime et que je te protégerai toujours. Quoi qu'il arrive. Je mourrais pour te protéger.

Chapitre Vingt-Sept

J'ai du mal à me rappeler ce que c'est que d'être une adolescente *normale*. Quand j'avais 16 ans, j'avais un avenir. J'avais des *options*, et il n'y a rien de plus délicieux que d'avoir des possibilités dans la vie. Mes parents n'étaient pas riches, mais ils vivaient confortablement, ce qui signifiait que je pouvais aller dans l'université de mon choix. Au lycée, je n'avais que des A, des B et des C. Mais au lieu de penser au futur, je ne pensais qu'au *présent*. Je voulais prendre du plaisir, partager des rires, de l'amitié et de l'amour. Qui n'en voudrait pas ? Je ne pensais pas aux conséquences, du moins pas vraiment. Je voulais juste être dans les bras de Rob, découvrir le monde à travers nos sens.

La vie était devenue plus compliquée après la naissance d'Aiden, mais j'avais quand même réussi à vivre le moment présent. Nous vivions ainsi ensemble. C'était ainsi que j'avais appris à le connaître et qu'il avait appris à me connaître, en jouant, en faisant des grimaces et en courant dans le parc. Ma vie s'était arrêtée dans un sens et avait commencé dans un autre. Mais ma vie ne s'était pas limitée à mon fils. Aiden était la partie la plus importante de ma vie, mais j'avais eu une vie avant qu'il n'arrive. J'avais eu une vie sociale merveilleuse et dynamique avec mes amis.

Nous étions tout un groupe. Rob, moi, une demi-douzaine

d'autres qui avaient fini par partir à l'université et ne jamais revenir, et puis Amy. Elle n'avait jamais été ma meilleure amie, mais elle avait toujours fait partie du groupe. Elle était calme et un peu timide à l'époque. Je pense qu'elle avait le béguin pour Rob, mais elle n'avait jamais vraiment dit quoi que ce soit. Elle constituait une présence inoffensive, qu'on ignorait souvent à cause de sa timidité, mais elle était assez affable pour qu'on passe une soirée au pub avec elle. Son lien avec la disparition d'Aiden avait toujours été mis en avant par la presse. Ils sortaient souvent des photos de nous deux sirotant des bouteilles de bière blonde dans le pub de Bishoptown, avec nos cheveux mal lissés et méchés.

Et j'avais toujours pensé qu'elle détestait toute cette attention.

Mais j'avais tort.

Le lendemain du jour où j'avais emmené Aiden chez le dentiste – alors que la police fouillait toujours Wetherington House par un samedi terne –, j'ouvris les journaux et y trouvai l'histoire d'Amy imprimée noir sur blanc. Peut-être que la façon dont je lui avais crié dessus dans la rue l'avait affectée plus que je ne le pensais. Peut-être qu'Amy n'était pas vraiment la fille timide que je pensais qu'elle était. Peut-être que la poupée qu'elle m'avait offerte à la fête de naissance n'était pas un signe de remords, mais d'obsession malsaine. Pourquoi sinon aurait-elle vendu une histoire aux tabloïds ?

Selon elle, Aiden était un enfant à problèmes. Il était un fauteur de troubles à l'école, toujours en train de chercher les autres élèves et de faire le pitre. Il était têtu et inconscient du danger. Ce fut la partie qui m'énerva le plus. Elle suggérait que je n'avais jamais appris à mon fils à avoir peur.

« Aiden possédait une sorte d'indifférence aveugle au danger. Lors des voyages scolaires, j'avais toujours un œil sur lui. Je n'aimais pas traverser la route avec Aiden parce qu'il risquait de foncer dans le trafic, pouvait-on lire dans l'article. Mais le pire, c'est qu'il encourageait les autres à le suivre aveuglément. Un jour, il a convaincu une petite fille de cinq ans de grimper sur le plus grand arbre au fond de la cour de récréation. Heureusement, grâce à un effort conjoint avec d'autres enseignants, nous avons réussi à la faire redescendre, mais elle aurait pu se blesser. Aiden se tenait au pied de l'arbre quand c'est arrivé ».

Jake entra dans la cuisine alors que je me tenais la tête entre les mains, penchée sur la table de la cuisine avec les journaux étalés devant moi. Il était 7 h 30 et Denise était déjà en train de faire du café autour de nous avec des pâtisseries fraîches. Je voulais qu'elle parte. J'en avais assez d'elle. Il n'y avait aucune raison pour qu'un officier de police voie mon mari en robe de chambre, mais elle avait apporté les pâtisseries en cadeau, sachant très bien que je serais réveillée. Je me levais bien avant le soleil ces jours-ci.

— Que s'est-il passé ? demanda-t-il.

Je poussai le journal ouvert vers lui et je pointai du doigt le visage d'Amy.

Jake se frotta les yeux et mit ses lunettes avant de lire l'article.

— Cette putain de salope !

Je jetai un coup d'œil coupable à Denise.

— Jake.

— Pourquoi elle raconte tout ça ?

— Pour l'argent, probablement, répondis-je.

Mon sang bouillait, mais je refusai de laisser Denise voir le côté hideux de mon tempérament à nouveau.

— Je me demande combien ils l'ont payée.

— Toutes ces choses sur Aiden, c'est vrai ?

En arrière-plan, Denise continuait de s'affairer avec les assiettes du petit déjeuner. J'étais consciente de sa présence, mais je ne voulais pas donner l'impression d'avoir quelque chose à cacher.

— Je me souviens de l'incident de l'arbre, mais ils ont déformé les faits. Aiden m'a raconté qu'il lui avait dit de descendre.

C'était l'enfant précoce Rosie Daniels qui avait grimpé sur les hautes branches de l'arbre. J'avais toujours pensé qu'elle avait un faible pour Aiden et qu'elle avait décidé de le faire pour l'impressionner. Aiden était un vrai petit singe quand il avait cinq ans, il n'y avait aucun doute là-dessus. Il aimait grimper aux arbres et il était aventureux, mais il n'était pas téméraire. Il n'était pas désinvolte à l'idée de traverser la route. Je faisais toujours en sorte qu'il me tienne la main.

Le froncement de sourcils de Jake s'accentua alors qu'il terminait l'article et fermait le journal.

— Il ne manquait plus que ça.

— Pourquoi est-ce qu'ils parlent d'Aiden ? Ils devraient s'en prendre au duc, pas à mon fils. C'est lui qui a enfreint la loi. C'est lui qui a enlevé mon fils. C'est lui le monstre.

J'entendis le bruit du sang dans mes oreilles alors que mon cœur battait plus vite. Le bébé bougea en moi, et je me penchai en avant. Elle appuyait sur ma vessie : je m'étais déjà levée deux ou trois fois dans la nuit et j'étais épuisée.

— Déca ? proposa Denise d'un ton enjoué.

Je secouai la tête et fis de mon mieux pour ne pas lui jeter un regard noir.

— Des nouvelles du duc ?

— Pas encore, désolée.

Chaque fois que je pensais à Wetherington House dominant Bishoptown, la rage en moi était si forte que je me sentais capable de démolir le manoir brique par brique. Les Graham-Lennox étaient riches, il n'y avait aucun doute là-dessus. Nous ne les avions jamais vraiment vus en ville, et Wetherington House était partiellement ouvert au public avec quelques ailes renfermant leurs quartiers privés. Le duc avait assez d'argent pour faire ce qu'il voulait. Il pourrait bien avoir un cachot rempli d'enfants pour ce qu'on en savait.

— Emma ? Emma, vous allez bien ? demanda Denise.

Jake se précipita à mes côtés alors que mes genoux se dérobaient.

— Assieds-toi.

— Ça va. Je suis juste fatiguée.

— Prenez un croissant.

Denise me tendit une pâtisserie dorée sur une assiette que Jake réservait habituellement aux occasions spéciales. Je jetai un coup d'œil à Jake avant de prendre l'assiette. Il était probablement partagé entre l'envie de s'assurer que j'allais bien et celle de demander à Denise de ranger cette assiette et d'utiliser une des assiettes pour tous les jours qui se trouvaient au fond du placard.

— Tu vas y aller doucement aujourd'hui, dit Jake. Je dois assister à une réunion du personnel, mais je vais appeler l'école et leur dire que je ne peux pas venir.

— Non, ne fais pas ça. La presse va en déduire que c'est à cause d'Amy et je ne veux pas qu'ils pensent qu'elle nous a atteints.

— Je ne veux pas te laisser seule aujourd'hui, rétorqua Jake.

— Alors, je vais demander à Rob de venir surveiller Aiden pendant que je m'allonge un peu.

— Et Josie ? suggéra-t-il.

— Jo a ses propres problèmes en ce moment. Des trucs avec Hugh.

Jake haussa un sourcil, mais ne posa pas de questions.

— Très bien. Mais assure-toi de faire une sieste. Denise, pouvez-vous garder un œil sur elle ?

— Absolument.

Et elle alla remettre la bouilloire en marche.

JE N'AVAIS aucune raison de quitter la maison ce jour-là, et j'avoue que je n'en avais pas envie. L'article d'Amy faisait référence à des personnes du village, des personnes qui me connaissaient et vice-versa. La mère de Rosie Daniels ne serait certainement pas ravie que sa fille soit citée dans cette affaire, même si Amy avait pris soin de ne pas donner son nom.

Environ une heure après le départ de Jake pour l'école, je reçus un appel de sa part. Amy avait été suspendue et renvoyée chez elle. Cela ne m'apporta aucune joie, mais un certain soulagement. J'avais redouté que Jake se dispute avec Amy à propos de l'article.

Rob arriva avec un ballon de football.

— J'ai pensé qu'Aiden et moi on pourrait s'amuser au jardin.

— Bonne idée.

J'étais sincère. Pourquoi n'avais-je pas pensé à essayer le sport avec Aiden ? Le médecin avait suggéré qu'un peu d'exercice pourrait lui faire du bien. J'avais voulu l'emmener en promenade, mais la pression des médias était devenue trop forte.

C'était un jour de tempête. Il y avait des feuilles éparpillées sur la pelouse. Aiden portait une veste bleue que je lui avais achetée lorsque j'avais équipé sa chambre de nouveaux vêtements. C'était bon d'être dehors, et ça le devint encore plus quand Denise m'apporta une chaise pour m'asseoir.

— Tout ce bazar est en train de déchirer le village, dit Rob en secouant tristement la tête. Je suis passé au magasin un peu plus tôt et j'ai entendu quelqu'un traiter Amy de traîtresse. Ils disaient qu'elle et ce duc devraient être pendus. Puis j'ai entendu d'autres personnes dans la rue se disputer pour savoir si on était de bons parents ou pas. Certains de mes amis ont appelé pour voir si j'allais bien quand Aiden est revenu, mais maintenant ils traversent la route pour m'éviter. Je suis... fit-il en baissant la voix. Je suis au bout du rouleau, Em. Je veux juste que ça se termine.

Rob laissa tomber la balle dans l'herbe humide et l'envoya doucement à Aiden. Mon cœur battait la chamade pendant que j'attendais. Qu'allait faire Aiden, confronté à cet objet extraterrestre ? Éviterait-il de jouer et se glisserait-il à l'intérieur pour s'asseoir devant la télé ? Ou alors sourirait-il et renverrait-il le ballon à son père en riant quand il l'atteindrait à l'entrejambe ? Ça, c'était l'ancien Aiden. L'enfant effronté qui adorait jouer au football avec Rob. C'était une partie de l'éducation que nous avions toujours bien réussie. Nous étions jeunes et énergiques. L'enfance d'Aiden avait été remplie de courses, de sauts et d'activités. Cela me manquait tellement que je souffrais physiquement.

Je retins mon souffle en attendant qu'Aiden fasse quelque chose. N'importe quoi. Au début, il resta debout et regarda la balle comme si elle venait d'une autre planète. Puis il fit un pas en avant et poussa le ballon du bout de ses baskets.

— C'est ça, mon grand. Renvoie-le-moi, l'encouragea Rob.

Cette fois Aiden rétracta sa jambe et tira dans le ballon vers Rob. Son geste était loin d'être aussi enthousiaste qu'avant, mais c'était un début. Je me retrouvai à me pencher et à applaudir comme une ridicule « mère envahissante » à la journée des sports.

— Bien joué ! s'exclama Rob en s'avançant pour arrêter la balle avec le côté de sa basket avant de la renvoyer vers Aiden.

Bien que mon fils ait à peine esquissé un sourire, il y eut un moment où j'eus l'impression qu'un peu de notre ancienne vie s'était insinué dans notre présent. C'était dommage que l'ancien moi n'ait pas été là pour participer. Avec le stress de ces deux dernières semaines, ainsi que ma grossesse, je ne pus pas jouer du tout ce jour-là. J'étais tellement épuisée que le simple fait de garder les yeux ouverts était un défi. Je restais à les regarder, assise, avec mon ventre de femme enceinte qui me rappelait constamment que dans un peu plus d'une semaine, mon prochain défi allait arriver.

Et c'était affreux, mais c'était comme ça que je voyais mon nouveau bébé. Un défi. J'en venais à penser que la vie était faite pour me mettre à l'épreuve, et je commençais à en avoir assez. Quand le bébé bougea, je grimaçai et caressai le renflement de mon ventre.

— Tout va bien ? demanda Denise.

Je ne l'avais pas entendue approcher, et sa voix me fit un choc.

— C'est juste le bébé qui bouge.

— Ça ne va plus tarder maintenant, dit-elle.

— Non.

Il y eut une pause gênante. Que dire à une femme qui est à une semaine de l'accouchement et dont le fils vient de revenir d'entre les morts ? Il n'y avait pas de réponse standard pour cette situation.

— Je suis désolée que ce soit un moment si stressant pour vous, dit-elle finalement. Mais au moins Aiden aura bientôt une petite sœur. Je suis sûre que ça l'aidera beaucoup dans son... évolution.

Je regardai Aiden renvoyer la balle à Rob. Chaque coup de pied était le même. Il n'y avait ni enthousiasme ni énergie dans ce qu'il faisait. J'essayai de me rappeler qu'Aiden était plus faible que la plupart des jeunes de seize ans, mais c'était quand même douloureux de le voir se comporter comme si c'était la situation la plus étrange du monde alors qu'elle aurait dû être banale pour un garçon de son âge. Plus il tapait dans le ballon, plus ce moment d'espoir fugace disparaissait. Il se déplaçait comme un robot, ramenant son pied en arrière et frappant le ballon dans un mouvement lent et répétitif. Le sourire s'effaça lentement de mon visage tandis que je restais assise là à les regarder.

Le fait est que j'aurais dû être excitée à l'idée d'avoir le bébé et de retrouver Aiden. Et j'aurais dû être encouragée par le fait qu'Aiden ait accepté de *participer* au jeu. Mais je ne ressentais rien de tout cela. Devant l'expression impassible d'Aiden, je n'éprouvais que de la peur.

Chapitre Vingt-Huit

Le duc de Hardwick apparaissait dans le *Sun*, le visage rouge et couvert de taches, à sa sortie du poste de police d'York. À côté, il y avait des photos de lui en vacances avec ses enfants. Les médias avaient également fouillé dans son passé, faisant remonter de vieilles allégations d'agressions sexuelles et des photos de lui participant à des fêtes avec des femmes en bikini de part et d'autre de lui. Je ne pouvais pas supporter de voir leurs visages souriants. Les photos de lui avec des femmes peu vêtues dataient des années 70, et quelque chose dans son rictus me donnait la nausée. C'était comme regarder des animateurs de radio des années 70 et sentir la crasse des accusations de viol sur votre peau. Rien que regarder ces vieux pervers vous donnait envie de prendre une douche.

Mais la photo du visage rouge et marbré du duc indiquait un point important : il était vieux. Il marchait avec une canne et ses cheveux étaient blancs comme neige. J'ignorais dans quel état il était dix ans plus tôt, mais je savais qu'il aurait dû être en forme pour enlever un enfant. À moins qu'il n'ait reçu de l'aide pendant les dix années d'incarcération de mon fils. Mon esprit s'égara dans les profondeurs obscures des réseaux pédophiles. Il pourrait y avoir plusieurs hommes. J'en étais presque sûre. Je tendis la main vers la photographie du duc et je griffai son visage.

Il avait été libéré sous caution.

La perquisition à Wetherington House s'était avérée infructueuse. À part l'ordinateur du duc, il n'y avait rien d'autre d'incriminant. Il n'y avait pas de cachot caché. Pas de passages secrets ou de pièces dissimulées. Du moins, c'est ce que disait la police. J'étais dubitative. Un homme avec autant de richesses et de relations pouvait sûrement se permettre de payer quelqu'un pour créer une pièce en secret. Mais là encore, comme l'avait dit l'inspecteur-chef Stevenson lors d'une brève conversation téléphonique m'informant de la libération du duc, toute modification de Wetherington House aurait été un casse-tête pour le duc et la duchesse. Cela représentait bien plus d'obstacles que pour le reste d'entre nous, et il leur aurait fallu beaucoup d'efforts pour construire une quelconque annexe à la maison. Il y avait, bien sûr, la possibilité que le duc ait utilisé son argent et son influence pour payer quelqu'un, mais même dans ce cas, il aurait dû cacher l'affaire à sa famille.

Je commençais à avoir des doutes. Le duc était un homme malade. Il avait enfreint la loi, peut-être plusieurs fois, mais je n'étais plus sûre qu'il ait enlevé et abusé de mon Aiden.

Je me livrai à Jake au petit déjeuner. C'était l'un de ces rares matins sans nos agents de liaison avec les familles, qui avaient été appelés au poste pour une réunion. J'étais sûre que c'était pour faire un rapport sur nous. C'étaient des espions.

— C'est forcément lui.

Jake remonta ses lunettes sur son nez, comme il avait tendance à le faire lorsqu'il était anxieux.

— Il avait toutes ces photos sur son ordinateur portable. Je parie qu'il est si riche qu'il peut payer des gens.

Je lâchai :

— Ne dis pas ça.

— Pourquoi pas ? C'est vrai.

— Je ne supporte pas l'idée que le ravisseur d'Aiden puisse vivre sa vie. Libre de faire ce qu'il veut.

— Eh bien, si Aiden était un homme et ouvrait son clapet, rien de tout cela ne se produirait.

Je bouillais en silence en beurrant mes toasts.

— C'est vrai, non ? dit Jake, ne sachant manifestement pas quand fermer sa bouche. Tout ce qu'Aiden doit faire, c'est parler.

— Je pense qu'il bloque tout. Je ne suis pas sûre de ce dont il se souvient à ce stade, dis-je. Et je ne suis pas convaincue que ce soit le duc. Il est trop vieux. S'il l'a fait, il a eu de l'aide. Peut-être que quelqu'un de plus mauvais encore a utilisé son argent pour tout planifier. C'était peut-être quelqu'un du village.

Mon estomac se retourna. Je reposai mon toast sur l'assiette.

— Tu dois manger quelque chose, dit Jake. Le bébé a besoin que tu sois en bonne santé.

— Je sais.

Je pris un coin de la croûte et le grignotai. Ça n'avait aucun goût.

— La chambre du bébé est prête ? demanda Jake.

— On avait quasiment tout préparé avant… avant qu'Aiden ne rentre à la maison. Mais il reste encore à sortir tous les jouets et les vêtements de leurs emballages.

— Peut-être que tu pourrais faire ça aujourd'hui, suggéra Jake. Je dois apporter la voiture au contrôle technique, donc je serai absent la majeure partie de la journée. En plus, ce sera un bon rappel que tu as deux enfants, pas un.

Mon visage s'empourpra d'un mélange de honte et de colère. Il était vrai que mes pensées étaient surtout tournées vers Aiden, mais c'était injuste de sa part de le dire à voix haute. La dernière chose dont j'avais besoin était qu'on me rappelle que j'étais déjà une mauvaise mère pour la petite fille qui grandissait dans mon ventre.

Quand je jetai un regard sévère à Jake, il se contenta de hausser les épaules et de dire :

— Quoi ? Désolé, mon amour, tu sais que je dis ce que je pense, et je dois dire que c'est vrai. Ce qui s'est passé est vraiment horrible, mais pendant combien de temps allons-nous mettre nos vies en pause ?

Il se leva et débarrassa son bol de céréales.

— Tu es sérieux ?

J'arrachai une autre croûte de mon toast et la jetai avec colère dans l'assiette.

— Oui, je suis sérieux. Écoute, je comprends que l'enquête sur Aiden passe en premier, mais... mais tu n'es pas la femme que j'ai épousée. Tu es dans un sale état, Emma. Tu es tendue, agitée. Irritable. En fait, ton humeur est carrément horrible. La façon dont tu as crié sur ces journalistes, eh bien...

— Tu as vu la vidéo.

— Le monde entier a vu la vidéo. Ils pensent tous que tu es déséquilibrée, bordel. Et le fait que tu ne *vois* même pas qu'Aiden est plus qu'un enfant traumatisé...

— Qu'est-ce que ça veut dire ?

— Arrête. Tu as lu l'article d'Amy. Je sais que je ne vous connaissais pas très bien, Aiden et toi, avant l'enlèvement, mais tu as déjà admis que beaucoup de choses dans son article étaient vraies. Aiden était un enfant insupportable...

— Non !

— Tu as ignoré tous ses mauvais côtés et tu as voulu le présenter comme une sorte d'ange. Mais ce n'est pas vrai, n'est-ce pas ? Il était hors de contrôle.

— Tais-toi !

— Je le ferais bien, chérie, mais tu dois entendre ça. Tu dois te réveiller et réaliser que notre maison ne sera pas sûre tant qu'Aiden y sera. On ne peut pas ramener un nouveau-né à la maison avec lui sous notre toit ! Il pourrait aussi bien travailler *avec* le ravisseur pour ce qu'on en sait. Les adolescents créent des putains d'alliances bizarres.

— Jake !

— Je suis désolé. Je déteste dire ces choses, mais elles doivent être dites.

Je poussai un hoquet de stupeur. Mes mains agrippaient la table si fort que mon ongle s'était replié. Je mis mon doigt dans ma bouche et le suçai pendant que Jake finissait de rincer son bol de céréales et retournait à la table de la cuisine.

Je retirai mon doigt.

— Depuis combien de temps penses-tu tout ça ?

Il prit mon ongle blessé dans sa main avec douceur, comme toujours.

— Depuis que nous avons ramené Aiden à la maison. J'avais espéré qu'il sortirait de cet état, mais, honnêtement, Emma, je ne pense pas qu'il le fera un jour. Je pense qu'il y a quelque chose en lui que tu ne peux pas réparer. Peut-être que personne ne le peut. Mais tu ne crois pas qu'il devrait se faire aider par des professionnels ? Tu ne penses pas que c'est égoïste de le garder ici ?

Bien que mon ongle tordu me fasse souffrir, ce ne fut pas la douleur qui me fit monter les larmes aux yeux. Jake alla me chercher un sparadrap pendant que je restais à mijoter l'aigreur de ses mots. Avait-il raison ?

Aiden entra dans la cuisine et se déplaça en silence. Il prit du pain dans le placard et le mit dans le grille-pain. Il sortit le beurre du réfrigérateur et un couteau du tiroir, et il attendit près du grille-pain en regardant par la fenêtre de la cuisine avec autant de désinvolture et d'inquiétude qu'un somnambule.

— Je me suis fait mal au doigt, dis-je. Jake va me chercher un sparadrap. Tu veux des toasts pour le petit déjeuner ?

Je recommençai à déblatérer, et plus je parlais, plus ma voix commençait à se briser.

— C'est bizarre que Denise ou Marcus ne soient pas là pour nous faire du thé, pas vrai ? Ils sont allés au poste de police pour une réunion. Ils travaillent très dur pour découvrir qui t'a enlevé. J'aimerais que tu puisses me le dire. Tu ferais gagner à beaucoup de gens beaucoup de temps et d'efforts si tu nous parlais. Je sais que c'est difficile, mon chéri, mais tu dois essayer.

Le pain sortit du grille-pain et Aiden récupéra calmement le toast avec ses doigts. Si le pain était chaud, il ne le montra pas. Il beurra son toast et mit le couteau dans l'évier. Je regardai, avec des larmes coulant sur mon visage, mon fils manger mécaniquement son pain grillé sans paraître conscient de ma présence.

Jake avait-il raison ? Étais-je égoïste de le garder à la maison ?

Chapitre Vingt-Neuf

Les mots de Jake continuèrent à tourner dans mon esprit tout au long de la journée. Je finis par faire ce qu'il avait dit. Je me rendis dans la chambre du bébé et j'ouvris des cartons de peluches et des emballages en plastique remplis de grenouillères toutes neuves. Avec précaution, je pliai les vêtements et les plaçai sur les étagères de la petite armoire que Jake avait assemblée un mois plus tôt. Ce ne fut qu'en ramassant tous les emballages vides et les boîtes que je vis la poupée qu'Amy m'avait offerte.

Elle était là, avec sa peau de porcelaine parfaite, se moquant de moi à travers le plastique. Le pire dans le fait de voir cette poupée, c'est que cela me fit revivre toutes mes émotions. J'étais si reconnaissante envers Amy pour ce cadeau, et je me sentais si forte et si prête à avoir ce bébé. À présent, tous ces sentiments avaient disparu, me laissant avec une rage confuse que je ne savais pas comment canaliser. Je n'étais pas impatiente à l'idée d'accueillir mon nouvel enfant, j'étais terrifiée. Avec Aiden de retour, la balance penchait. Qu'est-ce que j'étais censée faire ? Comment étais-je censée trouver assez d'amour dans mon cœur flétri ?

Dans un accès de rage, j'écrasai mon talon sur le plastique et je brisai la porcelaine. Le craquement fut si dégoûtant que je poussai un petit cri et retirai mon pied aussi vite. Ce faisant, je réalisai qu'il y avait un minuscule éclat de porcelaine encore coincé dans la plante de mon pied. Je fis un bond en arrière et trébuchai, atterrissant sur le derrière dans une secousse. Instinctivement, j'entourai mon ventre des deux mains. C'est alors que je vis Aiden debout dans l'embrasure de la porte qui me regardait.

— Aide maman à se lever, dis-je.

Je ne sais pas pourquoi je formulai les choses ainsi. J'avais cessé de le considérer comme un petit garçon quelques jours plus tôt lorsque j'avais réalisé qu'il prenait du muscle à force de manger des repas décents et de faire plus d'exercice. Mais la façon dont j'étais étalée sur le sol faisait naître en moi un sentiment de désespoir, et je suppose que je ne pus m'empêcher d'essayer de me faire aimer de lui en me présentant comme sa « maman ».

Il me regarda lui tendre la main. Il se tenait à un mètre cinquante dans l'embrasure de la porte, m'observant avec la même expression impassible que d'habitude. Le regard vide, comme une poupée. Et pourtant… y avait-il une partie de lui qui se moquait de moi ? Cette expression vide avec les paupières qui s'abaissaient lentement. Cette bouche pincée. La façon dont ses mains pendaient le long de son corps, sans jamais faire de gestes, sans presque jamais bouger. Tout ça était destiné à se moquer de moi. Il testait ma patience. Pour une raison quelconque, j'étais persuadée qu'il le faisait exprès. Pourquoi penser ça ? Pourquoi ? C'était une pensée affreuse. Aiden avait vécu l'enfer et pourtant j'étais là à estimer que tout cela n'était qu'un prétexte pour se moquer de moi.

— Aiden, dis-je, ma voix devenant plus grave et prenant un ton sévère. Aide-moi à me relever. Prends ma main et remets-moi debout.

J'avais déjà un pansement au doigt et maintenant mon pied saignait au niveau de la coupure due à cette stupide poupée. Si Jake avait été là, il m'aurait réprimandée pour ma maladresse, me disant combien je l'inquiétais et combien il détestait me laisser seule, surtout avec Aiden dans la maison.

— Aide-moi à me relever, le suppliai-je. Je suis tombée et je ne peux pas me redresser. Tu me comprends ? Tu comprends ce que je dis ?

Je poussai un soupir de frustration alors que je roulais en avant, essayant de me mouvoir avec un pied blessé. D'abord, je devais enlever le tesson. J'avais besoin de mes deux pieds pour me relever. Je luttai donc pour atteindre mes propres orteils afin de retirer le tesson de porcelaine. À présent, la chambre d'enfant ressemblait plus à un sauna qu'à ma maison. Des cheveux filandreux et humides étaient plaqués sur mon front. La robe de maternité que je portais me collait au dos.

— Si tu m'aidais, ce serait beaucoup plus facile, putain ! m'écriai-je.

Pourquoi ne m'aidait-il pas ? Il comprenait d'autres ordres. Il savait qu'il fallait fermer les portes des placards de la cuisine et mettre son assiette dans l'évier après le repas. Il faisait tout ce que Jake lui demandait. Il l'écoutait toujours. Pourquoi ne m'aidait-il pas ?

Aiden fit un pas en arrière lorsque j'atteignis enfin la plante de mes pieds. En serrant les dents, je saisis l'éclat avec mon pouce et mon index et je l'arrachai, laissant échapper un soupir de soulagement et de douleur. Puis je jetai le morceau incriminé et m'allongeai sur le tapis pour reprendre mon souffle.

Il était encore là un moment plus tard quand j'examinai la blessure et déterminai qu'elle n'était pas trop grave. Il y avait du sang, mais je m'en sortirais en nettoyant la plaie et en mettant un pansement. Il y en avait un peu sur le tapis, ce qui était regrettable. Je devais nettoyer ça avant que Jake ne rentre à la maison.

Je grimaçai en posant mon pied blessé sur le sol pour m'aider à me relever. Je soufflai et haletai tandis que je me débattais, et pendant tout ce temps mon fils se tenait debout et me regardait. Le temps que je me remette sur pied, j'étais furieuse.

— Hors de ma vue, crachai-je.

Cette fois, il obéit. Il se précipita dans le couloir comme une araignée effrayée. Je secouai la tête. Rien de tout cela n'avait de sens. Pourquoi Aiden n'avait-il pas voulu m'aider ? Après la conversation effrayante que j'avais eue avec Jake, une partie de moi se demandait si

Aiden avait vraiment l'intention de me faire du mal. Ou du moins de me regarder souffrir. Sinon, pourquoi aurait-il ignoré ma demande d'aide ? Je chassai cette idée. S'il avait voulu me faire du mal, il venait de rater une occasion en or. J'étais totalement à sa merci. Certes, il était resté debout et m'avait regardée me débattre sans essayer de m'aider, mais il n'avait pas activement tenté de nuire à mon bien-être.

Je soupirai. Ça avait l'air tellement tordu. J'étais heureuse que mon fils n'ait pas essayé de me faire du mal alors que j'étais vulnérable. Est-ce que j'étais tombée aussi bas ? Éprouver de la gratitude de ne pas avoir été étranglée pendant que je me débattais sur le sol comme un scarabée sur le dos ?

Je boitillai jusqu'à la salle de bain et rinçai mon pied dans la baignoire avant de trouver un pansement à appliquer sur la coupure. Bien que je ne sois pas une experte, j'étais à peu près certaine qu'il n'y avait pas besoin de points de suture et j'espérais que le saignement s'arrêterait avec le pansement. Puis je descendis chercher des produits de nettoyage pour le tapis. J'étais seule avec Aiden ce jour-là. Les médias commençant enfin à nous laisser tranquilles et la police s'intéressant davantage au duc qu'à Jake, la présence des agents de liaison avec les familles tout au long de la journée n'était plus aussi nécessaire. J'en étais heureuse, et j'étais convaincue qu'ils partageaient mon ressenti.

Quand je remontai à l'étage, Aiden était dans sa chambre. Je m'arrêtai un moment, puis décidai de passer la tête pour voir ce qu'il faisait.

Rien.

Voilà ce qu'il faisait. Rien. Il ne regardait pas un film sur la petite télévision à écran plat que nous lui avions achetée. Il ne dessinait pas avec les beaux stylos et crayons qui m'avaient coûté une fortune au magasin du village. Il ne lisait certainement pas les livres que Jake lui avait offerts et ne tapait même pas dans le ballon que Rob lui avait apporté. Il était assis et regardait par la fenêtre.

— Qu'est-ce que tu vois là-bas, Aiden ? demandai-je. C'est lui ? C'est l'homme qui t'a enlevé ? Tu le vois maintenant ? Dis-moi à quoi il ressemble. Dis-le-moi, s'il te plaît. Dessine son visage.

J'entrai en boitant dans la pièce, pris un carnet à dessins sur son bureau ainsi qu'un crayon. Je traversai la pièce à la hâte et saisis la main d'Aiden, le forçant à décrisper ses doigts serrés pour lui faire tenir le crayon.

— Dessine-le. Je sais que tu le peux. Dix ans, Aiden. Dix ans. Tu connais son visage. Tu sais qui c'est. Dessine-le.

Avec une force que je ne lui connaissais pas, Aiden m'arracha le papier des mains et jeta le bloc et le crayon sur le tapis. Puis, en silence, il se leva et s'éloigna de moi.

IL ME FALLUT une bonne heure à genoux pour enlever les taches de la moquette. Ensuite, je ramassai la poupée cassée, ainsi que tous les emballages vides des nombreux paquets destinés au bébé, et je rangeai la chambre d'enfant. Elle était parfaite. Nous avions opté pour un papier peint jaune à rayures avec une bordure représentant les animaux de la ferme. Le berceau était en pin, et à l'intérieur se trouvaient un minuscule matelas et une douce couverture blanche. Au-dessus du berceau était suspendu un mobile fait d'étoiles colorées en tissu métallisé scintillant. Avant le retour d'Aiden, Jake et moi avions dépensé une fortune pour assortir les rideaux de la chambre au papier peint et au tapis, ainsi que pour installer la parfaite armoire et une table à langer de qualité.

Je me tenais à l'endroit où Aiden m'avait regardée lutter pour me relever, et je poussai un soupir de soulagement. C'était fait. La chambre était prête pour la nouvelle arrivante. Je caressai mon ventre et respirai l'odeur de la nouvelle pièce. Le produit de nettoyage avait persisté, mais en dessous, je pouvais sentir l'odeur de plastique des nouveaux meubles. C'était une odeur agréable et fraîche. La chambre était aérée et lumineuse, avec une grande fenêtre laissant entrer le soleil. Je refermai la porte et commençai à préparer le dîner du soir. Nous nous nourrissions de plats préparés pendant la semaine : des bâtonnets de poisson et du poulet pané surgelés avec des frites au four et du ketchup. Aujourd'hui, j'avais décidé de faire un ragoût avec du bœuf que Jake avait ramené de chez le boucher la veille.

L'air était parfumé de bouillon riche et de feuilles de laurier quand Jake rentra.

— Eh bien, quelle vue. Ma femme pieds nus et enceinte dans la cuisine, me taquina-t-il.

— Ne t'y habitue pas, le réprimandai-je, même si c'était agréable de faire quelque chose de spécial pour lui, pour changer.

J'avais été tellement troublée par le retour de Rob à Bishoptown que c'était agréable de se sentir à nouveau comme une épouse. Même s'il était hors de question de rentrer dans les stéréotypes, surtout de genre, il était rassurant de retrouver un rôle. Épouse. C'était mieux que « mauvaise mère ».

— Tu t'es occupée de la chambre du bébé ? demanda-t-il.

— Oh, Jake, elle est si jolie. J'avais oublié combien le papier peint était beau.

— J'espère bien. Il a coûté une fortune ! Je vais aller jeter un coup d'œil avant que le thé ne soit prêt.

Comme un chiot surexcité, Jake bondit hors de la cuisine et monta les escaliers. Je me souris à moi-même alors que ses pas lourds frappaient chaque marche. C'était bien de le voir à nouveau enthousiaste à l'idée de l'arrivée du bébé. À un moment donné, j'avais eu peur qu'il ait changé d'avis sur le fait d'avoir des enfants, surtout quand il avait semblé aussi effrayé par mon corps de femme enceinte. Mais il était là, à sautiller, impatient de voir la chambre terminée. C'était agréable. Ça me rappelait pourquoi je l'aimais.

— Emma !

L'urgence de sa voix me fit lâcher la cuillère en bois dans le ragoût. La sauce du bœuf éclaboussa ma poitrine.

— Emma, viens là !

Mon estomac se retourna. Qu'est-ce qui n'allait pas ? Jake avait l'air contrarié. Non, il avait l'air en colère et... quoi ? Effrayé ? Je m'éloignai des fourneaux, le cœur battant. Que se passait-il ? Je ne respirais que par à-coups en montant les escaliers en boitant. Avec mon pied blessé, j'avançais péniblement dans le couloir jusqu'à la chambre d'enfant.

— Qu'est-ce qui s'est passé, bordel ? dit Jake en désignant le berceau.

— Je... Je...

Je ne trouvais pas les mots.

— Tu penses toujours que c'est prudent de ramener un nouveau-né à la maison avec *ce garçon* ?

— Je...

Pourquoi étais-je incapable de parler ?

Jake quitta la pièce en trombe, me laissant fixer le mobile détruit. Il avait été découpé avec des ciseaux et éparpillé sur la couverture toute neuve. Et sur la couverture blanche, il y avait un jet de peinture rouge qui imitait trop bien le sang.

Chapitre Trente

Le jour de l'inondation avait été le jour où j'avais réalisé que je ne contrôlais pas ma vie. On aurait donc pu penser que, quoi qu'il arrive, je serais capable d'accepter l'idée que je ne pouvais pas contrôler le monde qui m'entourait, seulement moi-même. Mais je ne pense pas que quiconque puisse faire face à cela. Peut-être qu'après des heures de méditation, vous pourriez vous convaincre que vous êtes en paix, mais je ne suis pas sûre d'y croire. En regardant les éclaboussures de peinture rouge sur le berceau tout neuf de mon futur bébé, je réalisai une fois de plus que je ne contrôlais rien, et surtout pas mon fils.

Il fallut beaucoup de persuasion pour convaincre Jake d'aller au travail le lundi matin. La vérité était que je voulais qu'il sorte de la maison. Il avait passé la nuit à se tourner et à se retourner, tirant la couette vers lui avec colère, soupirant et laissant des non-dits en suspens entre nous. Je ne voulais pas qu'il soit près d'Aiden dans cet état. Ce serait comme verser de l'huile sur le feu.

Malgré tout ce que Jake avait dit, je ne voulais toujours pas renvoyer Aiden. Son accusation d'égoïsme m'avait fait du mal, mais la question plus pressante était celle du contrôle, encore une fois. Si Aiden était placé dans un établissement de soins psychiatriques, je ne serais pas en mesure de contrôler ce qui lui arriverait. Dans mon esprit, je l'imaginais dans une pièce remplie de psychologues, subissant test après test, pointant leurs cartes idiotes, ignorant leurs questions répétitives, prenant leurs pilules anesthésiantes et, pire encore, devenant le sujet de leur dernier livre. Non, je ne pouvais pas laisser cela arriver à Aiden, mais je ne voulais pas non plus qu'il fasse de mal au bébé.

Après le petit déjeuner, je me penchai sur la table de la cuisine et pris ses mains entre les miennes. Aiden n'aimait toujours pas être touché, mais il avait appris à mieux le tolérer. Il ne cherchait pas à se libérer comme avant, et il acceptait que je le touche plus que quiconque. Si Jake ou Rob touchaient son épaule, même légèrement, il s'éloignait d'eux.

— Aiden, je sais que tu comprends que dans une semaine je vais donner naissance à ta sœur. Je ne sais pas ce qui s'est passé dans la chambre du bébé. Ma chute t'a fait peur ?

Je secouai la tête.

— Ça n'a pas d'importance. Écoute, je veux que tu saches que ta petite sœur va beaucoup t'aimer. Nous t'aimons tous beaucoup. Moi, ton père, Jake, grand-mère et grand-père, nous sommes une grande famille. Je veux te montrer quelque chose.

Obéissant, Aiden me suivit dans les escaliers, se déplaçant avec sa raideur habituelle. Je continuai à regarder derrière moi pour observer l'expression de son visage, mais il n'y avait rien.

Plus d'une fois, je l'imaginai me saisir l'épaule et me tirer en arrière. Plus d'une fois, je pressai le pas, désespérant d'arriver en haut des escaliers du couloir où je me sentirais moins vulnérable. Je me détestai d'avoir ces pensées.

— Tu te souviens d'hier, Aiden ? demandai-je en le conduisant dans la chambre. Je suis tombée et tu n'as pas voulu m'aider à me relever. Ce n'est pas très gentil de faire ça. On devrait toujours essayer de s'entraider. Si tu tombais, je t'aiderais à te relever. Si je tombe, tu dois m'aider. Surtout que je suis enceinte en ce moment.

Je souris en regardant mon ventre, mais le regard d'Aiden ne suivit pas le mien. Je me raclai la gorge et poursuivis :

— C'est difficile d'en parler, Aiden, parce que je ne sais pas pourquoi tu as fait ça. Pourquoi as-tu détruit le mobile et jeté de la peinture dans le berceau ?

Je m'éloignai de la zone incriminée pour qu'il puisse voir son travail.

— Ce n'est pas très gentil. Ni très accueillant pour ta petite sœur. Tu m'écoutes, Aiden ? Je ne sais pas si tu m'écoutes...

Je m'interrompis. Pour la première fois depuis son retour de l'hôpital, Aiden fronçait les sourcils. Une ligne s'était formée à cet endroit et son visage était incliné vers le bas, vers le berceau. Lentement, il secoua la tête et s'éloigna.

— Aiden ? chuchotai-je.

Il m'ignora comme d'habitude, mais cette fois, c'était différent. Il était absorbé par la vue du mobile cassé et de la peinture rouge. Il semblait avoir peur d'eux. Une sensation de picotement serpenta le long de ma colonne vertébrale et tout le sang quitta mon visage. Pourquoi avait-il si peur de ce qui était dans ce berceau ? C'était son œuvre. Alors pourquoi cela l'effrayait-il ?

C'est alors que je compris : il ne se souvenait pas de l'avoir fait.

EFFRAYÉE par la réaction d'Aiden à la peinture rouge (même si je ne voulais pas l'admettre à ce moment-là), j'appelai Rob et lui demandai de venir. Il amena ses parents avec lui et ils s'assirent avec Aiden pour regarder un film comique idiot dans le salon pendant que je partageais un thé avec mon ex. Il semblait fatigué ce jour-là. Rob était déjà séduisant en temps normal, mais la fatigue lui allait encore mieux. Un peu de barbe et des cernes le rendaient plus sexy, mais je fis de mon mieux pour ne pas m'en souvenir.

— Tu as lu l'article d'Amy ? demandai-je.

Nous avions déjà discuté des progrès d'Aiden, même si j'avais décidé de ne pas lui parler du berceau, et nous avions échangé des civilités en présence de ses parents. *Le temps est assez doux pour cette période de l'année, n'est-ce pas ? Chaud pour la saison. C'est à se demander s'il va y avoir une tempête.*

— Oui.

Sa réponse inhabituellement laconique me poussa à me demander s'il ne se censurait pas.

— Et ? Dis-moi ce que tu en penses.

Avachi devant son thé, Rob dut lever le menton pour me regarder.

— Tu ne vas pas aimer.

— Dis-le.

— Je pense qu'elle a raison.

Je laissai échapper un hoquet de stupeur.

— Quoi ?

— Écoute-moi, d'accord ? Ne tire pas de conclusions hâtives. Je sais que tu vas penser que je te traite de mauvaise mère.

— Je ne le pensais pas avant que tu le dises.

— Oh. En tout cas, je ne le pense pas.

Son visage rougit. Il se remit à fixer son thé.

— C'est juste que… certaines choses sonnent vrai. Aiden était un peu sauvage. On trouvait tous les deux que c'était cool. C'était un enfant courageux, un enfant actif. J'adorais le fait qu'Aiden puisse grimper à un arbre et passer la journée au jardin à ramasser des araignées. Je ne sais pas si c'est un truc de macho stupide, mais ça me faisait du bien qu'il soit un vrai petit garçon, tu vois ce que je veux dire ?

— Oui, répondis-je. Et c'est un truc de macho stupide.

Il leva les yeux au ciel.

— Ce qu'Amy a dit était mesquin et méchant. Elle sous-entend qu'on a mal éduqué Aiden et je ne pense pas que ce soit le cas.

Je me mordis la lèvre parce qu'il y avait une question que je voulais lui poser, mais chaque fois que j'y pensais, les larmes me piquaient les yeux et j'avais peur que ma voix se brise.

— Aiden était-il un mauvais garçon ?

Le poids de la question s'envola de mes épaules et j'expirai longuement.

— Non, Emma, non. Ce n'était pas un mauvais garçon. C'était un petit con parfois. Mais il n'a jamais été mauvais, pas vrai ?

Je haussai les épaules, essayant d'ignorer mes tremblements. Tout mon corps s'efforçait de m'empêcher de fondre en larmes. La pression de s'occuper de mon fils meurtri commençait à me rattraper. L'épuisement s'était infiltré dans chacun de mes muscles, mais je refusais de l'admettre. Avec le recul, je sais que j'aurais dû demander de l'aide, mais j'étais têtue et déterminée à garder le contrôle. Le problème était qu'en essayant désespérément de garder le contrôle, je ne voyais pas que j'étais vouée à le perdre.

— Tu te souviens de ce camping en Bretagne ? demanda Rob.

Je hochai la tête, serrant toujours ma tasse de thé pour empêcher mes mains de trembler. Je ne l'écoutais qu'à moitié à ce moment-là.

— C'était avec Josie et Hugh. Oh mon dieu, ces heures de route avec Aiden enfermé dans la voiture. J'ai cru que mes tympans allaient éclater. Hugh avait apporté cette énorme tente avec les petites fenêtres et le porche ouvert à l'avant et on n'a mangé que des saucisses et des haricots pendant la semaine. Bref, tu te souviens de la farce qu'Aiden a faite au couple d'Allemands deux tentes plus bas ?

Je secouai la tête. La semaine entière était floue. Le mariage de Josie et Hugh était déjà sur le déclin, et Josie et moi avions passé la semaine à boire du chardonnay. Peu importait le nombre de fois où j'avais essayé d'échapper aux pressions de Josie, elle avait toujours réussi à me pousser à boire avec elle. Inutile de dire que Rob et Hugh avaient été les adultes responsables cette semaine-là.

Ce dont je me souviens, c'est que j'avais beaucoup ri pendant ces vacances. Aiden se couchait tard le soir, et nous nous asseyions autour du feu de camp pour discuter de tout et de rien. Hugh aimait divertir le groupe en racontant des histoires sur ses premières années dans une école publique réservée aux garçons. J'avais mis mes mains sur les oreilles d'Aiden quand il nous avait raconté qu'il avait surpris les autres garçons en train de faire des bêtises. Il nous faisait rire en nous racontant des histoires avec un accent snob et des grimaces.

— Tu te souviens que le camping avait ce stupide petit mât avec le drapeau français dessus ? Cette chose faisait environ la moitié de la taille d'un poteau normal. Aiden a volé deux soutiens-gorge dans la tente de l'Allemande et a grimpé au mât pour les attacher tout en haut. La pauvre femme était si grosse que ces soutiens-gorge ont commencé à battre au vent.

— Pourquoi je ne me souviens pas de ça ? Bon sang, il avait quel âge à l'époque ?

— Un peu plus de cinq ans, répondit Rob. C'était clairement un petit singe.

Même si Rob semblait ravi de l'espièglerie de son fils, je ne ressentais pas la même chose. Pourquoi ne me souvenais-je pas qu'il agissait ainsi ? Mon esprit me dépeignait Aiden comme un petit garçon doux et intelligent. Mais il n'était pas que ça. Il pouvait être vilain. Il avait l'habitude de voler des choses quand il avait trois ans. Il prenait des chocolats dans les rayons du supermarché. Mais il ne les mettait pas dans notre chariot. Une fois, je l'avais surpris à les glisser dans le chariot d'un étranger quand il ne regardait pas. Je l'avais surpris en train de le faire, je l'avais engueulé et j'avais tout oublié jusqu'à ce que l'article d'Amy me rappelle certains des actes les plus espiègles d'Aiden. Était-ce un comportement normal pour un enfant de trois ans ? Je ne pouvais m'empêcher de me dire que j'essayais à présent de trouver des exemples de mauvais comportements.

— Tout va bien ? demanda Rob.

— Oui, oui, mentis-je.

— Comment va Josie ? Des nouvelles de Hugh ?

— Je ne l'ai pas appelée.

Je lâchai finalement la tasse pour passer mes mains chaudes sur mon visage. C'était honteux de ne pas avoir pris contact avec ma meilleure amie après sa rupture.

— Si tu veux, on peut s'occuper d'Aiden pendant quelques heures pour que tu puisses passer la voir, suggéra Rob. Tu t'es chargée d'Aiden 24 heures sur 24 depuis sa libération. Tu as besoin d'une pause.

À ce moment-là, quelques heures loin d'Aiden semblaient être un pur bonheur. Même si je voulais contrôler tout ce qui entourait mon fils malade, j'avais *besoin* de m'éloigner de lui. J'avais besoin d'espace pour respirer.

— Tu es sûr ?

— Absolument.

Je m'étais déjà levée de mon siège et je cherchais mes clés de voiture.

Chapitre Trente-Et-Un

Lors d'un rapide coup de fil, Josie m'apprit qu'elle était chez elle et qu'elle n'était pas allée travailler depuis plusieurs jours. Même si je lui avais demandé de me promettre qu'elle irait, je m'y attendais. En toute honnêteté, si Jake me quittait sans un mot, je ne me donnerais pas la peine d'aller au travail non plus. Je sautai donc dans ma voiture, traversai le village et remontai la colline en direction de la maison des Barratt. Il faisait assez chaud pour partir sans veste, ce qui était inhabituel pour la mi-octobre, et le ciel bleu au-dessus de moi semblait presque superficiel, ou tout du moins, fugace, changeant. Je m'étais attendue à ce que des nuages noirs nous plongent dans l'obscurité. Alors que je traversais l'enfer, le temps avait été globalement beau et doux, contrairement à l'orage qui se déchaînait en moi.

Encore une trahison du monde.

Je roulai doucement sur les routes étroites, me rangeant prudemment quand je croisais d'autres voitures.

La maison des Barratt semblait étrangement sereine quand je garai la voiture. Grâce au temps clément, les pensées jaunes de Josie étaient encore en fleurs dans de jolis pots autour de la porte d'entrée. Mais mon regard ne s'attarda pas sur elles. Je trouvais difficile de regarder quoi que ce soit de beau ces dernières semaines.

Josie ouvrit la porte dès que je toquais. Ses grands yeux bleus étaient bordés de rouge et je remarquai qu'elle serrait son téléphone portable dans une main. Elle portait un legging et un pull trop grand.

— Je suis vraiment désolée de ne pas être venue plus tôt, dis-je.

— Tu plaisantes ? répondit-elle. J'ai honte de ne pas être venue *te* voir. Je veux dire, je sais que tu as dit que tu voulais de l'espace et que tu allais bien, mais quand même. À côté de tout ce que tu as à gérer, mes soucis sont ridicules.

— Tu as eu des nouvelles de lui ?

Josie soupira et se dirigea vers la cuisine. Son chignon désordonné se balançait de haut en bas tandis qu'elle traînait les pieds sur le tapis. Son corps paraissait détendu et elle se déplaçait nonchalamment, mais cela semblait presque être de la comédie, comme si au fond d'elle-même, elle était en fait très agitée. Je la connaissais assez bien pour savoir qu'elle gérait le stress en essayant de faire comme si de rien n'était, ou du moins en prétendant que tout allait bien. Josie était une personne qui suivait à la lettre l'aphorisme « fais semblant jusqu'à ce que tu y arrives ». Elle voulait voir le bon côté des choses, mais je me demandai si, lorsqu'elle était seule la nuit, cela fonctionnait vraiment.

— Rien. Pas même un texto. Mais devine quoi ? Il a posté quelque chose sur Facebook.

— Quoi ?

Elle fit un signe de tête, désignant un ordinateur portable ouvert sur le bar du petit déjeuner. Le profil de Hugh était sur l'écran. Pour la première fois, je réalisai qu'il avait mis à jour sa photo de profil. Il s'agissait auparavant d'une photo de Josie et lui en vacances au ski, mais maintenant c'était une photo en solo de lui souriant sur un jet ski. À côté de sa photo de profil figurait un statut indiquant qu'il s'était enregistré à l'aéroport McCarran de Las Vegas.

— Quoi ? dis-je à nouveau. Que diable fait-il là ?

— J'ai parlé à Steven. Apparemment, il ne répond à aucun message de la famille. Steven a avoué qu'il était au courant de la liaison, mais pas de son ampleur. Je parie qu'ils jouent tout notre argent pendant qu'on parle. Bon sang, Emma, pourquoi il fallait que tu sois enceinte maintenant ? J'ai besoin d'une boisson forte.

— Hey, je ne te jugerai pas.

Je souris. Ça faisait du bien de parler d'autre chose que d'Aiden.

— Mais quand même, ça ne lui ressemble pas. Il s'est déjà enfui comme ça avant ?

— C'est ça le problème, dit Josie, ses yeux s'illuminant de l'éclat de la colère. Steven a dit qu'il *avait* déjà fait ça avant, sans que je le sache. Il a emmené une réceptionniste en Cornouailles pour un week-end cochon.

Elle déboucha une bouteille de malbec et se versa un verre.

— Et merde.

Je jetai un coup d'œil dans la cuisine, cherchant à voir comment Josie s'en sortait. La plupart des gens auraient été soulagés qu'il n'y ait pas de cartons de plats à emporter chinois ou de vaisselle sale dans l'évier. L'endroit était impeccable, ce qui était quelque peu déconcertant. Avait-elle réalisé l'ampleur des activités de son mari ?

— Je suis vraiment désolée, Jo.

Elle haussa les épaules.

— Je savais que ça allait arriver. Au fond, je pense honnêtement que je suis soulagée.

Elle prit une gorgée de malbec.

— Ne me regarde pas avec ces grands yeux de chien battu. Je sais que tu penses que je vais dérailler, mais il n'y a pas de quoi s'inquiéter.

— Tu es sûre, parce que...

— Tout ça, c'est du passé.

Josie posa son verre de vin sur le comptoir de la cuisine avec une fermeté qui m'avertit de ne pas m'aventurer dans le passé trouble que j'étais sur le point d'évoquer.

— Qu'est-ce que je peux t'offrir ? Une tisane ? De l'eau pétillante ?

Je gémis.

— Ce que je donnerais pour un bon gin-tonic. Ou deux doigts de whisky.

Je levai les doigts en l'air.

— J'étais à ça d'ouvrir une bouteille de vodka le jour où Aiden est rentré. Et puis cette semaine a été de pire en pire. Tu as vu qu'ils avaient arrêté le duc ?

— Ce trou du cul, dit-elle avec du venin dans la voix. Tu penses qu'il...

Elle déglutit, ne sachant pas si elle devait le dire ou laisser ses paroles en suspens.

— Honnêtement, je ne sais pas, et c'est ça le pire. Je veux juste que la personne qui a fait du mal à Aiden soit mise derrière les barreaux. Je veux que tout ça se termine.

Elle hocha la tête.

— J'ai toujours pensé que c'était un enfoiré sournois. Ne t'inquiète pas, Em. S'il l'a fait, la police trouvera des preuves et le mettra en prison. Comment avance l'enquête ?

— Apparemment, ils fouillent toutes les dépendances suspectes ou les anciens abris des environs qui auraient pu être transformés en prison. Mais l'inspecteur-chef Stevenson m'a dit qu'il n'y avait pas toujours de registres pour ces vieux bâtiments et que les bois sont vraiment denses, donc que ce n'est pas facile. La plupart de leurs ressources sont mobilisées pour enquêter sur le duc. Ça leur a pris des lustres pour fouiller Wetherington et ils sont en train de passer en revue toutes les images de son ordinateur.

Je m'abstins de préciser qu'ils cherchaient des images d'Aiden. Ça me rendait malade.

— Ils le trouveront, Emma. Je le sais.

Josie s'approcha et prit ma main.

Elle me la serra, puis recula en fronçant les sourcils.

— Il y a autre chose qui ne va pas ? Tu as l'air un peu pâle.

— Ça va te sembler vraiment stupide.

Elle eut un petit rire.

— Je parie que non. Tu te souviens de la fois où je croyais que l'Argentine était en Europe ?

— Oh oui, ça, c'était stupide.

— Ça ne peut pas être pire que ça, n'est-ce pas ? fit-elle.

— C'est Aiden. Il se comporte vraiment bizarrement ces derniers temps et je suis inquiète.

— Comment ça ?

Je m'installai sur le tabouret de bar de Josie.

— Évidemment, je ne m'attendais pas à ce qu'il aille bien après tout ce qu'il a traversé. Bien sûr, il a forcément été affecté par ce qu'il a vécu, mais je commence à me demander si je ne vais pas avoir besoin d'aide. Je ne suis pas sûre de pouvoir faire face. Son comportement devient… incontrôlable. Il a d'abord décidé de découper les rideaux avec des ciseaux. Puis il a détruit le mobile du bébé et a jeté de la peinture rouge dans son berceau.

— Oh merde, Emma. C'est flippant.

— Je sais. Jake pense que ce n'est pas sûr de ramener un nouveau-né à la maison avec Aiden, mais je ne peux pas me résoudre à l'envoyer ailleurs.

— C'est compréhensible. On te l'a enlevé.

— Mais je commence à penser que Jake a peut-être raison. Peut-être que je ne peux pas gérer Aiden et peut-être que je suis égoïste de croire que je le peux.

— Comment ça « égoïste » ? Emma, tu es la personne la moins égoïste que je connaisse.

— Si je mets Jake et mon enfant à naître en danger parce que je ne peux pas laisser partir mon fils, alors c'est égoïste, n'est-ce pas ?

Josie avala une autre gorgée de vin.

— Je ne dirais pas que c'est égoïste. Mais si tu as peur d'Aiden, tu dois te faire aider. Jake a peut-être raison de dire que ce n'est pas sûr pour ton nouveau-né avec Aiden dans les parages. Ce n'est pas la faute d'Aiden et ce n'est pas ta faute. C'est la faute du bâtard qui l'a enlevé.

— Est-ce que tu te souviens qu'il avait des problèmes de comportement quand il était petit ? Je ne me souviens que des bonnes choses, mais c'est peut-être à cause de ce qui lui est arrivé. Je pense que je bloque tout ce qui est mauvais parce que je ne supporte pas d'y penser.

Josie soupira.

— Honnêtement ? Hugh avait plus de patience avec lui que moi. Ne te méprends pas, Aiden était très amusant, mais il était un peu… fatigant.

— Et ? lui demandai-je, sentant qu'il y avait quelque chose qu'elle ne disait pas.

— Il était un peu lunatique, Em. Il avait l'habitude de faire des crises de colère assez souvent.

Je fronçai les sourcils. Je me souvenais qu'il avait fait une crise dans un supermarché une fois, mais il n'avait jamais été si terrible que ça. J'en arrivais au point où je ne pouvais plus faire confiance à mon propre esprit. Pourquoi continuais-je à ignorer ses mauvais côtés ?

Une heure plus tard, je quittai la maison de Josie et descendis l'allée de gravier jusqu'à ma voiture. Le vent s'était levé, et il hurlait dans la forêt de Rough Valley en contrebas. Je tournai la tête vers la deuxième colline qui surplombait Bishoptown. Elle était là : Wetherington House, se dressant fièrement au-dessus du village. À une certaine époque, le village était la propriété du duc de Hardwick, bien que la famille ait vendu une grande partie des terres depuis cette époque. La maison avait été fermée au public depuis le début de l'enquête, mais je savais qu'il y avait une entrée pour les marchandises à l'arrière de la propriété parce que je m'y étais faufilée une fois avec Rob. C'était un défi qu'on s'était lancé en buvant du Lambrini sur le terrain de la maison.

Je montai dans la voiture et mis le contact. Des papillons me chatouillaient l'estomac, mais je savais que je devais obtenir des réponses. Même si j'avais les nerfs à fleur de peau, je fis de mon mieux pour m'éloigner prudemment de la voiture de Josie, et je me promis de ne pas laisser l'adrénaline prendre le dessus comme le jour où j'étais allée chez le médecin. Non, je devais garder la tête froide.

Wetherington n'était pas bien loin en voiture. Le village de Bishoptown s'étendait en contrebas de la colline dans un patchwork de forêts et de champs verts, le tout parsemé de petits cottages et de pubs locaux. Qui aurait cru qu'un monstre pouvait vivre dans cet endroit aussi magnifique ? Personne n'avait rien soupçonné, et c'était le plus révoltant de toute cette triste histoire. Personne n'en avait eu la moindre idée jusqu'au jour où Aiden était sorti des bois. Il avait attiré notre attention sur ses abus, mais il s'obstinait à garder toute l'histoire pour lui.

Si Aiden ne voulait pas me dire ce qui s'était passé, peut-être que quelqu'un d'autre le ferait.

Je parcourus les méandres de l'allée en direction de l'imposante bâtisse. Pour que ça fonctionne, je devais m'assurer de frapper à la porte de l'aile privée de Wetherington. Je ne savais même pas si le duc et la duchesse vivaient au manoir en ce moment. Peut-être s'étaient-ils rendus dans une résidence privée dans les Highlands, ou dans une maison de campagne dans le Devon. L'inspecteur-chef Stevenson n'avait pas donné beaucoup de détails sur les conditions de la libération sous caution du duc.

J'hésitai un moment après avoir serré le frein à main. Qu'est-ce que je fabriquais ? Et si je me faisais arrêter ? Je grattai l'éruption cutanée entre mon pouce et mon index en trouvant le courage d'ouvrir la portière. Je le faisais pour Aiden, mais aussi pour moi. J'avais besoin de parler à *quelqu'un* qui pourrait avoir des réponses.

Avant de quitter la voiture, je retirai mon épais cardigan. Je transpirais déjà. Je n'avais pas besoin de cette couche supplémentaire, même avec le vent. Je m'aventurai péniblement sur le gravier de l'allée, avec mon poids supplémentaire à l'avant. J'étais complètement déséquilibrée et j'avançai en titubant jusqu'à la porte arrière. J'y parvins toutefois sans que personne ne me demande de m'en aller, et je frappai à la vieille porte en bois de chêne. Trois fois.

Je m'attendais à ce que Wetherington soit un peu comme Downton Abbey, avec un majordome pour m'accueillir. Ce n'était pas du tout le cas. Une petite femme voûtée, aux cheveux grisonnants, mais bien coiffés, m'ouvrit. Elle me regarda de haut en bas, notant sans doute mon expression choquée, et ses lèvres s'amincirent.

— Vous savez qui je suis ? demandai-je.

Ces mots semblaient étranges sortant de ma bouche, surtout compte tenu de la personne que j'avais en face de moi, mais je voulais qu'elle le sache. Je voulais qu'elle sache qui elle regardait.

— Oui, répondit-elle. Entrez.

Chapitre Trente-Deux

En suivant son cardigan en cachemire crème de bon goût, je me rendis compte que je ne savais absolument pas comment appeler cette femme. Duchesse ? Ou devais-je l'appeler Mme Graham-Lennox ? Ou Maeve, son prénom ?

— Il n'est pas là, dit-elle. Au cas où vous vous poseriez la question.

Cette pensée m'avait traversé l'esprit. Dès que j'avais franchi le seuil, je m'étais demandé si l'homme qui avait enlevé mon fils partageait cet espace de vie. Du moins, s'il avait enlevé mon fils.

— Je lui ai demandé de partir, dit-elle en franchissant une porte ornée qui donnait accès à un petit salon magnifique, décoré de commodes anciennes et de tableaux représentant des chevaux de course. Je ne pouvais pas supporter qu'il vive sous le même toit que moi. Pas après ce que la police a trouvé sur son ordinateur. J'ai partagé un lit avec cet homme pendant plus de cinquante ans, mais je ne l'aurais pas fait une nuit de plus. Voulez-vous une tasse de thé ?

— Non, merci, dis-je.

Depuis que j'étais entrée dans la maison, je me sentais de plus en plus comme l'adolescente qui s'était faufilée dans la propriété par défi avec son petit ami. Je m'accrochai à mon sac et regardai les belles antiquités comme une enfant dans un grand magasin chic. Je ne voulais pas renverser quoi que ce soit.

— Faites comme chez vous, dit-elle en désignant d'un geste un canapé fleuri aux pieds en acajou.

— Merci de m'avoir invitée à entrer. Je ne m'y attendais pas.

Elle rit en s'installant dans un fauteuil en velours rouge en face du canapé.

— Je parie que non.

Son maquillage était parfaitement appliqué, avec du rouge à lèvres rose et un peu de rouge sur sa peau ridée. Assise, les jambes croisées, elle ressemblait à une femme qui avait tenu son foyer.

— Je voulais vous rencontrer depuis que mon mari a été arrêté. Je me sens un peu responsable, voyez-vous. Bien que je n'aie pas la moindre idée du moment où a commencé... l'obsession de mon mari, j'avais des doutes que je m'efforçais de chasser.

Elle bougea la main dans un vague mouvement de balayage.

— Je ne l'ai jamais su avec certitude, et je n'ai jamais su ce qui n'allait pas, mais j'ai toujours soupçonné que mon mari avait un côté sombre. Cela peut sembler extrêmement insignifiant après ce que vous avez vécu, mais vous n'avez aucune idée de la pression que j'ai subie pour maintenir certaines normes tout au long de mon mariage. Le divorce n'était pas une option pour moi il y a cinquante ans. Alors même quand j'ai réalisé que j'avais épousé un raté, je n'ai pas pu revenir en arrière.

— Mais si vous pensiez que c'était un *monstre*...

— Qu'est-ce qu'un monstre ? demanda-t-elle. Une goule effrayante qui se cache derrière la porte de la chambre ? Une sorte de bête avec des crocs acérés ? Non. Ces choses n'existent pas. Les monstres sont des hommes et des femmes comme nous, et ils ont la capacité de cacher leur vrai visage. Non, je ne pensais pas avoir épousé un monstre, je pensais avoir épousé un homosexuel. Je n'ai jamais surpris James en train de regarder des enfants de *cette* façon, je savais seulement qu'il n'était pas particulièrement intéressé par moi. Nous avons réussi à perpétuer la lignée familiale, mais c'est à peu près tout.

— Et vos enfants ?

Elle s'agita, visiblement mal à l'aise, et enleva ses lunettes comme si elle essayait de gagner du temps.

— J'ai abordé le sujet avec eux. Ils ne se souviennent pas non plus qu'il ait fait... quoi que ce soit.

Elle ferma les yeux et je réalisai qu'elle avait enlevé ses lunettes pour tenter de me distraire du fait qu'elle luttait contre les larmes.

— Si vous ne saviez pas, ce n'est pas votre faute, dis-je.

La duchesse s'adossa à son fauteuil et laissa échapper un léger rire.

— Et c'est ce que les journaux disent de vous ? La mère est toujours en faute. Tout comme l'épouse. Les femmes sont censées *contrôler* les hommes, ce n'est pas comme ça que ça se passe ? Quel est ce dicton déjà ? « Derrière chaque grand homme se cache une grande femme ». Nous sommes censées être celles qui les soutiennent, ou qui les retiennent. Nous devons mettre de côté nos vies. Nos carrières, nos amours et nos pertes. Nous sommes les matriarches.

Elle plissa les yeux et serra les mains en prononçant ce dernier mot. Son corps s'affaissa en avant. Elle semblait soudain épuisée.

— Pour ce que ça vaut, je ne pense pas que James ait jamais touché votre garçon. Il n'a pas été particulièrement actif au cours de la dernière décennie, criblé par la goutte et en rémission d'un cancer des intestins. Mon mari n'a pas été un homme bien. S'il a déjà abusé d'enfants – et je ne suis pas certaine qu'il l'ait fait – alors je dirais que c'est arrivé il y a longtemps. Bien avant que votre garçon ne soit porté disparu.

Elle s'était recroquevillée sur elle-même, se penchant comme une vieille dame. Elle avait pris dix ans rien qu'en me parlant.

— Merci d'avoir pris le temps de me parler.

Je me levai et récupérai mon sac. Pendant un bref instant, j'hésitai, cherchant quelques mots de réconfort. Je ne trouvai rien.

La duchesse ne leva pas la tête lorsque je me retournai et que je la laissai là, défaite, sur le fauteuil antique au milieu de ce vaste manoir.

DEPUIS MA RENCONTRE avec la duchesse, j'avais revu dans mes rêves son corps flétri sur ce fauteuil. Elle me hantait. Une fois l'enquête terminée, la duchesse de Hardwick était morte moins de trois ans après notre rencontre par cette douce journée d'octobre. J'avais assisté à ses funérailles, accompagnée d'Aiden. Cela avait été une cérémonie tranquille avec un nombre étonnamment faible de personnes. Ils avaient parlé de sa force en tant que mère et épouse, et de l'efficacité avec laquelle elle avait géré les affaires courantes de Wetherington House.

Ses enfants avaient décidé de vendre la maison, et aux dernières nouvelles, elle devait être transformée en musée avec de nombreuses antiquités vendues aux enchères chez Wetherby.

Son mari, lui, avait survécu.

J'AVAIS LAISSÉ Aiden avec Rob et ses parents plus longtemps que prévu, mais je ne me précipitai pas pour rentrer. J'avais besoin de temps pour réfléchir aux paroles de Maeve Graham-Lennox. J'avais pitié d'elle et de ce qu'elle avait traversé. Les familles comme la sienne n'avaient pas été conçues pour faire face à des problèmes aussi graves. Pour eux, c'était un *scandale*, et cela signifiait que leur réputation se retrouvait entachée. Or c'était tout pour eux. Les gens paieraient-ils encore pour entrer à Wetherington House ? Peut-être, mais avec une curiosité morbide.

— Ceci, mesdames et messieurs, est l'ordinateur où le duc cachait ses vidéos pédophiles.

Plus j'y pensais, plus je réalisais que nous étions *tous* des monstres. Oui. Tous. Nous sommes des monstres. Nous aimons lire ce genre d'histoires. Nous sommes des voyeurs accros à la souffrance humaine.

Dès que je m'engageai dans l'allée de la maison, je sentis mes tripes se tordre comme à chaque fois que quelque chose n'allait pas.

La porte d'entrée était ouverte, pour commencer. Je garai la voiture, détachai ma ceinture de sécurité et me précipitai hors du véhicule. Je faillis être renversée par une femme blonde qui traînait à moitié un garçon d'environ dix ans qui pleurait et tenait sa main bandée. Rob la suivait d'un pas pressé.

— Je suis vraiment désolé pour ce qui s'est passé, dit-il.

Il devait trottiner pour suivre la femme et levait les mains en signe d'apaisement.

Ce ne fut qu'après un moment que je réalisai que cette femme était Siobhan Michaels. Son fils, Billy, était scolarisé à l'école primaire de Bishoptown et elle travaillait en tant que responsable de l'entreprise de gîtes de vacances de Sonya et Peter.

— Je n'aime pas dire ça, Rob, mais les journaux ont raison. C'est une menace.

— Qui est une menace ? crachai-je en me joignant aux festivités.

Siobhan me contourna.

— Je suis désolée, Emma. Ce qui est arrivé à Aiden est terrible, mais je ne pense pas qu'il soit sûr de le laisser en présence d'enfants.

— Pas pour l'instant, non, dis-je. Il est encore en train de se remettre de ce qui lui est arrivé. Rob, qu'est-ce que tu as fait ?

Le visage de Rob était pâle et en sueur. Il grimaçait et sa mâchoire était serrée. Je remarquai que ses yeux papillonnaient dans la cour, comme s'il cherchait des journalistes.

— Ce n'était pas mon idée. Je suis tombé dans une embuscade, d'accord ?

Alors que Siobhan montait dans sa voiture avec l'enfant en pleurs, j'attrapai Rob par le bras et le forçai à me regarder.

— Qu'ont fait tes parents ?

— Ils voulaient bien faire. Ils ont pensé que si Aiden avait quelqu'un avec qui jouer, ça pourrait... l'aider.

— Que s'est-il passé ? demandai-je, mon estomac descendant déjà jusqu'à mes genoux.

— Il a blessé le gamin à la main avec les ciseaux.

Je lâchai le bras de Rob et reculai en titubant.

— Et merde.

— Billy n'arrêtait pas de jouer avec la télécommande de la télévision. Il s'amusait à l'arracher de la main d'Aiden. Je lui ai dit d'arrêter, mais Siobhan a dû gâter cette petite merde, parce qu'il ne voulait pas m'écouter. Et ensuite, le gamin a tiré les cheveux d'Aiden. Alors, Aiden a pris les ciseaux sur la table basse et les a enfoncés dans sa main. C'étaient des ciseaux d'enfants, donc ils ne lui ont pas fait grand-chose. Ça lui a juste un peu écorché la peau.

Il leva les yeux au ciel.

— On croirait que le gamin s'est fait tirer dessus vu sa réaction.

— Bon sang, Rob. Comment as-tu pu penser que ce serait une bonne idée ?

— Je suis vraiment désolé.

— Allez-vous-en, tes parents et toi, lâchai-je.

— Quoi ?

— Je suis sérieuse. Vous avez vraiment merdé. Il est temps que vous partiez.

Je lui tournai le dos et fonçai dans la maison.

Chapitre Trente-Trois

Après cet incident, je me demandai si Sonya était malveillante ou juste stupide. Quelque part dans sa tête bornée, elle avait dû penser qu'inviter Siobhan chez *moi* ferait d'une pierre deux coups. D'abord, cela permettait à Rob de fréquenter une autre femme que moi. De plus, cela permettait à Aiden de rencontrer un autre enfant, ce qui, selon elle, aurait dû bien se passer et lui faire gagner des points en tant qu'adulte responsable. Le but final de Sonya était que Rob et Aiden vivent sous le même toit et que je sois libre d'être avec mon « autre famille ». J'en étais sûre.

Je ne parlai pas à Jake de l'incident avec les ciseaux et je ne lui racontai surtout pas ma rencontre avec Maeve Graham-Lennox. Cela, pour autant que je sache, devait rester un secret entre la duchesse et moi.

Le lendemain, un mardi gris d'octobre, je reçus un appel de l'inspecteur-chef Stevenson qui confirmait ce que je savais déjà. Le duc n'avait pas enlevé Aiden. Il avait été hospitalisé pendant de longues périodes au cours des dix dernières années, il n'y avait aucune preuve d'une quelconque pièce qui aurait pu être utilisée pour garder Aiden captif, et il avait un alibi pour le jour où Aiden avait été enlevé. Il assistait à une partie de chasse dans une autre maison de maître dans le Yorkshire avec un lord qui pouvait corroborer ses dires. Nous étions de retour à la case départ. Qui avait enlevé mon fils ? Qui lui avait fait ça ? Qui l'avait brisé ?

Je ne faisais plus de pique-niques en prétendant que nous mangions sur le Kilimandjaro. Je ne lui montrais plus mes films pour enfants et mes émissions de télévision préférés et je ne lui tenais plus la main lorsque nous traversions la rue dans le village. Je ne lui parlais certainement plus comme s'il était toujours le petit Aiden que j'avais connu dix ans plus tôt, si tant est que ce garçon ait jamais existé. Je m'éloignais de lui, même si je ne le réalisais pas à ce moment-là. La pensée que le ravisseur d'Aiden soit toujours en liberté me rendait malade, et je voulais plus que tout mettre cet homme derrière les barreaux – si c'était un homme. J'avais même supplié l'inspecteur-chef Stevenson de mieux chercher. Qui cela pouvait-il être ? Qui était-ce ?

Je m'éloignais de tout le monde : de Jake, d'Aiden, de Rob et de tous les autres. Mes rêves oscillaient entre cauchemars sur l'agresseur d'Aiden, sur l'accident de voiture de mes parents et rêves troublants, mais érotiques sur Rob et Jake. Parfois, Jake enroulait ses mains autour de ma gorge et serrait jusqu'à ce que je ne puisse plus respirer. J'appelai l'inspecteur-chef Stevenson plus de cinq fois ce mardi-là, laissant des messages étranges à un assistant du poste de police : « Cherchez Brian qui dirige le White Hart », « Avez-vous parlé à Jeff de la ferme près de Bishoptown ? ». Il devait forcément y avoir quelque chose du côté des fermes. Elles étaient tentaculaires avec des tas de dépendances. Cela semblait être une idée de génie ; pourquoi n'avais-je pas pensé à ces fermes avant ? Je conduisis même Aiden dans le village pour voir s'il allait réagir bizarrement devant certains bâtiments. Bien sûr, en y repensant, ça n'avait pas beaucoup de sens. La ferme de Jeff se trouvait à des kilomètres des bois, aussi, à moins que le fermier ait conduit Aiden dans la forêt et l'y ait déposé, il y avait de fortes chances qu'il ne soit pas son ravisseur.

Je commençai à écrire à Aiden, assise en silence, le regardant depuis la table de la cuisine. Je me penchai de façon à le voir fixer l'écran, regardant des personnes discuter à la télévision de sujets auxquels elles ne connaissaient rien, et je lui écrivais pour éviter d'avoir à lui parler. « Quand tu étais petit, tu faisais des gâteaux avec de la boue et tu les lançais à grand-mère. Elle ne trouvait pas ça aussi hilarant que toi. Tu te souviens ? Et quand tu avais quatre ans, je te lisais *L'appel de la forêt*. Quelques chapitres chaque soir avant d'aller dormir. Quand tu étais bébé, tu avais peur de tes propres couches ! Tu pleurais *une fois* que je te les avais enlevées, pas avant. À un peu plus de trois ans, tu voulais absolument serrer tout le monde dans tes bras, même contre leur gré : la jambe d'un homme au hasard à Costa, un arbre dans le parc, le chat sauvage qui errait dans le village. Tu les prenais dans tes bras, sans te soucier de qui ils étaient ni d'où ils venaient. Ce sont toutes les choses que je sais. » C'est ainsi que je signais chaque lettre, pour me rappeler que je me souvenais de son enfance.

— Je te connais, me murmurai-je à moi-même.

Mais c'était un mensonge, parce que je ne connaissais pas du tout Aiden. Il était devenu un étranger pour moi. Les abus qu'il avait subis avaient fait de lui une personne totalement différente, et je ne me pardonnais pas d'avoir eu si peur de lui, parce que cela revenait à culpabiliser la victime. Les victimes ne devraient pas avoir à expliquer leurs actes étrangers après un traumatisme, mais il est si difficile pour le reste d'entre nous de comprendre pourquoi elles se comportent de la sorte. Si une femme se fait violer et n'appelle pas à l'aide, pourquoi n'a-t-elle pas crié ? C'est ce que le jury n'arrive pas à comprendre. Pourquoi n'a-t-elle pas hurlé ? Pourquoi Aiden ne voulait-il pas nous dire qui l'avait enlevé ? Pourquoi refusait-il de nous parler, tout court ?

La maison était remplie de non-dits. Mes conversations avec Jake s'étaient transformées en banalités pour éviter de nous disputer au sujet de la présence d'Aiden chez nous. Jake avait accueilli avec enthousiasme la proposition de Sonya de garder Aiden, mais j'avais refusé. Même si j'avais peur pour mon fils, je ne pouvais pas supporter l'idée de ne pas le voir tous les jours. De plus, il était sous ma responsabilité, pour le meilleur et pour le pire. Une mère ne rejette pas son enfant comme un jouet cassé. Je devais m'occuper de lui pour m'assurer qu'il ne fasse de mal à personne. Ce poids reposait sur mes épaules.

Pour couronner le tout, alors que j'étais assise à la table de la cuisine en train d'écrire une autre de mes lettres folles à un fils qui était assis à quelques mètres de moi, j'entendis une voix que j'aurais reconnue entre mille. Amy.

La chaise racla contre les carreaux de la cuisine lorsque je me levai brusquement de mon siège. Je me précipitai dans le salon et m'installai sur le canapé à côté d'Aiden. À ce stade, j'avais pratiquement abandonné l'idée de le protéger des médias. Il n'était pas stupide ; il savait ce qui se passait de toute façon, ou du moins je le pensais. Bien qu'il ne réagisse presque pas, j'avais remarqué la façon dont ses yeux scrutaient les titres. Une fois, je l'avais surpris en train de feuilleter un journal, s'arrêtant sur une page où figurait son visage. Il ne s'était pas montré du doigt, n'avait pas sursauté ou n'avait pas réagi de quelque façon que ce soit, mais je voyais bien qu'il avait compris ce qui se passait.

Je montai le volume de la télévision. Amy était assise, les jambes serrées et les mains posées sur ses genoux, comme une petite fille guindée qui attendait qu'on la prenne en photo. Bien que son expression soit relativement impassible, son menton était hautain et je vis qu'elle était en colère. Cette Amy n'avait rien à voir avec la fille douce et timide avec laquelle j'avais travaillé pendant des années ni avec la fille dont je me souvenais à l'école. Je repensai à la façon dont elle avait sangloté en me suppliant de la pardonner après avoir cru qu'Aiden s'était noyé. La façon dont son eye-liner avait coulé sur son visage. C'était du pipeau. Cette fille, cette femme, dans son tailleur jupe deux pièces et son chemisier bleu foncé – un choix évident pour mettre ses yeux en valeur – était une salope jalouse et en quête d'attention.

— Nous connaissons tous l'histoire choquante d'Aiden Price, dit le présentateur aux cheveux gris. Non seulement Aiden a été déclaré mort il y a trois ans, mais il a été retrouvé marchant dans la rue, désorienté, et la police pense qu'il a été retenu captif pendant une *décennie*. C'est vraiment le crime le plus choquant dont j'ai entendu parler, et peut-être aussi le plus tragique. Il n'est pas évident de par sa nature, et il peut être compliqué de comprendre le comportement d'Aiden et de sa mère. Aujourd'hui, nous sommes avec Amy Perry, une amie d'Emma Price-Hewitt, et l'institutrice d'Aiden Price. Merci d'avoir accepté de vous joindre à nous.

— Merci de me recevoir, même si j'aurais préféré que ce soit dans des circonstances moins tragiques.

Elle sourit à la caméra, dévoilant ses dents blanches. C'est à ce moment-là que je réalisai que ce n'était pas naturel. Elle avait fait blanchir ses dents avant cette interview.

— Vous connaissez Emma Price-Hewitt depuis de nombreuses années, n'est-ce pas ?

— En effet. En fait, nous sommes allées à l'école ensemble.

— Et vous étiez amies ?

— En quelque sorte, répondit Amy en jetant un léger coup d'œil à la caméra. Emma était beaucoup plus populaire que moi. Nous avions certains cercles en commun. Bishoptown-sur-Ouse est un tout petit village. Tout le monde se connaît.

— Nous savons qu'Emma est tombée enceinte quand elle avait dix-huit ans. Cela a dû être très difficile pour elle.

— Oh, c'est vrai, dit Amy, comme si elle avait la moindre idée de ce que j'avais pu penser ou ressentir à ce moment-là. Elle venait à l'école avec les yeux rouges et le maquillage défait. Elle traversait un moment très difficile, visiblement.

— Pensez-vous que le stress d'avoir un enfant si jeune a eu un impact sur Aiden en tant que bébé ?

— Je dirais que oui, répondit Amy en acquiesçant. Aiden était un bébé difficile. Il pleurait beaucoup quand elle le promenait dans le village.

Foutue menteuse.

— Et vous étiez l'institutrice d'Aiden, n'est-ce pas ? demanda le présentateur.

— En effet. J'ai enseigné à Aiden entre cinq et six ans.

— C'était un petit garçon bien élevé ?

Amy marqua une pause.

— Eh bien, je n'irais pas aussi loin. Je dirais qu'il avait quelques problèmes de comportement. C'était un petit garçon très... énergique avec une grande curiosité.

— Dans l'article que vous avez écrit pour le *Mail*, vous avez mentionné qu'Aiden était un petit garçon assez téméraire et que vous ne pensiez pas qu'on lui avait inculqué les notions de danger.

— En effet, je crois fermement qu'on ne lui a pas appris à se protéger. C'est triste, vraiment. Je veux dire, j'aime Emma comme une sœur, et je ne l'accuserais jamais de négligence, mais la question se pose forcément... Si elle n'avait pas laissé Aiden être si libre, peut-être qu'il ne se serait pas éloigné ce jour-là, et peut-être qu'il ne serait pas parti avec un inconnu.

Je me levai et me mis à faire le tour de la pièce, serrant et desserrant les poings. Mon pouls s'accélérait, et le visage suffisant d'Amy avait une énorme cible sur son front. J'aurais voulu briser l'écran de télévision, mais je n'en fis rien. J'avais besoin de voir ce qu'elle avait à dire d'autre.

— Notre ligne ouverte du jour a donc pour thème la sécurité de nos enfants. L'expert en comportement des enfants Raj Patel est avec nous. Pour témoigner, veuillez appeler le...

Je composai le numéro. Je ne pouvais m'en empêcher. Je parvins à joindre l'émission. Je parlai d'abord au standard. On me demanda d'éteindre la télévision avant de passer à l'antenne. Je ne leur dis pas qui j'étais. Je mentis et me présentai comme Emily du Yorkshire. J'attendis quelques instants alors que mon sang pompait si fort et si vite que je sentais mon pouls au bout de mes doigts. Avant même que je m'en rende compte, le présentateur s'adressait à moi.

— Emily du Yorkshire, quelle est votre question ?

— Ma question s'adresse à Amy. Pour qui vous prenez-vous ? Pourquoi blâmer Emma Price alors que c'est vous qui étiez censée surveiller Aiden quand il a été enlevé ? Il est parti sous *votre* surveillance, Amy, pas sous celle de sa mère. Quand les enfants vont à l'école, les parents s'attendent à ce qu'on s'occupe d'eux...

— Mais les enseignants ne *sont pas* des parents. Les enfants ont besoin qu'on leur apprenne... commença-t-elle.

— Ferme-la, Amy. Espèce de menteuse. Tu m'as offert cette poupée et tu as prétendu être mon amie...

— Euh, qui est-ce ?

— Tu te rappelles avoir débarqué chez moi deux mois après l'enlèvement d'Aiden ? Tu te rappelles t'être mise à genoux et avoir imploré mon pardon ? Je t'ai entourée de mes bras, et je t'ai dit que tout était pardonné, alors que j'aurais dû te planter un couteau dans le dos comme tu l'as fait avec moi.

Chapitre Trente-Quatre

Maeve Graham-Lennox m'avait parlé de la façon dont les gens pouvaient porter un masque. Sous ce masque se cachait le potentiel de chacun d'entre nous à devenir un monstre. J'avais vu le masque d'Amy tomber, et je savais qu'elle était autant un monstre que n'importe qui d'autre. Je la détestais. Je détestais son chemisier en soie fraîchement nettoyé à sec et ses dents récemment blanchies. Je détestais ses cheveux coiffés pour la télé et sa posture irréprochable. Et j'étais absolument convaincue que c'était elle qui avait enlevé Aiden.

J'appelai Denise et l'inspecteur-chef Stevenson et les suppliai de réexaminer son cas, mais ils me répondirent qu'elle avait été écartée de l'enquête. On avait retracé ses faits et gestes pendant la tempête. Il n'y avait qu'une période de cinq minutes pendant laquelle elle s'était retrouvée seule, et ce n'était pas assez long pour emmener Aiden là où il avait été retenu captif. Mais je refusais de laisser tomber. Cette femme s'était *transformée* en une autre personne sous mes yeux. Depuis combien de temps cette autre personne existait-elle ? Depuis combien de temps prévoyait-elle d'aller raconter son histoire à la presse ?

Jake pensait que j'étais folle.

— Une personne qui aurait enlevé un garçon et l'aurait gardé enfermé pendant dix ans, fit-il en baissant la voix, et lui aurait fait toutes ces *choses*, n'irait jamais témoigner à la télévision au risque d'attirer l'attention sur elle.

Même Rob était d'accord, et il était généralement méfiant envers tout.

Au milieu de ce chaos, je réussis tout de même à emmener Aiden à sa séance de thérapie avec le Dr Foster le mercredi.

— Comment va Aiden ? demanda-t-elle.

— Pareil, vraiment. Aucune évolution.

— Et vous ? s'enquit-elle.

— Je suis censée accoucher dans une semaine, dis-je. J'ai beaucoup de choses à penser.

— Mais vous êtes si mince ! fit-elle remarquer. Quand j'étais enceinte de neuf mois, je ressemblais à une vache ou à une baleine échouée. Vous avez... fit-elle en souriant, peut-être pour masquer son indélicatesse.

— De la chance ? terminai-je. D'une certaine manière, je suppose.

— Alors, vous êtes prête ? demanda-t-elle, changeant de sujet.

Je fronçai les sourcils.

— On doit juste terminer le berceau et ce sera bon.

— Comment Aiden a-t-il réagi aux changements dans la maison ?

C'était le moment de raconter au Dr Foster l'incident du berceau. Mais mon instinct maternel me retenait. Même si j'appréciais le Dr Foster, je ne lui faisais pas entièrement confiance. Je ne voulais certainement pas qu'elle recommande que mon fils soit placé.

— Il s'en sort bien. Il est allé voir la chambre d'enfant et il sait ce qui se passe, mais il ne parle toujours pas, donc il n'y a pas grand-chose à dire.

— Et ses dessins ?

Violents, pensai-je. Tellement plus violents qu'avant. Il dessinait du sang sur de l'acier, du sang sur des feuilles, du sang dans le berceau... Il avait usé son crayon de couleur rouge jusqu'à la corde et son tube de peinture rouge jusqu'à la dernière goutte.

— Comme d'habitude.

Je jetai un regard nerveux vers l'endroit où Aiden était assis en train de colorier tout seul. Loin de nous. C'était ce qu'Aiden était maintenant : un étranger qui regardait à l'intérieur.

— J'ai pensé à Aiden, et je crois qu'il est maintenant temps d'envisager d'autres options.

Je me raidis. On ne m'avait pas parlé d'*autres options*.

Le Dr Foster leva les mains dans un geste d'apaisement.

— Ne vous inquiétez pas, ce n'est rien de trop contraignant, mais c'est important. Je veux qu'Aiden commence à voir un orthophoniste pour l'aider. Maintenant qu'il s'est habitué à son environnement, je pense qu'il est temps pour nous de l'aider à parler.

— D'accord.

— Cela fait plus de deux semaines et ce niveau de mutisme est inédit. L'inspecteur-chef Stevenson et moi pensons qu'il est souhaitable de pousser Aiden un peu plus loin. Mais je ne veux pas en faire trop, c'est pourquoi j'ai suggéré un orthophoniste.

— Je comprends, dis-je.

— Bien. Je vais chercher mon carnet et vous suggérer quelques spécialistes.

Je grattai l'éruption cutanée sur ma main et réfléchis à ce que le Dr Foster n'avait pas dit pendant notre conversation. Il était temps qu'Aiden parle, sans quoi nous ne saurions jamais qui l'avait enlevé dix ans plus tôt.

LE BÉBÉ ÉTAIT PARTICULIÈREMENT en forme ce jour-là. Quand votre bébé vous donne des coups de pied, la dernière chose que vous voulez, c'est conduire. J'avais hâte d'être à la maison. Quand nous arrivâmes, Aiden disparut dans le garage et je me précipitai dans la cuisine pour prendre un verre d'eau et un biscuit.

Mon téléphone sonna. Quand je consultai l'écran, je vis le numéro de Rob.

— Allô ?

— Emma, ils ont emmené mon père pour l'interroger.

— Quoi ?

Il parlait rapidement, d'une voix haletante et paniquée. J'entendais du mouvement en arrière-plan et j'imaginai Rob faisant les cent pas, ne sachant que faire de son énergie anxieuse.

— La police lui a demandé de venir au poste pour un interrogatoire. Ils disent qu'ils ont examiné les images de vidéosurveillance du jour où Aiden a été enlevé et qu'ils l'ont vu marcher près du pont dix minutes avant l'enlèvement.

— Ils sont sérieux ?

— Je ne sais pas ce qui se passe. Ils pensent peut-être qu'il a vu quelque chose, mais ça semblait... formel, comme s'il était suspect. Ma mère devient folle. C'est tellement stupide, il est juste descendu prendre des photos de l'inondation. Et comment aurait-il pu garder Aiden enfermé pendant dix ans sans qu'aucun de nous ne le sache ?

— Rob, essaie de rester calme.

— Je suis tellement en colère, Emma.

— Je sais, mais ça ne va rien arranger.

— Je dois y aller. Ma mère a besoin de moi.

Je m'affalai sur une chaise dans la cuisine. De tous les suspects possibles, je n'aurais jamais pensé à me méfier du grand-père d'Aiden. Cet homme était d'un ennui mortel. Mais... c'était un ornithologue et un charpentier. Il passait beaucoup de temps à l'extérieur, dans des hangars idiots, à regarder les oiseaux. S'il pouvait construire une cabane, que pouvait-il construire d'autre ? Une cage ? Je chassai ces pensées de ma tête. Non. Je connaissais Peter. Il n'était pas... Mais ensuite je pensai à la façon dont j'avais cru connaître Amy. J'avais vu comment son masque était tombé, et maintenant je connaissais son vrai visage. Et si la même chose était vraie pour Peter ?

Je pris une gorgée d'eau fraîche. J'aurais aimé boire quelque chose de plus fort. Le bébé bougea, me rappelant que ce ne serait pas une bonne idée d'ouvrir la bouteille de brandy que nous avions cachée quelque part. Un autre cadeau de Noël non désiré que nous n'avions pas eu le temps de jeter.

Au lieu de cela, je mis ma tête entre mes mains, et j'essayai de résoudre ce casse-tête. Je savais qu'Aiden avait disparu entre 13 h 15 et 13 h 20. C'était à ce moment-là qu'Amy avait dit avoir été distraite par l'inondation et avoir quitté la classe pendant cinq minutes. Un seul des camarades d'Aiden avait dit l'avoir vu partir, et c'était Jamie, un petit garçon dont le père travaillait dans le cabinet du généraliste avec ma défunte mère. Apparemment, Jamie avait demandé à Aiden où il allait, mais il n'avait pas répondu.

À ce moment-là, Amy était occupée à placer des seaux sous les fuites du plafond le long du couloir de l'école. Responsable et concierge arpentaient le bâtiment pour évaluer l'état de chaque classe. Jake était avec Simon de l'informatique à la recherche de salles de classe sèches pour relocaliser les élèves. D'après ces dépositions, aucun d'entre eux n'avait eu le temps d'enlever un enfant et de le cacher quelque part. Je doutais fortement qu'ils aient eu le temps de l'emmener au plus profond de la forêt de Rough Valley – bien que je ne sois pas certaine que c'était là qu'Aiden avait été gardé captif.

Si Peter était resté seul le plus longtemps de tous, peut-être que je ne pouvais pas faire confiance au grand-père de mon fils après tout. Je me sentais mal. C'était le cas depuis le début, mais c'était encore pire à présent. Je passai mon doigt sur le bord du verre et j'essayai de tout reconstituer. Après quelques minutes, j'appelai Rob, mais il ne répondit pas ; puis j'essayai Jake, mais j'atterris directement sur son répondeur.

Je me levai et me mis à faire les cent pas dans la cuisine. Mes mains étaient rougies par les frottements ; la lotion pour les mains était inutile.

Tout cela durait depuis bien trop longtemps. Il arrive un moment où l'esprit humain ne peut plus supporter la pression. J'atteignais le point de rupture. Les choses avaient empiré depuis que cette femme avait rayé ma voiture. Je marchais sur le fil du rasoir, peinant à garder l'équilibre. Je devais m'accrocher pour Aiden. C'était de force dont il avait besoin, pas de faiblesse.

Je décidai de m'occuper. Peut-être que me servir de mes mains m'aiderait. Je me dirigeai donc vers les placards de la cuisine pour sortir une miche de pain et nous faire des sandwichs. Je doutais fort que l'un de nous ait faim, mais au moins je ferais quelque chose. C'est alors que je remarquai la pile de lettres à l'extrémité du plan de travail de la cuisine.

Nous avions un organiseur de courrier, mais avec tout ce qui se passait, les lettres avaient fini par s'empiler. Denise et Marcus n'étaient plus aussi présents, alors le courrier des admirateurs d'Aiden était négligé. J'avais reçu des lettres du monde entier me disant à quel point les gens étaient désolés de ce qui était arrivé à Aiden – mais j'avais aussi reçu des lettres du monde entier me disant que j'étais une mère horrible et que je méritais d'aller en enfer.

Ce qui attira mon attention fut la carte du bureau de poste. C'était l'une de ces cartes qui vous informait que l'affranchissement était incorrect. J'allais l'ignorer – je n'avais pas particulièrement envie de payer l'affranchissement d'une autre lettre truffée de méchancetés –, mais le code postal de l'expéditeur était inscrit sur la carte. C'était quelqu'un du coin. J'entrai le code postal sur Google et tombai sur le York College of Lifelong Learning. C'était là que Jake enseignait l'histoire de l'art tous les mardis et jeudis. C'étaient aussi eux qui devaient m'envoyer un prospectus pour que je vérifie que Jake y travaillait bien. La femme au téléphone ne connaissait pas le nom de l'enseignant, elle savait seulement qu'il avait pris un congé, et le site web ne listait que les cours, pas les noms des profs.

J'avais oublié que j'avais demandé à recevoir la brochure, et il semblait que la secrétaire incompétente n'avait pas affranchi correctement le courrier. Je pris mon sac et mes clés de voiture et me ruai dans la pièce d'à côté.

— Mets ton manteau, Aiden. On va à la poste.

Chapitre Trente-Cinq

Malgré les nuages sombres qui planaient au-dessus de nos têtes, la température restait anormalement chaude pour un mois d'octobre. Alors que je roulais dans les rues étroites du village de Bishoptown, je transpirais dans l'épais pull que j'avais enfilé sur un jean élastique. Aiden était assis tranquillement à côté de moi, les mains sur les genoux. La radio jouait de la pop des années 90. Je ne déblatérais pas devant Aiden comme avant. Il y avait une pile de lettres qui lui étaient adressées dans le tiroir du bureau de la chambre, mais en matière de conversation… nous en étions au point mort.

Quand je repense à cette partie de mon histoire, à ces semaines folles qui ont précédé la naissance de mon deuxième enfant, je me demande si je n'avais pas perdu espoir. Je vois ça comme un défi envers moi-même et la personne que je croyais être. Est-ce que j'avais laissé tomber Aiden ? Peut-être, ne serait-ce que brièvement. Parfois, je pense qu'abandonner une victime est impardonnable. D'autres fois, j'accorde au terme « cas désespéré » plus de poids qu'auparavant.

Depuis la réapparition d'Aiden, j'avais évité le bureau de poste. Il était géré, comme ils semblaient tous l'être, par des femmes et des hommes d'âge moyen qui auraient rempli le quota de stéréotypes d'une sitcom. Mais à Bishoptown, je connaissais le nom de tous les employés. Il y avait Sandra, dont le fils étudiait à Cambridge. Tout le monde dans le village savait qu'il était à l'université là-bas, tant sa mère était fière. Et Sam, un jeune homme d'une vingtaine d'années, qui m'avait recommandé un jour une bonne esthéticienne pour mes sourcils. Je n'avais pas été confrontée à ce niveau de passif agressif depuis que ma mère était décédée, mais j'avais quand même pris ce fichu numéro. Ensemble, nous les nommions « San-Sam », comme s'ils étaient deux célébrités qui s'étaient mariées et avaient ainsi fusionné leurs personnalités en un seul mastodonte.

San-Sam étaient gentils et généralement agréables, mais jusqu'alors, j'avais toujours envoyé Denise au bureau de poste pour récupérer mon courrier, en partie parce que la police s'inquiétait des courriers haineux que je pourrais recevoir, et en partie parce que je savais qu'ils s'acharneraient sur moi et je n'étais pas sûre de pouvoir le supporter. Cependant, je réalisai rapidement que je m'étais trompée. Quand j'entrai dans le bureau de poste avec Aiden à mes côtés, l'endroit devint mortellement silencieux.

Je rejoignis la fin de la file d'attente et j'essayai de faire comme si je n'avais pas remarqué que les bavardages habituels de la boutique avaient cessé dès que j'étais entrée. Le côté exigu de la pièce me faisait transpirer encore plus, et je sentis un filet de sueur couler le long de ma tempe. Je l'essuyai avec ma manche et j'espérai ne pas avoir à attendre trop longtemps. San-Sam étaient tous deux au comptoir, servant un client chacun. J'étais la troisième dans la file d'attente derrière deux retraités que je ne connaissais pas. S'il y avait bien un groupe oublié à Bishoptown, c'étaient les personnes âgées. Elles quittaient rarement la maison, mais quand elles le faisaient, c'était en meute. L'union fait la force. Malheureusement pour eux, nous avions tendance à ne pas vraiment les *voir*, à moins qu'ils ne se trouvent au milieu du chemin, comme c'était le cas ce jour-là. C'était triste, et j'en étais consciente, mais j'avais trop de choses à faire pour m'en préoccuper davantage à ce moment-là.

Sandra termina la première avec son client. Je lui adressai un petit sourire et conduisis Aiden vers le comptoir. Je n'avais pas pu me résoudre à le laisser seul dans la voiture.

— Je... humm... dois payer cet affranchissement.

En passant la carte dans l'interstice sous la vitre, j'avais l'impression que tout le monde dans le bureau de poste me regardait. J'essuyai à nouveau mon front.

— Bien sûr.

Sandra prit la carte, jetant un coup d'œil à Aiden pendant qu'elle scannait un code-barre sur le devant.

— Une livre quatre-vingt, s'il vous plaît.

J'avais préparé la monnaie. Je la glissai dans l'espace prévu à cet effet.

— Je vais chercher la lettre.

Alors que Sandra s'éloignait, Sam me jeta un coup d'œil et m'adressa un demi-sourire. Il ouvrit la bouche pour parler, mais s'interrompit. Son regard tomba sur ses mains et il tambourina sur le comptoir comme s'il essayait de combler le silence. J'étais la seule cliente restante dans le bureau, et la gêne était à son comble. Heureusement, Sandra revint au guichet.

— Et voilà.

— Merci.

L'enveloppe était épaisse, de format A4, et légèrement abîmée aux coins. Je la fourrai dans mon sac et me retournai pour partir avec Aiden.

— Emma.

Je fis face à Sandra. Sa bouche s'ouvrait et se fermait, et je détournai les yeux pour ne pas rendre le moment encore plus embarrassant.

— Je suis vraiment désolée pour Aiden, dit-elle.

— Moi aussi, ajouta Sam.

— Merci, marmonnai-je en me dépêchant de quitter la boutique avant que les larmes ne coulent.

Mon cœur ratatiné émit un petit bruit, comme si quelqu'un avait pincé une corde tendue. C'était une chose à laquelle je ne m'étais jamais habituée : le sentiment que vous ressentiez lorsque les gens étaient sincèrement préoccupés pour vous ou vous voulaient du bien. La plupart des gens étaient complètement faux. Ils ne se souciaient pas de vous et parvenaient à peine à le cacher. Puis il y avait les gens comme San-Sam qui vous bouleversaient avec un élan de gentillesse soudain, et ça semblait tellement stupide de réagir ainsi, alors qu'ils avaient seulement dit « désolé ».

Je réussis à me ressaisir dans la voiture. Je pris la lettre et déchirai le rabat pendant qu'Aiden était assis à me regarder. Au moins, il semblait vaguement conscient de son environnement pour une fois. Il y avait des moments où il ignorait tout ce qui se passait autour de lui.

Le prospectus était épais, ce qui me surprit pour un si petit établissement. Combien de cours proposaient-ils ? Je feuilletai la section des arts et des sciences humaines et trouvai la page consacrée à l'histoire de l'art. Mes yeux parcoururent les paragraphes à la recherche du nom de Jake. Mais quand je trouvai le cours – histoire de l'art le mardi et le jeudi soir –, le nom à côté du module n'était pas Jake Hewitt. C'était David Brown.

Je fronçai les sourcils et cherchai à nouveau. Avais-je consulté le mauvais cours ? Cette fois, je suivis chaque nom avec mon doigt pour m'assurer que je n'avais pas mélangé noms et cours. Non. Il n'y avait pas d'erreur, Jake Hewitt ne figurait pas dans le prospectus. Je sortis mon téléphone de mon sac et composai le numéro de l'université.

— York Lifelong Learning Centre, comment puis-je vous aider ?

Ce n'était pas la même personne ; cette fois, c'était une femme plus jeune.

— Bonjour, je suis vraiment désolée, mais j'ai une rédaction à rendre demain et j'ai oublié le nom de mon enseignant. C'est pour l'histoire de l'art les mardis et jeudis.

— Oh, ça doit être David Brown.

— J'aurais juré qu'il s'appelait Jake quelque chose. Je dois devenir folle, à moins que David ne soit nouveau ?

— Non, dit-elle. Il travaille ici depuis huit ans maintenant. Les mêmes soirs. Mais il y a un Jack Hawthorne qui enseigne le commerce. Peut-être que vous pensez à lui ?

— Probablement. Merci beaucoup pour votre aide.

— Pas de problème.

Je raccrochai, le cœur battant la chamade. Je tamponnai la sueur sur mon front et je m'adossai au siège de la voiture. Comment était-ce possible ? Quand j'avais appelé l'établissement, je n'envisageais pas sérieusement que Jake ait pu me mentir sur son travail du soir. Pourquoi l'aurais-je pensé ? C'était juste pour être sûre. J'avais demandé à recevoir le prospectus juste pour vérifier. Si j'avais cru que Jake mentait, j'aurais rappelé, mais je ne l'avais pas fait. Je n'avais pas rappelé. Au lieu de cela, j'avais oublié mon appel.

Dans un accès de rage, je donnai un coup de poing sur le volant et laissai échapper un grognement de frustration. Comment avait-il pu me mentir ? Et pourquoi ?

Aiden laissa échapper un petit gémissement, et je me tournai rapidement pour lui faire face.

— Aiden, tout va bien, l'apaisai-je. Je suis désolée. Maman est vraiment désolée pour ça. Elle est juste... Je suis juste...

Je me retournai et posai ma tête sur le volant.

— J'ai reçu des nouvelles qui m'ont choquée. Je ne voulais pas t'effrayer.

Je remarquai que les mains d'Aiden s'étaient crispées, aussi je les décrispai doucement en écartant ses doigts raides avec les miens. Puis je caressai ses cheveux et poussai un long soupir.

— Tout va s'arranger. Je te le promets.

En mettant la clé dans le contact, je me demandai si c'était une promesse que je pouvais tenir.

JE RENTRAI chez moi avec le besoin pressant d'obtenir des réponses. Jake m'avait menti pendant des années. Il me mentait depuis le premier jour. Il avait *toujours* eu ce travail. Ce n'était pas quelque chose qui avait commencé récemment. Ça remontait au tout début. Chaque mardi et jeudi, il travaillait à l'université.

Aiden s'empressa d'aller dans le garage travailler sa peinture pendant que je faisais les cent pas dans la cuisine, passant de l'envie de me ronger les ongles à celle de gratter les plaques sur mes mains. L'éruption s'était étendue du pouce au dos de ma main et au poignet, et elle s'étalait à présent sur mes deux mains. Je passai mes doigts dans mes cheveux et j'essayai de calmer la chaleur de la colère qui se répandait dans mon corps.

Sans télévision ni radio, la maison était silencieuse, et seul le bruit de mes propres mouvements résonnait dans les pièces. La miche de pain était toujours dans la cuisine, là où je l'avais laissée. Le beurre était à côté. Je le rangeai instinctivement sans vraiment penser à ce que je faisais. Mon esprit était trop occupé à essayer d'assimiler le fait que mon mari m'avait menti.

La démangeaison s'étendait de mes mains à mon cou, puis à mes avant-bras. Chaque partie de mon corps me grattait en pensant à ses mensonges. Je caressai mon ventre de femme enceinte, essayant de calmer les bruits de mon estomac. Je me sentais mal.

Soudain, je me repris. C'était totalement dément. Je ne pouvais pas rester dans cette maison un instant de plus. En me déplaçant aussi vite que possible, je me précipitai dans les escaliers et je commençai à faire mes bagages. Qu'allais-je faire ? Mon mari était un menteur et j'étais sur le point d'avoir son bébé. Je m'arrêtai et regardai les vêtements dans la valise. Je n'avais rien prévu pour ce cas de figure. La seule chose que je pouvais faire était d'aller chez Josie avec Aiden, puis de réfléchir à ce que je devais faire avec Jake. Peut-être pourrait-il déménager ? Je pourrais alors prendre un peu de temps pour savoir où aller ensuite. Je savais que Josie me dirait qu'il était hors de question que *je* déménage alors qu'*il* m'avait menti, mais ce n'était pas ma maison pour commencer, et honnêtement je ne l'aimais pas particulièrement.

C'était *sa* maison.

La porte s'ouvrit et je me figeai. Jake était de retour.

Je fermai la valise et fixai mes mains tremblantes. À ce stade, je savais qu'il n'y avait pas d'explication innocente à son mensonge. Soit il avait une liaison depuis tout ce temps, soit il me cachait une seconde vie. La seule chose que j'ignorais, c'était si cette seconde vie incluait l'enlèvement et l'abus de mon propre enfant.

Je passai mes mains dans mes cheveux et j'essayai de rester calme pendant que Jake me criait bonjour. J'étais tellement *sûre* que Jake était innocent quand la police l'avait emmené pour l'interroger. Ils n'avaient rien trouvé. Il avait un bon alibi. La police avait interrogé plusieurs hommes, alors je ne m'étais pas inquiétée. J'étais certaine de connaître mon mari et je savais qu'il n'était pas capable de faire du mal à un enfant comme ça. J'en étais *certaine*. Mais maintenant... Avec ce mensonge. C'était différent. Ça changeait tout et ça remettait en question toute ma vie de famille.

Je ne savais pas quoi croire. Tout ce que je savais, c'était que mon fils était en bas avec un homme en qui je ne pouvais plus avoir confiance. Je serrai les dents, soulevai la valise et commençai à la traîner dans les escaliers.

Chapitre Trente-Six

Je trimballai la valise jusqu'au rez-de-chaussée et je la laissai devant la porte d'entrée. Puis j'hésitai, me demandant si je devais mettre mes chaussures maintenant ou voir ce qui se passerait quand je parlerais à Jake. Je me grattai les poignets et j'essayai de me reprendre. Ça allait être incroyablement dur, et je devais être forte et calme. Le bébé me donna des coups de pied alors que je traversais le couloir pour me rendre dans la cuisine, et je me mordis la lèvre pour faire face à la douleur. Jake dut voir la tension sur mon visage, car il se retrouva à côté de moi en un instant.

— Qu'est-ce qui ne va pas ? C'est le bébé ?

Je secouai la tête, me mordant plus fort la lèvre. Je ne pouvais pas le regarder, et il devait le sentir.

— Emma, tu es blanche comme un linge. Dis-moi ce qu'il y a. La police a-t-elle procédé à une arrestation ?

— Tu aimerais bien, n'est-ce pas ? dis-je. Ça t'enlèverait une épine du pied.

Je serrai et desserrai les poings. Tout mon corps me démangeait. Je sentis une bouffée de chaleur remonter le long de mon cou. Tout ce que je voulais, c'était gratter chaque centimètre de ma peau jusqu'à l'arracher.

— Qu'est-ce que tu racontes ?

Jake s'éloigna d'un pas de moi et essaya de croiser mon regard. Je remarquai que derrière lui, sur le comptoir de la cuisine, il y avait une nouvelle bouteille de scotch.

— C'est ce que tu bois pour faire taire la culpabilité ?

— Mais de quoi tu parles, Emma ?

Je pris le prospectus sur la table de la cuisine et le plaquai sur le comptoir devant son scotch. Je tournai les pages jusqu'au cours d'histoire de l'art. Le prospectus était déjà plié à l'endroit approprié, et il ne me fallut que quelques instants pour trouver la preuve de ses mensonges.

— Je parle de ça, Jake. Tu me mens depuis notre première rencontre. Toutes ces années. Où l'as-tu séquestré ? Où était-il ?

Je fondis vers lui, toutes griffes dehors, mes ongles atteignant son cou. Mais Jake fut plus rapide. Il m'attrapa par les poignets et me repoussa.

Je m'éloignai de lui, les yeux écarquillés et tremblante, tandis que Jake prenait la brochure et lisait la page. Quand il comprit de quoi je parlais, tout son sang quitta son visage et sa mâchoire se relâcha.

— C'est un problème d'impression, dit-il.

Mais il attrapa en même temps la bouteille de scotch et commença à dévisser le bouchon.

— Non, ça ne l'est pas. Je les ai appelés. Deux fois. L'université n'a jamais entendu parler de toi. À moins que David Brown ne soit un alter ego que tu as inventé, tu ne vas pas à York tous les mardis et jeudis. Tu vas ailleurs.

Il se versa une grande rasade de scotch et le but rapidement.

— Tu ne comprends pas.

— Alors, éclaire-moi, parce que mon fils a disparu depuis dix ans, et je t'ai défendu face à tous ceux qui te soupçonnaient. Et maintenant, je découvre que tu me mens depuis toutes ces années, et...

— Tu penses que j'ai enlevé Aiden ?

Il secoua la tête et se versa un nouveau verre.

— Putain de merde, Emma. De tous les... Tu penses vraiment que je suis capable de *ça* ? Tu penses que je suis un pédophile ? Tu es ma *femme*, Emma. Tu es censée me connaître.

— Je pensais te connaître. Mais ensuite, j'ai découvert que tu me mentais depuis des années. Qu'est-ce que je suis censée penser ?

Jake vida son verre et se pencha sur le comptoir de la cuisine, agrippant le buffet. Ses jointures devenaient blanches alors que j'attendais qu'il me réponde. Je ne pouvais pas rester immobile, mais je bougeais à peine. Je me retrouvai à me balancer d'avant en arrière sur la pointe des pieds, comme un coureur qui se prépare pour un sprint. N'importe quoi pour me débarrasser de l'énergie qui m'envahissait.

— Ce n'est pas ce que tu penses, dit-il.

— Alors qu'est-ce que c'est ?

— Je t'aime. Vraiment.

Il prit une profonde inspiration, mais ne put se résoudre à me regarder. Au lieu de cela, il agrippait le comptoir de la cuisine comme s'il s'accrochait au rebord d'une falaise.

— Mais j'ai d'autres... besoins.

Une partie de moi ne voulait pas demander, mais bien sûr, j'avais besoin de savoir.

— Quel genre de besoins ?

Je grattai la peau chaude et irritée de mes poignets et j'attendis.

— Tu es la seule femme avec laquelle j'ai toujours voulu partager ma vie. Pour moi, tu es *la* femme. Tu es tout. Tu es la personne la plus gentille que j'ai rencontrée. Tu es juste *magnifique.* Je suis tombé amoureux de toi au moment où je t'ai vue, mais il y a quelque chose en moi qui a envie d'une autre... d'une autre connexion.

Il se lécha les lèvres et hésita.

— Ce n'est pas ta faute. Je suis... je suis sale. J'ai une affliction.

J'avais l'impression que mes genoux allaient me lâcher. Jake essaya de m'asseoir sur une chaise, mais je repoussai sa main et je m'appuyai contre le comptoir de la cuisine à la place.

— Je pense que je suis accro au sexe.

Il ramena ses cheveux sur son visage et fit glisser ses doigts sur ses yeux et le long de sa barbe jusqu'à son cou.

— Je dois fréquenter des femmes et avoir des relations sexuelles avec elles. J'ai toujours été obligé de le faire.

Il se mit à pleurer.

— J'ai inventé l'excuse de ce travail à temps partiel parce que je pensais que deux fois par semaine, je pourrais, je ne sais pas, gérer cette addiction, je suppose. Je ne pouvais pas m'en empêcher avant de te rencontrer. Quand je t'ai aidée à te remettre de cette période sombre, tu m'as aidé à me remettre aussi. Tu étais... tout pour moi.

Il essaya de me tendre la main, mais je reculai.

— Ne me touche pas, m'exclamai-je.

— Je ne ferais jamais de mal à Aiden.

Ses yeux brillaient de larmes et sa peau luisait sous les lumières de la cuisine.

— Je suis un... putain d'idiot, je le sais. Mais je ne lui ferais jamais de mal.

— Comment je peux te croire ?

Il combla l'espace entre nous en un instant.

— En me regardant droit dans les yeux et en voyant que c'est la vérité !

Il m'attrapa par les épaules.

— Comment en est-on arrivés là, Emma ? On s'aime. Tu m'aimes. Comment peux-tu penser ces choses sur moi ?

— Parce que les gens cachent leur vrai visage. Ils le cachent pendant des années et des années, même à leurs proches. Tu me l'as caché pendant des années. Comment puis-je encore croire ce que tu dis ou fais ?

Je me libérai de la prise qu'il avait sur mes épaules.

— Tu n'es pas la personne que j'ai épousée, n'est-ce pas ? Tu es quelqu'un d'autre, et en ce qui me concerne, ce quelqu'un d'autre peut être n'importe qui.

Il fit un pas en arrière et caressa le verre de scotch vide sur le côté du comptoir de la cuisine.

— J'ai un alibi pour l'enlèvement d'Aiden. Les autres professeurs m'ont vu à l'école.

— Je sais, dis-je. Simon de l'informatique, apparemment, s'est un peu *embrouillé* il y a quelques semaines jusqu'à ce que tu ailles au poste pour tout régler. Qu'as-tu fait ? Tu l'as payé ? Ce type est une sombre merde, Jake, alors je ne serai pas surprise.

Il leva les yeux au ciel.

— Tu ne me crois toujours pas.

Je me détournai.

— Je ne sais plus quoi croire.

— Oh, allez, Emma. Tu crois vraiment qu'Aiden vivrait dans cette maison si j'étais son ravisseur ?

J'hésitai.

— Je ne sais pas. Il n'est pas... Je ne suis pas sûre qu'il s'en souvienne.

— Toutes ces merdes que j'ai dû supporter. Un fils adolescent qui revient d'entre les morts. Un ex-petit ami qui te prend tout ton temps. Et je sais que tu te balades en ville pendant que je suis au travail. Tu n'en as rien à faire de moi. Je veux dire, sois honnête. Je suis la première personne que tu blâmes quand les choses deviennent difficiles, et même quand je te dis la vérité, tu ne m'écoutes pas.

— Je t'écoute. Je ne sais pas quoi croire ou à qui faire confiance. Tu dois bien comprendre pourquoi, Jake. Ma vie a été chamboulée ces dernières semaines. Toutes ces choses me rendent folle. C'est juste... trop. Je ne sais pas vers qui me tourner.

— C'est pour ça que je suis là.

Doucement, il me tourna face à lui.

— Je suis là pour t'aider à traverser tout ça. Et je serai toujours là, je te le jure. Je suis vraiment désolé de t'avoir laissée tomber. Je n'ai jamais voulu que tout ça arrive.

— C'est vrai ? chuchotai-je. Tu as vraiment couché avec d'autres femmes ? Pourquoi ? Je ne suis pas assez bien pour toi ?

Ses yeux se remplirent de larmes et ses bras tombèrent le long de son corps. Il était courbé comme un jouet cassé.

— Tu es tout pour moi. Vraiment. Mais... c'est une maladie. J'aurais dû me faire aider... Je... je pense que je suis accro au sexe occasionnel.

— Je ne peux pas écouter ça, putain.

Une nouvelle vague de colère m'envahit. J'avais besoin de faire quelque chose pour dépenser toute cette énergie refoulée. Je me mis à faire les cent pas devant la table de la cuisine, tirant sur mes cheveux jusqu'à en avoir mal. Pourquoi fallait-il que ça arrive maintenant ?

— Je suis désolé, Emma, gémit-il.

Il pleurait, de la morve coulait de son nez.

— Je ne le ferai plus jamais. Je le jure. Je vais suivre une thérapie. Je ferai tout ce que tu veux.

— Je veux que tu partes. Non… oublie ça. Je déteste cette maison de toute façon. Je vais y aller. Je vais prendre Aiden et on ira chez Josie pour quelques jours. Ensuite, on pourra décider de l'avenir. Putain de merde, j'accouche dans une semaine. Je vais avoir ton enfant et toi, tu baises d'autres femmes.

Alors que la chaleur se répandait dans mes veines, je trouvai une tasse à café sur la table de la cuisine, la pris et la lançai à travers la pièce. Jake se baissa, et la tasse heurta la hotte aspirante au-dessus de la cuisinière, se brisant en mille morceaux.

— Bon sang… si ça m'avait touché…

— Ça n'a pas été le cas.

— Emma, je ne veux pas que tu partes.

Le fracas de la tasse nous avait dégrisés. Les pleurs de Jake avaient cessé et il parlait d'une voix stable et grave.

— Je t'aime *tellement*. Tu représentes tout pour moi. Je ne ferais jamais de mal à Aiden. Je ne ferais jamais de mal à un *enfant*, Emma. Tu me crois, n'est-ce pas ?

Je laissai échapper un long soupir et je hochai la tête.

— Je le crois, oui. Je le pense, en tout cas. Mais je ne peux pas rester, Jake. Tu as trahi ma confiance. Je ne peux pas laisser Aiden en présence de quelqu'un en qui je n'ai pas confiance. Pas en ce moment.

— Mais on va avoir un bébé. Le berceau est installé. Notre petite fille va bientôt venir au monde. Tu ne peux pas partir quelques jours avant la date prévue. Et le bébé, Emma ? Ne mérite-t-elle pas de venir au monde avec tout le confort dont elle a besoin ?

— Je... je pourrais faire porter quelques affaires chez Josie, dis-je d'un ton incertain.

— Et que va penser Josie de tout ça ? Elle est stérile et tu vas amener un nouveau-né chez elle quelques semaines seulement après que son mari l'a quittée ? C'est plutôt bas, Emma.

— Très bien, dans ce cas je trouverai un autre endroit.

— Ne pars pas, supplia-t-il. Ne brise pas cette famille. Je sais que tu m'aimes. Je peux changer. Je vais changer pour toi.

— Je ne peux plus te faire confiance, gémis-je.

J'étais fatiguée. Si fatiguée. Je m'enfonçai dans l'une des chaises de la cuisine.

— Je ne peux pas vivre sans toi.

Jake se servit un autre verre de scotch et en vida la moitié d'un trait. Ses yeux et son nez étaient mouillés par les pleurs. Sa peau était pâle et il y avait des cercles rouges autour de ses yeux. Il semblait plus âgé.

— Je ne peux pas. Tu es tout pour moi, Emma.

Je tressaillis.

— Ne dis pas ça.

— Regarde les choses en face, nous ne sommes rien l'un sans l'autre. Aucun de nous n'a de famille, du moins...

— J'ai Aiden.

— Je suis désolée, mon amour, mais il ne te parle même pas.

— Arrête, Jake.

— Tu dois bien te rendre compte qu'il n'est pas le garçon que tu pensais avoir perdu il y a toutes ces années. Aiden n'est plus ce garçon et je ne suis pas sûr que tu puisses te lier avec lui à nouveau.

Mon menton se mit à trembler.

— Ne dis pas ça.

— Emma, on a besoin l'un de l'autre. On doit rester ensemble pour le bébé.

J'étais si fatiguée. Je ne voulais plus me battre. Je voulais juste que tout ça s'arrête.

— Ne me laisse pas, Emma. Je vais aller voir quelqu'un. Je vais me faire aider. Tout va s'arranger. Tu verras. Je te le promets.

Chapitre Trente-Sept

Personne ne veut se l'avouer, mais nous avons tous nos faiblesses. Nous avons aussi nos forces, mais il y a des moments où les circonstances sont si accablantes que nous succombons facilement à nos faiblesses. Jake m'avait épuisée ce jour-là. J'étais si fatiguée que je ne pouvais plus me battre, et je me sentais piégée. Ce qu'il avait dit sur Josie m'avait touchée de plein fouet. C'était ma meilleure amie et je n'avais pas pensé à ce que cela lui ferait d'avoir un nouveau-né chez elle. Mes parents étaient morts. Je n'avais pas de maison à moi. J'étais à une semaine de la date prévue pour la naissance de *notre* enfant. J'étais épuisée, tant sur le plan émotionnel que physique, et facilement influençable. Je choisis ce qui semblait être l'option la plus facile à ce moment-là. J'acceptai de rester. Le compromis était que Jake dorme sur le canapé. Le lendemain matin, j'attendis dans la chambre en faisant semblant de dormir jusqu'à ce qu'il parte au travail.

J'essuyai mes yeux, je pris une douche, séchai mes cheveux et m'habillai. Je branchai mon téléphone, qui était à plat comme Jake et moi nous étions disputés jusque tard dans la nuit. Puis j'allai voir Aiden. Il était debout et se préparait des toasts.

— Bonjour, dis-je en essayant d'injecter un peu de gaieté dans ma voix. J'espère qu'on ne t'a pas effrayé la nuit dernière. Jake et moi, on avait des choses à régler, et le ton est un peu monté. Je sais que tu travaillais dur sur ta peinture, donc je ne sais pas ce que tu as entendu, mais on devrait probablement en parler. Jake et moi, on a des problèmes. Il a fait des erreurs, et j'ai dit des choses horribles, mais on est des adultes et on va les surmonter. On pourrait même suivre une thérapie, comme toi, Aiden. On veut aller de l'avant en tant que famille.

Plus je parlais, plus je craignais d'essayer de me convaincre moi-même plutôt que lui. Je versai les céréales en ignorant mes mains tremblantes. J'avalai deux de mes cachets contre la tension avec un verre d'eau et je m'assis à table avec mon fils silencieux. S'il était le moins du monde perturbé par ce qui s'était passé, il ne le montrait pas.

Une fois le petit déjeuner terminé, je montai à l'étage pour commencer à installer les couvertures dans le nouveau berceau. Après l'incident avec la peinture d'Aiden, nous en avions acheté un autre. Nous aurions probablement pu le laver, mais il y avait quelque chose de terrible à voir cette peinture rouge éclaboussant la couverture du bébé comme ça. Ça m'avait donné envie d'acheter un nouveau berceau, juste pour chasser cette image de mon esprit. C'était ce que nous avions fait. Et j'avais décidé de tenir Aiden éloigné de la chambre du bébé.

C'étaient les seules pensées que je m'autorisais ce matin-là. Même si la date de l'accouchement approchait, il y avait tellement de choses à faire que j'avais décidé de ne pas m'inquiéter plus que ça de la présence d'Aiden. Faisais-je confiance à mon fils ? Pensais-je qu'il était dangereux ? C'était le genre de questions qui me trottaient dans la tête lorsque je réfléchissais trop longtemps. Si j'avais admis ces choses, je me serais engagée sur une voie que je ne voulais pas emprunter. Cela signifiait abandonner Aiden. Je ne pouvais pas faire ça. Je devais croire que tout s'arrangerait d'une manière ou d'une autre, mais cette assurance diminuait de jour en jour.

Après avoir étalé une couverture duveteuse pour bébé, je retournai dans la chambre pour faire le lit et trier du linge pour la machine. Au passage, je vérifiai mon téléphone portable qui chargeait à côté du lit. J'avais cinq appels manqués et deux messages vocaux.

Le premier était de l'inspecteur-chef Stevenson demandant si Aiden avait fait des progrès. Il renouvelait généralement cet appel tous les deux jours pour « faire le point », ou, lorsque les agents de liaison avec les familles étaient avec nous toute la journée, il faisait le point avec eux. Je me sentais mal pour l'inspecteur-chef Stevenson. C'était un homme bon qui essayait de faire son travail malgré une pression extraordinaire. Mais le fait est qu'après deux semaines et demie d'enquête, il n'avait pas avancé.

Le deuxième message vocal était de Rob. Je me raidis en l'écoutant. Puis je débranchai mon téléphone du chargeur et je descendis. Le message disait :

— Emma, c'est Rob. Mon père vient d'être libéré. Ils n'ont trouvé aucune preuve. Ils ont fouillé la maison et il n'y avait rien. Il n'a rien fait, je le sais et toi aussi, probablement. Ce n'est pas la raison principale de mon appel. Écoute, je ne voulais pas dire ça sur un répondeur, mais tu ne décroches pas et tu dois savoir. Je ne fais pas confiance à Jake, tu le sais. Eh bien, je le suis depuis un moment. Il n'arrête pas d'aller dans un garage près de Bishoptown, près de l'A59. Il y a quelque chose de louche dans tout ça. Je ne dis pas qu'il a fait du mal à Aiden, je ne dis pas ça... pour l'instant. Mais je pense qu'on devrait aller voir ce garage pour essayer de comprendre ce qui s'y trame. Sans impliquer la police. Juste toi et moi. Dépose Aiden chez mes parents et viens me rejoindre.

CE FUT Peter qui ouvrit la porte, comme je l'avais craint. Je lui offris un mince sourire.

— Je suis désolée que la police t'ait interrogé.

— Ce n'est rien, répondit-il en me faisant entrer, ils ont interrogé tout le monde. Je suis juste désolé de n'avoir pas vu Aiden ce jour-là. Je ne savais pas que j'étais si près de l'endroit où il a été enlevé. Si seulement j'avais vu quelque chose. Bref, ils m'ont blanchi. Apparemment, la vidéo de surveillance m'a montré en train de prendre des photos au moment où ils soupçonnent qu'Aiden a été enlevé. Mais j'ignore pourquoi ils n'ont pas vérifié tout ça avant de me retenir pendant des heures. C'est ce duc qu'ils devraient interroger. Je ne l'aime pas.

— Moi non plus, acquiesçai-je. Rob est dans le coin ? Il m'a dit que tu pourrais surveiller Aiden pendant qu'on va vérifier quelque chose.

— Oui, et il s'est montré tout aussi vague. J'espère que vous n'allez pas vous attirer des ennuis ?

Peter marchait à mes côtés alors que nous traversions le B&B jusqu'aux quartiers privés situés derrière la réception principale.

— Non, non.

J'hésitai devant la porte de leurs appartements.

— Écoute, Peter. C'est difficile à dire, mais je dois le faire. Peux-tu t'assurer que Sonya ne fasse rien sans mon accord ? Un enfant a rendu visite à Aiden récemment, et ça ne s'est pas bien passé. Il n'est pas encore prêt à jouer avec d'autres enfants. C'est un équilibre délicat, et je dois être sûre que Sonya ne va pas…

— Le chambouler ?

Je laissai échapper un soupir de soulagement.

— Exactement.

— Je l'en empêcherai, ne t'inquiète pas, répondit-il.

— Merci beaucoup.

Je marquai une pause. Pendant un instant, je voulus lui dire que je n'avais jamais soupçonné qu'il ait pu faire du mal à Aiden, mais cela aurait été un mensonge. À un moment donné, je m'étais demandé si Peter pouvait être capable d'enlever, d'emprisonner, de violer et de torturer mon propre fils. La vérité était que j'avais pensé que c'était possible, tout comme j'avais pensé que pratiquement toutes les personnes dans ma vie étaient capables de commettre un tel acte. Alors que nous entrions dans les arrière-salles du B&B, j'eus mal au cœur en réalisant que je présumais tout le monde coupable.

Celui qui avait enlevé Aiden avait gagné. Il avait brisé mon fils au point qu'il n'était plus qu'une coquille vide, et il avait fait de moi une femme méfiante et anxieuse. Je tentai de me donner une contenance pour masquer mes pensées, mais Rob fronça les sourcils devant mon sourire figé.

Nous laissâmes tout de même Aiden et quittâmes le B&B. J'étais sur les nerfs, je me grattais les mains et les tempes. Je ne voulais pas laisser Aiden avec eux, mais je savais que nous ne pouvions pas l'emmener avec nous. Nous sortîmes du B&B et nous nous dirigeâmes vers le pick-up de Rob.

— Ça va ? me demanda-t-il alors que je m'installais sur le siège passager.

— J'ai connu mieux.

— Que s'est-il passé ?

J'attachai ma ceinture de sécurité.

— Il y a quelque chose que tu dois savoir. Quoi que Jake cache dans ce garage, ce n'est peut-être pas ce que tu penses. J'ai découvert hier qu'il me mentait. Il retrouve des femmes et a des relations sexuelles avec elles.

— Quoi ?

— Je sais. Je suis... Je suis sous le choc, moi aussi. Je... Écoute, est-ce qu'on peut juste en finir avec ça ? Pourquoi ne pas aller voir la police ?

— Parce qu'ils pensent déjà que je suis un idiot. Je suis conscient que ce n'est peut-être rien, et c'est pour ça que je voulais t'emmener avec moi. Je ne vais pas leur faire perdre leur temps s'il a une moto secrète là-dedans ou autre. Et je veux que tu le voies aussi pour que j'aie quelqu'un pour me soutenir. En plus, il faudrait qu'ils obtiennent un mandat ou autre pour aller fouiller, et Dieu sait combien de temps ça prendrait.

— C'est probablement un horrible baisodrome, frissonnai-je. Plein de porno et de sex-toys. Il dit qu'il est accro.

— Putain de merde.

— Ne dis rien de plus. Contente-toi de conduire. Je ne peux pas... Je ne veux pas y penser, et je dois savoir ce qu'il y a dans ce garage.

Rob démarra le moteur et la radio s'alluma, diffusant à fond une chanson de Katy Perry. Il s'excusa et baissa le volume en sortant du parking du B&B. Il régla la radio sur une station locale alors que nous sortions du village et que nous nous dirigions vers l'A59. Aucun de nous ne parlait, et nous entendions à peine la radio, mais il était question d'une tempête qui frappait la région de Bishoptown.

Le bébé était perturbé ce jour-là. Je frottai mon ventre de femme enceinte et j'essayai de me calmer. Les mères stressées faisaient des bébés stressés, c'est ce qu'on disait. La date de mon accouchement approchant, je devais penser davantage à mon propre bien-être. Ce n'était pas facile étant donné ce qui se passait autour de moi.

Le vieux pick-up de Rob résonnait du bruit de la pluie qui commençait à se déverser des nuages sombres. Il n'y avait pas un seul bout de ciel bleu. Pas de soleil. Pas de lumière. Je remontai le col de mon manteau et j'essayai de ne pas penser au ciel menaçant.

Nous entrâmes dans le centre de stockage dans un silence sinistre. Avant de sortir du pick-up, je rabattis la capuche de mon manteau sur mon visage. Rob utilisa une casquette de baseball pour se protéger de la pluie. Nous nous précipitâmes le long d'une longue ligne de portes de garage jusqu'à ce que Rob s'arrête.

— C'est celui-là. Le numéro 29.

— Comment on va ouvrir ? demandai-je. On ne peut pas entrer par effraction.

— J'ai un copain qui travaille ici. Tu te souviens de Fletcher ?

Je gémis.

— Tu veux dire ton dealer d'herbe ?

— Lui-même. Bref, il me devait une faveur, alors il m'a laissé la porte ouverte. Écoute, si quelqu'un nous voit, on dit qu'on a entendu quelque chose à l'intérieur et que c'était ouvert, donc...

— Ouvre, Rob. Mais fais attention aux empreintes digitales.

Rob enfila une paire de gants en cuir.

— J'y avais pensé.

La porte du garage s'ouvrit dans un grondement qui ressemblait étrangement au tonnerre. La pluie battante était froide et me glaçait la peau, si bien que j'étais heureuse de passer sous les portes et de me réfugier dans le garage.

— Qu'est-ce que c'est que ce bordel ? fit Rob.

Je retirai ma capuche pour observer le garage. Ce que je vis me coupa le souffle. Ce n'était pas du tout ce à quoi je m'attendais, et j'avais pourtant envisagé le pire. J'avais pensé à un terrible antre insonorisé dédié à des activités infâmes. J'avais imaginé le repaire d'un accro au sexe, aux murs couverts d'images pornographiques avec un matelas sale contre un mur. J'avais pensé à tout, et pourtant j'arrivais quand même à être surprise.

J'avais vu juste sur un point : le garage était rempli d'images, mais elles n'étaient pas pornographiques – du moins, pas toutes. La plupart étaient des peintures. Il y en avait des dizaines accrochées aux murs, et entre les portraits se trouvaient de petites photographies ayant toutes le même sujet… moi. Au milieu du garage se trouvait un chevalet avec un bureau sur lequel étaient empilées des peintures. Il y avait aussi une grande armoire de classement contre le mur.

Je traversai le garage et me tins près du mur, regardant toutes les photos de mon visage. Il y avait des photos de moi marchant dans Bishoptown, assise sur le banc du parc en train de nourrir les canards, portant des sacs de courses jusqu'à la maison, descendant du bus. Elles ne semblaient pas suivre l'ordre chronologique, mais elles étaient mélangées le long des murs. Dans certaines, j'avais la petite main d'Aiden dans la mienne. Ici, nous jetions des cailloux par-dessus le pont dans l'Ouse. Là, nous étions assis dans le parc, à manger des sandwichs. Moi, debout au pied d'un arbre, observant parmi les branches mon enfant aux allures de singe. Moi errant dans les rues de Bishoptown avec mon maquillage étalé sur le visage, des sacs remplis de bouteilles de pinot. Et puis le plus troublant : moi montant dans le bus scolaire. Moi, habillée pour le bal de l'école avec Rob à mon bras (bien que le visage de Rob ait été rayé).

— Regarde, fit Rob en désignant un grand portrait sur le mur du fond. Tu portes la cravate de l'école. C'était avant le collège. On n'avait pas d'uniforme au collège.

Et puis ça me frappa. Au cours de notre dispute de la veille, Jake avait admis qu'il était tombé amoureux de moi *la première fois qu'il m'avait vue.* J'étais encore à l'école la première fois qu'il m'avait vue. Il était déjà professeur.

— Oh bon sang.

— Emma, je suis vraiment désolé. Je ne m'attendais pas à tout ça.

— À quoi t'attendais-tu ? chuchotai-je.

Rob ne répondit pas. J'étais trop distraite par les photos pour l'écouter de toute façon. C'étaient les tableaux qui me dérangeaient le plus. Il avait surtout peint mon visage. Il s'agissait de portraits complexes, presque aussi réalistes que des photos, où mes traits étaient parfaitement capturés. Sur l'une des peintures, j'étais clairement en train de dormir, mes cheveux tombant en cascade. En temps normal, je l'aurais considérée comme une belle et flatteuse surprise, mais dans le cadre de cette invasion dégoûtante de ma vie privée, elle était effrayante et me donnait la chair de poule.

— Ne te gratte pas les mains, dit Rob.

Il fouilla dans sa poche et en sortit une paire de gants en plastique fin, du même type que ceux que portaient les chirurgiens.

— Mets ça. On ne peut pas laisser d'ADN. C'est une scène de crime.

J'étais sur le point de demander pourquoi, mais bien sûr, j'étais le crime. Il m'avait harcelée. Il avait pris des photos de moi quand j'étais mineure. Certaines d'entre elles étaient vraiment provocantes. Je n'étais peut-être pas nue, mais je me penchais en portant une jupe courte ou en faisant sortir ma chemise d'écolière. J'aurais voulu m'enfuir de ce garage et me plonger dans de l'eau bouillante pour me débarrasser de cette puanteur. J'avais été violée.

— Voyons ce qu'il y a dans le meuble de rangement, dit Rob.

Son ton était doux à présent. Ce n'était pas le genre de Rob de ne pas exploser dans une situation stressante, et je savais qu'il agissait ainsi pour mon bien. Il savait que les choses ne se limitaient pas au fait que Jake soit un « sale type ». Je portais son bébé. Nous étions liés, aussi dégoûtant que cela puisse paraître.

— Je ne comprends pas, dis-je d'une voix faible. S'il était si obsédé par moi, pourquoi coucher avec toutes ces femmes ?

— Je ne suis pas sûr que ce soit vrai, Em, dit Rob. Je pense qu'il venait ici, en réalité.

— Mais pourquoi ? Il m'avait. J'étais mariée avec lui.

Rob ne répondit pas. Je commençai à regarder les montagnes de tableaux empilées sur le sol, tandis que Rob ouvrait le meuble. Je poussai un hoquet de stupeur. Ces peintures étaient encore pires que celles du mur. Jake m'avait peinte de façon sadique. Dans la plupart des tableaux, j'étais nue ou légèrement vêtue, les mains attachées et un bâillon dans la bouche. Il n'y avait aucune trace de désir dans mes yeux. Il m'avait peinte effrayée. Ses fantasmes me voyaient comme une esclave réticente, une participante involontaire à ses jeux. Il s'agissait de me dominer. Mais il n'avait pas du tout été comme ça dans notre relation. Il aimait le contrôle, ça, c'était certain. Il m'avait trouvé un poste dans l'école où il travaillait. Il possédait la maison et la voiture. Il était pointilleux sur ce qui se trouvait dans notre maison. Mais il n'avait jamais été sadique. Il ne m'avait jamais frappée ou même tenté quelque chose d'osé dans la chambre. Pourquoi avait-il besoin de ces images étranges ?

Je commençais à comprendre la véritable addiction de Jake. Ce n'était pas le sexe, c'était le fantasme. C'était le sentiment de propriété. Quoi de plus jouissif que de mettre un enfant en moi ? Je repensai au jour où j'avais appris que j'étais enceinte. J'avais mis ça sur le compte d'un rhume qui avait rendu ma pilule contraceptive moins efficace, mais… et si Jake l'avait trafiquée ?

Le poids de l'effroi s'enfonça au creux de mon estomac.

— Emma, viens voir ça.

Je laissai les tableaux comme je les avais trouvés et me dirigeai de l'autre côté du garage pour voir ce que Rob regardait. Il avait mis la main sur un grand classeur dans l'armoire. Il le baissa pour que je puisse voir ce qu'il y avait dedans. Au début, je ne voulais pas regarder, mais je me forçai.

— C'est une autre fille, dit Rob. Tu te souviens quand la presse a mis la main sur cette photo de Jake avec une étudiante ? La voilà. Il y a une tonne de photos d'elle.

Il tourna la page et je poussai un petit cri. La fille – jolie et brune – était nue sur la page suivante.

— Merde. Il a menti. Il avait une relation avec elle.

Les pages dévoilèrent de plus en plus de photos de cette jeune fille dans des poses choquantes et vulnérables. Je sus alors que son expression légèrement amusée me hanterait à jamais. Les poses étaient audacieuses et confiantes, mais son expression était celle d'une insécurité totale.

— Il a profité d'elle. Putain de trou du cul. Regarde, il a plusieurs copies de certaines d'entre elles. Il les gardait comme moyen de pression, je parie. Pour être sûr qu'elle ne le dise à personne. Je parie que ce bâtard menaçait de tout montrer aux gens.

Rob ferma violemment le classeur et une clé USB tomba par terre.

Je la ramassai.

— Je ne veux même pas savoir ce qu'il y a dessus.

Rob secoua la tête, puis sortit un paquet de lettres retenues par un élastique. Il prit celle du haut et commença à lire.

— « Tu me manques tellement. S'il te plaît, rappelle-moi, Jake. Je veux te voir. J'ai tellement peur que les gens découvrent ce qui s'est passé et qu'on ait des problèmes… » Merde. Ça vient de la fille. Et ça a été posté il y a une semaine. Il est toujours en contact avec elle. Je parie qu'il la garde comme son petit animal de compagnie, accroché à chacun de ses mots.

Je faillis m'effondrer. J'aurais voulu cesser de lutter et laisser le poids du monde m'écraser jusqu'à ce que je disparaisse. Mais je ne fis rien de tout ça. Je fouillai dans le classeur avec Rob à la recherche d'autres preuves incriminantes contre l'homme que j'avais juré d'aimer dans la santé comme dans la maladie, jusqu'à ce que la mort nous sépare. Est-ce que ça comptait comme une maladie ? Étais-je censée rester amoureuse de lui pour toujours ?

Je me redressai et pris une profonde inspiration. Non, je ne m'effondrerais pas et je ne vomirais pas. Je ne ferais aucune des choses qui surviendraient dans un film. Je garderais la tête froide et je découvrirais exactement ce qui se passait.

— Emma.

Le ton de Rob me noua l'estomac et mes cheveux se dressèrent sur ma nuque.

— Il y a des coupures de journaux là-dedans... à propos de tes parents.

— Quoi ?

Je pris l'album des mains de Rob et je lus. Chaque article sur la mort de mes parents s'y trouvait. Ils avaient été méticuleusement découpés et collés. Il avait pris soin de ne pas plier ou froisser les coins.

— Mais que fait-il avec ça ?

— Emma, il était obsédé par toi. Tu ne trouves pas logique qu'il ait voulu écarter tes parents ? Aiden était parti, j'étais parti – ça ne laissait que deux personnes dans ta vie.

Mes yeux brûlaient de larmes retenues. Mes bras perdirent leur force, et je faillis faire tomber l'album. Rob le rattrapa.

— Tu penses qu'il les a tués, chuchotai-je.

De toutes les choses horribles qui m'étaient arrivées, c'était le moment le plus inattendu depuis que j'avais franchi les portes de l'hôpital et vu mon fils vivant. Je n'avais pas du tout prévu ça.

— Je pense, dit Rob. Je suis désolé. Et ce n'est pas tout. Il y a des articles datant de l'époque où on pensait qu'Aiden s'était noyé.

Je fermai les yeux et j'essayai de stabiliser ma respiration.

— Tu penses qu'il a enlevé Aiden ?

Rob fronça les sourcils.

— Il est obsédé par toi. Je ne sais pas si ça correspond au schéma type, mais je pense qu'il est capable de tout. Je suis désolé, Em.

— Mais... j'ai vu Amy dans cette émission de télé, et j'étais sûre que c'était elle. Elle est diabolique, elle est...

Je m'interrompis en pensant aux masques que les gens portaient. J'avais vu Amy pour ce qu'elle était pendant cette interview, et à présent je voyais Jake pour ce qu'il était aussi. Il était clairement déséquilibré, ce qui signifiait qu'il était capable de tout.

Je repensai au moment où l'on m'avait annoncé l'accident de mes parents. Ils étaient en route pour Londres pour un week-end quand leurs freins avaient lâché sur l'autoroute. On m'avait dit que c'était à cause de l'eau dans le liquide de frein. Un problème qui passait facilement inaperçu quand on ne s'y connaissait pas en voitures. Ça pouvait arriver. Mais était-il possible que Jake ait trafiqué le moteur ?

Je repensai à cette époque. À qui l'avais-je dit ? Qui était au courant ? La grande majorité du village, probablement. Ma mère était le médecin généraliste et elle s'occupait de la plupart des habitants. J'aurais pu en parler à n'importe qui en effectuant mes tâches quotidiennes, en faisant mes courses chez le marchand de journaux ou en envoyant un colis à la poste. Il aurait suffi que Jake surprenne cette conversation ou parle avec ma mère directement. Ou peut-être que quelqu'un l'avait mentionné à l'école. Les commérages étaient nombreux parmi les habitants de Bishoptown et il ne se passait pas grand-chose, alors un petit voyage à Londres aurait pu alimenter les ragots. *Savez-vous que Gina Price va à Londres ce week-end ? Elle doit essayer de se remettre de la mort de son petit-fils. Je me demande s'ils vont aller voir un spectacle.*

Oui, il aurait facilement pu entendre parler du voyage de mes parents à Londres.

— Rob, c'est trop pour moi, chuchotai-je. J'essaie d'être forte. Mais l'air ici...

— Va faire quelques pas dehors, dit-il en passant son bras autour de ma taille. Juste un moment. Respire.

Chapitre Trente-Huit

La pluie était apaisante, et je ne me souciais pas du froid. J'étais gelée jusqu'aux os de toute façon, et cela n'avait rien à voir avec le temps d'octobre. Je m'appuyai contre l'extérieur lisse du garage et laissai la pluie me laver. Le garage sentait le ciment humide et la moisissure. Ce serait l'odeur que j'associerais le plus à Jake au fil du temps. Ciment humide et moisissure. C'était tout lui, glissant et immonde, un homme à deux faces. Comment étais-je tombée amoureuse de lui ?

Il l'avait fabriqué. Tout ça. Il avait vu la façon dont je m'étais effondrée après la disparition d'Aiden, et il avait saisi l'occasion tant qu'il en avait la possibilité. Mes parents n'étant plus là, il savait que je n'avais personne pour prendre soin de moi, et que je n'arriverais pas à faire face seule. Il était donc arrivé, tel un preux chevalier, se présentant comme mon protecteur et mon guérisseur. Il m'avait encouragée à peindre à nouveau. Il m'avait aidée à trouver un emploi. Il m'avait remise sur mes pieds, toujours avec un bras derrière mon dos pour me soutenir.

Rob sortit du garage la tête basse. Quand il s'approcha, il me prit dans ses bras.

— Je n'aurais jamais dû partir. Je suis vraiment désolé, Emma. Je n'aurais pas dû te laisser faire le deuil d'Aiden toute seule. J'ai été un putain d'égoïste, et je suis désolé.

Je le serrai dans mes bras, je me sentais comme une coquille vide. Je comprenais maintenant comment Aiden pouvait traverser sa vie comme un somnambule sans prononcer une seule syllabe. Je comprenais. Mon cœur se ratatina à l'intérieur de ma cage thoracique, battant à peine. J'étais vidée.

Il ferma la porte du garage et nous conduisit au pick-up. Une fois à l'intérieur, il enleva sa casquette et essuya la pluie sur sa peau.

— À part les photos de toi mineure et de la fille, il n'y a rien. En tout cas, il n'y a rien qui puisse prouver qu'il a tué tes parents, dit-il. Il n'a pas gardé de souvenirs s'il l'a fait, juste ces coupures de presse, et je suppose qu'on pourrait dire que c'est son obsession pour toi qui l'a poussé à les garder. Mais je pense qu'il l'a fait. C'est logique. Ça correspond à tous ses mensonges.

— Vraiment ? bafouillai-je.

J'avais la gorge tellement serrée que je pouvais à peine parler.

— On ne tire pas de conclusions hâtives ? C'est... c'est mon mari, et je l'accuse de meurtre.

— Emma, je pense vraiment qu'il l'a fait. Et je pense que tu le sais aussi.

Le pire, c'était que je le croyais. J'aurais voulu me tromper, mais je le croyais.

— Ce n'est pas ta faute, Em. Il a profité de toi comme il l'a fait avec cette fille. C'est son mode opératoire.

— Je sais... C'est juste que...

Je regardai mon estomac. Est-ce que je portais l'enfant d'un meurtrier ?

— Comment ai-je pu tomber amoureuse de lui ?

— Est-ce vraiment arrivé ? N'était-ce pas la sécurité qu'il offrait que tu appréciais ? Si tu étais vraiment amoureuse de lui, y aurait-il eu cette étincelle entre nous ?

J'agitai une main dédaigneuse.

— C'est... c'est à cause du retour d'Aiden. Nos émotions ont été chamboulées.

J'essayai d'ignorer son regard blessé.

— Pourquoi la police n'a rien trouvé de suspect quand ils ont enquêté sur la mort de mes parents ?

— Probablement parce qu'ils ne s'attendaient pas à trouver quelque chose de louche. Tes parents n'avaient pas d'ennemis. Personne ne se serait attendu à ce qu'ils soient assassinés.

— On devrait appeler la police, dis-je.

Il hocha la tête.

— Et on doit trouver quoi faire ensuite. C'est l'heure du déjeuner. Il est encore à l'école, non ?

— Oui.

— On va aller chez toi et prendre quelques affaires. Tu peux loger avec nous au B&B.

Je secouai la tête. Même si je détestais faire ça à ma meilleure amie, c'était désormais nécessaire.

— Je préfère aller chez Josie. Ta mère est trop imprévisible, Rob. Elle prend des décisions sans me consulter, et elle est trop têtue. Elle pense qu'elle sait ce qui est le mieux pour Aiden, et je ne veux pas me battre avec elle. En plus, je dois accoucher dans quelques jours, et tes parents n'ont pas la place.

La pensée de mon accouchement imminent pesait si lourd sur mes épaules que je les laissai s'affaisser. Je posai ma tête contre la fenêtre du pick-up de Rob.

— Qu'est-ce que je vais faire ?

Ses doigts chauds caressèrent ma main avant de la serrer fort. La façon dont elle s'insérait pile dans la sienne injecta un peu de chaleur dans mes os. Ce n'était pas grand-chose, mais c'était déjà ça.

— Je ne compte pas partir, cette fois, Emma. Je vais t'aider.

Oui, mais pour combien de temps ? pensai-je.

— Tu as déjà dit ça avant.

Rob soupira.

— Je suis sérieux cette fois.

— Comment puis-je savoir que tu ne me mens pas à nouveau ? Tu as menti la dernière fois, pas vrai ? Tu m'as dit, dans les semaines qui ont suivi l'inondation, que tu ne me quitterais pas, que quoi qu'il arrive on serait ensemble. Tu as menti.

— Ce n'est pas un mensonge si tu crois que c'est vrai. Je le pensais.

J'essuyai une larme.

— Désolée. Je... je suis juste bouleversée. On devrait y aller.

Rob démarra et nous quittâmes finalement l'entrepôt. Quand nous arrivâmes à la maison de Jake – pas ma maison, plus maintenant –, Rob passa un coup de fil anonyme à la police pour leur dire que Jake Hewitt avait caché de la drogue dans un garage en périphérie de Bishoptown. Je me traînai jusqu'à la douche et laissai l'eau chaude enlever l'odeur de moisissure des murs humides du garage. Puis je m'habillai, récupérai ma valise et y remis certaines des choses que j'avais emballées la veille, ainsi que d'autres vêtements d'Aiden. Rob chargea dans son pick-up le plus possible d'affaires pour le bébé, pendant que j'essayais de contacter Josie.

— Toujours pas de réponse ?

Rob essuya la pluie et la sueur de son front du revers de la main et se redressa. Son visage était rouge de l'effort fourni pour transporter les lourdes valises dans le pick-up.

Je secouai la tête.

— Je pensais qu'elle serait encore en congé. Elle m'avait dit qu'elle allait prendre un peu de temps pour encaisser la disparition de Hugh.

— Tu veux venir chez mes parents ?

Je me mordillai la lèvre inférieure.

— Non. J'ai une clé de chez Josie. On va aller chercher Aiden et j'appellerai Josie une fois là-bas. J'ai laissé un message vocal.

— Tu es sûre qu'elle sera d'accord ?

Une crampe soudaine saisit mon abdomen et je me pliai en deux.

— Emma ?

Je me redressai quand la douleur se dissipa.

— Je vais bien. Josie sera d'accord. Je ferais la même chose pour elle dans les mêmes circonstances ; il n'y aura pas de problème.

Rob hocha la tête pour indiquer que c'était suffisant pour lui, mais il fronça les sourcils en même temps.

— Tu es sûre que ça va ?

— C'est juste le bébé qui donne des coups de pied.

Mais je tremblais jusqu'aux orteils. La douleur avait été bien pire que les coups de pied du bébé, et je ne savais pas si Josie allait m'accueillir. Tout ce que je savais, c'était que je ne voulais pas être près des parents de Rob. Pas après ce que sa mère avait fait à Aiden, et pas après que son père avait été interrogé par la police. Non. J'avais besoin d'être dans un endroit sûr pour Aiden. Même si c'était compliqué avec le départ de Hugh, je savais que Josie était la meilleure option. Il semblait que Hugh ne reviendrait pas, du moins pas dans un avenir proche, et je pourrais donc vivre avec Josie seule pendant une semaine ou deux jusqu'à ce que j'aie le bébé. Ensuite, je chercherais un appartement dans le village.

Je n'arrivais pas à croire que j'étais à ce point de ma vie, mais c'était ce qui arrivait quand on vous enlevait tout contrôle. Le pire, c'était que j'avais laissé Jake prendre encore plus de contrôle sur moi. Je l'avais laissé me persuader de vendre la maison de mes parents. De placer mon argent sur un compte commun. J'avais pris un emploi où je travaillais avec lui. J'avais fait toutes ces choses stupides parce que je l'aimais et que je lui faisais confiance. Je le regrettais en remontant dans le pick-up de Rob et en regardant la pluie transformer Bishoptown en une peinture abstraite, mais il arriva un moment où je cessai de regretter mes décisions. Personne ne devrait regretter d'avoir aimé et fait confiance à un autre être humain. Certes, parfois nous accordons notre amour et notre confiance à la mauvaise personne, mais cela ne signifie pas que nous aurions dû nous en abstenir. Les cœurs doivent être protégés, mais ils ne doivent pas être systématiquement blindés. Le morceau de charbon flétri caché au fond de ma poitrine avait été autrefois plein d'amour. Mais lorsque nous récupérâmes Aiden et le conduisîmes jusqu'à la maison de Josie, il n'était rempli que de haine.

Chapitre Trente-Neuf

C'était la fin de l'après-midi quand nous atteignîmes la maison de Josie. Le soleil ne se coucherait pas avant des heures, mais des nuages sombres étaient descendus bien bas, empêchant la lumière du soleil de percer le ciel sombre. J'ouvris la porte du pick-up et j'en sortis en tenant mon ventre proéminent de femme enceinte. La pluie se déversait sur nous et, instantanément, je fus ramenée à ce jour fatidique, dix ans plus tôt, où j'avais perdu mon fils. Mais cette fois, il était à mes côtés. Je m'accrochai à son bras d'une main et réajustai la capuche de son imperméable de l'autre. Sous la capuche, il était là, muet comme une carpe, pâle comme une pomme de terre crue et sans vie comme un mannequin. Mon fils. Le garçon dont les seules réactions depuis qu'il était revenu avaient été destructrices et violentes. Je passai un bras protecteur autour de son épaule et je l'accompagnai jusqu'à la maison.

— Tu crois que la police est déjà allée au garage ? demandai-je en élevant la voix pour couvrir le vent. Stevenson n'a pas appelé.

— Il t'appellera quand ils auront fait le rapprochement. Au moins, tu es en sécurité ici, loin de lui. Ils l'auront arrêté d'ici la fin de la journée.

Je me penchai pour récupérer le double de la clé au fond d'un tas de rochers décoratifs placés autour d'une plante en pot. Le truc avec Bishoptown, c'était qu'il n'arrivait jamais rien. Personne ne se faisait cambrioler, donc personne ne pensait à sécuriser sa maison. Je récupérai la clé au fond de la fausse roche.

— Ils vont le choper pour sa relation avec cette fille de Bournemouth. J'ai tout mis en évidence pour qu'ils tombent tout de suite sur les preuves, dit Rob.

Il prit la plus lourde de mes valises.

— Ensuite, on devra découvrir si Jake a vraiment enlevé Aiden et pourquoi.

Rob jeta un regard à Aiden et baissa la voix.

— Aiden ne nous a pas confirmé que c'était lui.

Ses mots m'épuisaient. Il y avait trop de choses à considérer. Trop de pensées s'agitaient dans mon esprit dans un tourbillon de mots comme *enlèvement* et *meurtre*. Je fermai les yeux et chassai ces pensées.

— Tu vas bien ? demanda Rob. Tu veux que j'ouvre la porte ?

Je hochai la tête et lui tendis la clé en caressant mon ventre d'une main.

Même si nous étions trempés jusqu'aux os et que le vent hurlait au-dessus de la forêt qui se trouvait dans la vallée en dessous de nous, je ne me précipitai pas pour rentrer. L'endroit me rappelait une époque plus heureuse. Cette porte me renvoyait à des souvenirs des fêtes de Hugh et Josie quand Aiden était petit. Nous cinq – Rob, Aiden, Josie, Hugh et moi – allumions un feu dans le salon et regardions des films avant de mettre Aiden au lit et de sortir le vin et le fromage. C'était censé être une maison pleine de rires, pas un refuge pour deux femmes trompées. Hugh, le coureur de jupons, disparaissant avec une autre femme, et Jake, le harceleur, passant des heures enfermé dans son garage à peindre des portraits bizarres de moi. Une autre crampe déchira le bas de mon corps et je me penchai, me mordant la lèvre pour lutter contre la douleur. Rob posa une main sur mon dos.

— Tu es en train d'accoucher ?

Je secouai la tête.

— Je ne pense pas. J'avais eu ces douleurs avec Aiden ; ce n'étaient que des contractions de Braxton-Hicks.

— On va te faire entrer et asseoir. Tu as besoin de lever le pied et de te détendre.

Il m'adressa un sourire à moitié apitoyé et à moitié inquiet.

— Vive la détente, dis-je en riant.

Rob secoua la tête avec un petit rire creux. Il enfonça la clé dans la serrure et la tourna. La valise étant encombrante, il dut la pousser avec ses genoux pour ouvrir la porte. Il se pencha pour la soulever quand la porte s'ouvrit.

Au début, je regardais Rob, mais quand je levai les yeux, je poussai un cri. Un objet massif s'abattit sur son crâne dans un craquement. Au-dessus de cet objet lourd se tenait un homme avec un sourire en dents de scie, les joues écartées par ce rictus fou et le visage maculé de sang.

— Bonjour, chérie, dit-il.

Je fis volte-face et poussai Aiden.

— Monte dans la voiture !

Mais Jake tendit la main et attrapa mes cheveux par-derrière, me tirant en arrière avec une telle force que je perdis l'équilibre et tombai sur lui. Ses ongles griffèrent mon cuir chevelu et son poing tira douloureusement sur mes cheveux alors que je trébuchais sur le corps inerte de Rob. Mais je ne me souciais pas de la douleur brûlante – tout ce qui m'importait était Aiden, debout dans l'allée, immobile comme une statue.

— Monte dans la voiture et verrouille les portes ! hurlai-je.

Rob avait les clés de la voiture dans sa poche, ce que j'essayai de transmettre à mon fils avec mes yeux, mais Aiden restait là à me fixer.

— Il ne va aller nulle part. Pas vrai, Aiden ? dit Jake.

Sa voix était si calme et posée qu'un frisson me parcourut l'échine.

Je m'éloignai de Jake, essayant désespérément de me libérer de son emprise, mais mes pieds ne trouvaient pas d'appui sur le sol carrelé de Josie. Je n'arrêtais pas de glisser sur quelque chose d'humide. Quand je baissai les yeux, je compris qu'il s'agissait du sang de Rob. Le liquide rouge s'infiltrait dans le tissu de mes chaussures et pendant un bref instant, j'eus l'impression d'avoir les pieds recouverts de peinture rouge. Je réprimai un vomissement, essayant de rester concentrée sur ce qui se passait.

— Laisse-le partir, Jake. C'est moi que tu veux.

La main libre de Jake s'enroula autour de mon cou.

— C'est ce que tu aimerais croire, n'est-ce pas ?

Son souffle chaud chatouillait mes oreilles. Je sentais l'aigreur du scotch éventé dans son haleine.

— Viens, Aiden. Toi, moi et ta mère avons beaucoup de choses à nous dire.

— S'il te plaît, le suppliai-je. S'il te plaît, Aiden. Va-t'en. Va chercher de l'aide.

Je hurlai quand Jake saisit mes cheveux avec plus de force et commença à me tirer en arrière, loin de Rob et de mon fils. J'essayai de crier aussi fort que je le pouvais, mais la main autour de ma gorge remonta et se referma sur ma bouche. Je me débattis alors que Jake me tirait plus loin dans la maison, et pendant tout ce temps, Aiden restait là à regarder ce qui se passait.

Le temps semblait s'être arrêté. J'étais dans les bras de Jake, tandis qu'Aiden se tenait dans l'embrasure de la porte, les yeux écarquillés et le visage figé. Avait-il peur ? S'en souciait-il ? Je n'en savais rien. Je n'aurais su le dire. Je commençai à pleurer.

Aiden entra dans la maison. Il dut lever les genoux pour enjamber le corps inerte de son père.

— Bon garçon, Aiden, dit Jake. Maintenant tire ce trou du cul à l'intérieur, tu veux bien ?

Aiden se baissa et traîna Rob dans la maison. Je me sentais mal. J'avais arrêté de me battre. Je regardais mon fils obéir au monstre que j'avais épousé.

— Sors le téléphone de sa poche, puis verrouille la porte et apporte-moi la clé.

Aiden fit tout ce que Jake disait, comme hébété. Je ne pus que regarder mon fils remettre la clé à Jake, qui dut ôter sa main de ma bouche pour prendre la clé et la mettre dans sa poche.

— Qu'est-ce que tu fais, Aiden ? m'écriai-je. Pourquoi tu fais ça ?

Mais il ne répondit pas.

Chapitre Quarante

— Qu'as-tu fait de Josie ?

Jake me laissa finalement me lever, mais il me poussa dans le couloir en me tenant par le coude. Je ne luttai pas, car je savais qu'il était plus fort et que si je tentais quoi que ce soit, il aurait le dessus. Mon esprit était plus vif qu'il ne l'avait jamais été, sous l'effet de l'adrénaline et de la colère qui me traversaient. Si je voulais faire quelque chose, je devais attendre le moment idéal, aussi difficile que cela puisse être alors que Rob se vidait de son sang par terre et que Josie était introuvable.

— Elle est un peu coincée en ce moment.

Le coin de sa bouche se retroussa d'un air amusé.

— Que vas-tu faire de moi ? demandai-je.

Jake me poussa dans le salon et fit un geste vers le canapé.

— On va parler. Aiden, pourquoi ne pas t'asseoir à côté de ta mère ? Et pourquoi ne pas vous mettre à l'aise, tous les deux ? Enlevez ces manteaux, et pendant que tu y es, Emma, passe-moi ton téléphone.

Je m'exécutai à contrecœur. Jake jeta mon téléphone et celui de Rob sur le tapis des Barratt et écrasa leurs écrans. Puis il les poussa dans un coin de la pièce.

Cela me rendait malade de voir la façon dont Aiden lui obéissait.

Depuis que mon fils était revenu d'entre les morts, il avait cette étrange façon de faire tout ce que Jake lui demandait. Je ne l'avais jamais vraiment compris, mais je l'avais mis sur le compte d'étranges séquelles liées à dix ans d'enfermement aux mains d'un autre homme. Mais maintenant ? Il avait eu le choix de partir et il ne l'avait pas fait.

— Tu as enlevé Aiden, dis-je.

Jake fronça les sourcils.

— Ce n'est pas de ça que je veux parler.

— Je t'ai aimé.

— Et je t'ai aimée, mais regarde comment tu me remercies. Tu fouilles dans mes affaires. Tu m'accuses d'avoir kidnappé ton fils.

Jake faisait les cent pas dans le salon. Je pouvais voir qu'il portait la même tenue que lorsqu'il était parti travailler, mais il avait enlevé sa veste en tweed et remonté les manches de sa chemise à carreaux. Il y avait des gouttelettes de sang sur le col de sa chemise, le long de son cou et sur sa joue.

— Je ne comprends pas, Jake. Je n'étais pas… On allait se donner une autre chance. N'est-ce pas ? On en avait parlé et on avait tout réglé.

— Ne me mens pas, cracha-t-il. Tu t'es introduite dans ma sphère privée. Tu as vu le garage.

Ma mâchoire se décrocha.

— Comment tu sais ça ?

— Tu te souviens du téléphone que je t'ai acheté pour Noël l'an dernier ?

Je hochai la tête.

— Mon iPhone. Oui.

— Il y a une application baptisée « Localiser mon appareil » dessus. Je l'utilise pour observer tous tes mouvements, Emma. Je sais combien de fois tu es venue ici, aussi. Pour quoi faire ? Te plaindre de moi ? Pour parler de moi derrière mon dos ?

— Non, Jake. Je ne ferais jamais ça.

J'entendais mon pouls battre dans mes oreilles. J'étais à bout de souffle et j'essayais de ne pas paniquer. À côté de moi, Aiden était immobile. Je m'efforçais de rester calme. De cette manière, peut-être que je pourrais calmer Jake.

— Je suis désolée si j'ai trahi ta confiance. Je te jure que je n'ai jamais voulu le faire, je voulais juste savoir ce qui était arrivé à Aiden. Jake, pourquoi tu n'appelles pas une ambulance pour Rob ? On n'a qu'à dire que c'était un accident. Il est tombé et s'est cogné la tête. On pourra régler tout ça plus tard, mais Rob se vide de son sang dans le couloir et il a besoin…

— C'est tout ce qui t'intéresse, pas vrai ? Depuis qu'il est revenu à Bishoptown, tu le convoites comme une écolière séduite. C'est tordu.

Il fit une pause et se massa les tempes. Pendant un bref instant, j'envisageai de me précipiter sur lui pour l'assommer, mais il se remit à faire les cent pas. La détermination sur son visage était un avertissement suffisant.

— Il n'y a aucune chance pour que ce bon à rien ait survécu à ce coup. Je l'ai frappé avec la statue du guerrier africain de Hugh. Cette chose est en pierre.

Jake attrapa la grande statue de pierre et la souleva au-dessus de sa tête. Je tressaillis à la vue du sang et des cheveux de Rob étalés sur le visage africain.

— Hugh pourrait rentrer à la maison à tout moment, dis-je en me forçant à garder une voix calme et posée.

Mais Jake se contenta de rire.

— Hugh sait comment vivre. Il prend ce qu'il veut, quoi qu'il arrive. Il est sûrement en train de baiser une fille de dix-neuf ans à Vegas ou autre. J'admire les hommes qui savent prendre ce qu'ils veulent.

— Tu penses que c'est admirable de renier ses vœux de mariage ? De mentir et de tromper ?

— On fait ce qu'il faut pour vivre dans une *société policée,* dit-il en se moquant de ce terme. Mais nous avons tous des désirs, pas vrai ? Nous avons tous des secrets enfouis au fond de nous. Je parie que tu ne savais pas que Hugh baisait Amy Perry, n'est-ce pas ?

Je fronçai les sourcils.

— Non, je ne le savais pas.

— Elle était bien délurée au pieu, selon lui. Elle faisait des trucs vraiment hardcores. Pas comme toi, ma belle épouse. Mais je ne t'ai pas épousée pour tes capacités au lit. Tu étais brisée, et j'aimais ça. Et non, je ne parle pas du moment où tu as enfoncé ce couteau dans ton poignet, mais d'avant. Avant Aiden, avant tout. Même à l'école. J'ai vu qui tu étais avant que tu ne le saches toi-même. Tu avais besoin de conseils. Tu étais comme un bébé cerf marchant sur la glace. Sans personne à tes côtés pour te dire où marcher, tu aurais glissé et tu serais tombée à travers.

Il avait arrêté de faire les cent pas. Il semblait plus calme, mais c'était encore plus troublant que son état d'agitation précédent.

— Tu avais besoin de *moi*, mais tu t'es tournée vers cet idiot dans le couloir.

— S'il te plaît, Jake. Si tu m'aimes, ne serait-ce qu'un peu, appelle une ambulance pour Rob. Laisse Josie et Aiden partir pour qu'on puisse parler.

Jake rigola.

— Tu crois que je ne sais pas que tu essaies de me manipuler ? Tu penses que je suis stupide ? Réponds !

— N-non, bégayai-je.

Même si l'adrénaline coulait toujours dans mes veines, j'étais bien plus effrayée que furieuse. Je n'avais jamais vu ce côté de Jake et c'était terrifiant. Il était dangereux. Pendant tout ce temps, j'avais partagé mon lit avec un homme dangereux et je ne l'avais jamais su. Mes yeux parcoururent la pièce à la recherche d'armes potentielles. Il n'y avait rien à portée de main.

Il soupira.

— Je pensais vraiment que tu étais tout ce que j'avais toujours voulu et dont j'avais toujours eu besoin, mais maintenant je te regarde et je vois très peu de choses, Emma.

— Je porte ton enfant.

Ma gorge me brûlait alors que j'essayais de parler sans fondre en larmes.

— Notre petite fille.

— Je suis au courant, cracha-t-il. Mais est-ce que ça t'intéresse ? Tout ce que tu fais, c'est te plaindre et pleurnicher à propos d'*Aiden*, qui, d'ailleurs, n'est rien d'autre que pathétique et dérangé, et tu mets notre bébé en danger. Notre bébé et moi, tu nous fais passer en dernier. Je pensais qu'une fois qu'on serait mariés, tu laisserais enfin tout ça derrière toi. Le fils noyé. L'amant qui t'a abandonnée. Les parents qui sont morts. Je pensais que tu étais passée à autre chose et que tu allais enfin *me* remarquer. Mais c'était impossible pour toi, n'est-ce pas ? Tu n'en avais que pour eux et jamais pour moi, même si je suis la meilleure chose qui te soit arrivée. Regarde tout ce que je t'ai donné : un travail avec des gens que tu aimes, une maison que tu aimes, un style de vie pour lequel la plupart des femmes tueraient, et tu ne peux toujours pas trouver en toi la force d'être reconnaissante.

J'ouvris la bouche pour parler. Je voulais lui crier dessus, lui montrer que j'étais bien plus qu'il ne le croyait, qu'il ne pourrait jamais me briser comme il le pensait, mais tout ce qui sortit de ma bouche fut un gémissement. Je me pliai en deux, me tenant le ventre. Une nouvelle crampe à l'utérus. Mon corps devint chaud à cause de la douleur, et je sentis de la sueur se former à la racine de mes cheveux. La douleur partait de mon dos et irradiait tout mon corps, rendant mon ventre aussi dur que de la pierre.

— Jake, dis-je. Tu dois appeler une ambulance. Je crois que je suis en train d'accoucher.

Pour la première fois, il y eut un léger doute dans l'expression de Jake. Sa mâchoire se serra et il plissa les yeux.

— Il reste encore quelques jours avant la date prévue pour ton accouchement.

— Comme si les bébés se souciaient d'une date ! Appelle une ambulance !

Il secoua la tête.

— Tu n'as pas encore perdu les eaux. Et nous n'avons pas fini de parler.

Je me frottai le ventre et j'essayai de ne pas penser à ce qui se passerait si j'accouchais ici, dans cette pièce avec mon ex-petit ami mourant dans le couloir, mon mari me torturant émotionnellement,mon fils traumatisé assis, immobile, à ma droite et ma meilleure amie attachée dans une des chambres à l'étage. Qu'avais-je fait pour tomber aussi bas ? Quelle erreur avais-je faite pour ne pas le voir venir ?

— Qu'est-ce que tu veux me dire ? dis-je avec amertume. Tu comptes m'expliquer comment tu as enlevé mon fils et abusé de lui pendant une décennie ? C'est ce que tu veux dire ? Pourquoi as-tu fait ça, Jake ? C'était une sorte de fantasme malsain de contrôle où tu m'as tout pris pour voir ce qui se passerait ? Je ne suis qu'une poupée pour toi ? Un jouet sur lequel tu peux expérimenter ? Ou bien voulais-tu transformer Aiden en un esclave robotisé pour qu'il exécute tes ordres à ce moment précis, afin que tu puisses me révéler quel putain d'homme maléfique tu es ? Et mes parents ? Qu'est-ce qu'ils t'ont fait ?

— Tu étais seule après leur mort, dit-il avec un sourire en coin. C'était utile.

Mon sang bouillonnait de rage.

— Je te déteste. Tu m'as harcelée. Tu as assassiné mes parents.

Je refusai de pleurer. Je ne voulais pas lui donner la satisfaction de me voir craquer.

— Ce jour-là, quand j'ai essayé de me tuer, où étais-tu ? Comment as-tu su ?

— Dispositif d'enregistrement, dit-il, le sourire s'étendant sur son visage.

Il savourait le fait de m'avoir dupée.

— Tu es le mal incarné, répétai-je.

— C'est faux, Emma. Je suis juste libre. Je fais ce que je veux.

— Et ce que tu veux, c'est être professeur d'art dans une école polyvalente ? Mais qu'est-ce que tu es ? Tu es juste pathétique.

— Je ne me soucie pas vraiment d'être enseignant. C'est juste un moyen facile pour que les gens m'aiment. Les enseignants sont chaleureux et câlins. Les professeurs d'art qui portent du tweed le sont encore plus.

— Tu as merdé avec cette fille à Bournemouth, n'est-ce pas ? Tu l'as peut-être manipulée pour qu'elle ne parle pas de votre petite histoire, mais sa photo de vous deux était une erreur.

— Katie était jeune et a fait des erreurs. Elle était presque aussi brisée que toi. Elle aimait être dirigée. Elle aimait être contrôlée. La plupart des femmes aiment ça.

— Qu'as-tu fait de Josie, Jake ? Tu lui as fait du mal ?

Ma lèvre inférieure tremblait. Comment n'avais-je pas vu son mépris pour les autres ? Comment n'avais-je pas remarqué à quel point il détestait le monde ? Il m'avait caché tout ça. Il le gardait dans ce garage avec son vrai visage. C'était là qu'il cachait son obsession.

Lentement, il traversa la pièce en direction de la cheminée et récupéra un objet brillant sur le manteau. Je poussai un hoquet de stupeur. Il s'agissait d'un couteau long et tranchant, plus large qu'un couteau de chef avec un manche lisse fait d'une sorte de matériau de couleur ivoire. Mon estomac se noua quand je réalisai qu'il était en os.

— Hugh me l'a offert, dit-il. C'est un couteau de chasse. Il m'a dit que tu n'approuverais probablement pas, alors j'ai décidé de le cacher. Ça me semble approprié de l'utiliser maintenant, dans sa maison.

— Jake, chuchotai-je. Que vas-tu faire avec ce truc ?

— Terminer ce que j'ai commencé il y a dix ans, siffla-t-il.

Chapitre Quarante-Et-Un

Mes muscles étaient comme des élastiques tendus. Les poils se dressèrent à l'arrière de mes bras lorsque Jake inclina et examina le couteau dans sa main. J'essayai d'ignorer une troisième crampe qui s'empara de mon utérus, serrant et tordant mes entrailles. Je serrai les poings, enfonçant mes ongles dans la paume de mes mains.

— Je voulais te le dire depuis longtemps, Emma.

Il sourit, révélant ces dents blanches que j'avais autrefois trouvées si attirantes. Hewitt le beau gosse.

— C'est un aveu. Un événement dont je n'étais pas fier sur le moment, mais qui est devenu un accomplissement dont je me suis félicité une fois la poussière retombée. Le truc, c'est que je m'en suis sorti. Du moins, je le croyais. Le problème est que ton fils est revenu, et ce n'est qu'une question de temps avant qu'il ne commence à parler, j'en suis sûr.

Mes ongles s'enfoncèrent plus fort dans ma peau. Je sentis un liquide chaud s'y accumuler.

— Malgré tous mes efforts pour me débarrasser de lui, tu sembles déterminée à garder ce petit morveux dans les parages, alors je suppose que je peux aussi bien cracher le morceau, fit-il en riant.

Même le petit incident dans le berceau avec la peinture ne t'a pas fait changer d'avis.

— C'était toi ? dis-je.

Pourquoi étais-je surprise ? Il était clairement capable de tout.

— Oui, chérie. C'était moi. Mais pour en revenir au passé... Je ne comptais pas te le dire, mais ensuite tu es allée dans mon garage et tu as fouiné là où tu n'aurais pas dû. Tu as fait en sorte que je n'aie plus rien à perdre.

La lame du couteau brillait alors qu'il tendait les bras et me souriait.

— Tu ne peux t'en prendre qu'à toi-même, maintenant. Tout ça aurait été balayé sous le tapis et nous aurions pu vivre une vie heureuse si tu n'avais pas continué à creuser. À un moment donné, de préférence avant qu'Aiden ne devienne enfin un homme et ne commence à parler, j'aurais fait en sorte qu'il ait un petit accident. C'est tragique, mais ces choses-là arrivent.

La chaleur m'envahit. Ma poitrine était serrée, j'avais du mal à respirer, mais je me forçai à me concentrer. Je voyais bien que Jake aimait ce public captif, se délectant de la façon dont j'étais suspendue à chacun de ses mots, attendant le moment où j'obtiendrais enfin des réponses. Il n'allait pas me rendre la tâche facile. Il n'allait pas faire ça rapidement. Il allait en profiter.

— Laisse-moi te raconter l'histoire d'un enfant sauvage. Les enfants sauvages ont généralement des mères terribles, vois-tu. Ces mères sont souvent trop jeunes pour *être* mères et laissent leurs enfants aller où bon leur semble.

Il marqua une pause pour voir si ses mots suscitaient une réaction de ma part, mais je ne lui donnai pas cette satisfaction.

— Quand tous les autres enfants normaux se comportent bien, les enfants sauvages font le contraire. Les enfants normaux savent comment se comporter lorsqu'il y a une catastrophe naturelle comme une inondation, mais les enfants détraqués comme Aiden s'égarent et décident d'aller jouer à la rivière.

Je gardai la bouche fermée, attendant qu'il me le dise. Il y avait un sourire exaspérant sur son visage qui faisait bouillonner mon sang. Il savait qu'il avait le contrôle, et il en profitait à fond.

— J'ai vu Aiden s'éloigner de la classe. Je l'ai vu se faufiler dans les couloirs et sortir de l'école.

Il marqua une pause pour écarter ses cheveux de son visage. Des cheveux que j'avais caressés. Un visage que j'avais embrassé. Un corps que j'avais touché. Un homme avec qui j'avais fait l'amour encore et encore.

— Je t'observais depuis des années. Je me souviens du premier jour où je t'ai vue à l'école, avec tes cheveux noirs longs et voluptueux. Tu étais plus hésitante que les autres filles. Tu ne portais pas ces jupes de salope ou ces strings remontés au-dessus de ta taille. Tu avais quelque chose. Tu avais de la peinture sous tes ongles et les cils baissés. Tu rougissais quand les garçons essayaient de te parler et tu ne voyais pas quand ils étaient clairement épris de toi.

Il soupira.

— Tu étais si belle, et maintenant tu es vieille, grosse et couverte de cette rougeur dégoûtante.

Instinctivement, je cachai mes mains sous mes jambes, honteuse. Puis je réalisai que j'étais face à un meurtrier. Je sortis mes mains et les grattai devant lui.

— J'attendais le bon moment avec toi. L'incident avec Katie avait été précipité, et je ne voulais pas que cela se reproduise. De plus, Katie était l'apéritif. Tu étais le plat principal, et je voulais m'assurer que j'étais prêt à te dévorer.

J'eus un renvoi, mais rien ne sortit. Jake ne sembla rien remarquer et poursuivit son histoire.

— Mais ce tas d'argile, ce trou noir ambulant, *Rob*, est arrivé le premier. Tu avais besoin d'être guidée, et j'allais te montrer le chemin, mais c'est lui qui t'a atteinte en premier, et ça, je ne lui pardonnerai jamais. C'est la raison pour laquelle il se vide de son sang sur le carrelage du couloir des Barratt. C'est ce qui arrive aux gens qui me contrarient.

— Viens-en au fait, lançai-je, incapable de supporter ça plus longtemps.

Je grattais ma peau qui me démangeait, me sentant sale rien qu'en l'écoutant. À côté de moi, Aiden était assis tranquillement, immobile et impassible comme toujours. Il aurait pu être en train de regarder des dessins animés, pas d'écouter les divagations d'un psychopathe.

— Tu étais souillée quand tu as eu Aiden, mais je savais que je pouvais te sauver. Il faudrait juste te casser un peu pour te modeler comme je le voulais. Quand j'ai vu Aiden s'éclipser de l'école ce jour-là, je l'ai d'abord suivi pour voir ce qu'il faisait. J'ai réalisé que je ne pourrais peut-être plus jamais le trouver seul comme ça. Je n'aurais peut-être jamais la chance de faire ce que je voulais faire depuis des années.

Il se lécha les lèvres en racontant ce souvenir.

— J'étais déjà trempé après avoir vérifié l'extérieur de l'école avec Simon. J'ai suivi le manteau rouge de ton fils sous la pluie battante jusqu'à la rivière. Il était là, debout, à regarder l'eau qui jaillissait.

Je repensai à mes cauchemars après l'enlèvement d'Aiden. À cette image qui me hanterait toujours : Aiden emporté sous les eaux tumultueuses. Aiden dans la partie plus calme de la rivière, flottant avec ses lèvres bleues et sa peau blanche.

Les doigts de Jake serrèrent le couteau encore plus fort. Il leva les bras dans un geste agité alors que son excitation grandissait.

— C'était ma *chance*. Je savais ce que ça te ferait et je savais que je devais le faire. L'ardoise devait être effacée, Emma. J'avais besoin que tu redeviennes cette fille brisée, celle dont j'étais tombé amoureux. Tu devenais trop sûre de toi dans ton rôle de mère. Je voyais comment tu jouais avec Aiden dans le parc et comment vous deveniez lentement une famille avec Rob. Tu avais même les amis que je nous voyais avoir, Josie et Hugh. Ce n'était pas *juste*. Tout ça était censé être pour *nous*.

— Qu'est-ce que tu as fait ? chuchotai-je.

— Je l'ai poussé, dit-il.

— Tu as fait quoi ?

— Je l'ai poussé dans la rivière.

Je me tournai vers mon fils. Il avait le visage impassible et me regardait droit dans les yeux. Il n'y avait pas de réponses sur ce visage, seulement plus de questions. Je tendis la main pour le toucher, avant de la retirer. Puis je fis face à mon mari.

— Que s'est-il passé après que tu l'as poussé dans la rivière ? demandai-je.

Jake haussa les épaules.

— Je suis retourné à l'école.

— Je ne comprends pas.

— C'est parce que tu es stupide. Tu m'as accusé d'avoir kidnappé ton fils, mais pourquoi aurais-je fait ça ? Je n'ai jamais voulu de *lui*, je *te* voulais *toi*. Aiden se met juste en travers du chemin. Avec lui autour de toi, tu n'as pas de temps pour moi, ou pour le bébé qui grandit en toi. Il est un obstacle pour moi.

— Qui l'a enlevé ? Dis-moi. J'ai besoin de savoir, suppliai-je.

Jake se contenta de rire.

— Je ne sais pas. Un opportuniste qui passait à proximité et qui a vu un enfant se noyer dans la rivière. Il a dû le repêcher et remercier Dieu, car ça signifiait qu'il pouvait le garder dans son petit cachot tordu ou autre.

Il était si désinvolte et insensible que mon estomac se retourna et que je sentis la bile au fond de ma gorge.

— Ce n'était pas toi, chuchotai-je.

— Bien sûr que non, dit-il. Je voulais l'écarter du chemin, comme je voulais écarter tes parents.

Je mis ma tête entre mes mains. J'avais dormi dans le même lit que l'homme qui avait essayé de tuer mon fils et qui avait aussi réussi à tuer mes parents. Ma peau était couverte de fourmis. Mon corps était glacé jusqu'à la moelle. Je frissonnais, mais je devais garder la tête froide. Je devais essayer de garder le contrôle. Je devais mettre tout ça de côté et me concentrer pour sauver la vie des gens dans la maison.

— Tu as dit que tu allais finir ce que tu avais commencé il y a dix ans, dis-je en levant mon visage pour croiser son regard. Qu'est-ce que ça veut dire ?

Le rire disparut du visage de Jake et ses yeux se figèrent comme des billes. Sans son habituel sourire aimable, il était effrayant. Il inclina son menton vers le bas. Des ombres inondaient ses yeux, le transformant en un méchant de film cliché. Mais ce n'était pas un méchant ordinaire. C'était mon mari et le père de mon enfant. C'était l'homme qui me frottait les pieds à la fin de la journée et qui m'apportait un chocolat chaud quand j'avais mes règles. C'était l'homme qui riait de mes blagues et me taquinait quand je prononçais mal un mot. Qui me tenait la main pendant les films d'horreur et discutait avec mes amis. Qui m'écoutait quand je parlais de mon passé et qui était une épaule sur laquelle pleurer à l'anniversaire de la mort de mes parents. Il était tout pour moi, mais tout cela n'était qu'un mensonge complet et absolu.

— Tu as tout gâché, Emma.

La froideur de sa voix était comme une lame de rasoir le long de ma colonne vertébrale.

— Je ne peux plus rien faire. Je ne peux pas te faire devenir la femme que je veux que tu sois. C'est trop tard pour nous tous. Je vais finir ce que j'ai commencé il y a dix ans, et ensuite ce sera ton tour.

Il fit un pas en avant, le couteau à la main.

Chapitre Quarante-Deux

Il y a une sorte de force dans la faiblesse qu'on ressent quand on touche le fond. Il y a eu de nombreux moments dans ma vie où j'ai atteint des profondeurs telles que je pensais ne jamais pouvoir m'en sortir. Jake parlait d'avoir cette noirceur en lui et de prendre ce qu'il voulait, mais il n'était pas le seul à avoir fait l'expérience de la noirceur. Quand je repense au temps passé dans cette pièce, je me rends compte que Jake a fait la même erreur à maintes reprises dans sa vie, à savoir me sous-estimer.

Parce qu'il avait tort à mon sujet.

Je n'étais pas un oiseau blessé qui revenait toujours pour se faire battre. Je n'étais pas quelqu'un qu'il pouvait briser encore et encore sans résistance. Je ne m'étais jamais battue parce qu'il ne m'avait jamais rien donné à combattre. Il avait pris le meilleur de ma vie et l'avait jeté, mais il ne m'avait jamais montré ce que j'avais besoin de voir. Il n'avait jamais révélé la personne qu'il était vraiment. Mais à présent qu'il l'avait fait, je pouvais le combattre. J'avais enfin une manifestation physique de toute la douleur dont j'avais souffert pendant la dernière décennie.

Quand il se précipita sur Aiden avec le couteau, je sus ce que je devais faire.

Alors que mon fils se recroquevillait devant Jake, je me jetai entre eux, levant les mains pour le protéger. Le couteau de Jake atteignit ma paume et je poussai un cri quand il déchira ma peau. Mais je n'abandonnai pas pour autant. Je repoussai le couteau d'une main, ma peau ouverte par la lame, et je tendis l'autre bras pour frapper Jake en plein visage.

Le coup le prit au dépourvu et il tituba, m'offrant un bref répit. Ma main blessée était couverte de sang, mais je n'avais pas le temps de m'attarder sur la blessure, car Jake préparait une nouvelle attaque.

— Je comptais te tuer en dernier, dit Jake. Mais je peux commencer par toi, si besoin.

L'étincelle de colère dans ses yeux se transforma en une sombre détermination. Je savais qu'il était plus fort et plus grand que moi, mais je savais aussi que je voulais vivre, pour mes deux enfants. Je vérifiai rapidement autour de moi s'il y avait des armes potentielles, mais il n'y avait rien, seulement la télécommande de la télévision et un magazine. Même la lampe était de l'autre côté de la pièce, et Jake me bloquait le passage. Il se jeta à nouveau sur moi, déployant sa force et me poussant en arrière, heurtant mon ventre de femme enceinte et me coupant le souffle. Mais je réussis à mettre mon poids sur le côté droit, à passer sous son aisselle, puis à le pousser de toutes mes forces des deux mains en grimaçant de douleur lorsque ma main blessée entra en contact avec son côté.

Jake tomba par terre, mais il tenait toujours le couteau. Je m'agenouillai sur sa poitrine et pesai de tout mon poids sur son poignet, mais mes doigts étaient glissants de sang. Jake me frappa au visage avec sa main libre, un coup si fort que je sentis mon nez craquer. Je l'ignorai, et j'enfonçai mes dents dans son poignet. Jake me frappa à l'arrière de la tête et rugit de douleur. Ma bouche se remplit du goût rouillé du sang chaud. J'enfonçai mes dents de plus en plus profondément dans sa chair, jusqu'à ce que je sente sa prise sur le couteau se relâcher.

Il parvint finalement à me repousser, mais j'emportai un morceau de son poignet avec moi et un jet de sang me gicla au visage. Mes doigts ensanglantés ne pouvaient saisir le couteau, et il vola de ma main jusqu'au fond de la pièce. Jake, le visage en sueur et déformé, leva la jambe, et je compris qu'il voulait me donner un coup de pied dans l'estomac. Je roulai sur la droite et me redressai avec difficulté.

— Aiden, on doit y aller !

Mon fils était assis sur le canapé, les yeux écarquillés et le visage figé d'horreur. J'essuyai rapidement un peu de sang de ma bouche tandis que Jake se relevait, tenant son poignet.

— Laisse-nous partir, Jake, le suppliai-je.

J'étais prête à faire n'importe quoi pour nous garder en vie, mes enfants et moi.

— Je ne peux pas faire ça, Emma.

Alors qu'il courait vers moi, je vis la statue ensanglantée que Jake avait utilisée sur Rob. Je me baissai et la ramassai alors que le coup de poing de Jake manquait mon visage de quelques centimètres et touchait mon épaule à la place. La force de l'impact faillit me faire tomber à la renverse, mais Jake avait une blessure profonde au poignet et cela l'avait ralenti, je pus donc soulever la statue et la lancer sur lui. L'expression de Jake fut celle de la stupeur lorsque la lourde statue de pierre le frappa au menton avant de tomber sur son pied. Il hurlait encore de douleur quand je me jetai sur lui. Nous dégringolâmes sur le tapis, Jake poussant mon visage vers le plafond, loin de lui, cherchant à saisir mon cou. Je réussis à trouver la statue du guerrier et la pris à deux mains tandis que les doigts de Jake s'enroulaient autour de ma gorge.

Je soulevai la statue, et sentis la colère exploser en moi. Je voulais qu'il meure. Cet homme m'avait menti au quotidien. Il avait trahi ma confiance. Il m'avait harcelée quand j'étais une jeune fille vulnérable. Il avait assassiné mes parents et essayé d'assassiner mon fils, tout ça pour pouvoir me briser et me modeler à sa convenance. Il m'avait contrôlée et traquée. Il y avait beaucoup de haine en moi, beaucoup de colère, et le goût de son sang dans ma bouche n'était pas suffisant. Je voulais le voir souffrir.

J'abattis la statue sur sa tête et ses mains se relâchèrent. Je la soulevai à nouveau et répétai l'opération. Cette fois, les mains de Jake quittèrent ma gorge. Un filet de sang coulait de son front, s'accumulant sur le tapis et dans son oreille. Je soulevai le buste à nouveau.

Puis je m'arrêtai.

Aiden chantait.

C'était la même chanson que j'avais entendue pendant que je me disputais avec Rob. Sa voix était douce. Il chantait les notes aiguës avec facilité, montant et descendant au rythme de la mélodie. Il avait une belle voix, comme celle d'un enfant de chœur, et je sentis les larmes monter. Je laissai tomber la statue et je descendis de Jake en tenant mon ventre de femme enceinte. Jake était immobile. Je l'avais tué. Je serrai et desserrai les poings, essayant de me calmer, avant de me pencher et de chercher le téléphone portable de Jake. Il n'était pas là. Je jetai un coup d'œil au fixe posé sur la table dans le coin de la pièce. Le fil avait été coupé.

— Aiden, dis-je. On doit y aller maintenant.

Mais Aiden n'était plus sur le canapé. Il était debout près de la porte de la chambre et me regardait fixement. Sa bouche s'ouvrait et se fermait au rythme de sa chanson douce et des larmes roulaient sur son visage. Je fis un pas vers lui, lui tendant les mains pour qu'il les prenne.

— Aiden.

Il s'éloigna de moi. Ce fut là que je réalisai qu'Aiden n'avait plus peur de Jake, il avait peur de moi. Ses yeux passaient de moi au couloir et revenaient vers moi en un mouvement rapide, et je compris qu'il réfléchissait à un moyen de s'échapper.

— On va partir ensemble, Aiden, dis-je. Je vais trouver un téléphone et appeler une ambulance et la police, puis je vais voir si ton père et Josie vont bien. Ensuite, on va aller attendre dans la voiture que la police arrive. Est-ce que ça te convient, Aiden ?

Je ne voulais pas passer une seconde de plus dans cette maison.

Mais sa chanson ne fit que s'amplifier. Son corps tremblait et il secoua la tête. Il jeta un coup d'œil au couloir.

— Tu ne peux pas sortir par là, dis-je. La porte est fermée.

Aiden serra les poings et courut vers moi. Son mouvement soudain me prit complètement par surprise, c'est pourquoi il réussit à me faire tomber. J'eus une nouvelle contraction, ce qui permit à Aiden de fouiller dans les poches de Jake et de récupérer la clé de la porte d'entrée de Josie. Le temps que je me redresse, Aiden avait disparu de la pièce et j'entendis la clé dans la serrure.

— Non ! criai-je, mais c'était inutile : la porte était ouverte.

Je me précipitai vers le coin où Jake avait jeté mon téléphone cassé. L'écran était brisé, mais je pouvais encore faire défiler les options. Je me remis sur mes pieds et traversai en vitesse le couloir où Rob était étendu sur le tapis. Je me baissai pour vérifier son pouls.

Quand Rob releva la tête, je faillis crier.

— Suis... le... croassa-t-il.

Je hochai la tête.

— J'appelle une ambulance.

Ça me faisait mal au cœur de le laisser là, mais je devais suivre Aiden. Je me précipitai hors de la maison de Josie aussi vite que possible en composant le numéro des secours. Heureusement, Aiden n'avait pas pensé à m'enfermer à l'intérieur.

— J'ai été attaqué chez mon amie, dis-je quand l'opératrice répondit. Mon mari a attaqué mon ex-petit ami. Je pense qu'il est grièvement blessé, je ne sais pas. Il a fait du mal à mon amie... Je pense qu'elle est attachée en haut, mais je ne l'ai pas vue. Il l'a peut-être tuée. Je pense que je l'ai tué, mon mari. Je l'ai frappé avec une statue parce qu'il allait tuer mon fils. Il avait un couteau. On a besoin d'une ambulance. Je dois y aller. Mon fils s'est enfui.

Je transmis l'adresse et raccrochai, sans même prendre la peine de donner mon nom.

Alors que je courais sur le chemin de gravier, je distinguai la silhouette d'Aiden se déplaçant dans l'obscurité. Il se dirigeait vers la route. Je courais aussi vite que possible en faisant défiler l'écran de mon téléphone. Je devais appeler l'inspecteur-chef Stevenson. Il était le seul à connaître l'affaire.

Il répondit au premier appel.

— C'est Emma. Jake nous a attaqués, Rob, Aiden et moi. Je pense que je l'ai tué. Il est chez Josie Barratt. Aiden est parti en courant. Je le suis.

— Non. Emma, restez où vous êtes. J'arrive.

— Je dois le suivre.

Je m'arrêtai quand une autre contraction me traversa. Je n'avais aucune idée de leur fréquence. Toutes les cinq minutes ? Je n'aurais su le dire.

— Emma ? Vous allez bien ?

— Je suis en train d'accoucher.

— Merde. Restez où vous êtes. Une ambulance va…

— J'en ai déjà appelé une.

Devant moi, à peine visible sous la pluie battante, Aiden décrivit un virage serré et quitta la route. Je descendis péniblement la colline raide pour mieux voir.

— Je pense qu'Aiden se dirige vers les bois.

— Rough Valley ? demanda Stevenson.

— Oui. Je pense qu'il va y aller.

— Je suis en route.

— Vous avez trouvé le garage ? demandai-je.

— Oui, confirma-t-il.

— Bien, répondis-je et je raccrochai.

Je n'arrivais pas à suivre le rythme, distraite par la discussion.

Je vis Aiden ralentir alors qu'il pénétrait dans Rough Valley. Il semblait essayer de déterminer quelle direction prendre. Cela suggérait qu'il y avait un endroit où il voulait aller. Il y avait un but à son entrée dans les bois.

Mes chaussures glissèrent sur un talus herbeux alors que je le suivais vers les arbres sombres et épais. Il y avait de la boue par terre. Mes vêtements étaient trempés, mais au moins l'averse avait ôté la majorité du sang de mon visage. Les coups de poings de Jake me faisaient encore mal à la tête, ma main était douloureuse et saignait à cause de la profonde entaille dans ma paume, mais j'étais déterminée à garder mon garçon en vue. Il m'avait été enlevé dix ans plus tôt, et il était hors de question que ça se reproduise. Je ne voulais plus jamais le quitter des yeux.

Je me précipitai entre les arbres. L'herbe humide collait à mon jean. J'avançais aussi vite que possible, étant donné les circonstances, et je ne pouvais m'empêcher de me demander si une femme avait déjà vécu quelque chose de semblable pendant le travail. Puis je réalisai que c'était forcément le cas. Bien sûr. Des femmes accouchaient dans des pays déchirés par la guerre. Des femmes étaient obligées de fuir pour sauver leur peau. Des enfants survivaient aux circonstances les plus horribles. Les êtres humains étaient des créatures fortes, résilientes et déterminées. Je serrai les dents et j'avançai en titubant, déterminée à ce que mon bébé attende. Je devais m'accrocher jusqu'à ce que je sois sûre qu'Aiden soit en sécurité, lui aussi.

Le soleil commençait à se coucher. La pluie martelait les feuilles mortes, transformant le sol en paillis. Malgré la pluie glaciale, j'avais chaud. L'effort pour mon corps de femme enceinte était terrible et mes muscles étaient douloureux, mais j'étais déterminée. Je retrouverais mon fils. Je le mettrais en sécurité.

Il se déplaçait rapidement, et j'avais du mal à suivre son pull rouge. Je n'arrêtais pas de penser au jour où ils avaient sorti son manteau rouge de la rivière. Ça n'arriverait pas aujourd'hui. Ça n'arriverait plus jamais, je m'en assurerais.

Aiden ralentit et décrivit trois virages en dents de scie dans des directions opposées. Je compris qu'il cherchait son chemin.

— Aiden ! l'appelai-je. S'il te plaît, n'aie pas peur, laisse-moi juste marcher avec toi.

Il se retourna pour me fixer. Semblable à une goule dans la forêt sombre, son visage pâle contrastait avec le fond presque noir des fourrés.

— Parle-moi, dis-je. Je sais que tu le peux. S'il te plaît, parle-moi et dis-moi ce que tu essaies de faire. Je veux t'aider.

Mais il ne dit rien. Il recommença à se faufiler à travers les arbres. Se glissant à travers eux comme un spectre.

Une contraction me saisit et je me pliai en deux sous l'effet de la douleur, faisant de mon mieux pour l'ignorer afin de pouvoir suivre Aiden dans la forêt. À ma grande surprise, quand la douleur se fut estompée, je levai les yeux et vis qu'Aiden s'était arrêté. Il était face à moi. Quand je me redressai, il recommença à bouger.

Il voulait que je le suive.

Chapitre Quarante-Trois

Parfois, quand je serre Aiden dans mes bras, j'imagine que je peux sentir l'odeur de la forêt cette nuit-là. Ce n'est pas un parfum très agréable. Il y a l'odeur fraîche du pin et de l'eau de pluie, mais aussi le goût des feuilles mouillées, de la terre moisie, de la boue et de la touche métallique du sang. Un frisson me parcourt l'échine chaque fois que je me rappelle cette nuit-là, et comment mes vêtements étaient gorgés d'eau. J'ai mal aux pieds en me souvenant des glissades dans les feuilles mouillées et la boue. Ma poitrine serrée me rappelle à quel point j'étais essoufflée. Mon ventre se crispe en se rappelant la douleur de mes contractions.

Préférerais-je pouvoir tenir mon fils dans mes bras et ne pas penser à toutes ces choses ? Bien sûr. Autant que j'aimerais pouvoir fermer les yeux sans voir le sang de Rob sur le carrelage du couloir de Josie ou le regard déterminé de Jake lorsqu'il s'est approché de moi avec le couteau de chasse de Hugh.

En suivant mon fils dans la forêt, je savais que quoi qu'Aiden veuille me montrer, cela changerait tout. Une partie de moi redoutait ce changement. Une partie de moi en avait envie. J'avais besoin de réponses, et Aiden était la clé. Il l'avait toujours été.

Mais il semblait normal que le chemin vers la vérité soit aussi ardu pour moi qu'il l'avait été pour lui. C'était l'histoire d'Aiden, pas la mienne, et elle avait été longue et pénible pour lui, alors vivre ne serait-ce qu'un iota de la douleur qu'il avait endurée me rapprochait de lui. Je commençai lentement à combler l'écart entre nous, et j'avais envie de glisser ma main dans la sienne et de me nourrir de sa chaleur, mais je savais que je ne devais pas le faire.

Le travail avait commencé. Il n'y avait aucun doute là-dessus. Les contractions étaient fréquentes, mais mon premier accouchement s'était étalé sur plusieurs heures. Je ne pouvais donc qu'espérer qu'Aiden ait le temps de me montrer ce qu'il voulait avant que nous n'allions voir la police.

Mais la douleur s'intensifiait alors que je poursuivais à travers bois. Je dus m'arrêter et m'agripper à un arbre alors qu'une autre contraction me pliait en deux.

— Je… ne vais… pas… tenir… le coup, Aiden.

Je sentis mon téléphone sonner dans la poche de mon jean trempé, mais je l'ignorai. Sans doute l'inspecteur-chef Stevenson espérait-il me faire arrêter ce que je faisais et faire demi-tour. Mais il n'y avait plus de retour en arrière possible. Je n'aurais pas été capable de trouver le chemin du retour même si je l'avais voulu. Tout ce que je pouvais faire, c'était suivre mon fils alors que la forêt devenait de plus en plus sombre.

Aiden s'arrêta. Il tourna la tête à gauche, puis à droite, et je sentis qu'il avait vu quelque chose qu'il reconnaissait. Il y avait un très grand bouleau à ma droite, dressé sur un petit monticule. Aiden observa cet arbre assez longtemps pour que je me demande s'il l'avait déjà vu. Je pris un moment pour reprendre mon souffle pendant que mon fils réfléchissait. J'examinai ma main blessée. Il faudrait des points de suture, mais l'hémorragie avait ralenti. Je me sentais étourdie et fatiguée, mais je voulais continuer.

Aiden s'engagea sur un chemin étroit près d'un ravin peu profond. Après avoir dépassé une rangée d'une demi-douzaine d'arbres, le chemin s'élargit et déboucha sur une clairière. La forêt de Rough Valley était un amas d'arbres et de racines enchevêtrés, c'est pourquoi la présence d'une clairière était surprenante. La plupart des terres appartenaient au National Trust, mais ce dernier avait vendu des parcelles à des promoteurs immobiliers qui espéraient créer davantage de logements à Bishoptown. Il y avait eu de faibles protestations contre les plans, mais la plupart des gens ne se souciaient pas vraiment de la forêt. Ce n'était pas un bel endroit. Elle était sombre et envahie par la végétation, et la traverser vous donnait des frissons. Ce n'était pas un endroit pour les promeneurs de chiens et les randonneurs.

Aiden continua à travers la clairière et je le suivis, manquant de trébucher sur une chose lisse et glissante. Je me retournai pour voir ce que c'était. On aurait dit que des arbres avaient été abattus dans le coin. J'avais glissé sur une souche. Je pressai le pas, essayant de rattraper Aiden. Il semblait savoir exactement où il allait à présent. Quel que soit cet endroit, il le connaissait et le traversa avec aisance.

Je m'agrippai à mon ventre tout en continuant à avancer vers le centre de la clairière, souhaitant silencieusement que le bébé en moi y reste un peu plus longtemps. J'avais déjà fait vivre un enfer à cet enfant, mais je devais chasser ces pensées de mon esprit en regardant Aiden. Il agissait bizarrement. Il semblait donner des coups de pied dans les feuilles, ce à quoi je ne m'attendais pas après la lutte chez les Barratt. Je commençais à me demander s'il n'avait pas fini par craquer. Mon esprit paranoïaque se mit alors à penser qu'il s'agissait d'une sorte de signal et que le ravisseur d'Aiden était sur le point de sortir des arbres avec une machette pour arracher le bébé de mon ventre. Mais ce n'était rien de tout ça. Aiden enlevait les feuilles d'une sorte de porte construite dans le sol. Je pouvais la voir sortir de terre à présent. Elle faisait environ un mètre de haut et était construite dans une pente naturelle. Je vins l'aider à dégager les feuilles, les branches et la boue de l'ouverture.

— Je ne voulais pas que quelqu'un la voie.

Je reculai en titubant. Mes mains tremblaient. C'était la première fois que j'entendais mon fils parler. C'était la première fois que j'entendais sa voix, sa voix *parlée*, et non sa voix chantée, étrange et aiguë.

Il avait une voix d'adolescent et je faillis tomber à genoux. Certes, j'avais fini par voir Aiden comme plus âgé que le petit garçon qui m'avait été enlevé dix ans plus tôt, mais avec sa petite taille, je n'avais toujours pas réalisé qu'il avait seize ans. Mais il avait parlé et j'avais soudain réalisé qu'il était presque un *homme*. Ce n'était pas une voix grave, mais ce n'était plus non plus une voix d'enfant.

Je restai debout à côté de l'étrange porte, l'air stupide, ouvrant et fermant la bouche. Je voulais qu'il parle à nouveau, mais je ne voulais pas l'effrayer. Il était dans une sorte de transe, et j'avais peur de rompre le charme qui avait été jeté sur la forêt immobile cette nuit-là si je parlais. Le seul bruit était le bruissement des feuilles qu'Aiden enlevait. Quand il eut fini, il agrippa la poignée et poussa.

— C'est toujours ouvert.

Cette fois, je saisis ses mots et les gardai en mémoire. La joie inonda mes veines et mon cœur se gonfla d'émotion. J'attendais depuis si longtemps d'entendre sa voix.

Il dut pousser la porte avec force, et les charnières grincèrent en s'ouvrant, mais je compris qu'elle avait été fréquemment utilisée. La lumière de la lune scintillait sur la surface métallique sombre. C'était ça. C'était ce qu'Aiden avait représenté durant les séances de thérapie. C'était le gris foncé de ses cauchemars. De l'autre côté de la porte se trouvait l'endroit où Aiden avait été retenu captif pendant dix ans. J'essayai de stabiliser ma respiration.

Il y avait une marche qui descendait, taillée dans la pente de la colline. Une fois que je descendis, la porte ne semblait plus aussi petite, et je pus suivre Aiden à travers cette petite porte métallique en baissant la tête. Je fis attention à ne pas toucher la poignée. C'était important. C'était le moment où toutes les pièces allaient s'assembler et où j'allais enfin obtenir justice pour Aiden.

— Ne ferme pas.

Bien sûr que non, pensai-je. Cette porte ne se fermerait plus jamais.

Elle débouchait sur un étroit passage qui donnait sur plusieurs marches en ciment. Je résistai à l'envie de poser ma main contre le mur pour me stabiliser dans l'obscurité. Je devais faire attention à ne pas contaminer les preuves. En bas des marches, il y avait une deuxième porte. Celle-ci était ouverte, laissant l'embrasure de la porte exposée comme une dent manquante. On avait manifestement évacué à la hâte. C'est lorsque j'atteignis cette porte que l'odeur nauséabonde atteignit mes narines.

Aiden appuya sur un interrupteur, mais rien ne se passa. Il tâtonna dans le couloir avant de prendre quelque chose sur un crochet. J'entendis le bruit d'un bouton et une lumière vive s'alluma. Je grimaçai devant la soudaine luminosité. Aiden entra dans la pièce et appuya sur une lanterne. Puis il en alluma plusieurs tout autour, la lumière de la lampe torche suivant ses déplacements. Grâce à cette luminosité nouvelle, je pus observer mon environnement. Je me trouvais dans une petite pièce – à peu près de la taille d'un grand salon – qui avait été divisée en deux parties. L'une de ces zones était délimitée par ce qui ressemblait à une épaisse grille métallique. Quelqu'un avait découpé les barreaux pour créer une porte. Sur le sol, près de la porte ouverte, se trouvaient une lourde chaîne et un cadenas. À l'intérieur de la cage, il y avait un petit matelas avec une couette froissée sur le dessus, une pile de livres, un petit bureau avec une chaise en plastique à côté, un évier, un minuscule réfrigérateur et des toilettes. C'était le genre d'éviers et de toilettes que l'on trouvait dans une caravane, avec des pompes au lieu de robinets ordinaires.

— C'est ici que je dors, dit Aiden en désignant le lit.

Tous les poils de mes bras se hérissèrent. Je pensais qu'il ne pouvait pas faire plus froid, mais j'avais tort. En observant cette pièce et en entendant mon fils prononcer ces mots, je compris la gravité de ce qu'il avait traversé, et je me demandai si j'allais à nouveau avoir chaud un jour. Est-ce qu'un bain ou une douche chaude pourrait faire disparaître la sensation de frisson que procurait le fait de comprendre à quel point un être humain pouvait être cruel ? J'avais visualisé quelque chose comme ça dans mon esprit. En fait, j'avais imaginé pire. J'avais fait des cauchemars de cages, de chaînes et de matelas tachés, mais d'une certaine manière, la réalité de la cage de mon fils était pire que tout ce que j'avais imaginé.

Je ne pouvais pas bouger, mais je me forçai à observer la pièce. Mes yeux prirent conscience de la taille de l'endroit alors que la lampe torche d'Aiden se promenait d'un coin à l'autre. Je regardai la torche se déplacer de la cage vers le reste de la pièce. Je suivis le faisceau lumineux qui se dirigeait vers la masse difforme dans le coin, puis je détournai rapidement le regard. Je ne voulais pas voir ça, pas encore, et je regardai plutôt le ventilateur, les grilles d'aération au plafond, le congélateur qui fuyait, le petit fauteuil, les jouets miteux, les vêtements sales, le chauffage débranché, le mur de dessins au crayon que mon propre enfant n'avait pu m'offrir. Parmi tout ce qui était arrivé à mon fils, ce qui me dérangeait le plus était que cela avait été un foyer. C'était ici que mon fils avait grandi. Mes genoux faiblirent, mais je me forçai à rester debout.

— C'est Castor l'Ours. Je suis devenu trop grand pour lui. J'ai fait ce dessin. C'est la Grande Muraille de Chine. J'y ai pique-niqué. Là, c'est une montagne, tu vois ? C'est le chauffage. J'ai le droit de l'allumer pendant trente minutes le matin et trente minutes le soir. Je ne peux pas l'utiliser plus sinon le générateur risque de s'épuiser.

Personne ne l'avait su. Dix ans et personne n'avait soupçonné l'existence de cet endroit. Pas même moi.

Comment avait-il fait ?

Mes yeux traversèrent la pièce jusqu'à la forme dans le coin.

— Aiden, qui est-ce ?

Mais Aiden était occupé à essayer d'arracher un des dessins du mur.

— Celui-là, c'est toi. Je t'ai beaucoup dessinée au début. Tu as changé maintenant.

— Aiden, qui est-ce ? Qui t'a amené ici ?

Les murs étaient trop proches. Je n'arrivais pas à respirer. Le poids d'avoir su qui c'était tout ce temps était insupportable. J'aurais dû le deviner plus tôt. J'avais été si stupide. Comment n'avais-je pas compris ?

— Oh, lui, dit Aiden d'un air triste. J'ai vu ses pensées s'en aller. Je ne voulais pas, mais je voulais partir.

Ma voix tremblait quand je posai la question :

— Comment s'appelle-t-il, mon chéri ?

Mais Aiden regarda mes pieds à la place.

— Tu as fait pipi, maman ?

J'avais à peine remarqué que de l'eau chaude s'était répandue sur mon jean et le long de mes jambes. En baissant les yeux, je vis que j'avais perdu les eaux sur mes chaussures, laissant une flaque de liquide trouble sur le sol.

Chapitre Quarante-Quatre

Aiden

Il devrait être là à l'heure qu'il est. Je regarde l'horloge. Il est 21 heures. Il avait dit 19 h.

« À mercredi, champion. 19 heures pile. Tu sauras te débrouiller en attendant. Tu as de la nourriture au frigo. Le générateur est chargé. C'est seulement pour trois jours, bonhomme, d'accord ? Tu l'as déjà fait avant. »

C'est terrible quand il ne vient pas. Puis il arrive et c'est encore pire. Mais quand je suis seul pendant des jours, j'ai peur. Quand j'étais petit, j'avais froid et je me sentais seul. Je pensais à maman et papa et à grand-mère et à tous les enfants de ma classe. Même à la petite Rosie, si agaçante, qui me volait mon crayon rouge. J'aurais aimé qu'ils soient tous là.

Puis j'ai grandi et j'ai commencé à avoir d'autres pensées. Et si le générateur tombait en panne ? Et si l'électricité était coupée et que j'étais coincé dans le noir ? Et si le ventilateur s'obstruait et que je mourais étouffé ? Mais le pire qui me soit arrivé jusqu'ici, c'est la chasse d'eau qui s'est cassée ou la fois où j'ai eu une gastro. Ces deux fois, il a jeté les produits de nettoyage dans la cage et m'a regardé nettoyer depuis l'autre côté du bunker, un foulard plaqué sur sa bouche et son nez.

Au moins, ça m'a donné quelque chose à faire. Il n'y a jamais rien à faire et ça me rend fou. Parfois, il m'apporte des livres. Je demande des stylos et des crayons, mais une fois, je me suis enfoncé le stylo dans le bras, et il ne m'a apporté que des crayons de couleur après ça. Je fais des dessins, mais je veux apprendre, m'améliorer. Ce n'est pas possible avec des crayons de cire.

Parfois, il me coupe les cheveux. Parfois, il fait descendre une baignoire et y verse de l'eau chaude pour que je puisse prendre un bain. Il me dit qu'il m'aime, et parfois, je le crois.

Mais je ne veux pas rester ici, je ne l'ai jamais voulu. C'est pour ça qu'il m'enferme dans la cage toutes les nuits. Puis il ferme la porte à double tour. Je l'entends monter les marches avant de percevoir un bruit sourd. Je pense qu'il y a deux portes.

Je passe des heures à me demander où je suis. Je dessine ce à quoi je pense que ça ressemble. Quand il entre dans la pièce, je vois de la boue sur ses bottes, et je devine qu'on est quelque part dehors. C'est peut-être un champ. Peut-être que je suis dans une ferme. Je ne me souviens pas bien du jour où j'ai été enlevé. Je regardais la rivière et l'instant d'après je me suis réveillé sur un lit entouré de barreaux métalliques.

Je n'ai rien compris.

J'ai pleuré et pleuré en appelant maman, mais elle n'est jamais venue. Je suppose qu'elle ne sait pas où je suis, parce qu'elle viendrait si elle le savait.

J'ai demandé à voir une carte une fois, mais il ne m'en a pas apporté. Je suppose qu'il a oublié. Je voulais qu'il me montre où on était. Maman me faisait voir des cartes tout le temps. Elle me montrait des photos sur l'ordinateur de différents endroits du monde, et ça me donnait envie d'y aller.

J'essaie de penser à des moyens de m'échapper. Il me laisse parfois sortir de la cage, mais il est grand et fort, et si je tente quoi que ce soit, je reçois une claque. J'ai essayé beaucoup de choses récemment. Je ne sais pas pourquoi. Je suis en train de changer, je suppose. Je grandis, et je n'aime plus être ici. J'en ai assez. J'en ai marre de lui.

Il garde les clés dans sa poche. Il y a deux semaines, j'ai essayé de le frapper avec une assiette, mais il a compris ce que j'allais faire et me l'a arrachée des mains. Après ça, il ne m'a donné que des assiettes en carton. Je n'ai pas le droit d'utiliser des couteaux ou des objets pointus. Je n'ai pas le droit d'avoir des chaussures avec des lacets. Je dois manger des céréales, du pain et des fruits tout le temps, rien qui nécessite des couteaux et des fourchettes. Sauf sous sa surveillance.

Il a aussi changé. Il me regarde différemment. Il ne fait plus ce qu'il faisait avant. Il dit que je grandis et que ça ne peut plus durer. Il marmonne qu'il est fatigué quand il pense que je n'écoute pas. Il a l'air épuisé. Je crois qu'il n'arrive plus à garder ce secret. Parfois, je me demande s'il reviendra. Dans le cas contraire, sans nourriture, sans eau, sans électricité… Je mourrais.

Il m'est arrivé de penser que ce serait préférable. Au moins, je pourrais aller ailleurs. Mais ne sachant pas vraiment où, j'ai décidé de ne pas le faire. Peut-être qu'un jour je sortirais de ma cage, alors que je ne pourrais aller nulle part si je meurs. Ça m'a semblé trop risqué pour tenter le coup.

Il est 21 h 15. Cette fois, c'est sûr. Il ne reviendra pas. Je n'ai presque plus de nourriture, et j'ai froid. Mes chemises et mes pulls sont tous trop petits pour moi. Les nuits sont plus froides ces derniers temps. Peut-être que c'est l'hiver. Je me souviens de l'hiver hors du bunker. Je me rappelle quand je faisais des bonshommes de neige et que je lançais des boules de neige. Parfois, il me montre des films sur son téléphone. Mes préférés, ce sont les films de Noël. J'aime voir des familles heureuses faire des bonshommes de neige et des anges dans la neige. Mais ils me donnent froid, alors je ne les regarde que quand il fait chaud dans le bunker.

Je fais les cent pas dans ma cage pour essayer de me réchauffer. J'appuie sur le bouton de ma lampe. Allumé. Éteint. Allumé. Éteint.

Klonk.

La première porte.

Un grattement.

La clé.

La porte s'ouvre.

Il est là.

— Salut, bonhomme. Désolé, je suis en retard.

Il est toujours aussi amical. Je ne réponds pas.

— Je t'ai apporté une petite douceur. De la pizza.

Il me sourit.

Malgré moi, j'ai l'eau à la bouche. J'ai tellement faim que j'ai mal au ventre.

— Elle est un peu froide. Il faut un bon moment depuis la voiture pour arriver jusqu'ici. J'aurais dû construire cet endroit plus près.

Il se plaint toujours. Surtout quand il doit remplir le réservoir d'eau.

— Comment ça va, bonhomme ? Tu as l'air d'avoir froid. Tu devrais t'envelopper dans la couette.

Il y a un problème. Il évite mon regard, et je ne sais pas pourquoi. Il ne m'a jamais apporté de pizza avant. Pourquoi fait-il ça ? Je regarde la pizza avec avidité. Je croise les bras et j'essaie de comprendre ce qui ne va pas.

— Tu veux venir manger ici ? demande-t-il.

Je hoche la tête.

Il pose le carton de pizza sur la table et fouille dans sa poche pour trouver la clé. Ses doigts tremblent. Pourquoi tremble-t-il comme s'il avait peur ? Il n'a jamais eu peur auparavant. Même pas au début. Ça m'a toujours effrayé qu'il soit si calme et semble tout contrôler. Je n'ai jamais aimé ça. Ça laissait entendre tout ce qu'il pouvait faire d'autre. De quoi était-il capable ? J'ai compris très tôt qu'il était capable de tout et c'est pourquoi j'ai fait tout ce qu'il me disait de faire, quoi qu'il arrive.

Il lui faut quelques tentatives pour déverrouiller la porte de la cage. Il tâtonne avec ses clés. Il ne me regarde pas. Je me tiens à l'écart comme toujours. Je ne suis pas autorisé à m'approcher de la porte. Je dois garder mes mains devant moi, bien en vue, sinon il est obligé de me faire mal comme il l'a fait la fois où il a piétiné ma cheville. Ou alors il me prévient qu'il va me remettre les fers, comme au début.

— Reste là, Aiden, dit-il d'une voix chevrotante. Attends au fond un moment.

Ce n'est pas normal. Il est différent aujourd'hui. Je me suis demandé pendant un moment s'il n'essayait pas de prendre une décision. Mais, en le regardant, il me semble qu'il l'a déjà prise, et que ce n'est pas bon pour moi. Ce n'est pas une décision comme celle d'aller chercher une pizza ou un plat asiatique, c'est quelque chose d'horrible. Je peux le sentir. Mes entrailles se tordent. Je n'ai plus faim. J'ai juste envie de vomir.

La porte s'ouvre et il reste là à me regarder. Il y a des larmes dans ses yeux.

— Tu es un bon garçon, Aiden. Tu as toujours été un bon garçon. Nous nous sommes aimés, n'est-ce pas ? Tu m'as aimé ? Je t'aime ?

Je ne réponds pas. Je ne suis plus sûr de savoir ce qu'est l'amour. Mais je ne pense pas que ce soit ça. Je ne pense pas que l'amour fasse se sentir sale comme ça.

Il fait un pas en arrière, les yeux brillants et humides. Il me regarde. Il n'arrête pas de me fixer. Il tend le bras derrière lui et tâtonne la boîte de pizza.

Je ne pense pas qu'il y ait de la pizza là-dedans.

Le couvercle s'ouvre et il saisit la batte en bois à l'intérieur, semblable à celle que j'utilisais en sport. Le *rounders*. C'est comme ça que ça s'appelait. On courait vers les bases après avoir frappé la balle avec la batte. J'étais doué, j'étais toujours choisi en premier. Je m'éloigne de lui, me recroquevillant. Cette sensation dans mon ventre a disparu, mais j'ai l'impression qu'une grande main froide me serre l'estomac de plus en plus fort.

— Je suis désolé, bonhomme, dit-il. Mais je dois y mettre un terme. Je ne peux plus continuer comme ça. Tu es trop vieux maintenant. Il est temps d'arrêter. J'aimerais te laisser partir, mais je ne peux pas. Je ne peux pas, je suis désolé. J'aurais aimé avoir un pistolet, tu sais, pour que ça aille plus vite, mais je ne sais pas tirer. J'ai essayé de me renseigner sur les pilules et les poisons, mais ça peut mal tourner, et je ne voudrais pas te faire subir ça, bonhomme. Donc je vais procéder comme ça. Un coup rapide. Ça, je peux le faire. C'est le seul moyen de mettre un terme à tout ça. Je sais que tu veux mourir. Tu as essayé avec le stylo. Tu aurais pu me blesser, mais tu t'en es pris à toi-même. Comme ça, on aura tous les deux ce qu'on veut. N'est-ce pas ?

Je lève mes mains vers mon visage et je me rends compte que je pleure. J'ai la gorge à vif.

— Tu ne veux pas vraiment que je meure, dis-je.

Il secoue la tête.

— Non, je ne le veux pas. Mais c'est comme ça que ça doit se terminer.

— Le bon vieux temps me manque. Les vacances en camping me manquent.

Il laisse échapper un sanglot.

— Je le sais bien, mais pas à moi. Tu étais tout pour moi… Tu m'as permis de vivre.

— Tu m'as pris ma vie, dis-je. Je ne t'aime pas.

De la morve coule de son nez.

— Ne dis pas ça, bonhomme.

Il baisse la tête et écarte ses cheveux blonds de ses yeux. Il s'essuie le nez avec le dos de sa main. Il est en tenue de ville aujourd'hui. Un pull et un pantalon marron avec le pli au milieu. Il ressemble à un acteur. Qui aurait sa place dans les films qu'il passe sur le petit écran de son téléphone. Une personne avec une vie bien rangée. Médecin. Avocat. Homme d'affaires. Il fait partie de ce monde. En dehors d'ici, il ressemble probablement à tout un chacun. Il est normal.

— Je te déteste, Hugh, dis-je. Je t'ai toujours détesté.

Il commence à chanter cette chanson, celle qu'il me chantait quand j'étais chez lui. Celle qu'il me chante le soir quand il me parle de Josie et de papa et maman. Papa est dans l'armée maintenant. C'est un soldat. Parfois, je pense à la façon dont il pourrait abattre Hugh avec sa mitraillette.

Il saisit la batte à deux mains, écarte les jambes et redresse les épaules. Je fais un nouveau pas en arrière. Mes jambes sont toutes molles et je vais soit vomir, soit faire pipi dans mon pantalon. Je ne veux pas mourir, je ne veux pas. Mais il est plus grand que moi. Si je me bats contre lui, est-ce que je gagnerai ? Je dois essayer. Je dois le faire.

— C'est normal que tu me détestes, Aiden, dit-il. Je pensais que je voulais te tuer. J'en étais tellement sûr.

Il baisse la tête et marque une pause. J'ai l'impression que ce moment s'étire, comme s'il allait durer éternellement. Mais il dit ensuite :

— Il faut que ça se termine quand même.

Il lève la batte comme s'il allait me frapper, mais au moment où je me prépare à fondre vers lui pour l'atteindre en premier, il la fait pivoter vers le haut. Il crie en se frappant en pleine face, se fracassant le nez. Je crie avec lui, effrayé par le sang qui gicle de son nez. J'ai peur qu'il balance encore la batte et se frappe la tête.

Hugh s'écroule. Il laisse tomber la batte sur le sol. Je cours vers lui et me penche.

— A-chève m-moi.

Un crachat sanglant s'écoule de sa bouche.

Je secoue la tête.

Hugh tend la main et pousse la batte vers moi.

— F-frappe-moi.

Des larmes coulent sur mon visage. De la morve sort de mon nez. J'ai peur. Je ne sais pas quoi faire. Je manque de trébucher sur la batte en m'éloignant. Hugh est étendu là, le visage cassé et meurtri, l'œil gonflé. Si je prends les clés et que je pars, il va rester allongé à souffrir pendant des heures et des heures. Je ne sais pas à quel point il est blessé. Il pourrait mourir tout seul. Ou je pourrais aller chercher de l'aide. Mon esprit se sent tout bizarre, comme s'il ne pouvait pas faire face, comme s'il ne voulait pas faire ce choix.

Je ne veux pas faire ce choix.

Je veux que tout ça disparaisse.

Je me penche et je ramasse la batte.

Je la soulève au-dessus de ma tête.

Quand c'est fait, Hugh tressaille deux ou trois fois et se fige. Ses yeux ne sont plus les mêmes qu'avant. Ils ne brillent plus, ne scintillent plus comme les yeux devraient le faire.

Puis je pense à la chance qu'il a, car il n'a plus à se souvenir. Toutes ses pensées ont disparu et il n'a plus à penser à la cage.

Il y a aussi du sang sur mon t-shirt. Je l'enlève et j'éponge le sang par terre. Je tire Hugh dans un coin et je mets mon t-shirt sur lui parce que je ne veux plus voir son visage. Je sors les clés de sa poche et déverrouille la porte. J'éteins la lumière et je me dépêche de sortir par la porte et de gravir les marches. Plus je monte les marches, plus j'ai peur. Je laisse tomber les clés avant d'atteindre le haut. L'air est frais et j'en prends deux grandes gorgées, mais je me sens tout tremblant.

Il fait sombre et je ne sais pas où je vais, mais je continue à marcher. Il y a des feuilles sur le sol et beaucoup d'arbres. Il pleut. Je tombe deux fois.

Je chante la chanson de Hugh.

Puis je décide que je ne veux plus me souvenir. Quelqu'un me trouve. Je sais qui je suis, mais je ne veux pas leur dire. Je ne veux parler à personne, et je ne veux pas me souvenir. Je veux que toutes mes pensées s'en aillent comme celles de Hugh.

Je ne veux pas me souvenir.

Chapitre Quarante-Cinq

Je l'ai appelée Gina, comme ma mère. Elle avait les yeux et la bouche de Jake, mais nous tairions à jamais sa ressemblance avec lui. L'infirmière amena Aiden nous voir, sa petite sœur et moi, après l'accouchement. Je pris mon bébé qui se tortillait, emmailloté dans une couverture douce, et je le tendis à mon fils pour qu'il le tienne. Le fils qui m'avait fait peur et que j'avais cru dangereux. Ce fils que les médias avaient qualifié de « sauvage » et qu'ils avaient présenté comme non civilisé après avoir vécu en marge de la société. Aiden la berçait doucement dans ses bras comme si elle était une cargaison précieuse et délicate. Et elle l'était. Elle était aussi parfaite que l'avait été Aiden à sa naissance. C'était une battante. Nous l'étions toutes les deux. Nous avions traversé l'enfer ensemble et à présent nous étions toutes deux récompensées par sa présence. Elle était vivante et parfaite, et j'étais heureuse de m'être battue pour notre avenir.

— Est-ce trop tôt pour les visites ? demanda l'inspecteur-chef Stevenson en passant la tête dans l'embrasure de la porte.

— Non. C'est bon, répondis-je.

Les deux dernières heures me semblaient remonter à une éternité. Quand Aiden m'avait montré la flaque sur le sol, nous avions réussi péniblement à remonter les marches et à sortir dans la forêt de

Rough Valley. Les contractions étaient pires qu'avant, et Aiden avait dû me soutenir pendant que nous luttions pour nous frayer un chemin à travers les arbres. Je criais. Je hurlais. Je glapissais.

La police n'était pas loin. Ils étaient venus, comme Stevenson l'avait promis. Il avait été le premier à me rejoindre. Il avait passé mon bras par-dessus son épaule et m'avait guidée à travers le bois sombre, la lumière de sa lampe torche rebondissant de haut en bas comme dans une scène du *Projet Blair Witch*. Alors que nous avancions dans la forêt, je lui avais parlé du bunker souterrain et de la cage.

— Je pense que c'est Hugh, avais-je chuchoté. Aiden refuse de prononcer son nom, mais le... corps a ses cheveux blonds. Je pense que c'est Hugh et qu'il était mort depuis tout ce temps.

Stevenson avait hoché la tête.

Il n'avait pas compris. Hugh était mort depuis tout ce temps. Cela signifiait que j'avais eu peur d'un fantôme. Le ravisseur d'Aiden était un monstre. Un spectre. Bien qu'autrefois très réel, même dans la mort, Hugh avait bouleversé ma vie au point que j'avais même soupçonné mon propre fils d'être du côté de son ravisseur. J'étais devenue ma pire ennemie, ma paranoïa cherchant le danger partout tout en m'aveuglant sur la véritable menace : mon mari.

À présent, sous les lumières de l'hôpital, Stevenson bougeait la tête de haut en bas et s'extasiait devant mon bébé. Le sourire sur son visage était authentique, et j'étais heureuse que nous ayons tous survécu à ce long et pénible voyage.

— Comment va Rob ? demandai-je.

— Son état est stable, apparemment, répondit-il. Les secours sont intervenus au bon moment, a priori.

— Et Josie ?

— Elle était attachée à son lit avec un bâillon sur la bouche. Elle est secouée, mais elle nous a fait une déposition à propos de Jake. Il l'a traînée là-haut et l'a attachée, mais à part quelques bleus, elle n'a pas été blessée.

Je hochai la tête. Aiden porta Gina de l'autre côté de la pièce et s'assit sur la chaise pour les visiteurs.

— Et Jake ?

— Décédé.

Je hochai la tête. Je n'étais pas heureuse de l'apprendre. Je n'allais pas danser sur sa tombe ou sabler le champagne, mais j'étais soulagée. Un poids avait quitté mes épaules. C'était fini. Ou, du moins, c'était presque fini.

— Et le bunker ?

— Il n'y a pas grand-chose à faire de nuit. La police scientifique s'y rendra à la première heure demain matin. Il faut qu'Aiden fasse une déposition. Est-ce qu'il... est-ce qu'il parle ?

— Un peu.

L'inspecteur-chef Stevenson se balança sur ses talons, maladroitement.

— C'est bien.

— Ce n'est pas tout, dis-je.

— Qu'est-ce qu'il y a ? demanda Stevenson en fronçant les sourcils.

JE SAVAIS qu'un jour Aiden voudrait raconter son histoire. Certaines histoires se racontent à partir du début et ne s'arrêtent pas avant le dernier mot. D'autres commencent à la fin ou au milieu et elles remontent jusqu'au début. Je savais que l'histoire d'Aiden prendrait toute une vie à raconter, mais nous avions tout notre temps pour la découvrir. Dans la semaine qui suivit la naissance de Gina (pas la mort de Jake, ni la découverte de Hugh ou l'agression de Rob ; c'était la naissance de Gina, le début de la vie), Aiden révéla une île minuscule au milieu d'un océan. L'aperçu qu'il me montra était suffisant pour l'heure. Je savais qu'il me dévoilerait le reste quand il serait prêt.

Pourquoi étais-je si sûre qu'Aiden me raconterait son histoire ? Parce que nous racontons des histoires pour guérir. Aiden devait guérir de beaucoup de choses. Nous le devions tous les deux. Nous allions guérir ensemble.

La police scientifique avait retrouvé l'ADN de Hugh partout dans le bunker. Ils avaient trouvé des documents détaillant l'achat de terres dans la forêt de Rough Valley. Personne n'avait eu de soupçons en raison des relations de Hugh avec divers promoteurs immobiliers. Quelques entreprises avaient acheté des petites parcelles de Rough Valley, mais personne n'avait construit sur ces terrains. Presque personne ne s'aventurait dans la forêt, et Hugh en avait profité.

Après un appel à témoins, un entrepreneur s'était présenté et avait admis avoir été engagé pour transformer un ancien bunker de la Seconde Guerre mondiale en espace de vie. Hugh avait dit à l'homme qu'il pensait le transformer en lieu de « glamping ». L'endroit était aménagé comme une caravane avec un réservoir d'eau potable et un générateur pour l'électricité. Hugh avait besoin de les remplacer régulièrement pour qu'Aiden puisse survivre seul dans les bois. Comme la partie de la forêt achetée par Hugh était une propriété privée, aucun chemin public ne s'approchait du bunker où mon fils avait été détenu. Personne n'avait entendu le générateur. Personne. Quand Aiden s'était échappé, il m'avait dit qu'il avait eu peur d'avoir des problèmes pour avoir tué Hugh. Il avait éteint le générateur et l'avait caché sous un tas de feuilles.

Le bunker ne figurait sur aucun plan ni sur aucune carte. Hugh avait pensé à tout, du début à la fin. Aiden m'avait raconté que Hugh avait eu l'intention de le tuer, mais qu'il n'avait finalement pas pu s'y résoudre. Je n'aimais pas penser à ce qui s'était passé le jour où Aiden s'était échappé du bunker.

J'avais du mal à faire le rapprochement entre le Hugh qui m'invitait chez lui, qui nous préparait de délicieux rôtis et nous servait du bon vin, et le Hugh qui s'éclipsait de la maison et du travail pour rendre visite à mon fils kidnappé dans son bunker privé. Mais j'avais appris beaucoup de choses sur Hugh grâce à Aiden.

Josie vint me voir à l'hôpital après la naissance de Gina. Elle était en larmes. Sa chemise était à l'envers. Je l'invitai gentiment à la remettre dans le bon sens, et elle me regarda bouche bée.

— Dis-moi, dis-je. Dis-moi que tu ne le savais pas.

— Je pensais qu'il avait des liaisons, dit-elle. C'est ce que tout le monde me disait. Les gens le voyaient avec des femmes. J'ai juste...

— Le jour de l'inondation. Tu étais là. Tu essayais de me faire patienter ? demandai-je.

Elle secoua la tête si rapidement qu'elle semblait presque folle.

— Non. Je n'aurais jamais fait... Je n'aurais jamais pu... Je...

— C'est bon, dis-je. Je sais que tu ne le savais pas. Il s'est donné beaucoup de mal pour cacher cette facette de sa personnalité. Je ne t'en veux pas.

Je lui pris la main.

— J'aurais dû le voir.

Elle essuya ses larmes avec le dos de sa main.

— J'aurais dû voir les signes. Après ce qui s'est passé avec mon père... je pensais que je m'en rendrais compte si ça arrivait à nouveau.

— Je n'arrête pas de repenser à une nuit où Aiden avait, je ne sais pas, peut-être deux ou trois ans, et où on avait dormi chez vous. Hugh avait emmené Aiden au lit, enveloppé dans ses bras. Je les ai suivis dans les escaliers quelques minutes plus tard et je l'ai regardé coucher Aiden. Il lui chantait cette berceuse très doucement. Je me souviens avoir pensé au bon père qu'il ferait. Je suis allée dans la salle de bain et j'ai pleuré pour vous deux, parce que vous ne pouviez pas avoir d'enfants et que vous ne méritiez pas ça.

Je secouai la tête.

— Je n'ai rien vu. J'aurais dû le comprendre le jour où Aiden a chanté cette chanson. C'était la même. J'aurais dû le savoir. Au lieu de ça, toutes ces semaines, j'ai eu peur d'un fantôme alors que mon propre mari...

Josie toucha ma main légèrement. De manière hésitante.

— Ils portaient des masques.

Hugh avait enveloppé Josie d'un faux sentiment de sécurité de la même manière que Jake avec moi. Ils avaient agi en se cachant derrière leurs masques. Pourquoi Josie ou moi devrions-nous nous sentir coupables ? Pourquoi devrions-nous nous sentir faibles ? Les gens qui s'attaquent aux personnes vulnérables ne sont pas forts, ce sont des tricheurs. Pendant que nous travaillons dur pour garder le contrôle de nos vies, ces tricheurs nous prennent tout. Ils volent et mentent parce qu'ils ne peuvent pas se lier aux gens, ils ne connaissent pas l'amour et ils ne savent pas ce que c'est que d'être aimé.

J'ai presque de la peine pour eux. Mais pas tout à fait.

Lorsque Josie s'en alla, je me sentis très creuse et vide, mais elle ne faisait pas partie de l'histoire d'Aiden, et c'était ma priorité jusqu'à ce que tout soit terminé. Aiden devait passer en premier.

Le poing avide des médias ne nous avait pas encore lâchés. L'histoire remarquable du bébé né quelques heures seulement après la découverte du corps macabre dans le bunker avait fait la une de tous les journaux. Ils avaient vendu des millions d'exemplaires grâce à nous. Mais j'étais farouchement protectrice envers Aiden. J'ignorais tous les appels téléphoniques et toutes les offres qui me parvenaient. Je gardais mon calme et j'apprenais à ne pas crier sur les journalistes.

Quand Josie quitta ma chambre d'hôpital, je me levai du lit et je pris la main d'Aiden. Gina était blottie dans le creux de mon bras libre. Nous traversâmes ensemble les salles jusqu'à une pièce blanche et lumineuse remplie de six lits. Trois de chaque côté. Ce n'était pas l'heure des visites, et je savais que je ne devais pas vraiment être là, mais je m'en fichais.

— Elle est là. Le petit miracle.

Rob était soutenu par des oreillers. Il nous souriait. Ses yeux pétillaient. Les mêmes yeux qu'Aiden.

— Tu veux la tenir ? demandai-je.

Il hocha la tête. Son crâne était encore bandé, et je pouvais voir à sa façon de bouger qu'il souffrait encore, mais je lui passai Gina en m'assurant qu'il tienne sa tête, ce qu'il fit avec grand soin.

— Elle te ressemble, dit-il.

Puis il sourit à Aiden.

— Comment ça va, mon grand ?

Aiden s'agita à côté de moi en regardant ses pieds.

— Ça va.

Rob se tourna vers moi, les larmes aux yeux, et je croisai son regard tandis que la chaleur irradiait dans ma poitrine et dans mes veines. Je hochai la tête et formai sur mes lèvres les mots « il est de retour ». Puis je plaçai ma main sur celle de Rob et la serrai. Nous restâmes ainsi pendant cinq bonnes minutes, aucun d'entre nous ne parvenant vraiment à réaliser que nous étions là, sains et saufs, et globalement intacts.

À MA SORTIE de l'hôpital, je retournai chez Jake, car je n'avais nulle part où aller. La première chose que je fis fut d'enlever toutes les photos, de défaire les lits et de jeter ses vêtements dans un sac poubelle. Sa mort ne me conférait aucun plaisir, mais ça ne voulait pas dire que je voulais être entourée de ses affaires.

Une fois que ce fut fait, il ne me restait plus qu'une seule tâche à accomplir, et elle concernait l'histoire d'Aiden. Hugh avait planifié son enlèvement à la lettre, mais je n'avais jamais pu admettre qu'il avait décidé d'enlever Aiden. Ça n'avait pas de sens de kidnapper un enfant dont il était si proche. Dès qu'Aiden avait disparu, toutes les personnes de ma vie avaient été passées au crible. Mais Hugh avait eu de la chance. Aiden avait décidé de s'aventurer vers la rivière au beau milieu d'une inondation. Et Jake l'avait *poussé* dedans. Hugh avait trouvé Aiden flottant dans la rivière, l'avait repêché et l'avait emmené dans son bunker alors que le reste du monde pensait que mon fils s'était noyé. Il ne lui restait plus qu'à trouver de bonnes excuses pour disparaître si souvent (voyages d'affaires et longues heures de travail pour Josie ; liaisons pour son frère et ses collègues). J'avais découvert que Hugh vivait dans le bunker avec Aiden pendant des jours, y passant parfois la nuit. Ensuite, lorsqu'il devait réellement partir en voyage d'affaires, Hugh revenait d'York ou de Londres pour voir Aiden, mettre plus d'essence dans le générateur et remplacer l'eau. Le garder en vie avait représenté beaucoup de travail, mais l'enlever avait été facile. Trop facile.

Il y avait une pièce manquante, et je savais exactement de quoi il s'agissait. Je savais aussi ce que j'allais faire une fois que la police scientifique aurait fini d'examiner la scène du crime, parce qu'il n'y avait pas d'autre ADN dans le bunker que ceux d'Aiden et Hugh. Cela me laissait un seul choix.

Je déposai Aiden et Gina chez Sonya et Peter. Puis je pris ma voiture et je roulai vers l'école de Bishoptown. Je quittai la route principale et descendis Singer Lane jusqu'à la troisième maison sur la gauche. En sortant de la voiture, je vérifiai ma poche, verrouillai la voiture et frappai à la porte. Mme White, de l'autre côté de la rue, me fit signe par la fenêtre, et je lui rendis son salut.

La porte s'ouvrit et je franchis le seuil, sans même prendre la peine d'attendre d'être invitée à entrer. Je fouillai dans ma poche, j'en sortis le couteau et j'appuyai la pointe contre sa gorge.

— Tu es seule ?

Elle hésita, mais répondit :

— Oui.

— Ferme les rideaux du salon.

Je cachai le couteau dans mon dos et la suivis dans la pièce. Elle obtempéra.

Je me trouvais dans le salon d'Amy environ un an plus tôt, lorsque nous nous étions retrouvées pour un repas à emporter et une soirée film avec quelques collègues de l'école. C'était plus propre à l'époque. Amy avait laissé quelques mugs sur la table basse, ainsi qu'une pile de journaux. L'un d'eux était ouvert, avec son visage dans une petite bulle au-dessus d'une photo de moi montant dans une voiture avec Aiden.

— Tu ne fais plus la une, remarquai-je. Ça doit faire mal.

— Que fais-tu ici, Emma ? demanda Amy.

Elle s'éloigna de moi, les mains derrière le dos. Ses yeux étaient grands ouverts, comme ceux d'un chiot effrayé. Je voyais qu'elle essayait de reculer jusqu'au vase sur la bibliothèque derrière elle. Je traversai la pièce, et elle glapit lorsque je plaçai la lame du couteau contre sa joue.

— Ils n'arriveront pas à le prouver. C'est pour ça que je suis là. Aiden m'a dit que c'était toi qui lui avais mis en tête de descendre à la rivière. Tu n'arrêtais pas de lui dire combien ce serait beau et combien il serait courageux s'il y allait. Tu lui as dit que le pont allait couler et qu'il devait absolument aller voir ça. Tu lui as dit que je serais fière de lui s'il s'échappait de l'école. Puis tu as délibérément tourné le dos alors qu'il sortait de la classe. Tu savais que le personnel de l'école serait trop distrait par l'inondation pour le remarquer. Puis tu as envoyé un message à ton petit ami, Hugh, pour lui dire où était Aiden. Tu savais ce qu'était Hugh et tu l'as *aidé*. Tu es malade.

Amy fit un autre pas en arrière, mais je brisai ses espoirs en faisant tomber le vase sur le tapis. J'appuyai le couteau si fort contre sa peau que du sang coula.

— Et puis quand Aiden est revenu, tu t'es connectée au compte Facebook de Hugh, et tu l'as enregistré à l'aéroport de Las Vegas. Pour ça, la police pourrait être capable de remonter jusqu'à toi...

— Ça n'arrivera pas, lâcha-t-elle. J'ai couvert mes traces. Hugh m'a montré comment faire. Il a appris toutes sortes de trucs sur internet en se livrant à ses *tendances*.

— Alors, je suppose que je vais devoir rendre justice moi-même, dis-je.

— Je n'ai fait de mal à aucun enfant, protesta-t-elle. C'était... Je...

— Quoi ? lâchai-je. Dis-le. Dis-moi comment tu justifies ce que tu as fait.

— On se défonçait ensemble, d'accord ? On prenait de la drogue et on faisait des expériences. Et la situation a dégénéré. Il lui arrivait de m'étrangler et on parlait pas mal au lit. On se livrait les parties les plus sombres de nous-mêmes.

Ses yeux brillèrent et elle me sourit. Je fus tentée d'effacer le sourire de son visage avec mon couteau, mais je ne pouvais pas. Pas encore, en tout cas.

— Je parie que tu ne sais pas ce que c'est d'avoir envie de ce genre de noirceur. Tu es si... normale. Ennuyeuse. Tu n'as jamais mérité Rob.

Elle ricana, son masque de chiot effrayé oublié.

— Tu es tellement... traditionnelle. Tu ne comprends pas ce que c'est que de vivre sur le fil du rasoir. Je voulais aider Hugh parce qu'il était... libre. Savoir que je l'avais aidé était suffisant pour moi. Je devais aller travailler tous les jours en sachant ce qui était vraiment arrivé à ton fils. Je le savais au quotidien. Hugh m'a même laissée y aller une fois pendant qu'Aiden dormait.

— Pourquoi Hugh t'a-t-il fait confiance, putain ?

— Parce qu'il me connaissait ! explosa-t-elle. C'était le seul à me connaître. C'est pour ça que je l'ai protégé quand Aiden est revenu. Je savais que la police allait fouiner autour de sa maison si je ne faisais pas quelque chose pour expliquer sa disparition. C'est pour ça que je me suis connectée à son Facebook. Tout le monde pensait qu'il avait une liaison, mais j'avais compris ce qui avait dû se passer.

— Tu ne le protégeais pas, tu te protégeais toi-même, dis-je. Tu pensais que ta liaison avec Hugh pourrait éclater au grand jour et les mener à toi. Mais tu es une idiote, Amy. Tu n'es pas douée pour ça, pas comme Hugh. Tu as eu envie de tes 15 minutes de gloire alors que tu aurais dû te taire. Tu n'as pas réalisé qu'Aiden finirait par parler ?

— Je pensais qu'il reviendrait dans un sale état, dit-elle. Je pensais qu'il était attardé et qu'il ne dirait jamais rien.

Elle haussa les épaules.

— C'est ton fils, après tout.

J'ignorai la pique.

— Tu es faible. Hugh te contrôlait, et tu ne le voyais même pas, dis-je. Il contrôlait tout le monde. Toi. Moi. Josie. Aiden. C'est ce qu'il voulait. Le contrôle total.

— Non, rétorqua-t-elle. Je l'ai autorisé à le faire.

— Tu es pathétique.

— Peu importe, répondit-elle. Tu es une salope. Tu ne m'as jamais remarquée. Personne ne me prêtait attention. Je n'étais rien pour vous. Rien qu'une suiveuse. Une saleté sur votre chaussure. Tu n'as jamais mérité Rob. Il vaut mieux que toi.

— Tu es malade, dis-je en appuyant plus fort le couteau contre sa peau.

Quand une perle rouge coula, elle commença à pleurer.

— Ne me fais pas de mal ! Je t'en supplie !

Je laissai échapper un long souffle chaud en plein dans son visage.

— Sais-tu ce que ça m'a fait de tuer Jake ? J'ai vu la vie disparaître de ses yeux. J'ai goûté son sang quand j'ai déchiré son poignet avec mes dents. Je pourrais t'arracher la gorge tout de suite.

Elle gémit et ferma les yeux.

— La seule raison pour laquelle je ne le ferai pas, c'est que je ne suis pas aussi stupide que toi. Je ne vais pas gâcher ma vie pour une crétine comme toi. J'ai une famille maintenant. J'ai récupéré mon fils et j'ai retrouvé Rob. J'ai une fille. Et toi, qu'est-ce que tu as ? Une pile de journaux avec ton nom dessus. Tu ne vaux pas la peine d'aller en prison. Donc je vais te dire exactement ce que tu vas faire. Tu vas vendre cette maison. Tu vas quitter ton travail. Tu vas prendre l'argent sale que tu as reçu grâce à tes mensonges et tu vas partir loin d'ici. Tu ne montreras plus jamais ton visage, parce que si je te vois, je plongerai ce couteau dans ton ventre, et je remonterai jusqu'à atteindre ta bouche mensongère. C'est compris ?

Elle hocha la tête.

C'ÉTAIT UNE ASCENSION ABRUPTE. Mes jambes me faisaient mal et mon dos était en sueur, mais la vue était magnifique. Je soulevai la main de Gina et fis signe aux petites silhouettes qui se bousculaient en bas. Elle était attachée à ma poitrine, blottie contre ma peau.

— Tu te souviens de cet endroit ? demandai-je.

Aiden hocha la tête.

— On venait y pique-niquer.

Petit à petit, jour après jour, j'apprenais quels souvenirs il avait conservés. Il se souvenait de mon père et de ma mère, de l'école, mais pas de son plat préféré ni de l'équipe de football qu'il avait soutenue.

J'étendis la couverture et posai le panier à pique-nique dessus. Il faisait froid et l'herbe était mouillée, mais j'avais apporté une couverture imperméable et nous étions tous emmitouflés dans d'épaisses couches pour rester au chaud. Je retirai le porte-bébé de mon ventre et m'assis sur la couverture, posant Gina sur mes genoux. Elle avait un drôle d'air dans sa petite combinaison de ski avec le nez et les joues rouges.

— La vue d'ici n'est pas magnifique ? demandai-je.

Aiden posa ses mains sur ses genoux. Il apprenait des choses, notamment comment interagir avec son environnement. Il ne se tenait plus debout tel un zombie comme avant. Il s'enfonçait dans les sièges. Il s'appuyait contre les tables. Il tambourinait des doigts sur l'accoudoir de la voiture quand la radio était allumée.

Il hocha la tête.

— Je ne pensais pas la revoir un jour.

Je n'arrivais pas à m'habituer au son de sa voix. Il s'exprimait par des phrases courtes et abruptes. Parfois, il lui fallait du temps pour trouver ses mots. Il faisait travailler sa mâchoire comme s'il sentait les mots bouger dans sa bouche avant de parler. Mais j'étais fière de ses progrès.

Nous restâmes assis là pendant un moment en regardant l'Ouse qui serpentait à travers le petit village. C'était le matin, et le soleil d'hiver conférait au paysage un aspect vif et brillant. Les arbres étaient si orange qu'ils faisaient mal aux yeux. Le ciel était si bleu qu'il ressemblait plus à la mer et l'air était si frais qu'il laissait à vos poumons cette sensation rauque et brute qui naît en faisant de l'exercice par une journée froide.

Les événements de ces dix dernières années pèseraient sur mon âme jusqu'au jour de ma mort, mais j'avais un aperçu du bonheur qui m'attendait. Du chemin devant nous.

— La prochaine fois qu'on fera un pique-nique, dis-je, ce sera sur la Grande Muraille de Chine.

J'ouvris le panier et je pris les sandwichs.

— Ça marche, répondit-il.

Je fis une pause et je me retournai pour regarder mon fils. Il y avait de la couleur sur ses joues et ses yeux étaient brillants. Je m'approchai de lui et j'effleurai sa joue avec ma main. Aiden posa la tête contre mon épaule. C'était gênant au début, mais après un moment, il trouva une position confortable. Pour la première fois depuis plus de dix ans, je respirai l'odeur de mon fils. Je plaçai mon nez dans ses cheveux et j'inspirai les notes qui se trouvaient sous le shampoing et le gel douche pour sentir sa peau, comme je l'avais fait le jour de sa naissance. Alors que mes narines se remplissaient de ce doux parfum, mon cœur était enfin pleinement comblé.

Note de l'autrice

J'espère vraiment que vous avez apprécié la lecture de ce livre. Si vous souhaitez laisser votre avis, n'hésitez pas ! Même quelques lignes peuvent être très importantes pour moi et pour mes futurs lecteurs.

L'histoire d'Aiden est porteuse d'espoir. Il avait une mère qui l'aimait et qui s'est battue pour lui, risquant tout ce qu'elle avait.

Il y a beaucoup de lumière et beaucoup d'espoir dans le monde, mais si vous avez l'impression d'avoir perdu cette lumière, pensez à ce qui suit :

http://www.samaritans.org/

http://www.mind.org.uk/

Merci d'avoir lu cette histoire.

NOTE DE L'AUTEUR

[illegible]

À propos de l'autrice

Sarah A. Denzil est l'autrice de quinze thrillers psychologiques vendus à un million d'exemplaires. *Passé sous silence*, demi-finaliste des Goodreads Choice Awards en 2017, est l'un de ses best-sellers. Ses livres ont été publiés dans différentes langues et ont figuré dans le classement des meilleures ventes du Wall Street Journal.

Sarah vit dans le Yorkshire avec son mari et son chat, profitant de la campagne pittoresque et du temps assez imprévisible. Elle aime écrire des livres sombres, des fictions psychologiques pleines de rebondissements.

Lightning Source UK Ltd.
Milton Keynes UK
UKHW040836130123
415290UK00001B/64

9 781739 702830